北京大学中国语言学研究中心

早期北京话珍稀文献集成

主编 刘云

———

清末民初京味儿小说书系

分卷主编 王金花 姜安

过新年

亦我 著

刘一之 [日]矢野贺子 校注

北京大学出版社

图书在版编目(CIP)数据

过新年/亦我著；刘一之,（日）矢野贺子校注.—北京：北京大学出版社，2018.8
（早期北京话珍本典籍校释与研究）
ISBN 978-7-301-29739-1

Ⅰ.①过… Ⅱ.①亦… ②刘… ③矢… Ⅲ.①小说研究—中国—民国 Ⅳ.①I207.42

中国版本图书馆CIP数据核字(2018)第177116号

书　　　名	过新年 GUO XINNIAN
著作责任者	亦我　著　刘一之　[日]矢野贺子　校注
责任编辑	任蕾
标准书号	ISBN 978-7-301-29739-1
出版发行	北京大学出版社
地　　　址	北京市海淀区成府路205号　100871
网　　　址	http://www.pup.cn　新浪微博：@北京大学出版社
电子信箱	zpup@pup.cn
电　　　话	邮购部 010-62752015　发行部 010-62750672　编辑部 010-62753334
印　刷　者	北京虎彩文化传播有限公司
经　销　者	新华书店
	720毫米×1020毫米　16开本　17印张　257千字 2018年8月第1版　2019年10月第2次印刷
定　　　价	68.00元

未经许可，不得以任何方式复制或抄袭本书之部分或全部内容。
版权所有，侵权必究
举报电话：010-62752024　电子信箱：fd@pup.pku.edu.cn
图书如有印装质量问题，请与出版部联系，电话：010-62756370

总　序

语言是文化的重要组成部分,也是文化的载体。语言中有历史。

多元一体的中华文化,体现在我国丰富的民族文化和地域文化及其语言和方言之中。

北京是辽金元明清五代国都(辽时为陪都),千余年来,逐渐成为中华民族所公认的政治中心。北方多个少数民族文化与汉文化在这里碰撞、融合,产生出以汉文化为主体的、带有民族文化风味的特色文化。

现今的北京话是我国汉语方言和地域文化中极具特色的一支,它与辽金元明四代的北京话是否有直接继承关系还不是十分清楚。但可以肯定的是,它与清代以来旗人语言文化与汉人语言文化的彼此交融有直接关系。再往前追溯,旗人与汉人语言文化的接触与交融在入关前已经十分深刻。本丛书收集整理的这些语料直接反映了清代以来北京话、京味文化的发展变化。

早期北京话有独特的历史传承和文化底蕴,于中华文化、历史有特别的意义。

一者,这一时期的北京历经满汉双语共存、双语互协而新生出的汉语方言——北京话,它最终成为我国民族共同语(普通话)的基础方言。这一过程是中华多元一体文化自然形成的诸过程之一,对于了解形成中华文化多元一体关系的具体进程有重要的价值。

二者,清代以来,北京曾历经数次重要的社会变动:清王朝的逐渐孱弱、八国联军的入侵、帝制覆灭和民国建立及其伴随的满汉关系变化、各路军阀的来来往往、日本侵略者的占领等等。在这些不同的社会环境下,北京人的构成有无重要变化? 北京话和京味文化是否有变化? 进一步地,地域方言和文化与自身的传承性或发展性有着什么样的关系? 与社会变迁有着什么样的关系? 清代以至民国时期早期北京话的语料为研究语言文化自身传承性与社会的关系提供了很好的素材。

　　了解历史才能更好地把握未来。新中国成立后，北京不仅是全国的政治中心，而且是全国的文化和科研中心，新的北京话和京味文化或正在形成。什么是老北京京味文化的精华？如何传承这些精华？为把握新的地域文化形成的规律，为传承地域文化的精华，必须对过去的地域文化的特色及其形成过程进行细致的研究和理性的分析。而近几十年来，各种新的传媒形式不断涌现，外来西方文化和国内其他地域文化的冲击越来越强烈，北京地区人口流动日趋频繁，老北京人逐渐分散，老北京话已几近消失。清代以来各个重要历史时期早期北京话语料的保护整理和研究迫在眉睫。

　　"早期北京话珍本典籍校释与研究（暨早期北京话文献数字化工程）"是北京大学中国语言学研究中心研究成果，由"早期北京话珍稀文献集成""早期北京话数据库"和"早期北京话研究书系"三部分组成。"集成"收录从清中叶到民国末年反映早期北京话面貌的珍稀文献并对内容加以整理，"数据库"为研究者分析语料提供便利，"研究书系"是在上述文献和数据库基础上对早期北京话的集中研究，反映了当前相关研究的最新进展。

　　本丛书可以为语言学、历史学、社会学、民俗学、文化学等多方面的研究提供素材。

　　愿本丛书的出版为中华优秀文化的传承做出贡献！

王洪君　郭锐　刘云

2016年10月

"早期北京话珍稀文献集成"序

清民两代是北京话走向成熟的关键阶段。从汉语史的角度看,这是一个承前启后的重要时期,而成熟后的北京话又开始为当代汉民族共同语——普通话源源不断地提供着养分。蒋绍愚先生对此有着深刻的认识:"特别是清初到19世纪末这一段的汉语,虽然按分期来说是属于现代汉语而不属于近代汉语,但这一段的语言(语法,尤其是词汇)和'五四'以后的语言(通常所说的'现代汉语'就是指'五四'以后的语言)还有若干不同,研究这一段语言对于研究近代汉语是如何发展到'五四'以后的语言是很有价值的。"(《近代汉语研究概要》,北京大学出版社,2005年)然而国内的早期北京话研究并不尽如人意,在重视程度和材料发掘力度上都要落后于日本同行。自1876年至1945年间,日本汉语教学的目的语转向当时的北京话,因此留下了大批的北京话教材,这为其早期北京话研究提供了材料支撑。作为日本北京话研究的奠基者,太田辰夫先生非常重视新语料的发掘,很早就利用了《小额》《北京》等京味儿小说材料。这种治学理念得到了很好的传承,之后,日本陆续影印出版了《中国语学资料丛刊》《中国语教本类集成》《清民语料》等资料汇编,给研究带来了便利。

新材料的发掘是学术研究的源头活水。陈寅恪《〈敦煌劫馀录〉序》有云:"一时代之学术,必有其新材料与新问题。取用此材料,以研求问题,则为此时代学术之新潮流。"我们的研究要想取得突破,必须打破材料桎梏。在具体思路上,一方面要拓展视野,关注"异族之故书",深度利用好朝鲜、日本、泰西诸国作者所主导编纂的早期北京话教本;另一方面,更要利用本土优势,在"吾国之旧籍"中深入挖掘,官话正音教本、满汉合璧教本、京味儿小说、曲艺剧本等新类型语料大有文章可做。在明确了思路之后,我们从2004年开始了前期的准备工作,在北京大学中国语言学研究中心的大力支持下,早期北京话的挖掘整理工作于2007年正式启动。本次推出的"早期北京话珍稀文献集成"是阶段性成果之一，总体设计上"取异族之故书与吾国之旧籍互相补正"，共分"日本北京话教科书汇编""朝鲜日据时期汉语会话书汇编""西人北京话教科书汇编""清代满汉合璧文献萃编""清代官话正音文献""十全福""清末民初京味儿小说书系""清末民初京味儿时评书系"八个系列，胪列如下：

"日本北京话教科书汇编"于日本早期北京话会话书、综合教科书、改编读物和风俗纪闻读物中精选出《燕京妇语》《四声联珠》《华语跬步》《官话指南》《改订官话指南》《亚细亚言语集》《京华事略》《北京纪闻》《北京风土编》《北京风俗问答》《北京事情》《伊苏普喻言》《搜奇新编》《今古奇观》等二十余部作品。这些教材是日本早期北京话教学活动的缩影，也是研究早期北京方言、民俗、史地问题的宝贵资料。本系列的编纂得到了日本学界的大力帮助。冰野善宽、内田庆市、太田斋、鳟泽彰夫诸先生在书影拍摄方面给予了诸多帮助。书中日语例言、日语小引的翻译得到了竹越孝先生的悉心指导，在此深表谢忱。

"朝鲜日据时期汉语会话书汇编"由韩国著名汉学家朴在渊教授和金雅瑛博士校注，收入《改正增补汉语独学》《修正独习汉语指南》《高等官话华语精选》《官话华语教范》《速修汉语自通》《速修汉语大成》《无先生速修中国语自通》《官话标准：短期速修中国语自通》《中语大全》《"内鲜满"最速成中国语自通》等十余部日据时期（1910年至1945年）朝鲜教材。这批教材既是对《老乞大》《朴通事》的传承，又深受日本早期北京话教学活动的影响。在中韩语言史、文化史研究中，日据时期是近现代过渡的重要时期，这些资料具有多方面的研究价值。

"西人北京话教科书汇编"收录了《语言自迩集》《官话类编》等十余部西人编纂教材。这些西方作者多受过语言学训练，他们用印欧语的眼光考量汉语，解释汉语语法现象，设计记音符号系统，对早期北京话语音、词汇、语法面貌的描写要比本土文献更为精准。感谢郭锐老师提供了《官话类编》《北京话语音读本》和《汉语口语初级读本》的底本,《寻津录》、《语言自迩集》(第一版、第二版)、《汉英北京官话词汇》、《华语入门》等底本由北京大学图书馆特藏部提供,谨致谢忱。《华英文义津逮》《言语声片》为笔者从海外购回,其中最为珍贵的是老舍先生在伦敦东方学院执教期间,与英国学者共同编写的教材——《言语声片》。教材共分两卷:第一卷为英文卷,用英语讲授汉语,用音标标注课文的读音;第二卷为汉字卷。《言语声片》采用先用英语导入,再学习汉字的教学方法讲授汉语口语,是世界上第一部有声汉语教材。书中汉字均由老舍先生亲笔书写,全书由老舍先生录音,共十六张唱片,京韵十足,殊为珍贵。

上述三类"异族之故书"经江蓝生、张卫东、汪维辉、张美兰、李无未、王顺洪、张西平、鲁健骥、王澧华诸先生介绍,已经进入学界视野,对北京话研究和对外汉语教学史研究产生了很大的推动作用。我们希望将更多的域外经典北京话教本引入进来,考虑到日本卷和朝鲜卷中很多抄本字迹潦草,难以辨认,而刻本、印本中也存在着大量的异体字和俗字,重排点校注释的出版形式更利于研究者利用,这也是前文"深度利用"的含义所在。

对"吾国之旧籍"挖掘整理的成果,则体现在下面五个系列中:

"清代满汉合璧文献萃编"收入《清文启蒙》《清话问答四十条》《清文指要》《续编兼汉清文指要》《庸言知旨》《满汉成语对待》《清文接字》《重刻清文虚字指南编》等十余部经典满汉合璧文献。入关以后,在汉语这一强势语言的影响下,熟习满语的满人越来越少,故雍正以降,出现了一批用当时的北京话注释翻译的满语会话书和语法书。这批教科书的目的本是教授旗人学习满语,却无意中成为了早期北京话的珍贵记录。"清代满汉合璧文献萃编"首次对这批文献进行了大规模整理,不仅对北京话溯源和满汉语言接触研究具有重要意义,也将为满语研究和满语教学创造极大便利。由于底本多为善本古籍,研究者不易见到,在北京大学图书馆古籍部和日本神户市外国语大学竹越孝教授的大力协助下,"萃编"将以重排点校加影印的形式出版。

"清代官话正音文献"收入《正音撮要》(高静亭著)和《正音咀华》

（莎彝尊著）两种代表著作。雍正六年（1728），雍正谕令福建、广东两省推行官话，福建为此还专门设立了正音书馆。这一"正音"运动的直接影响就是以《正音撮要》和《正音咀华》为代表的一批官话正音教材的问世。这些书的作者或为旗人，或寓居京城多年，书中保留着大量北京话词汇和口语材料，具有极高的研究价值。沈国威先生和侯兴泉先生对底本搜集助力良多，特此致谢。

《十全福》是北京大学图书馆藏《程砚秋玉霜簃戏曲珍本》之一种，为同治元年陈金雀抄本。陈晓博士发现该传奇虽为昆腔戏，念白却多为京话，较为罕见。

以上三个系列均为古籍，且不乏善本，研究者不容易接触到，因此我们提供了影印全文。

总体来说，由于言文不一，清代的本土北京话语料数量较少。而到了清末民初，风气渐开，情况有了很大变化。彭翼仲、文实权、蔡友梅等一批北京爱国知识分子通过开办白话报来"开启民智""改良社会"。著名爱国报人彭翼仲在《京话日报》的发刊词中这样写道："本报为输进文明、改良风俗，以开通社会多数人之智识为宗旨。故通幅概用京话，以浅显之笔，达朴实之理，纪紧要之事，务令雅俗共赏，妇稚咸宜。"在当时北京白话报刊的诸多栏目中，最受市民欢迎的当属京味儿小说连载和《益世余谭》之类的评论栏目，语言极为地道。

"清末民初京味儿小说书系"首次对以蔡友梅、冷佛、徐剑胆、儒丐、勋锐为代表的晚清民国京味儿作家群及作品进行系统挖掘和整理，从千余部京味儿小说中萃取代表作家的代表作品，并加以点校注释。该作家群活跃于清末民初，以报纸为阵地，以小说为工具，开展了一场轰轰烈烈的底层启蒙运动，为新文化运动的兴起打下了一定的群众基础，他们的作品对老舍等京味儿小说大家的创作产生了积极影响。本系列的问世亦将为文学史和思想史研究提供议题。于润琦、方梅、陈清茹、雷晓彤诸先生为本系列提供了部分底本或馆藏线索，首都图书馆历史文献阅览室、天津图书馆、国家图书馆提供了极大便利，谨致谢意！

"清末民初京味儿时评书系"则收入《益世余谭》和《益世余墨》，均系著名京味儿小说家蔡友梅在民初报章上发表的专栏时评，由日本岐阜圣德学园大学刘一之教授、矢野贺子教授校注。

这一时期存世的报载北京话语料口语化程度高，且总量庞大，但发掘和整理却殊为不易，称得上"珍稀"二字。一方面，由于报载小说等栏目的流行，外地作者也加入了京味儿小说创作行列，五花八门的笔名背后还需考证作者是否为京籍，以蔡友梅为例，其真名为蔡松龄，查明的笔名还有损、损公、退化、亦我、梅蒐、老梅、今睿等。另一方面，这些作者的作品多为急就章，文字错讹很多，并且鲜有单行本存世，老报纸残损老化的情况日益严重，整理的难度可想而知。

上述八个系列在某种程度上填补了相关领域的空白。由于各个系列在内容、体例、出版年代和出版形式上都存在较大的差异，我们在整理时借鉴《朝鲜时代汉语教科书丛刊续编》《〈清文指要〉汇校与语言研究》等语言类古籍的整理体例，结合各个系列自身特点和读者需求，灵活制定体例。"清末民初京味儿小说书系"和"清末民初京味儿时评书系"年代较近，读者群体更为广泛，经过多方调研和反复讨论，我们决定在整理时使用简体横排的形式，尽可能同时满足专业研究者和普通读者的需求。"清代满汉合璧文献萃编""清代官话正音文献"等系列整理时则采用繁体。"早期北京话珍稀文献集成"总计六十余册，总字数近千万字，称得上是工程浩大，由于我们能力有限，体例和校注中难免会有疏漏，加之受客观条件所限，一些拟定的重要书目本次无法收入，还望读者多多谅解。

"早期北京话珍稀文献集成"可以说是中日韩三国学者通力合作的结晶，得到了方方面面的帮助，我们还要感谢陆俭明、马真、蒋绍愚、江蓝生、崔希亮、方梅、张美兰、陈前瑞、赵日新、陈跃红、徐大军、张世方、李明、邓如冰、王强、陈保新诸先生的大力支持，感谢北京大学图书馆的协助以及萧群书记的热心协调。"集成"的编纂队伍以青年学者为主，经验不足，两位丛书总主编倾注了大量心血。王洪君老师不仅在经费和资料上提供保障，还积极扶掖新进,"我们搭台,你们年轻人唱戏"的话语令人倍感温暖和鼓舞。郭锐老师在经费和人员上也予以了大力支持,不仅对体例制定、底本选定等具体工作进行了细致指导,还无私地将自己发现的新材料和新课题与大家分享,令人钦佩。"集成"能够顺利出版还要特别感谢国家出版基金规划管理办公室的支持以及北京大学出版社王明舟社长、张凤珠副总编的精心策划,感谢汉语编辑室杜若明、邓晓霞、张弘泓、宋立文等老师所付出的辛劳。需要感谢的师友还有很多,在此一并致以诚挚的谢意。

"上穷碧落下黄泉,动手动脚找东西",我们不奢望引领"时代学术之新潮流",惟愿能给研究者带来一些便利,免去一些奔波之苦,这也是我们向所有关心帮助过"早期北京话珍稀文献集成"的人士致以的最诚挚的谢意。

刘　云

2015年6月23日

于对外经贸大学求索楼

2016年4月19日

改定于润泽公馆

"清末民初京味儿小说书系"序

清末民初是一个急剧变革的时代，这一时期的小说创作，在中国小说史上呈现出空前兴盛的局面。从同治十一年（1872）《瀛寰琐记》发表蠡勺居士翻译的英人小说《昕夕闲谈》起，至五四运动之前，发表小说近两万种。其中译作约有三千二百种，余下的创作小说约有一万六千余种，其中短篇小说万余篇。由于行世的单行本并不多见，相当多的作品未能进入研究者的视野。阿英的《晚清戏曲小说目》只收千余种成书，而其中大部分是译作，创作不过近四百种。这个时期的小说可谓门类繁多，有政治小说、军事小说、教育小说、纪实小说、社会小说、言情小说、警世小说、笑话小说、侦探小说、武侠小说、爱国小说、伦理小说、科学小说、家庭小说、法律小说、广告小说、商业小说、历史小说、迷信小说、拆白党小说等二百多种。尽管这些冠名不够科学，但毕竟反映了当时小说分类的实际情况，创作的繁荣局面也可见一斑。

清末民初小说的繁荣与当时大量刊行的文艺及白话报刊分不开。这时期的文艺报刊蕴育了一大批有才华的小说翻译家和作家。当时的南方文坛（上海、苏州、杭州一带），活跃着李伯元、吴趼人、欧阳矩源、曾朴、梁启超、苏曼殊、包天笑、周瘦鹃、陈蝶仙、王钝根、王西神、徐枕亚、蒋箸超、吴双热、刘铁冷、李涵秋、李定夷、陈冷血、黄山民、胡寄尘等一大批作家。他们与当时的《新小说》《绣像小说》《新新小说》《月月小说》《游戏杂志》《民权素》《小说林》《小说海》《娱闲录》《礼拜六》《小说大观》《小说时报》《小说丛报》《小说新报》《小说月报》《妇女杂志》《中华小说界》等著名文艺期刊有着十分密切的关系。他们不是杂志的主撰，就是杂志的笔政或特约撰述，对当时南方文坛的繁荣做出了不小的贡献。

其实，同一时期的北方文坛也不寂寞，仅京津地区就涌现出几十种白话报，知名的有《京话日报》《爱国白话报》《白话国强报》《竹园白话报》《天津白话报》《北京爱国报》《小公报》等十多种。这些白话报培育了损公（蔡友梅）、剑胆、丁竹园（国珍）、冷佛、儒丐、市隐、湛引铭、耀公、耀亭、铁庵、尹虞初、钱一蟹等一批京味儿小说作家。他们谙熟京师的逸闻掌故、风土人情，写出地道的京味儿小说，展现了一幅幅清末民初古都北京的风俗画卷，为研究北京悠久的历史文化留下了十分难得的史料。

这里顺便提及京味儿小说的版本情况。京味儿小说有四种开本，分别近似现在的十六开、三十二开、四十八开和六十四开。这些京味儿小说均用当时旧报纸印刷，且折页装订。折页内有说明版本情况的文字，可以窥见该书的出版情况。如奇情小说《意外缘》的内折页上有"白话国强报"字样，可以得知该小说为"国强报馆"刊行；同页上端有"本馆开设在北京宣武门外海北寺街西头路北"等文字，由此可以得知《国强报》的馆址；同页左侧竖排"旧历年次戊午年六月十二日""中华民国七年七月十九日"等文字，由此可以得知此报的出版年代及时间。因笔者收藏有一些这类剪报本小说，方可知晓当时一些京味儿小说的版本情况。出版这类小说的报馆还有京话日报馆、爱国白话报馆、北京正宗爱国报馆、竹园白话报馆等。

另外，《京话日报》还出版过名为"新鲜滋味"的系列小说。笔者见过的"新鲜滋味"系列小说，有《一壶醋》《赵三黑》《贞魂义魄》《花甲姻缘》《苦鸳鸯》《文字狱》《王来保》等三四十种。

正是由于白话报刊孕育的职业小说作家的出现，才使得当时的南北文坛异常活跃。在清末民初的北京文坛，以彭翼仲为首的著名报人，用白话报为小说家们开辟了施展才华的广阔舞台，以损公、剑胆、冷佛、儒丐为代表的京味儿小说家崭露头角，创作出数以千计的京味儿文学作品，受到京津地区广大市民的热烈追捧，他们的创作实绩也成为京味儿文学发展史上浓墨重彩的一笔。

清末民初的京味儿小说有它的特殊性。首先，这些小说家多为记者，兼职从事小说创作。他们充分地享用报纸这一平台，而很少去利用杂志这种传媒，因为当时北京的杂志还很少见。损公、剑胆、冷佛等小说作者都活跃在报界，而这些报纸很少披露他们的生平及创作活动，致使读者对他们的身世背景知之甚少。其次，由于报纸的时效性和纪实性极强，读者由此想得知更多新奇的故事及新的小说，并不十分关注小说作者个人的身世背景。因此，也就难怪一些文史学家对他们的文学创作活动不甚了解了。

一、清民之际的知名报人及京味儿小说家

经过多年的寻觅，笔者搜集到了数量相当可观的剪报本样式的京味儿小说，并从一些小说的序跋和当时的文献中寻觅到蛛丝马迹，得以知晓作家的些许身世背景，胪列如下：

1. 关于彭翼仲

彭翼仲（1864—1921），清末民初的著名报人，长洲（今江苏苏州）人，祖居葑门砖桥，是当地的名门望族。彭翼仲生于京师，长于京师，1902年在北京创办《启蒙画报》，内容多涉历史、地理及自然科学知识，间附插图，旨在启迪民智，1904年停刊。同年8月，彭翼仲创办《京话日报》，他在"创刊号"中称报纸将"输进文明，改良风俗，以开通社会多数人之智识为宗旨"。报纸设有要紧新闻、本京新闻、各国新闻、宫门钞、告示、专电、演说、时事新歌、小说、讲书等栏目，通篇全用白话，极受民众欢迎。

彭翼仲是清末京味儿小说得以发展的大功臣，他使京味儿小说有了自己的舞台，得以蓬勃发展。在损公小说《姑作婆》的开头有一段话叙写彭翼仲：

> 在下于十年前，在本报上，也曾效过微劳，自打本报复活之后，因为事忙鲜暇，就说没功夫儿帮忙。头两天去瞧彭二哥（我一个人儿的），因为本报副张要换小说，特约我帮助帮助（要唱《忠孝全》），真有交情，不能不认可。损公的玩艺，在别的报上，也请教过诸位，有无滋味，也不必自夸，也无须退让，反正瞧过的知道。至于我们翼仲二哥，从前在专制羁縻之下，总可以说是

言论界的泰斗,办报开山的人物,已然消声匿迹,中道逃禅。这次冯妇下车,实是维持亡友的一片苦心。老头子五十多岁啦,现在又受这份罪,真得让人佩服。

彭翼仲作为北京白话报界的开山祖师,也亲自进行创作,如《活觭角》《鬼社会》等。正是在他的直接倡导下,才涌现出一批京味儿小说作家,使得京味儿小说在民国初年有了持续的发展,从而为现代京味儿小说的繁荣打下了坚实的基础。

2. 关于损公

据刘云和王金花考证,损公本名蔡松龄,号友梅,生于1872年,卒于1921年,由《北京报纸小史》《蔡省吾先生事略》等资料可知,损公是《燕市货声》作者蔡绳格之侄,为汉军旗人,有清世族。光绪三十三年(1907)他创办《进化报》,连载社会小说《小额》。这部小说单行本流落至海外,后辗转回到国内,受到海内外研究者关注。

在当时的奇情小说《意外缘》的结尾有一段话谈及蔡友梅:

> 现在因本报销路飞涨,惟恐不足以飨阅报诸君,特约请报界著名巨子小说大家蔡友梅先生,别号损公,担任本栏小说,自明天起改登社会小说《烂肉面》。其中滋味深奥,足为阅者一快。

当时的读者"壶波生"也给予他高度的评价:"北方小说多从评话脱胎,庄谐并出,虽无蕴藉含蓄之致,颇足为快心醒睡之资。此中能手,以蔡友梅为最,今死已七年,无有能继之者矣。"由此不难看出损公在当时北京小说界的地位。

据初步查考,蔡友梅在《北京益世报》《顺天时报》《京话日报》《国强报》等报纸上登载的小说多达百余种,其中仅在《京话日报》连载的"新鲜滋味"系列小说就有二十七种,笔者亲见的有二十六种,它们分别是:《姑作婆》《苦哥哥》《理学周》《麻花刘》《库缎眼》《刘军门》《苦鸳鸯》《张二奎》《一壶醋》《铁王三》《花甲姻缘》《鬼吹灯》《赵三黑》《张文斌》《搜救孤》《王遁世》《小蝎子》《曹二更》《董新心》《非慈论》《贞魂义魄》《回头岸》《方圆头》《酒之害》《五人义》《鬼社会》。这个系列与《小额》是蔡友梅的代表作。

3. 关于剑胆

剑胆本名徐济,笔名亚铃、哑铃、涤尘、自了生。管翼贤在《北京报纸小史》对其有过介绍:"徐仰宸,笔名剑胆。三十年来,在各报著小说,其数量不可计,堪称报界小说权威者。"剑胆恐怕是清末民初最为高产的作家之一,四十余载笔耕不辍,在《正宗爱国报》《蒙学报》《京话日报》《北京小公报》《实报》《北京白话报》《顺天时报》等报纸上连载小说,数量极为惊人。其存世作品的数量也较可观。笔者亲见的有:《花鞋成老》《皁人奶奶》《何喜珠》《劫后再生录》《李傻子》《张铁汉》《黑籍魂》《新黄粱梦》《贾孝廉》《杨结石》《王来保》《白狼》《文字狱》《七妻之议员》《文艳王》《刘二爷》《玉碎珠沉记》《石宝龟》《自由潮》《血金刀》《如是观》《李五奶奶》《妓中侠》《姐妹易嫁》《卖国奴》《金三多》《宦海大冤狱》《冒官始末记》《皇帝祸》《恶魔记》《张古董》《锺德祥》《淫毒奇案》《杨翠喜》《错中错》《衢州案》等。

在民初的北京文坛,他是与蔡友梅并驾齐驱的京味儿小说大家,是各家报纸吸引读者的金字招牌。

4. 关于儒丐和冷佛

除了蔡友梅的《小额》外,还有两部京味儿小说受到学界较多关注:一部是儒丐的《北京》,一部是冷佛的《春阿氏》。这两部作品的作者颇多共同之处:均是旗人出身,都以中长篇小说见长,后均因故避走东北,为东北现代义学的发展做出巨大贡献。

据张菊玲先生考证,儒丐原名穆都哩,号辰公,字六田,曾公派赴日本早稻田大学留学，不想刚学成归来，清朝已灭亡。儒丐先是加入《国华报》当编辑，开始了报人兼小说家生涯，后长期在沈阳《盛京时报》工作，发表了大量翻译作品、小说、戏评和时评，其代表作品有《北京》《徐生自传》《同命鸳鸯》等，其中《北京》的影响最大。该小说带有明显的自传性质，讲述《大华日报》编辑伯雍所亲历的民国各界之龌龊现象，小说中底层旗人的悲惨遭遇颇令人扼腕。

冷佛，本名王绮，又名王咏湘，隶内务府旗籍。夏守跛在《井里尸》序中云："……往者吾读元明以来诸说部，窃怪以彼之才，而所记者，非家庭酬应琐屑之常词，即怪诞自喜之作，其足以羽翼史书者何少也。及读《春阿氏》《未了缘》两书，于是始知有冷佛其人者。书虽未脱元明以来之故辙，而文笔之雄伟，固已超越之矣。今夏又为《井里尸》一书，索而观之，奇辟宏肆，奚只元明魏晋以来所仅见。"

由以上文字可知，冷佛的白话小说创作除了《春阿氏》外，还有《未了缘》《井里尸》等作品。笔者亲见的作品还有哀情小说《小红楼》（又名《隔梦园》）以及侦探小说《侦探奇谈》。冷佛不仅擅写白话小说，还工文言小说。志怪小说《蓬窗志异》即用文言写就，可见冷佛深厚的文言功底。

5. 关于湛引铭和尹箴明

在清末民初的北京文坛，用地道的北京土语改写《聊斋志异》是一道独特的风景，延续时间之长，参与者之众，令人叹为观止。在报纸上连载的此类小说多以"评讲聊斋""讲演聊斋"命名，编著者熟悉北京的掌故旧闻，亦有一定旧学基础，不乏遗老宗室参与其中，湛引铭就是其中的佼佼者。

孟兆臣先生在《实事白话报》中发掘出一则重要材料，转引如下："湛引铭者，暂隐名也，乃清季之贵族，胜朝之遗老也。民国后，改署尹箴明，在《群强报》上编辑白话《聊斋》，标题加用'评讲'二字，署款改用尹箴明，取隐真名之意。前之所用'湛'者，尚有暂时之意。后之所以用'尹'者，则绝对不谈真名，而实行隐去也。"管翼贤《北京报纸小史》云："勋茝臣，著白话《聊斋》,刊《群强报》。"孟兆臣先生查《群强报》只有尹箴明一人写《聊斋》,进而判断尹箴明就是勋苤臣。

二、北京话与京味儿小说

一般的小说史家常跳过清末民初这一段:讲中国小说史,即在《儿女英雄传》之后,就直接讲鲁迅的小说创作;而讲京味儿小说的,则由《儿女英雄传》之后直接讲老舍的早期小说创作,似乎在清代的《红楼梦》《儿女英雄传》与民国年间老舍的《骆驼祥子》之间,留有一个空档。事实上,京味儿小说的发展源远流长,从未断流,蔡友梅、剑胆、冷佛、儒丐等京味儿作家的创作实绩构成了承上启下的重要一环。

清末民初的京味儿小说不仅生动地描绘了当时的市井风情、满汉风俗,还保留了大量的老北京口语、俗语和歇后语,为后人留下了十分珍贵的语言史料。在某种意义上讲,这些京味儿小说的语言就是一部老北京话的百科全书。时至今日,越来越多的京味儿小说重见天日,我们就绝不能再三缄其口,应正视现实和历史,重新审视清末民初的北京文坛,大力张扬这批京味儿小说家的历史功绩,深入发掘这批作品的文学价值和语言价值,为京味儿文学未来的发展提供更多养分,为北京话的研究和传承夯实基础。

我与刘云认识多年,两人很是投缘,都对京味儿小说兴趣浓烈。我是个北京土著,从小听奶奶唱:"小小子儿,坐门礅儿,哭着喊着要媳妇儿……"长大后,我对北京有着一种天生的情结,爱北京的一切,自然也爱"京味儿小说"。从老舍的京味儿小说,再到清末民初的蔡友梅、徐剑胆、王冷佛等人的京味儿小说,我已关注多年,也写了一些相关的文章。对于我,这似乎是顺理成章的事情。

而刘云却是个南方的青年才俊,他到北大读书,攻读博士,不知什么缘由,却爱上了北京,爱上了京味儿小说。从此,他一发而不可收。多年来,他一直发掘、梳理京味儿小说作家作品,辛勤拓荒,成绩斐然,陆续发表了一些很有见地的文章,着实令人钦佩!

近年来，刘云带领着他的年轻团队，对清末民初的京味儿小说加以整理、点校、注释，这实是功德一件。在当今热闹喧嚣的社会氛围中，刘云一行人，费劲巴拉地甘愿坐冷板凳，完成了近二百万字的点校注释工程，真真可圈可点！

我愿在他们的科研成果即将问世之际，说几句心里话，为他们的学术硕果感到由衷的欣喜，同时祝愿他们的学术成绩更上一层楼。

丁酉夏月

于润琦

于京师·祥云轩

校注说明

一、关于作者蔡友梅

《过新年》的作者亦我,本名蔡松龄,号友梅,生于1872年4月3日(同治壬申年二月二十六日),卒于1921年10月16日,享年49岁。去世时,家住北京东城东颂年胡同31号。①

蔡友梅祖籍河南上蔡县,他自己说:"记者祖籍河南上蔡,寄籍北京"②"原籍上蔡,寄籍大兴"③。因为清代科举制度规定,读书人首先要"进学",通过考试后进入县学或府学学习,叫生员,即我们平常所说的秀才。考秀才,民人要进行三级考试,县考、府考、院考;旗人要在本旗参加考试,然后院考④。因为顺天府(北京内城)按规定只许旗人居住,所以民人要回原籍参加考试,回不去的办理寄籍也只能在郊区县。又因为大兴、宛平二县离北京城最近,生员可以在顺天府学读书,所以当时外地人寄籍多在这两个县。蔡友梅说他参加过"府考"⑤,且又寄籍大兴,所以肯定不是旗人。但他的外祖父姓金,号静庵⑥,因为满语"爱新"的意思是"金",所以,爱新觉罗氏族中的很多人在选择汉姓时选择了"金"。因此,不排除蔡友梅的母亲是旗人的可能性。蔡友梅

---

① 1921年10月19号《北京益世报》蔡友梅讣告。
② 1919年5月9号《北京益世报》,《恶社会》。
③ 1921年4月28号《北京益世报·余墨》。
④ 《八旗通志》第九册,第3166页—3176页。
⑤ 1920年3月16号《北京益世报·益世余谭》。有时,也把旗人在本旗的考试叫"府考",但和民人的府考不同。
⑥ 1920年5月21号《北京益世报·益世余谭》。

虽然祖籍是河南,但他自己说,"记者生长北京"①,所以,他出生在北京,大部分时间也生活在北京,是没有问题的。

　　从现在所搜集到的资料看,蔡友梅的一生丰富多彩。他年少时,父亲蔡绶宸曾在山东做官,蔡友梅曾随任②。他参加过生员考试,中了秀才③。蔡友梅的祖母出身中医世家,蔡友梅也曾经和三叔君邻一起正式行过医。即便后来他当了报纸编辑,也依然义务行医,直到去世。1895年前后,他在兵营中谋得一个小差事,"前清甲午年间,中东战事发生,记者在营务处充当委员"④,"庚子之先,记者在某营充当文案委员"⑤,"己亥年间,记者正在神机营营务处充当委员"⑥。1899年,他在大学堂学习,"曾记前清己亥年九月,记者正在大学堂肄业"⑦。"大学堂"就是京师大学堂,当时也叫北京大学堂,是北京大学的前身。随后,他自己说:"甲午之后,世伯黄君由上海日寄《申报》一分,……记者自经看该报之后,如梦方醒,颇动国家观念,不敢说研究新学,新书新报,也常翻阅。庚子后联合同志,阅报处、宣讲所、学堂、公厂、戒烟会、演说会,也都组织过。"⑧他当过老师,在振华中学当过校长⑨。1907年办过《进化报》。《进化报》因亏空倒闭后,他去"绥远城充当禁烟局帮办"⑩,兼任法政讲习所总办⑪。中华民国成立后,他从绥远回来,开始在《顺天时报》《京话日报》《白话国强报》《北京益世报》《爱国白话报》上发表连载小说、演说

---

① 1921年1月21号《北京益世报·余谈》。
② 1920年6月25号《北京益世报·益世余谭》、1921年1月17日《北京益世报·余谈》。
③ 1917年12月14号《顺天时报》,《钱串子》;1920年4月24号《北京益世报》,《谢大娘》。
④ 1920年4月16号《北京益世报·益世余谭》。
⑤ 1920年1月18号《北京益世报·益世余谭》。
⑥ 1921年5月13号《北京益世报·余墨》。
⑦ 1919年11月25号《北京益世报·益世余谭》。
⑧ 1921年1月21号《北京益世报·余谈》。
⑨ 1921年1月19号《北京益世报·余谈》、1920年10月29号《北京益世报·益世余谭》。
⑩ 1920年10月3号《北京益世报·益世余谈》。
⑪ 1921年6月22号《北京益世报》,《王翻译》。

和随笔。1914年曾经到河南、湖北、江西劝办印花储蓄公债①，1916年年底开始任教育部模范讲习所讲员②。他还先后担任过《益世报》白话编辑主任③、《大西北日报》和《卫生报》编辑④。他的最后一部小说是《鬼社会》，仅写了28页半，便撒手人寰。现在已能确定的他的笔名有松友梅、损、损公、退化、亦我、老梅、梅蒐、瞎公，仅这几个笔名，我们就查到有小说100部以上，还有演说数十篇、随笔数百篇，几百万字。

二、关于《过新年》

《益世报》是由比利时籍天主教神父雷鸣远于1915年10月在天津创办的，1916年10月增设北京版，内容并不和天津版一样，起名为《北京益世报》⑤。从1916年开始，蔡友梅就在《北京益世报》上以亦我的笔名发表用北京话写成的连载小说，因为我们搜集到的《北京益世报》不全，所以现在看到的蔡友梅发表的最早的小说是《高明远》，只有后半部分，最后一部小说是《美人首》，到1921年10月1号为止。一次，我和北大出版社原汉语编辑室主任王飙先生说起《北京益世报》上也有蔡友梅的小说，他和我商谈，是否可以标注出版，但因出版经费有限，只能出一部，我们从中选择了北京话语词多的《过新年》。后来，邓晓霞女士接任汉语编辑室主任，觉得一部太少，所以又增加了《土匪学生》《王有道》《苦家庭》和《势力鬼》。

我们这次对原书做了标点、注释，将繁体字改成简体字，原书错字、错排的地方也照原样排出，并在注释部分作出说明。

---

① 1921年7月7号、1921年8月5号《北京益世报》，《王翻译》。
② 1917年2月8号《北京益世报》，《演说》。
③ 1917年3月7号《北京益世报》，《演说》。
④ 1921年4月5号《北京益世报·余墨》、1920年4月20号《北京益世报·益世余谭》。
⑤ 《北京传统文化便览》，第996页。

三、关于注释原则

词汇注释的主要依据：

1. 一些词语现在北京人，特别是老年人依然使用，我自己和我的长辈在日常生活中就这么说，例如"搭着""一死儿"，所以，我当然了解这些词语的意思。

2. 根据词典上的释义。例如"幼僧"是参考了《中日大辞典》。

3. 参考反映当时生活的书籍。例如"贴靴"，是参考了《都市丛谈》。

4. 一些词语在当时的北京白话小说中反复出现，我根据上下文总结出这些词语的意思。例如"不来"：如果真有那个事，那是成心跟我不来。（《白话聊斋·画皮》）/谁要再拦我，那是跟我不来。（《杂碎录》）/谁跟谁不来，明着不敢惹，故此才用笔墨生端，以图报复。（《演说·匿名信》）/曾忠曾信这路人，好似狗仗人势似的，一瞧大哥跟二哥不来，立刻也举起家伙。（《评讲聊斋·曾友于》）/因为与骑牛架拐的不来，才有那宗举动儿。（《演说·新五雷阵》）/你瞧，这必是二爷的捻子。他诚心起哄，跟我不来。（《双料义务》）根据这些例句，我总结出"不来"的意思是"过不去"。

如果上述4条中2、3出现矛盾，以3为准，如果2、3、4出现矛盾，以4为准。

历史事件的注释依据：

关于历史事件，我们主要参考的是历史书籍、报纸杂志和词典。在这些资料中，对于同一事件，经常有不同的记载。即便是当时报纸的报道，也不尽相同，甚至是完全相反。我的原则是，以当时报纸的报道为主要依据，参考书籍和词典。有些报道对事件的描写未必完全真实。我不是历史学家，只能尽量结合各种资料，做出一个我认为最接近事实的说明。肯定会有一些与事实有出入的地方，希望读者诸君批评指正。

四、关于注释过程

矢野贺子教授和我在日本爱知县立大学图书馆影印了《北京益世报》上

的小说，北京大学出版社录入了《过新年》《土匪学生》《苦家庭》和《势力鬼》，我进行了第一次校对并标点，矢野贺子教授进行了第二次校对。《王有道》则是由矢野贺子教授录入并标点，我进行了第一次校对，矢野贺子教授进行了第二次校对。

我和矢野贺子教授分头查资料，由我执笔注释。

关于"壳子""软包"和"约掌子"的注释，我请教了北方昆曲剧院国家一级演员张卫东先生。责任编辑任蕾女士和终审编辑张弘泓女士对一些注释提出了非常好的意见，复审杜若明先生特指出"畔不可开"应为"艸不可开"。对此，我们表示衷心的感谢。

刘一之

2018年4月2日

目 录

过新年 …………………………………………………………… 1

土匪学生 ………………………………………………………… 85

王有道 …………………………………………………………… 107

苦家庭 …………………………………………………………… 132

势力鬼 …………………………………………………………… 179

参考资料 ………………………………………………………… 236

过新年

阴历又逢新岁,怪现状已叙完。蛇神牛鬼透新鲜,世态人心可叹。
往下有心再稿①,恐怕诸位嫌烦。八百多续老没完,自己也觉讨厌。
如今另改新戏,亮台开幕头天。题目叫作过新年,不是王小那段。
情节可惊可泣,不外离合悲欢。讽世劝善非等闲,就请主道②上眼③。

《怪现状》④小说,稿了一百多续,昨天算是交卷。要往下稿,有的是材料,八百多续都成,可是老没结没完,恐怕诸位瞧着厌烦。可是话又说回来了,这宗小说,先头里⑤也说过,另一个叙法。虽然是一个题目,里头却不是一挡子⑥事,较比《官场现形记》,眉目还觉清楚。《官场现形记》,楞⑦要把好些个事情,东拉西扯,穿梭到一块儿,未免的有好些个牵强。记者⑧这个叙法儿,是以悲天,悯人为主恼⑨,彼说一段,此说一段,可长可短,变幻无穷。这个叙法儿,记者说实话,这也不是我兴的,从先⑩上海某小说,就是这个法子,我这也是跟人家学的乖,可是一百多续,也很够瞧的了。如今新年⑪新节的,换一挡子新鲜玩

---

① 稿:搞。当时多写为"稿"。
② 主道:顾客。此处指读者。
③ 上眼:看。
④ 《怪现状》:1917年3月18日到1918年2月18日亦我在《北京益世报》上的连载小说。
⑤ 先头里:以前。
⑥ 挡(dǔng)子:量词。有时发音为dǎngzi,有时发音为dàngzi,写作"挡子"。
⑦ 楞:同"愣"。
⑧ 记者:作者自称。因为蔡友梅是报纸记者。
⑨ 主恼:应为"主脑",此处指主要人物。悲天、悯人是《怪现状》中的主要人物。
⑩ 从先:从前。
⑪ 新年:此处指1918年。

艺儿,贡献诸位,您要爱瞧《怪现状》,怪事儿多着的呢,咱们改日再敬。闲话取消,书归正传。

在前清咸丰年间,北京东华门住着一个周道台,是一位汉军旗籍①。周道台是个军功出身,先保②了一个知县,作了二年州县,保到道台,在南省③作了五六年实缺④道台,告老还乡,银子是弄足了,产业也置了不少。要说他的财主⑤,动产不算,就说不动产,有百十多顷地,百十多处房子,六个银号,七个当铺,粮食店还开着八个。

周道台的家当儿世业,上回书已然说过,兹不多赘。如今再把他家庭的历史,略说一说。周道台名福安(可不是唱武生的周福安⑥),号叫寿平。夫人李氏,娘家也是汉军旗人。此外还有两位姨太太。大姨太太张氏,是位本京人,娘家是落地的⑦宦裔。二姨太太何氏,是南省人⑧。家中是七位少爷、四位姑娘。七位少爷的名字,是孝、悌、忠、信、礼、义、廉(可以说是无耻)。大少爷、二少爷、大姑娘、二姑娘都是李氏太太所生。三少爷、四少爷、三姑娘、四姑娘是大姨太太张氏所生。五少爷、六少爷是二姨太太何氏所生。惟独七少爷周廉是位凤姑娘所生。

在北京旧家⑨习惯,要是有父母在堂⑩,儿子的屋里人⑪,不敢居然称姨奶

---

① 汉军旗籍:"八旗",是努尔哈赤在1615年建立的一种集军事、生产、生活于一体的组织,你是哪旗的人,便终身属于哪旗,你的子孙也永远属于哪旗,除非有皇帝的命令让你转籍。"旗",满语叫"固山"。因为有八个,每个都有自己的旗帜,所以汉语叫八旗。根据旗帜的颜色,叫作正黄旗、镶黄旗、正白旗、镶白旗、正红旗、镶红旗、正蓝旗、镶蓝旗。每旗最初只有满族人,后来又有蒙古族、汉族和其他民族的人加入进来。因为满族、蒙古族、汉族的人最多,所以,每旗又分满洲、蒙古和汉军三个旗下旗,例如镶黄旗有满洲镶黄旗、蒙古镶黄旗和汉军镶黄旗。
② 保:保举,大臣向朝廷推荐人才,后多指大臣荐举下属。
③ 南省:南方省。
④ 实缺:正式官位。
⑤ 财主:财产,主要指可以让人赚钱的财产。
⑥ 周福安:1874-1939,京剧武生。
⑦ 落(lào)地的:一出生就是。
⑧ 南省人:南方人。
⑨ 旧家:世家。
⑩ 在堂:活着。
⑪ 屋里人:妾。

奶,叫甚么①名子②,就叫他甚么姑娘,有了儿子才能称姨奶奶。即或父母不在堂,由丫头收的房③,乍一上任,也不能就称姨奶奶,也是叫甚么姑娘。即或生了儿子,应该称呼姨奶奶啦,往往的上上下下叫惯了,还称呼甚么姑娘。这也是官家的恶习,相沿的习惯。旗籍人家,尤其讲究这个。

这位凤姑娘名叫凤仙(可不是狐狸精④),广西人氏。周寿平署⑤右江道的时候儿,因为该处水土恶劣,没带家眷,彼时有人送了一个丫头,就是这位凤仙姑娘。周道台因为身旁无人扶持,就把凤仙收了房啦。后来就跟前⑥七少爷周廉。周道台告老还乡的时候儿,已然六十多岁,大少爷、二少爷都奔三十啦,两位姨太太也都四十多啦,至不能为⑦六少爷周义都十八九啦。惟有凤仙姑娘还不到三十。七少爷周廉,也就在八九岁。孝、悌、忠、信、礼、义,也都娶了媳妇儿啦。不用说,都是门当户对。四位姑娘,也都出了阁⑧啦,人家儿自然也都不含糊。儿子的功名,也都拔给⑨起来啦。周老头子真是富贵寿考⑩,儿孙满堂,颇极人生之乐。

周道台退归林下⑪,儿孙绕膝,晚年的乐境,实在令人可羡。若⑫前清时代,仕者⑬世禄⑭,只要有钱有势力,辈辈儿可以作官。周道台的几位少爷,差使⑮也全跟上劲⑯啦。大少爷周孝捐⑰了个候选知县。二少爷周悌是个御前三

---

① 甚么:什么。
② 名了:名字。
③ 收的房:把丫头收为妾。
④ 可不是狐狸精:《聊斋》中有《凤仙》一篇,凤仙为狐仙。
⑤ 署:临时代理。
⑥ 跟前:生。北京管"生了几个孩子"叫"跟前几个孩子"。
⑦ 至不能为:最差,这里指最小的。
⑧ 出阁:出嫁。
⑨ 拔给:应为"拔结",费力气。
⑩ 寿考:长寿。
⑪ 退归林下:辞官。
⑫ 若:像。
⑬ 仕者:当官的人。
⑭ 世禄:世袭官爵。
⑮ 差使:工作。
⑯ 跟上劲:不错。
⑰ 捐:花钱买官。清代买官是朝廷下令的,什么官多少钱,都是公开的。

等侍卫①,三少爷周忠,由国史馆②保的候补员外③。四少爷周信,是礼部笔帖式④。五少爷周礼,是候选笔帖式。六少爷周义,是个内阁⑤中书⑥。惟有七少爷周廉,年纪尚小,正在念书。

常言说的好,"老年惜少子",这是地球上的通例。周道台对于周廉,较比别的儿子,是格外的疼爱。因子及母,对于凤仙姑娘,是宠眷异常。这宗情形,不独周道台为然,千人一面,大半都是这宗样子。可是这位凤仙姑娘,天性举动,跟寻常妇人女子不同,虽然是小家碧玉,使婢出身,人格道德极为高尚,举止也很有大家风范。不但此也(别转啦),这位七少爷周廉,虽然年方十岁,跟寻常的小孩子也不同。

要论周廉的相貌,小说家有云:"真是方面大耳,天庭⑦满地阁⑧圆。齿白唇红,眉清目秀,一望而知为大器。"周道台给他请了一位老夫子,是位山东人(旧日北京旗人,家里请专馆⑨,专爱请山东老夫子,也真是件怪事),姓宋,号叫仲三,五十多岁,是个老举人。周廉是真聪明,宋老夫子也谆谆善诱,十一岁上,已然念了三部经书,能对五个字的对字⑩,按说就算很聪颖啦。在寻常演义小说,要夸这个孩子聪明,离山弴远⑪,走驴儿就大⑫,甚么"过目成诵"啦,

---

① 御前三等侍卫:在清朝,皇帝的保卫人员称侍卫,分为四等,一等侍卫是三品官,二等是四品,三等是五品,另有所谓蓝翎侍卫是六品。侍卫最初只从上三旗的皇族子弟及旗员中挑选,康熙二十九年(1690)也开始从汉人武进士中挑选。侍卫又分一般侍卫、乾清门侍卫和御前侍卫。一般侍卫把守紫禁城的大门,还有一些是保护膳房、茶房及上驷院的,即养马处和养鹰、狗处的。乾清门侍卫是把守乾清门等内宫门的,只有上三旗的人才能担任,所以,地位要比一般侍卫高。御前侍卫是皇帝的贴身警卫,是从皇族子弟、蒙古王公和乾清门侍卫中挑选出来的,地位更高。所以,周悌不可能是御前侍卫的,说是一般侍卫还说得通。
② 国史馆:非正式官署,无固定人员,由皇帝直接委派人员组成的编纂班子,成员多从翰林院抽调,编纂史、志、传、表等。人员俸禄从原官署领取,无官职人员,领取临时俸禄。
③ 员外:员外郎,正五品。
④ 笔帖式:负责写文书的人。按资历有七、八、九品。
⑤ 内阁:辅佐皇帝办理国家政事的中央机关。清代康熙年设,直到清末。
⑥ 中书:从七品。负责典章法令、诰命等的撰写、记载、翻译、缮写等工作。
⑦ 天庭:两眉之间,也指前额中央。天庭饱满,是贵人之相。
⑧ 地阁:也写为"地格",下巴。地阁方圆为福相。
⑨ 专馆:私人教师,通常住在主人家里。
⑩ 对字:对子。
⑪ 离山弴(diào)远:离得非常远,非常离谱。
⑫ 走驴儿就大:出门骑驴挑大的。此处指捡好听的说。

"目下十行"啦,"七岁上五经①就念完了,九岁就作全篇文章"啦,说了个神童相似。那全是摇晃山②,一点儿也靠不住。惟独记者的小说,荒渺支离的事情,向例③不说,咱们朴实说理。

周道台家中,事业是大的,人口是多的,竟④男女仆人,总有个五六十口子。周道台优待凤仙母子,大家心里很不乐意,可是看着老头子的面上,表面上假装表示欢迎。好在凤仙姑娘,是个深沉厚重的人,一点恃宠而骄的意思没有。正太太已经是不在了,凤仙对待大姨太太、二姨姨⑤太太,还持仆妾之礼,跟几位少奶奶,也都很谦和,这便是凤仙姑娘的高处。这位大姨太太张氏,是个宦家之女,念过两天书,人很忠厚。这位二姨太太何氏,人极阴狠。他看着凤仙母子,老是眼中钉、肉中刺一样,总想着把他母子除了才好。屡次在周道台跟前,要进奉谗言,无奈老不得法。一来老头子对于凤仙十分的宠爱,二来凤仙姑娘整天循规蹈矩,无隙可乘。说了两回坏话,碰了老头子两回钉子,于是一变方针,跟凤仙极力的要好。老头子以为他们是和美,心里十分喜欢,谁知他包藏祸心,别有用意。

那天正赶上腊月三十儿,北京的习惯,三十儿晚晌⑥,讲究辞岁。阖家大小聚在一堂,作晚辈的,要给老家儿⑦磕头。兄弟妯娌也都要磕头。这宗习惯,不但北京如此,到处大概是一样。

那天周道台家中画烛高烧,悬灯结彩,老头子衣冠齐楚,带领着七个儿子,先到祠堂拜了祖先,随后来到正房,真是儿孙绕膝,男女成群。姨太太们都是花枝昭⑧展,黑压压挤了一屋子。老头子这分高兴就不用提了。大少爷周孝,才要给周道台行礼,二姨太太何氏说:"大爷且慢行礼,我今天有一句话,要跟大家提议。"周道台说:"有甚么话你就说吧。"何氏说:"现在凤姑娘,到咱们家

---

① 五经:《易经》《书经》《诗经》《礼记》《春秋》。
② 摇晃山:没有根据的话,靠不住。
③ 向例:一向。
④ 竟:净。
⑤ 姨:衍字。
⑥ 晚晌:晚上。
⑦ 老家儿:一般指父母,如父母不在,也可指长辈抚养人。
⑧ 昭:应为"招"。

也好几年啦,七少爷今年都十一啦,上上下下,还凤姑娘长凤姑娘短的,未免的不对。"

二姨太太何氏当时提议,说:"凤仙姑娘到咱们家也十几年啦,七少爷都这们①大了,大家还叫他凤姑娘,未免的太难②。再一说,如今太太是不在了,我们都是平等的人(倒不自由)。据我的意思,由今天起,把'凤姑娘'三个字取消,从此大家称他为三姨太太,与人情公理,也不至于背谬。本员的意思如此(要来临时参议院是怎么着),诸君以为何如?"何氏言还未尽,大少奶奶蒋氏、二少奶奶沈氏,一齐说道:"阿娘③这个提议,我们是极端赞成。"周忠、周信也表示认可。三少奶奶韩氏、四少奶奶杨氏,也很表同情④。五少奶奶朱氏、六少奶奶秦氏,虽没言语,也算默认啦。原来这六位少奶奶娘家的姓氏,是蒋、沈、韩、杨、朱、秦(讲究巧吗。这是排着百家姓儿来的,就短了尤、许啦)。几位少爷都没有异议。大姨太太张氏,是个忠厚老实人,对于这件事情,也无所可否。当时全场一致,大表同情。周道台坐在那里,微微的淡笑,乐的闭不上嘴(德行)。何氏说:"老爷想这件事情怎么样?"周道台带笑说道:"凤仙姑娘也罢,三姨太太也罢,反正是名辞上的称呼,没有多大关系。你们既愿意,就叫他三姨太太也没有甚么。但愿你们和和美美,彼此相亲相爱,我心里就很欢慰。我今年是六十多岁奔七十的人了,我还活的了几年?廉儿到年才十一岁,他妈不到三十岁。我死之后(大年下的留上遗言啦),你们大家,看在我的面上,多照应他母子就是了。"说着咧着大嘴哭起活儿来⑤。周道台一哭,阖家大小都觉一楞。

周道台一哭,阖家大小都觉一楞。二姨太太何氏说:"老爷您这是怎么了?新年新节的,提这宗没影儿的事情作甚么?老爷今年才六十来岁。那⑥里像六十来岁的?唉。大姨太太,三姨太太(立刻就叫三姨太太),少爷、少奶奶们,你们说,老爷子也就像四十来岁的人罢。老爷这样精神、这样康健,还不活个

---

① 这们(zhèmen):这么。现在北京人的发音仍然是"这们"。
② 太难:不合情理,不对。
③ 阿娘:也写作"额娘",满语,妈妈。
④ 同情:想法一样。
⑤ 起活儿来:起来。
⑥ 那:哪。当时"那""哪"都写作"那"。

一千多岁呀?"周道台当时破涕为笑,说:"我活一千多岁,我成了甚么了?"何氏自知失言,当时也乐了,说:"我说错了。我说老爷准活个一百多岁。"周道台说:"这还不差甚么的。"这当儿①有一个傻丫头,名叫傻大姐儿(可不是《红楼梦》上那个傻大姐儿),在旁边儿搭了岔儿了,咬着个舌子②说道:"爱(二)姨太太说的不对,我瞧老爷准活一万岁(这个更邪)。"周道台说:"这个丫头真可恶,诚心③跟我开玩笑呀。"原来这个傻大姐儿,正是二姨太太屋里的。二姨太太当时要打傻大姐儿,傻大姐儿是哭,大家是乐,这分乱就不用提啦。

书要干脆。周孝等六对儿小夫妇,给周道台磕头辞岁,跟着就是周廉,磕头辞岁。大家又给大姨太太张氏磕头辞岁,随后又给二姨太太何氏辞岁。何氏谦让了会子,也就受了。二少爷周悌,将④要给大爷周孝叩头,何氏说:"且慢,还有你三姨娘(《现汉》中有语气词呢+啊)。你七兄弟也那们⑤大了,他跟我们处于平等的地位。我们既然受了头,焉有不给他叩头辞岁之理?"大少爷周孝,原是个忠厚人,当时说道:"我倒忘了。那么三姨娘就请坐罢。"凤仙那里肯受,说:"大少爷千万不要行理⑥。我还没给两位姨太太叩头呢。"何氏说:"咱们是姐儿们,免了这个礼罢。"

凤仙要给大姨太太、二姨太太磕头,张、何二氏再三的不受。少爷、少奶奶们,要给凤仙磕头,凤仙自然也是不肯受。弟兄妯娌们,彼此辞岁磕头不必细说。跟着男女仆人,上来辞岁磕头,这分热闹就不用提啦。跟着又有拜官年⑦的(旧日官场,三十儿晚晌讲究拜官年),又有至近的本家亲友前来辞岁,真应了《名贤集儿》的话啦,"白马红缨彩色新,不是亲来强来亲"。门口儿人来客去,车马络绎不绝(去年三十儿晚晌我的门口儿,也是人来客去,债权人络绎不绝)。周道台家过年,反正比我们家过年舒服(费话),也不必细表。

单说这位二姨太太何氏,素来非常的阴狠,看着凤仙母子不亚眼中疔⑧、

---

① 这当儿:这时候儿。
② 咬舌子:说话发音不清楚。发音部位靠前。
③ 诚心:成心。
④ 将:刚。
⑤ 那们:那么。
⑥ 理:应为"礼"。
⑦ 拜官年:官场上,属员给上司拜年。
⑧ 眼中疔:眼中钉。

肉中刺,恨不能立时除灭才好。要说他的心思,不但多心①凤仙母子,且②大少爷周孝那块儿③,他就多心。不过人家根深蒂固,他的力量来不及④就是了。大姨太太张氏,原是个宦裔,人极忠厚,并且也念过书,有学问。阖家上上下下也都很佩服,他想着斗也斗不了。后来他见老头子宠爱凤仙,他这个气大了。他看着七少爷周廉非常的聪俊,老头子又这们一偏疼,他肚子简直的要气破了。一来是醋海生波,二来为财产问题。他准知道老头子一死,决混不到一块儿。要是把凤仙母子除了,将来瓜分家产,短分一份儿。他虽存着这宗恶意,无奈凤仙深沉厚重,循规蹈矩,无隙可乘,他是一点主意没有。始而在周道台跟前,很给凤仙说了些个坏话,老头子不听,后来他又变宗旨。

　　二姨太太何氏,给凤仙冒坏⑤冒不动,后来一变方针,改为柔媚为手段,极力跟凤仙要好。周道台以为是好意,心里倒也欢慰。何氏表面虽跟凤仙要好,暗中却联络党羽,研究处置凤仙母子的法子。自古小人害人,照例是这宗政策,无足多怪。上回书也说过,大姨太太张氏,原是落地的宦裔,人极忠厚,并且极有涵养,对于阖宅人等,是一律相待,并且有一样高超的地方,在周道台跟前,就知道给人家说好话,永远没给人说过坏话(这宗人实在难得,在妇女中尤其的难得)。所以阖宅人等,自周道⑥以次⑦,没有不欢迎的。何氏打算联络张氏,抵制凤仙。张氏是个有学问的人,早看透他的用意,很规劝了他两回。何氏碰了个钉子,于是又联络几位少奶奶、姑奶奶⑧,以厚党势。

　　至于周家这些少爷、少奶奶,以及出阁的四位姑奶奶,脾气如何,天性怎么样,咱们得略微说一说。上回书也说过,大爷周孝,是个忠厚人,在周道台跟前,克尽孝道,是不用提啦。对于姊妹弟兄,一视同仁,不论同母不同母,一样的友爱,并没一点界限(好周孝,我爱其为人)。大奶奶蒋氏,是个爽直的人,心

---

① 多心:多嫌。
② 且:从。
③ 那块儿:那儿。
④ 来不及:赶不上。
⑤ 冒坏:使坏。说人坏话或出坏主意。
⑥ 周道:周道台。
⑦ 以次:以下。
⑧ 姑奶奶:已经出嫁的女儿。

直口快,胸无城①见,就是脾气激烈一点儿,心眼倒是很热火。二爷周悌,虽然叫周悌,他真对不起他这个名子。这个人食亲财上黑②(好德行),认得钱不认得爸爸(好孩子)。二奶奶沈氏,也是个财迷。迷信家有云:"月下老儿真没有配错。"

三爷周忠,是个地道乏人③,大烟一天得抽半斤,媳妇儿一瞪眼他就傻,直④能连北都不认的。三奶奶韩氏,是某藩台⑤的女儿。因为娘家有钱,非常的骄傲(阔家女儿照例如此)。三爷周忠简直怕他一贴膏药⑥。四爷周信是个纨绔子弟,好吃好花,一点准宗旨没有。偏巧四奶奶杨氏,是个东见东流、西见西流⑦的人,三天跟这个好,两天跟那个好,也是漫无方针的人。五爷周礼,非常的奸猾。五奶奶朱氏,阴狠过于何氏(好劲⑧)。六少爷周义,是个六亲不认的人。六奶奶刁恶异常。这不过是大致说一说。

至于出阁的四位姑奶奶,咱们也得说一说。大姑奶奶、二姑奶奶跟周孝是同母。大姑奶奶给的是某藩台的少爷,二姑奶奶给的是某将军的侄丁,都随任⑨在外,脾气秉性如何,暂时说不着⑩。三姑奶奶为人谨慎,向来不爱多说话,给的是某京卿⑪的少爷。四姑奶奶有点憨憨傻傻的,给的是某公爵的兄弟,是个续弦。

要说周道台家中这些个人,虽然脾气秉性彼此不同,但是衣食住不发愁,银钱是堆着的,有周道台活着,高明坐镇,还可以维持现状。无奈这位二姨太太何氏,天性与人特别,他是个惟恐天下不乱的脾气。一家人男女老少,被他挑拨的,彼此都有恶感。简断捷说罢,何氏就是周家的家庭魔鬼。就是周道台,也怕他三分。可是他就怕一个人,这个人是谁呢?是周道台一个亲胞妹,

---

① 城:应为"成"。
② 食亲财上黑:贪婪,爱占便宜。
③ 乏人:懦弱的人。
④ 直:应为"真"。
⑤ 藩台:民间对一省的最高行政长官布政使的尊称。
⑥ 怕他一贴膏约:怕他怕得服服帖帖。
⑦ 东见东流、西见西流:随风倒。
⑧ 好劲(hǎojìn):感叹词,相当于"好"。
⑨ 随任:跟随做官的亲属到他的任职地去。
⑩ 说不着:不需要说。
⑪ 京卿:京城大官。

有五十多岁,阖家称为老姑太太。

周家阖宅男女人等,对于周道台,虽然有三分惧意,并不是心里怕。一来他是个一家之主(属皂王爷①的),拘着这个面子。二来家当儿世业,都是老头子挣的,少爷们虽然也有差使,也都是老头子拨给起来的。再一说,也竟往外赔垫,不能够往家挣,现在阖宅上上下下,总算吃着老头子哪。表面上自然得恭维老头子(足见当老头子的,总得能挣钱才有人恭维,穷老头子是万当不的),心里并不是直怕。

要说真怕,他们就怕一个人。这个人是谁呢?前天也说过,就是周道台一位胞妹,本宅称为老姑太太。这位老姑太太,住家在北城,姑老爷是位老进士,现当某科的给士中②。姑老爷的脾气很大,姑太太的脾气更来的邪。虽然有脾气人,还正派,是个明白厉害,说话其赛刀子,连周道台也都怕他几份③。好在轻易不家来,逢节按年偶然也回家住两天。姑太太一来,周宅上上下下是全紧毛,不用提别的,二姨太太、三姨太太④,儿子都那们大了,当上差啦,孙子都满地跑了,姑太太回家,还是叫他们的名字。原来二姨太太叫翠喜(好在娘家不姓杨⑤),三姨太太叫翠红(你瞧这个巧),老姑太太回家,还是翠喜、翠红的大叫之下,还得应叫应声。有一次当着两位外来的亲友,老姑太太叫翠红,何氏没应声,老姑太太当时蚱⑥了,连摔带骂,闹的不可开交,周道台也躲了。后来二姨太太⑦作好作歹,让何氏给他老人家磕了一个头,才算完事。

周宅上上下下,都怕这位老姑太太,惟独二姨太太何氏,比别人还怕的厉害。有一天老姑太太回到娘家,周家男妇老少(倒不是大小方脉),自周道台以次,自然有一番欢迎招待,不必细说。何氏更比别人狗⑧的邪行。上回书也说过,何氏在周道台跟前,给凤仙冒坏,碰了周道台一个大钉子,心里很不乐意。那天老姑太太回家,何氏把老姑太太让到自己屋中,摆点心摆果子,预备好茶,

---

① 皂王爷:应为"灶王爷"。
② 给士中:应为"给事中"。正五品。
③ 份:应为"分"。
④ 二姨太太、三姨太太:应为"大姨太太、二姨太太"。下同。
⑤ 杨翠喜:清末民初名妓。
⑥ 蚱:应为"炸"。大发脾气。
⑦ 二姨太太:应为"大姨太太"。
⑧ 狗:像狗一样巴结人。

百般的献媚。后来因话儿提话儿①，提到凤仙，何氏就棍打腿②，给凤仙一路老砸③。这位老姑太太，原是个玻璃脑子水晶心④的人，如何能受这个？再一说，素日很器重凤仙，一听他这套谗言，当时大不谓然。何氏是个机伶人，赶紧改嘴⑤，好容易拿别的话才岔过去。

　　过了些时，赶上七少爷周廉的生日，凤仙带着周廉，给老姑太太磕头去。周道台那天有饭局没在家，偏巧大爷周孝也没在家。何氏抓着这个空子，召集丫⑥一个临时会议。大姨太太张氏，因病没能出席，那天自然是他的临时主席了。那天出席的，是周悌等五位少爷，蒋氏等六位少奶奶。何氏见人到齐了，这才报告宗旨，说："现在有一件要紧的事情，关于⑦咱们家中的盛衰，还关于个人的权利。我是为大局设想，为你们大家筹画。这话我憋了好些日子啦，今天是不能不说了，不知我当说不当说？"何氏言还未尽，周悌首先发言，说："二姨娘既然有要紧的话，就请您说吧。"何氏说，"我可是为大家，不是为我一个人儿。"周悌说："您就快说吧。到底甚么事呀？"何氏说："不为别的，就为咱们家中那个妖精。"大奶奶蒋氏说："咱们家中那里来的妖精呀？二姨娘这话说的真可笑啦。"周悌说："大嫂子你好糊涂。二姨娘说的不是真妖精，是一个人妖。"

　　周悌说："大嫂子，你脑筋太简单啦。二姨娘说的，并不是真妖精，是咱们家中那个人妖。"何氏说："对了，二少爷所见甚是。换言之就是人妖，质言⑧之，就是凤仙。自打这个女人（人家是女人，莫不成你是个男人）到了咱们家，我转两句文说吧，'入门见嫉，蛾眉不肯让人；掩袖工谗，狐媚偏能惑主。'（《讨武氏檄》⑨倒很熟）老爷是让他给迷惑住了，这个人实在是家庭祸水（比宦海潮强）。以广义说，按大局论，老爷这条命，一定让他给要了。细话我也不必说了。以狭义论，往范围缩小里说，个人的权利，诸多的不便。说实话罢，老头子

---

① 因话儿提话儿：因为说到某事或某人，就势详细说下去。
② 就棍打腿：就势儿，借着这个机会。
③ 老砸：说坏话。
④ 玻璃脑子水晶心：正直，不会两面三刀。
⑤ 改嘴：改口。
⑥ 丫：应为"了"。
⑦ 关于：关系到。
⑧ 质言：直说。
⑨ 《讨武氏檄》：原名为《为徐敬业讨武曌檄》，也叫《代徐敬业传檄天下文》，作者骆宾王。

今年六十多了，还活六十多吗？老爷百年之后，大家和和美美，在一块儿过，这固然是很好了，但愿十世同居（比张公艺①还多一世），那才是周门的德行呢。不是我说这宗破坏话，倘或闹不到一块儿，一定是得分家的。他屋里有个孩子，能不分一股儿吗？提到这个孩子，更了不的啦。惯的还像个样子吗？我那天听老爷说，还要给他捐官呢。这一捐官，怎么不得几千银子？这还不提，老爷手里，好东西是多的，背地里掖掖咕咕②，全都到他手里去了。实对你们说罢，我瞧他简直的是个祸害。将来有他是没咱们。我可跟他没有私仇，表面上他跟我也不错，我是为大局、为大家起见，今天跟你们大家商量，研究一个抵制的法子才好。"蒋氏大奶奶是个爽直公正的人，又是个爆竹脾气，没等何氏说完，当时起立说道："二姨娘这套话，我满不赞成。凤仙姑娘温柔稳重，全不见半点轻狂（要来《西厢》是怎么着③）。在咱们周家妇女中，总算一个够资格④的人物。"

大奶奶蒋氏，原是个心直口快、豪爽正派儿，一听何氏这套，好觉难过，当时起立发言，说："二姨娘的议论，我是绝对的反对。要说凤仙姑娘，品行道德，我是深知，'温柔敦厚，谨慎贤淑'，这八个字实在是当之无愧，在女界中总算是不可多得之人。不但在女界不可多得，就是在咱们家妇女中，除去大姨太太之外，他总算第二的人物。作姨奶奶的，品行道德，要都照着他似的，家庭焉有分争？焉有吵闹（暗含着骂上了）？"大奶奶这几句话，说的何氏脸上一红一白的，有心要跟大奶奶发作，他真斗不过。不但他斗不过，就是那几个小叔子、兄弟媳妇儿，也都惧他几分。自表面观之，这位大奶奶蒋氏，好像泼才万恶，真够站起来咬人的资格，其实不然。大奶奶虽然脾气激烈一点儿，为人公正无私，走的正行的正，连周道台都很佩服他。家里的事情，他很拿点主意。年纪又长几岁，过门的时候儿，小叔子还都小呢。几个兄弟媳妇儿，都是他手里娶的。不但此也，大奶奶过门的时候儿，二姨奶奶何氏，还称翠姑娘呢，别的就不说了。

闲话取消。何氏见大奶奶反对，就知道这个事有点麻烦。可是话已然说出来了，他是个姨太太的资格，当着一群晚辈，不好立时下台，楞了一会儿，这

---

① 张公艺：唐代张公艺九代都没分家，即所谓的"九世同居"，成为历史上家庭和睦的典范。
② 掖掖咕咕：偷偷儿给。
③ 要来《西厢》是怎么着：语出《西厢记》："大人家举止端详，全没那半点儿轻狂。"
④ 够资格：道德高尚。

才说道："大奶奶你不要误会，将才①没说吗？我跟凤仙无仇无恨，我们井水不犯河水。我不过是为大局起见。第一我怕老爷让他给迷惑死。"何氏言还未尽，大奶奶蒋氏一阵冷笑，说："二姨娘这话很可笑了，他又没找到书房跟老爷闹去，他迷惑甚么？"这原是何氏的历史，大奶奶借题一发挥，何氏当时红潮晕面。

　　大奶奶蒋氏，所②听不上③啦，借题发挥，一宣布④何氏的丑历史，何氏登时脸红啦。仗着他人还老练，楞了一会儿，当时改变方针，说："大奶奶你说的话，也不为无见⑤。今天咱们不过是闲谈。我方才没说吗？凤仙跟我也无冤无仇，我不过是防微杜渐的意思。要说他也还不错，我也并不是一定跟他反对⑥。"蒋氏说："二姨娘跟他反对不反对，也不必说了。方才说的'将来老爷百年之后啦，甚么个人权利啦，多分一股儿啦，少分一股儿啦'，请问您哪，那话又是怎么回事情呢？"何氏说："我的大奶奶，你又绕住了⑦。我的心你是不知道，我的心掏出来（狼都不吃），准是热血的（未必）。我知道他们娘儿们苦，老爷百年之后，我恐怕有人欺负他们，我将方才说的话，是反面儿的话。我是试探试探，并不是真话。我的傻大奶奶，你就认了真啦。你可真是实心眼儿就结了⑧。"说罢哈哈大笑。蒋氏说："如今听姨娘这个话，我也明白了。姨娘倒是好心。那们⑨我倒是错会了意啦。"何氏说："这话也不是那们说。你也是为好，我也是为好。反正咱们都是爱护他的意思，决没有多心他的意思。"蒋氏说："可是有一节，咱们说的那儿，可得应的那儿⑩。"何氏说："那是自然呀。口是心非，那还成了人啦？"正这儿说着，有婆子报告，说："老爷回来啦。"这个会议，当时就算吵啦⑪。何氏说："今天咱们所谈的，不过是研究的性质，没有甚

---

① 将才：刚才。
② 所：完全。
③ 听不上：听不过去。
④ 宣布：公开说。
⑤ 不为无见：不是没见识。
⑥ 反对：作对。
⑦ 绕住了：一时想不明白。
⑧ 结了：完了。
⑨ 那们：那么。
⑩ 说的那儿，应的那儿：说到做到。那儿：哪儿。当时"那儿""哪儿"都写为"那儿"。
⑪ 吵啦：吹了。没达到目的。

么关系。千万可别跟老爷提才好。"大奶奶说:"也没有跟老爷提的必要。姨娘自请放心,您要不跟老爷提,谁那么爱多嘴呀?"大奶奶这句话,说的何氏脸又红啦。何氏这次召集家庭会议,饶①没发生出效力来,倒闹得好大的丢人。

何氏开了回家庭会议,原打②厚增党势,收拾凤仙,大奶奶蒋氏出头一反对,别人虽有赞成的,也没敢发言。这场会议一点效力虽③发生出来,倒闹了一个不够面子。好在何氏人极奸猾老练,见风就转,苦④一敷衍。赶巧周道台回家,这场会议就算给吵了。何氏当时改变方针,面子上跟凤仙假装联络感情,暗地里,背着周孝夫妇,跟几个少奶奶又开了两回密秘⑤会议,很有些个计划,反正没有好主意。大家很表同情。何氏借着新年辞岁,故意在周道台跟前卖好,提议取消凤姑娘称呼,改称三姨太太。周道台认为好意,心里倒很欢慰。

上回书也说过,凤仙是个沉沉厚重的人,外貌虽然浑厚,内里头却狠⑥精明。何氏的狼心狗肺,他早就看出来啦,表面上可一点儿没露。要说这位凤仙,有一样最高超的地方,对于阖家老少上下,是一律相待,也瞧不出他待谁厚谁薄来,并且是喜怒不形于色。大家瞧着他傻头傻脑的(其实大家是傻子),因此都管他叫傻姨太太。这些个事也无须一提。何氏假装联络感情,时常到凤仙屋中闲谈,妹妹长妹妹短,叫的是非常亲热。凤仙虽然招待尽礼,可是并不透献媚。

那天何氏喝了两盅酒,到了凤仙屋中聊天儿,不醉装醉,借酒撒风⑦,向凤仙说道:"真个的,妹妹你今年三十几了?"凤仙说:"二姨太太又忘了,上次您问过我一回,我跟您说了,我今年不是二十九岁吗?"何氏说:"我真是脑子乱了。不错,上次我问过你一回。妹妹,我可不是拍你的马屁,你真不像二十九岁的,要是不知道的,猛一瞧你,也就是十八九岁。"

何氏借酒撒疯,说:"我的妹妹,你今年二十九岁,可真不像二十九岁的,不

---

① 饶:不但。
② 打:打算。
③ 虽:应为"没"。
④ 苦:死乞白赖。
⑤ 密秘:秘密。
⑥ 狠:很。
⑦ 撒风:撒疯。

知道的猛一瞧,也就像十八九岁的。"说罢一阵贱乐(贱乐也不是甚么声儿)。凤仙微然一笑,也没言语。何氏又说道:"老爷今年六十六啦。俗语儿说的好,'六十六,掉块肉'。我瞧着老爷也活不了几年了。爱活活到七十六,还往那里跑?妹妹,老爷百年之后,你还不到四十岁呢,我真替你发愁。"何氏还要往下胡说,凤仙把脸一绷,说:"二姨太太这真是醉话,老爷现在挺康健的,提这些个不幸头①的话有甚么益处?就说老爷百年之后,二姨太太也不必替我发愁,没有甚么可愁的。"何氏原不是真醉,故意的借着酒说话,一来是试探,二来是蛊惑。没想到让凤仙给扣②两句,自己很觉着不是劲③,当时说道:"我脑袋有点儿晕,我要回去躺一躺儿。妹妹,咱们明天再说罢。"当时扶着一个丫头,彳亍④而去。凤仙把他送至院门,随后回到屋中,心里这个气,就不用提啦。

　　要说凤仙素日最有涵养,跟谁说话,永远没有急言急色。今天听何氏这套混账话,是真有点儿冒火,所以绷了脸啦。虽然绷脸,可也没大激烈。虽⑤知道二姨太太何氏,回到自己屋中,又是哭又是骂,又嚷心口疼。登时老婆子⑥给捶腰,丫头给捶腿,儿媳妇儿又给沏糖水,大家也摸不清头脑。后来还是四少奶奶朱氏,问道:"阿娘今天跟谁怄气⑦啦?"何氏说:"不用提啦,我让凤仙这个小老婆子(难道说你是大老婆吗?)把我气炸了肺了。好呀,我提倡拾⑧举他,倒跟我反对起来了,真正的狼心狗肺。"

　　二姨太太何氏,回到自己屋中,连哭带骂带嚷心口疼。四少奶奶朱氏,问他怎么回事情,何氏说:"凤仙这个小老婆,把我气傻啦。"正这儿说着,偏巧周道台那天高兴,来到何氏屋中,看见何氏连哭带骂,婆子们那里捶腰捶腿,老头子也摸不清怎么回事。何氏看见周道台来了,把二十年前的手段又使出来啦,更哭的厉害啦。周道台看着他哭的难过,当时问道:"你是怎么了?是不舒服呀,是跟谁呕了气啦?"何氏哭着说道:"我没哭别人,我哭的是老爷。"(奇)周道

---

① 不幸头:不吉利。
② 扣:不客气地用话压下去。
③ 不是劲:心里不舒服。
④ 彳亍(chìchù):慢慢走,走走停停。
⑤ 虽:应为"谁"。
⑥ 老婆子:女佣人。
⑦ 讴气:怄气。
⑧ 拾:应为"抬"。

台说:"你这话别致①极了,我又没死,你哭我甚么?"何氏说:"我替老爷难过。"周道台说:"我现在儿孙满堂,富贵寿考都占全了,有甚么难过的。"何氏说:"有人说了几句话,我听着难过。"周道台说:"谁说甚么话了?你何妨对我说说呢。"何氏说:"散了②罢,我不用说了。我说了,老爷也不信。"周道台一进来,少奶奶、婆子们慢慢的也就溜了,就剩下那个傻大姐儿丫头,在那里伺候。周道台说:"倒是谁说甚么了?你就说罢。"何氏说:"今天我心口犯疼。老爷知道我有那个根子呀。"周道台说:"我知道。你那不是由受寒所得吗?"何氏说:"对了。早晨我喝了一口烧酒,还是直疼。我想着找个地方儿说会子话儿也就好了,我就找三姨太太去了。"周道台说:"找他说说话儿,也很好罢。"何氏说:"好甚么呀?皆因跟他说话儿,才把我气的这样子。"周道台说:"他向来说话和平,不会招人生气的。"何氏说:"我说甚么来着,说甚么老爷也不信。散了,我不用说了。"周道台说:"你只管说你的,有理一定我信。"

何氏说:"我找他说话儿,原打算破破闷。他说了一套话,倒把我气傻了。"周道台说:"他倒是说甚么来着?"何氏说:"我们两个人因话儿提话儿提到老爷,我说,老爷今年六十多岁,精神够多们③好,真不像六十多岁的。您猜他说甚么?"周道台说:"他说甚么来着?"何氏说:"他说,老爷今年准不好,俗语儿说的好,六十六,掉一块肉(自己说的话给人遮④的身上,这是小人的惯技)。老爷就是今年不死,爱活的再活十年,活倒⑤七十六岁,还往那儿跑?"周道台说:"好呀,他咒我死呢。"何氏说:"您往下听呀,还有话呢。他说,他今年才二十九岁,人都说他不像二十九岁的,也就像十八九岁的。老爷就活七十六岁,百年之后,他还不到四十岁,他是守不住⑥的。他说我不过也就五十多岁,他真替我发愁。老爷您想,他这叫甚么话?"周道台猛一听这套话,气往上撞,说:"这话是凤仙说的吗?"

何氏还没搭话,傻大姐儿在一旁搭了话啦,说:"老爷不用听爱(二)姨太太

---

① 别致:奇怪。
② 散了:算了。
③ 多们:多么。
④ 遮:折。倒。
⑤ 倒:应为"到"。
⑥ 守不住:不能守寡。

的,六十六啦,掉一块肉啦,这都是爱(二)姨太太说的。他说他替人家发愁,他倒说人家替他发愁,老爷不用听爱(二)姨太太的。"傻大姐①还要往下说,何氏气的脸早紫啦,说:"丫头,你气死我啦。你真能妄口拔舌②。"说著③奔过去,打傻大姐儿两个嘴巴。傻大姐儿连哭带迸④,说:"你没事说屈心⑤话,你还打人。咱们上三姨太太那里对舌⑥,你敢去不敢去?"何氏说:"这个丫头,你真要气死我。"何氏原有个抽肝⑦的底子⑧,当时一生气,心口一堵,肝疯抽起活来。

何氏叫唤了一声,当时大抽肝疯。好在他是常犯病,大家是司空见惯,也不大理会啦。周道台一瞧这个样子,瞧也出⑨几成来,知道他是老羞成怒,所以犯病,赌气子自己上书房忍着去了。原来何氏这次并不是真犯病,因为傻大姐儿一给泄底,自己下不了台,所以使这宗腥架子⑩。这原是妇人的常态。俗语儿说,妇人有五样秘诀,叫作一哭二病三睡觉,四绞⑪头发五上吊。把这五样给他一取消,多亡道⑫的妇人,就算完了能奈⑬了。闲话不提。何氏假装犯病,让他先犯去。

当日晚间,周道台来到凤仙屋中,以为凤仙必有一番报告,谁知道凤仙一字没提,跟往日的神气一样。后来周道台倒提头儿,问他白天跟何氏为甚么呕气。凤仙说:"二姨太太晌午来这里闲谈,彼此并没说甚么错话。想是二姨太太喝醉了。"一边说着,拿别的话就往下岔(爱如⑭按:此为凤仙之长处,更为人

---

① 此处少一"儿"字。
② 妄口拔舌:胡说八道。
③ 著(zhe):着。当时"著""着"混用。
④ 迸:蹦。
⑤ 屈心:昧着良心。
⑥ 对舌:对质。
⑦ 抽肝:应为"抽肝疯",抽羊角风。
⑧ 底子:指原来就有的老病。
⑨ 瞧也出:应为"也瞧出"。
⑩ 腥架子:假的,演给别人看的。
⑪ 绞:应为"铰"。
⑫ 亡道:厉害。
⑬ 能奈:能耐。
⑭ 爱如:《北京益世报》的编辑。

之处事应物①之秘诀。读者幸勿以小说述事目之②,当深体③作者警世之苦心也)。周道台也没往下深究,这挡子事就揭过去啦。

第二天,凤仙倒来到何氏屋中探病。何氏原在屋中坐着,婆子一报告,说:"三姨太太过来了。"何氏心中讨愧④,登时躺下装睡。凤仙敷衍了一回,也就去了。

又过了些时,赶上周廉下小考⑤。依着周道台,要给周廉买底子⑥,办候选⑦。跟宋老夫子商量,宋仲三大不谓然⑧,说:"国家取士,系属抡才⑨大典。东翁⑩是官宦人家,这宗事情,是万办不的⑪。再一说,进⑫来的文笔,令郎大有进步,采芹入泮⑬,是绰绰有余。这次小考,我敢保他是一定披列前茅⑭。"

宋仲三说:"东翁你不必躁妄⑮。令郎这次小考,一定要入学⑯的。"周道台说:"全仗老夫子的栽培。"旧日旗人下小考没有县考⑰,比上汉人,总算便宜的多(因为便宜的多,所以竟出糠货⑱)。一出手儿就是府考,并且府考是满取⑲。

---

① 处事应物:处事,待人接物。
② 目之:把它看作,看待。
③ 体:体会。
④ 讨愧:惭愧。
⑤ 下小考:考秀才。清代科举制度规定,读书人首要"进学",通过考试后进入县学或府学学习,叫生员,即我们平常所说的秀才。
⑥ 买底子:捐官,即花钱买做官的凭证。
⑦ 办候选:有了做官的凭证,因为官位少,有资格做官的人多,所以得排队候选。
⑧ 不谓然:不以为然。
⑨ 抡才:选拔人才。
⑩ 东翁:私人教师对主人的称呼。
⑪ 办不的:办不得。
⑫ 进:应为"近"。
⑬ 采芹入泮:指中秀才。
⑭ 披列前茅:名列前茅。
⑮ 躁妄:急躁、轻率。
⑯ 入学:进学。考中秀才。
⑰ 县考:考秀才,民人要进行三级考试,县考(在县里考试)、府考(在府里考试)、院考(由朝廷派学政到府里再考)。旗人要在本旗参加考试,然后院考,但旗人要先考骑马射箭,通过后才能考秀才。
⑱ 糠货:没有真才实学的人。
⑲ 满取:全部录取。实际上,旗人也并不是全部录取,每旗都有固定名额,不过录取比例比民人高。

除去真下不去①的,没有法子不能不扣除,但分②诗文全篇③,那不④是胡说白道⑤呢,照例全送院考。这原是前清优待旗族的意思(因为优待,所以才酿成糟心)。到了下院考,更便宜啦。人家汉人下小考,县考过一回罗⑥,府考又过一回罗。到了院考,八百多口子,才中上十几个,真比选状元还难。旗人则不然,样样儿比人家便宜。可是话又说回来了,同是旗人,满、蒙、汉各有不同。院考的时候儿,并不在一块儿考。满、蒙一场,汉军一场。满、蒙的额多(蒙古额原不多,跟满洲一块儿考,占点儿便宜),汉军的额少。汉军虽然较比汉人稍强,比上满洲人,可又瞠乎其后⑦啦。到了宗室⑧下场⑨,又新鲜了。人家乍出儿就乡试⑩。只要是个宗室,由胎里就带了一个秀才来。乡试是一文一诗(比小考还便宜⑪),四个人里头,就可以中一个。只要全了篇⑫,一定准中。所以人家说讨,宗室不及满洲,满洲不及蒙古,蒙古不及汉军,汉军又不及汉人。那位说了,汉人又不及洋人(别费话了)。

闲话取消。七少爷周廉下小考,一切的手续,受过这分罪的都知道,我也不便细说。府考的两文一诗,都很得意。覆试⑬之后,高高的取了一个第三。考古⑭也取上啦。到了院考,头篇文章遇见窗课⑮,第二篇作的也不错。

周廉院考的文章,头篇遇见窗课,第二篇作的也不错。诗题也好作,六韵

---

① 下不去:过不去。
② 但分:只要。
③ 诗文全篇:诗、文都写了。
④ 那不:哪怕。
⑤ 胡说白道:胡说八道。
⑥ 过一回罗:筛选一次。
⑦ 膛乎其后:应为"瞠乎其后"。只能瞪着眼睛在后边看着,比喻远远不如。
⑧ 宗室:清显祖塔克世(努尔哈赤的父亲)的直系子孙为宗室,旁系子孙为觉罗。
⑨ 下场:参加考试。
⑩ 乍出儿就乡试:宗室不需要考秀才,直接考举人。乍出儿:一出来。乡试:进学后,通过乡试(地方考试),叫举人,可以再参加全国考试。
⑪ 便宜:简单。
⑫ 全了篇:诗、文都写了。
⑬ 覆试:复试。为防止作弊,进行第二次考试。
⑭ 考古:康熙皇帝有遗训十六条。雍正皇帝时,让人做了注释,叫《圣谕广训》,刊行全国。每条注释有一千多字。童生县考、府考后,要默写《圣谕广训》中的一条。
⑮ 窗课:旧时私塾老师让学生做的作业,即诗和文章。

诗作的也不含糊。老早的交卷,头一排就出了场啦。

周道台同着宋老夫子亲自接场,家中套来两辆车,还有两匹马。家人们接了场具①,周道台跟宋仲三,每人扭②着周廉一只手,问长问短。周道台就问:"你没有热着呀(旗人下院考,大半都在六七月)? 你饿不饿呀?"宋老夫子说:"题目还好作呀?"周廉笑嘻嘻的说道:"今天倒不很热。我也倒不饿。今天诗文的题目,也都好作。草稿在场筐儿③里搁着呢。"当时宋老夫子同周廉作④一辆车,周道台自己作一辆车,众星捧月的回到家中。

周廉给姨娘、哥、嫂都请了安。大家似真非假的,都有一番欢迎。凤仙见儿子回来,自然有一番喜欢。惟独何氏扭着周廉的手,"儿子乖乖的",问长问短,犯了一套假客气,说:"我的乖乖宝贝儿,难为你这一天,你渴不渴呀? 饿不饿呀? 乏不乏呀? 热不热呀(倒合辙押韵)? 你下这一天场,真把我想死啦(屈心胡说他)。好孩子,你真要把秀才中了,可真要把我乐死。"何氏耍骨头⑤,凤仙在一旁抿着嘴儿笑。何氏说:"三姨太太你不用笑,这个儿子算我的啦。过继我罢。"周廉说:"我就是二姨娘的儿子,何必过继呢?"

正这儿说着,周道台打发人找,说是宋老师叫哪。周廉赶紧来到书房。宋老夫子要瞧草稿儿,周廉连忙找着草稿儿,呈与宋仲三。宋老夫子看了一遍,连拍棹⑥子带摇脑袋。周道台摸不清甚么像儿⑦,说:"老夫子看着怎么样?"宋仲三哈哈大笑,说:"东翁,这头篇截搭题⑧,是我给他改过的窗课。二篇也很好,诗也不错,这次一定的准中。"

照例北京旗人院考,第二天下午就见信,俗名叫作"出团子⑨"。到了第二天一清早,周道台就起来啦。来到学房,宋老夫子也起来啦,刁⑩着袋关东烟,

---

① 场具:参加考试用的用具。
② 扭:揪。
③ 场筐儿:参加考试要用一个筐,把用具放在筐里。
④ 作:应为"坐"。
⑤ 耍骨头:不在乎脸面,或耍混,或巴结奉承人。
⑥ 棹:"桌"字的异体字。为方便起见,以后改写为"桌"。
⑦ 甚么像儿:怎么回事。
⑧ 截搭题:科举考试中,最初是从四书五经中摘出一句话作为作文题目,但因为太容易押题,所以后来把从不同地方摘出来的语句掐头去尾,再凑在一起,作为题目,叫"截搭题"。
⑨ 出团子:旗人院考后,放榜。
⑩ 刁:叼。

在院子里来回走溜儿①呢。周道台说:"老夫子早起来啦。"宋仲三说:"早起来啦。东翁今天起的早呀。"周道台说:"兄弟后半夜就没睡,作②天累乏啦。"

说着话,宾③、东④二人来到屋中。周道台说:"老夫子看着小犬⑤的文章,到底怎么样?"宋仲三说:"要按诗文说,一定是进学。不但进学,还是出不了前十。"周道台说:"老夫子你不要捧场。"宋仲三说:"东翁这句话没有⑥,兄弟向来不会捧场。本来他那文章是可以进学的。"正这儿说着话儿,周廉也来啦,给周道台、宋仲三都行了礼。周道台说:"方才老师说了,你的文章准可以进学。要真进了学,可也是件新鲜事。"宋仲三说:"这算甚么新鲜?他今年进了学,过年的举人,是手里托着⑦的事情。他的笔底下很富丽,大有墨卷⑧的派子⑨。过年不但中举人,后年的进士也跑不了。写的⑩又好,翰林那是准的。"宋仲三一给徒弟贴靴⑪,周道台乐的手舞足蹈,小胡子嘴儿也撅起来啦,说:"兄弟虽然作了一任道台,我是军功出身,人小是个翻绎生员⑫。那几个孩子,念书都不成,不是科甲中的材料儿。这个七小子,要真点个翰林,可也是增光耀祖的事情。但是兄弟今年奔七十啦,恐怕我赶不上啦。"

宋老夫子一路大贴靴,周道台乐的手舞足蹈,当时宾、东二人带着学生就

---

① 走溜儿(zǒuliǔr):来回走。
② 作:应为"昨"。
③ 宾:对家庭教师的敬称。一般叫作"西宾"。
④ 东:东家。
⑤ 小犬:对自己儿子的谦称。
⑥ 这句话没有:不能这么说。
⑦ 手里托着:有把握。
⑧ 墨卷:乡试、会试时,应试者本人用墨笔书写的试卷。为防止作弊,由专门誊录者用红笔再抄一遍,叫"朱卷"。阅卷人只能看到朱卷。
⑨ 派子:派头。
⑩ 写的:指写的字。
⑪ 贴靴:两人或几人一唱一和哄骗别人买东西。因为不好也说好,引申为"吹捧"。"贴靴的"就是现在所说的"托儿"。
⑫ 翻绎生员:清初,因为满、蒙人汉语水平低,清廷特地为满、蒙旗人设立"翻绎"考试,也分生员、举人、进士三等。乾隆时,废除翻绎举人、进士,只保留翻绎生员。满洲、蒙古旗人仅凭缙绎生员就可以做官。前面说周道台是汉军旗人,汉军旗人是不能考翻绎生员的,此是作者的疏忽。

在书房开饭。周道台那天高兴,多喝了两盅,话很透①多。周廉究竟②是个小孩子,吃完了饭,早上一边玩耍去了。这里周道台酒还没喝完。宋仲三那天的酒,也是"卖烙炸的说睡语——多贪了点儿③"。始而都很高兴,一个盼着徒弟进学,一个盼着儿子入泮。

后来谈到家务,宋仲三说:"东翁文章功业,道德学问,炳耀④一时,士林钦佩。据兄弟看这些个事,还都在次。我最欣羡的,是东翁家庭之乐。真是桂馥兰芬,一堂和气(倒不是一团和气)。要说'富贵寿考'四个字,东翁总算占全了。"说罢哈哈大笑。宋老夫子一乐,周道台放声大哭(这都是邪行的事情)。周道台一哭,倒把宋仲三吓了一跳,说:"东翁,我正替你高兴,你哭的是那门子?"周道台哭的言不得语不得(一来⑤就哭,不是甚么吉兆)。宋仲三劝了半天,周道台方才止住悲声。宋老夫子说:"东翁你有甚么伤心的事情,你可说⑥以对我谈谈。咱们宾东相处了这几年,可以说是'宾主尽东南之美⑦'(《滕天阁序》⑧倒很熟)。有甚么话可以细说,兄弟替你解闷分忧,大小给你出个主意。"周道台叹了一声:"咳,一言虽⑨尽哪(要叫板)。好在老夫子不是外人,咱们相处这几年,可以是忘形之交,无话不谈。我就是没跟你谈过家务,今天是谈到这里啦,我把家务细对你谈谈。"

周道台未曾说话,先叹了一声,说:"老夫子,我今天跟你语⑩句掏心窝子话罢。人要是有钱,干甚么都好,千万别立妾。即或为宗祧起见,立一房妾,也就满行啦。再没有儿女,那就认了命罢。三房五妾,那万不是人干的(这倒是实话)。都跟前没有甚么⑪,那还好办。这个冤种⑫一死,驴的朝东,马的朝西,

---

① 透:显得。
② 究竟:毕竟。
③ 卖烙炸的说睡语——多贪了点儿:多摊了点儿。"摊""贪"同音。
④ 炳耀:光耀。
⑤ 一来:动不动。
⑥ 说:衍字。
⑦ 宾主尽东南之美:出自王勃的《滕王阁序》,"台隍枕夷夏之交,宾主尽东南之美"。
⑧ 《滕天阁序》:应为《滕王阁序》。
⑨ 虽:应为"难"。
⑩ 语:应为"说"。
⑪ 跟前没有甚么:指没有儿女。
⑫ 冤种:指丈夫。

各自一挠儿①,倒还干净。要是都跟前有儿子,家里再有点子造孽钱、冤家产,那才是顶麻烦的事情呢。这类事我见多了。老头子一死,家庭就起打②。往远里说,有个齐桓公,往现在说,有个袁项城③,这都是一面镜子。兄弟家中,将来也是麻烦。"宋仲三说:"东翁府上和气春风,一庭霭霭④,何至于如此呢?"周道台连连的摇头,说:"老夫子有所不知,先头里表面上还都不错。近来人心大变(要唱《翠屏山》),屡起风潮。在我们家中,我总算极峰⑤首座啦。他们捣乱,你说我难过不难过?我这个首座,要是被大家公举的,或是我运动⑥来的,实在办不下去啦,我也不必维持现状了,扔崩⑦一挠儿⑧,也没有甚么的。反正钱我搂足了,不失为富家翁。这个不行呀,都是亲的热的,你让我有甚么法子?现在我们家中,分了好几党,好几系,你说怎么好?别的孩子都大了,也都有了差使啦,对付着也能自立啦。就是您这个徒弟岁数儿小,他娘也太老实,将来免不了受人欺负。我就是不放心他们娘儿们。若果⑨他今年进了学,秋天中了举,明年点了翰林,我死之后,他也可以自立。"

周道台说:"我就盼着廉儿入中会点(入学、中举⑩、会进士⑪、点翰林⑫),能够自立,那就好了。"宋仲三说:"东翁不必着急,秀才是手里托着的了。"宾、东谈话的功夫儿,已然是下午。书房的钟,当当当正打了三下。周道台说:"天可也不早啦,按说也应该有信啦。"宋仲三说:"东翁有所不知,小考要取在前十,照例是后见信。乡试要中在五魁⑬,有一个照五魁⑭,也是见信见的晚。这些

---

① 挠儿(nāor):走。
② 起打:开始打。
③ 袁项城:袁世凯。安徽项城人。
④ 霭霭:一团和气的样子。
⑤ 极峰:最高首脑。
⑥ 运动:拉关系。走后门。
⑦ 扔崩:拟声词。一下子。
⑧ 挠儿:走,此处指死。
⑨ 若果:如果。
⑩ 中举:进学后,通过乡试(地方考试),叫"举人",可以再参加全国考试。
⑪ 会进士:举人参加会试(全国考试),通过后,叫"进士"。
⑫ 点翰林:被派到翰林院工作。
⑬ 五魁:乡试前五名。
⑭ 照五魁:乡试填写中举的人名字,从第六名开始填。填完最后一名,再填前五名。这时已是晚上,满室点上蜡烛,灯火辉煌,叫"照五魁"。

个事情,东翁或者不甚注意,兄弟是知道的。"宾、主正在谈话,家人上来回①,说:"毛二爷来啦。"

这位毛二爷,是周道台一个姑舅外甥②。不但姓毛,举止动作无一不毛。说话是非常的冒昧,倒也是个少爷班子③。周道台让底下人请。毛二爷当时来到书房,给周道台请了一个安,又给宋仲三作了一个揖。周道台让他坐下。毛二爷说:"我七兄弟大概这场算歇啦④(开口便奇,足见冒昧)。"周道台跟宋仲三当时都一楞。周道台说:"老二,你怎么知道?"毛二爷说:"我三姨父那里的三兄弟、五兄弟,都见了信啦,所以我来到这里打听。我听管家们说,并没有见信,所以知道七兄弟是准歇啦。"周道台还没答岔儿,宋老夫子炸⑤啦,说:"二爷,你这话靠不住罢?见信有早有晚。再一说,要中在前十,当然是见信见的晚。"毛二爷哈哈一笑,说:"老夫子这句话又不对。敝亲那里老五中在第二,老三中在第八。难道说不是前十吗?(对呀)怎么人家那们早见信呢?"毛二爷这句话把老夫子问住啦。宋仲三当时粗脖子红筋,跟毛二爷要流血⑥。

毛二爷说话也冒昧点,宋仲三是盼望门生进学的心盛,当时粗脖子红筋,瞪着眼睛跟毛二爷要来点甚么。幸亏手底下没有手枪、炸弹,要有手枪、炸弹,真能跟毛二爷流血。后来毛二爷倒乐了,说:"老夫子您也不用着急,老七是甚么坐号?"周道台说:"是东收字儿第四号。"毛二爷说:"咱们也别抬杠,您把坐号开⑦明白了,赶紧打发人瞧瞧团子去。那是个准章程⑧。"宋仲三气哼哼的说道:"瞧团子去,反正一定也是中了。"周道台说:"打发人看看去也好。"正这儿说着,门上的王二,慌慌张张的跑了进来,先给周道台请安道喜,随后又给宋师爷请安道喜,说:"七少爷进了学啦。"说着拿一个报条⑨来。宋仲三抢着接过来一瞧,一阵哈哈大笑,说:"毛二爷,我说甚么来着?我说他准中,一定得中。

---

① 回:底下人向上报告。
② 姑舅外甥:女子姐妹的孩子叫"两姨外甥",男子姐妹的孩子叫"姑舅外甥"。
③ 少爷班子:父亲是做官的。
④ 歇啦:没希望了。
⑤ 炸:一下子大怒,大发脾气。
⑥ 流血:拼命。
⑦ 开:写。
⑧ 章程:主意,办法。
⑨ 报条:报喜的人拿的、写着考中人名字的纸条。

那决含糊不了的事情。"周道台也非常的喜欢。毛二爷摇着脑袋,连称"怪事"。正在这个时候儿,家人又上来回话,说:"不是七少爷中了,报条送错啦,人家要哪。"毛二爷说:"这就对了,我说不能吗。"宋仲三又把报条细一瞧,咳了一声。原来道台的西隔壁,也住着一家儿姓周的,是某汉军旗的一个掌事领催①(有克扣军饷毕业的文凭),家里孩子也下小考,是西收字儿四号,所以送错了(你瞧这个巧)。周道台也楞了,老夫子也灭了灯啦②。毛二爷多嘴,说:"把报条给人家拿出去罢。你们听说是谁家中了?"家人说:"就是西隔壁周家。"

宋仲三吹了半天牛皮,夸了半天海口,说徒弟非中不可,要中还得前十,如今算灭了灯啦。当时绉③着眉头子,脑袋摇的车轮相似,连说"咄咄怪事"(跟殷浩④学的)。周道台也在那里发楞。毛二爷一瞧不是岔儿,当时敷衍了一回,溜之乎也。

就听隔壁周家热闹啦,又是送报条争钱⑤的声儿,又是乐的声儿,又是亲友道喜的声儿。本来接⑥着一堵墙,听了个闷真⑦。人家那院兴高彩烈⑧,周道台跟宋仲三这里是嗒然若丧⑨。宋仲三是竟摇脑袋,周道台是竟点脑袋儿(一个摇脑袋,一个点脑袋,成了沙么灯⑩啦)。

就听见隔壁一阵男女喧哗,说:"阿二舅来了,阿二舅来了。"(既姓阿,必然在旗)"二舅您好呀,您怎么知道啦?"又听一个老婆嗓子的人说道:"我将才听见莫吉格⑪小宫说的(莫吉格是句清语,就是传事人)。你们都大喜啦。狗儿

---

① 掌事领催:承办领催。一个佐领下有五个领催。从这五个领催中选出一个办理全佐领的管事,叫"承办领催"。领催:旗里最下层的官员,六品。
② 灭了灯啦:没脾气了。
③ 绉:应为"皱"。
④ 殷浩:东晋大臣、将军。《世说新语·黜免》中记载,殷浩被罢官后,每天用手在空中写"咄咄怪事"四个字。
⑤ 争钱:讨价还价。此处指报喜人为赏钱讨价还价。
⑥ 接(jiē):隔。北京发音为"接"。
⑦ 闷真:倍儿真。非常清楚。
⑧ 兴高彩烈:兴高采烈。
⑨ 嗒然若丧:沮丧的样子。
⑩ 沙么灯:一种玩具。一个圆筒,上面画着人物,里面盛着沙子,外面安着纸做的人物的头和四肢。利用沙子漏出形成动力,使得圆筒转动,四肢活动。
⑪ 莫吉格:满语。下层办事人员,跑腿、通知事情的人。

会中了秀才啦(猫儿还没中举人呢)。这真是'一命二运三风水,四积阴功五读书。'(这小子许当过报喜的)"这位阿二舅说话,大有李静山①的声调。

周道台听着又有气又难受,当时向宋仲三说道:"老夫子你瞧,这不是没有的事情吗?你听见这个人说了,一命二运三风水,四积阴功五读书。难道说我们家坟地的风水,不及他们家坟地的风水?我们家出道台,他们家出掌事领催。要讲阴功,他们家克扣军饷,难道说阴功比我们家大吗?"

周道台跟宋仲三两个人咳声叹气,对犯牢骚②。真是"流泪眼观流泪眼,断肠人遇断肠人"。周又道台要③约宋仲三上花园子散闷,忽见门上的王二飞跑了进来,说是:"老爷、师老爷万千之喜,七少爷中了。"宋仲三乐的往起就进,周道台也乐不可支。原来这个送报单的又送错了,送的④西城周家去了(你瞧这个乱)。周廉中的是第九。报录人讨赏,家里人道喜,这些个事暂且不提。

宋仲三又抖起来啦,说:"东翁,你看怎么样?我说出不了前十吗?那决不能含糊的事情。"周道台乐的也闭不上嘴啦。凤仙听见儿子进了学,自然也有一番喜欢。

书要简捷。覆试之后,周廉取在第八(倒是真没出前十)。宋老夫子那分高兴不用提啦。过了覆试,大拜其客。这两天周家门口儿热闹极啦。贺喜的亲友络绎不绝,马车、汽车、脚踏车、大轿、轿车⑤、大鞍车⑥,直摆了一条胡同子,就短了坐飞行艇来的呢。这真应了两句俗语儿啦,"白马红缨彩色新,不是亲来强来亲"。

忙碌了一阵,又到乡试。要说周廉下乡场,这些个手续,细说还得八回。如今咱们删去冗言,干脆竟说要点。三场已毕,一切还都和平。宋仲三对周道台说:"头场三篇文章很好。二场五经文也平妥。三场策问亦佳,这次脱不了是要中的,要中还是前十(竟跟前十干上啦)。"周道台非常的喜欢。

---

① 李静山:晚清诗人,编过《增补都门杂咏》。
② 犯牢骚:发牢骚。
③ 周又道台要:应为"周道台又要"。
④ 的:到。动词+到+处所词,北京发音为"动词+的+处所词"。
⑤ 轿车:骡子或马拉的有车厢的车。
⑥ 大鞍车:比较高级的大车。四周用红色油布围住,有的有棚子,可以遮阳光或雨雪。车上有坐垫,乘车人盘腿坐在上面。通常是官员或有钱人乘坐。

那天周道台在书房请宋老夫子吃饭，多喝了两杯。

周道台那天在自己书房，弄了几样特别的菜，请宋仲三吃饭。宾、东二人越谈越对劲。周道台多喝了几盅，宋仲三也喝了有八成醉。酒阑席散，已然有十二点多钟。又谈了会子，宋仲三要回房安寝，周道台叫家人拿灯笼，送师老①回学房，自己也往外送。宋仲三再再的相拦，周道台一定要往外送。

一下廊檐台阶儿，宋仲三说："东翁请回罢。"这句话没说完，周道台闹了一个前栽儿②。宋仲三说："东翁慢着。"家人过去要搀，那里搀的起来。

本来周道台是个胖子，医书上有云："肥人多湿。"况且老先生又爱喝黄酒，更是动湿的媒介。医书上又说："湿热生风。"素日又好吃厚味③，借因由④就是中风。轻者闹个半身不遂（医书上叫作偏枯）。周道台本来痰热就盛，那天又喝了有二斤多花刁⑤。借着这个跟头，把风勾起来啦。话也说不上来啦，好在神经没乱。

当时好几个底下人，连架带抱，把老先生抬到书房。宋仲三也楞了，说："这才没有的事情呢。真是'天有不测风云，人有旦歹⑥祸福'。"这当儿家人往里飞跑送信。

原来周家老爷少爷，各人有各人的书房。算是周孝、周悌、周忠、周信哥儿四个都在家。那天毛二爷也来啦，还有大爷周孝的小舅子蒋忠（外号儿可不叫门神⑦）。小哥儿六个在大爷的书房摇滩⑧哪。里头姨太太、少奶奶们，是斗纸牌哪（比时⑨麻雀牌⑩还没输入。要搁在如今，一定是内外两场麻雀）。周廉是

---

① 此处少一"爷"字。
② 前栽儿：往前栽倒。
③ 厚味：味道油腻、厚重，和清淡相反。
④ 借因由：遇上由头。
⑤ 花刁：花雕。
⑥ 旦歹：应为"旦夕"。
⑦ 外号儿可不叫门神：《水浒》中的人物，蒋忠，外号蒋门神。
⑧ 摇滩：在桌上画四个格，写上一、二、三、四，让赌钱的人下注。然后把四个色子扔进罐里摇，再倒出来。把色子上的点数相加，除以4，如果除尽了，赌"四"的人赢，除不尽，余数为几，则几赢。如十五点，是赌"三"的人赢，十六点，是赌"四"的人赢。
⑨ 比时：当时。
⑩ 麻雀牌：麻将。

早睡啦。惟有凤仙一个人儿,在灯下正作针指(到①凤仙比别人够程度)。

周家几位少爷在书房摇滩,姨太太、少奶奶们在里头斗纸牌。里外两场儿,耍了个兴高彩烈。周大爷的小舅子蒋忠,向来没有赌品,永远是摔牌、骂骰子。遇见这位毛二爷,赌品更下流,他是输打赢要儿②。两个人向来又玩笑③,今天凑在一块儿耍钱,热闹多了。两个人急一阵恼一阵,骂一阵笑一阵(这四阵谁受的)。

后来毛二爷摇,大家押,蒋忠没下注。他看见人家赢了,他楞说他押了十吊钱的注。毛二爷也不是好惹的,今天算是遇见劲敌啦,当时如何能答应?两个人就吵起活儿来。蒋忠说他一定押了十吊钱,毛二爷说:"咱们把玩笑哈哈先揭开,亲戚咱们也先别提。既赌输赢,就算耍钱场儿,讹矫情是不行的,那是我行剩下的。"蒋忠说:"毛老二,你不用费话,又耍钱场儿喽。真正耍钱场儿,怕你没见识过。这是自家园儿小解闷儿。输急了你言语声儿,不要紧的事情。人家下注你楞说没下,那可不行。"毛二爷说:"小蒋喊,不用这们着,你敢明誓不敢?"蒋忠说:"《扫地》④我都唱吗(老高腔⑤戏师付的⑥)。"毛二爷说:"你要起个誓,我就赔你钱。"蒋忠说:"我要是没押注楞讹押注,让我死在我儿子头里。"蒋忠一耍话⑦,招的大伙儿都乐啦。周义说:"蒋大哥,你也得有儿子呀。"蒋忠说:"我没儿子还没爸爸吗?"毛二说:"你起这个誓不成。"蒋忠说:"不行咱们再起一个。我要屈心讹人,让我爸爸得痰痪病。(耍钱拿爸爸起誓,闻所未闻)"正这儿说着,家人飞跑了进来,说:"少爷们别耍了,老爷得了痰痪病了。"

蒋忠正在起誓,家人往里飞跑,说:"少爷们,大事不好了,老爷得了痰痪病了。"蒋忠说:"你瞧,我拿我爸爸起誓,我亲家爸爸倒应了誓啦。"毛二爷说:"你这小子还要说甚么。不像人话了(实在不像人话)。"要说周家小弟兄里头,就属周孝顶孝顺了(无愧呼⑧叫周孝),周义是顶不孝顺。周孝听家人一报告,赶

---

① 此处少一"底"字。
② 输打赢要儿:输了就继续打,赢了就当时要钱。
③ 玩笑:爱开玩笑。
④ 《扫地》:一出折子戏的戏名。
⑤ 高腔:也叫弋阳腔,是明清时期主要戏剧声腔之一。
⑥ 老……师付的:跟……学的。
⑦ 耍话:甩闲话,耍贫嘴,讽刺人。
⑧ 呼:应为"乎"。

紧慌忙着去了。三爷周忠是个老实乏人,见大爷走了,他也跟着走了。

周义说:"有大哥去得了,痰痰病反正一时也死不了,也活不了,那算得了甚么。我输了三百多吊啦,我得捞捞(别捞了,沙子井①)。我摇两滩,你们谁押?"周信说:"老六,你先等一等儿,我得先摇两滩。"周义说:"四哥你又没输钱,你摇甚么?还是我摇两盒子得了。"蒋忠说:"无论谁摇,我都押呀。"毛二爷说:"嗳,嗳,据我说,散了罢。先瞧瞧老爷子要紧(老爷子没有摇滩要紧)。"

正这儿说着,又来了两个家人,说:"老爷这阵透紧乎,大爷让爷们快去呢。"毛二说:"快走罢。我也瞧瞧去。"蒋忠说:"我也得去呀?"毛二爷说:"你爱去不去。"周悌等弟兄四个,同着毛二、蒋忠,当时来到书房。

喝②,屋里男男女女人都满啦。原来大姨太太张氏,同着二姨太太何氏,带着少奶奶们,正在大上梁山③。家人们往里一传信,当时牌局也停了(倒没说再斗两牌)。张氏说:"咱们赶紧快瞧瞧去罢。来人哪。你们给三姨太太送信了没有?"底下人说:"没有。"张氏说:"快给三姨太太送信去罢。"何氏说:"大概他是睡了,不必给他送信。"

张氏叫人给凤仙送信,何氏说:"他大概是睡了,不必给他送信了。咱们快瞧瞧去罢。"当时叫婆子点灯笼,张、何二氏在前,少奶奶们在后,婆子打着灯笼,一直的逅奔④书房。

将进书房,何氏眼睛就直啦,敢情三姨太太凤仙,比他们到的在先。尝⑤言说的好,"有向灯的,就有向火的⑥"。原来伺候书房的书童儿,叫作赵升。他母亲赵姐,正伺候凤仙,所以凤仙先得信在先。这当儿大爷、三爷也到了,跟着几位少爷全到了。

周道台稍缓过点儿来,心里明白,干⑦不出话来,四肢也动不了。周孝跟

---

① 沙子井:沙子井里的沙子捞也捞不干净。
② 喝(hè):感叹词。
③ 上梁山:有一种梁山纸牌,108张,上面画着梁山好汉,所以管打这种纸牌叫"上梁山"。后来,也泛指打纸牌。
④ 逅(gòu)奔:直奔。
⑤ 尝:应为"常"。
⑥ 有向灯的,就有向火的:有向着这头儿的,有向着那头儿的。
⑦ 此处少一"说"字。

周忠兄弟两①,左右扶着。何氏过去摸了摸脑袋,说:"老爷心里觉乎怎么着?"周道台摇了摇头,又点了点头,心里有话说不出来。何氏向周孝说道:"大爷你想,先给熬点人参汤喝好不好?"这当儿毛二爷搭了话啦,说:"人参汤喝不的,原有痰热,再喝参汤,那是不得了的。砸薑梨汤喝得了。"张氏说:"我那屋有梨。"何氏说:"我那屋也有梨呀。"毛二爷说:"那屋里的梨,都是一个样呀。快找薑去。"底下人连声答应。周孝说:"二弟,你也通医道呢。你先给看看脉好不好?"毛二爷说:"我那不是瞎摸海②吗?"何氏说:"二爷,你先给看看。我让他们套车接先生去了。"

这位孙先生是周家的门庄大夫③,有病总是找他。此人有四十来岁。小脑袋儿,大搧风耳朵,小三角儿眼睁④,几根狗蝇胡子⑤,是七上八下。

这个孙先生从先唱过小花脸⑥(许是赵仙舫⑦的徒弟),排过八角鼓儿⑧,又说过几天评书,奉过教⑨,在过理⑩。后来念了几天《本草备要》,读了两天脉诀,给亲友街坊磕头请安,求了两块匾⑪,居然就造孽⑫来。那年六少爷周义闹嗓子,也不怎么让他给朦好了,由这里就吃⑬上周家啦。二姨太太何氏还是真信服他。这小子医道有限,聊上真花稍⑭。三成瞧病,七成说像声儿⑮。

听说有一天何氏生了点儿气,心里觉着堵的慌,把他请了来啦。他先学了

---

① 两:应为"俩"。
② 瞎摸海:瞎蒙。
③ 门庄大夫:家庭医生。
④ 睁:应为"睛"。
⑤ 狗蝇胡子:稀稀拉拉的几根胡子。
⑥ 小花脸:丑角。
⑦ 赵仙舫:当时的京剧名丑。
⑧ 八角鼓儿:清代曲艺的一种。因为敲打着八角鼓唱,所以叫"八角鼓"。
⑨ 奉过教:信过教。特指信西方宗教。
⑩ 在过理:参加过在理教。在理教,以观音菩萨为最高神灵,主要戒律为不抽烟,不喝酒。
⑪ 扁:匾。
⑫ 造孽:指没有好医术,却当大夫。
⑬ 吃:指靠给周家看病,从周家挣钱。
⑭ 花稍:花哨。
⑮ 像声儿:相声。

几声狗叫唤,随后使了一个《红事会》①的套子②(《红事会》《白事会》③《三节会》④都是逗哏的套子活),把何氏乐的前仰儿后合(这宗大夫,实在给行医的现⑤透了),病立刻好了(这叫作"贱病")。也是孙先生活该走运,三少奶奶韩氏,产后病的不得了,好几个大夫都推⑥了,吃他三五剂药,居然也就好啦,因此阖宅上下都很信仰他。他跟本宅管事的王二又是把兄弟,所以这个门子他算吃准了。

闲话取消。单说毛二爷,当时给周道台看了看脉,说:"老爷子这是个中风。好在风没入脏腑,还可以能治。我可不能开方子,回头等孙二聊来啦(孙先生外号儿叫二聊),听他的得了。"正这儿说着,家人上来回话,说:"孙先生来啦。"何氏说:"请他进来罢。"话没说完,孙二聊跟着就进来啦。

彼时正是八月⑦底光景,那年又有闰月,天气很冷,又是夜里,孙二聊反穿着一件黑羊羔皮马挂⑧儿,进了门儿先给姨太太、少爷、少奶奶请安。

孙先生戴着一副墨镜,反穿着黑羔儿皮马褂儿,进了书房,先给大家请安(家人的派头⑨,给当大夫的现透了眼啦)。何氏说:"孙先生,这们早你就反穿上皮马褂儿啦?你瞧你成了狗熊啦(众目之下,尚且如此诙谐,平日见了孙二聊,其状态可知)。"孙二聊说:"谢谢二姨太太。我要成了狗熊,我就不当大夫啦。我就卖膏药啦(孙先生倒是能耍话,无愧乎叫二聊)。"毛二爷说:"二聊,你别瞎聊了。你先给老爷看看脉罢。"

书要干脆。孙二聊给周道台看了看脉,闭眼睛摇脑袋,犯了会子假客礼⑩,随后说道:"嗳呀,老爷这病,实在是中风呀。按中风有真中风、类中风、中气、中血、中脏、中腑之说。风寒暑湿燥火,为天之六淫。古人说过,'宁治十伤寒,不治

---

① 红事会:传统相声,内容是调侃婚礼。
② 套子:固定的格式、内容。
③ 白事会:传统相声,内容是调侃丧礼。
④ 三节会:传统相声,内容是调侃吹嘘家里有钱。
⑤ 现:现眼。
⑥ 推:推辞。
⑦ 八月:阴历八月。
⑧ 挂:应为"褂"。
⑨ 家人的派头:大夫一般不给病人请安。
⑩ 假客礼:装模作样,假装懂得很多,或假装有礼。

一中风'。"孙二聊还要往下说,毛二爷说:"嗳,嗳,二聊,散了罢。没让你背《东医宝鉴》。别费话啦。你看看到底怎么样?"孙二聊说:"按老爷的脉象论,左寸沉,右寸洪而无力,两关弦细,两尺沉滑。症脉总算相符。《脉经》上说:'寸沉痰郁水停胸,关主中寒痛不通。'"毛二爷说:"你先别背脉诀。"何氏说:"别拦他,让他多背两句。我倒爱听。"大奶奶蒋氏在旁边儿听不过去了,说:"二姨太太您这是怎么了? 给老爷看病要紧,这不是打哈哈的时候儿。"何氏向来不了[①]大奶奶,当时也就不言语啦。大姨太太张氏说:"孙先生看着老爷还不碍的?"孙二聊说:"大姨太太只管放心,老爷的病虽然不轻,好在还有治法。"

孙二聊说:"细诊老爷的脉象,虽然沉里,还不至于大危险。晚生极力设法挽救就是了。"周孝说:"老毛(这两个字凑在一块儿可难听),你先同着先生到我的书房里坐,请先生斟酌方子。我这就过去。"毛二爷说:"二聊,咱们走呀。"孙二聊说:"二爷,你老是淘气的。"毛二爷同着孙二聊去开方子,蒋忠也跟着去了。

大姨太太张氏跟大爷周孝商议,说是:"这书房也不是养病的所在,总是请到里头儿为是(不跟二姨太太商量,单跟大爷商量,足见素日看不起二姨太太)。"周孝没答言。何氏接着说道:"据我说,让老爷在三姨太太屋里养病最好。老爷好着的时候儿,也爱上他屋子去,他也能扶持老爷。"何氏言还未尽,大奶奶蒋氏搭了岔儿了,说:"二姨太太,你老人家这就不对。到这个时候儿,你还说这个话。你老人家为甚么不让老爷常上你那屋去呢?"周孝说:"老爷这当儿睡着了,你先别嚷嚷了。"二[②]姨太太张氏说:"既然这样,这夜里也很冷,老爷也睡了,也先别往进躲哪。大家轮流着在这里扶持也没有甚么,等到天亮再说得了。"周忠说:"阿娘的话有理。"张氏说:"你们少奶奶们,何必都在这儿。天还早呢。你们先睡一觉去。别都熬乏了。昨天阎姐来了,说是老姑太太明天还要来呢。"何氏说:"本就热闹,他老人家一来,更热闹了。"

正这儿说着,家人上来回话,说:"孙先生请大爷有话呢。"周孝看见周义正在旁边儿,说:"老六,你先这儿看看老爷子,我去去就来。"

周孝来到书房,孙二聊竟等着周孝来,好研究方子。周孝说:"老先生看着

---

① 不了:对付不了。
② 二:应为"大"。

家严①的症候,还不碍的罢?"孙二聊说:"怎么不碍的呀。这叫慢中风。反正是好了啦,十天八天也不定,三个月五个月也不定,三年五载也不定,十年八年也不定(好家伙)。好是没有个好了。这个症候,兄弟是看多了,不过咱们这样交情,我不能不开方子。"毛二爷说:"二聊,你方才怎么说不碍的呢?"孙二聊说:"二爷你又绕住了。那是我们行道的规矩。当着病人,你要说这病紧乎,一会儿准死,快预备装古②罢。病人一着急,当时咽了气啦,这不是麻烦吗?总得说几句宽慰的话。临完了单把细话③告诉主事的人,让人家好得主意。这都是当然的规矩。"周孝说:"老夫子看着,总还可以治罢?"孙二聊说:"这话是这们说了。老太爷吉人天相,病治有缘人。只要吃药见效,兄弟必极力的设法。照这样的病症,兄弟可也治好过几位(来回都由他说,所以说大夫口,无粮斗④)。兄弟尽心竭力就是了。"周孝当时给二聊请了一个大安⑤,说:"二哥多分心⑥就是了。"孙二聊连还了俩安(人家给他请一个安,他倒还俩,其狗也可知),说:"大爷你这是怎么了?自家人过起这个来啦。"当时又犯起假客礼来了,开一味药,假装又皱皱眉,又摇摇脑袋,又闭闭眼睛,拿着笔又空画了会子圈子,彷彿⑦有好大的研究,其实更是腥架子。足有半小时的功夫,这个方子方才开完。

  孙二聊开了一个方子,用的是加减小续命汤。周孝赶紧派人抓药去。彼时天已快亮。周孝让厨房作了几样酒菜,陪着孙二聊在书房里喝酒。宋仲三也来啦。周孝说:"老夫子请坐,一块儿喝罢。"宋仲三跟孙二聊彼此点了点头,原来两个人向来的不对⑧。宋仲三说孙二聊是个谄媚小人,江湖下流之辈。孙二聊说宋仲三是个老奸巨猾假道学(大概二公互相说的都不错)。一个教读老夫子,一个门庄大夫,两个人很不短⑨相见,并且时常同席吃饭。孙二聊竟

---

① 家严:我父亲。谦称。
② 装古:装裹。寿衣。
③ 细话:详细情况。
④ 大夫口,无粮斗:大夫没有准话。
⑤ 请大安:一般请安,右腿并不着地,只是做出跪的样子。请大安,是右腿真的跪在地上。
⑥ 分心:费心。
⑦ 彷彿:仿佛。当时常写作"彷彿"。
⑧ 不对:不对付。不和睦。
⑨ 不短:经常。

跟宋仲三耍骂骨头,宋仲三竟摘四书句子骂他,两个人就说有点口仇①。今天见了面儿,所以彼此点了点脑袋。

当时宋仲三向周孝说道:"东翁这当②倒好一点儿啦?将才倒吓我一跳。"周孝说:"好一点了。"宋仲三说:"这个中风的症候,非同小可。真得找个高明人看看。寻常矇③事的乏大夫(这叫"当着和尚骂秃驴"),可瞧不了这宗症候。"孙二聊知道他是借话骂人,斜楞着小母狗眼儿④,瞪了他一眼,也没言语。后来向周孝说道:"七少爷这次乡试怎么样?也快揭晓了罢?"周孝说:"待不了几天啦。"孙二聊说:"老七这次中了,是很好啦,倘或不中,我给他荐一位改课⑤的老夫子,是一位老进士。无论乡试的会试的,文章经他一改,中举人中进士,如同探囊取物一般。像府上这个人家儿,正应当请这们一位高超老师。像那宗'杓马⑥上的苍蝇——混饭儿吃'的老师,简直的是白花冤钱(这叫"当面还席")。"

宋仲三是个山东人,虽然世故很深,究竟性直气粗。孙二聊诚心一气他,把老先生的火儿给呕起来了。可是话说回来啦,谁让他先招人家来着呢?老宋当时大发雷霆,说:"姓孙的,你是跟我不来⑦,你要踹我这个饭锅⑧呀?咱们俩今天非流血不可。"孙二聊说:"宋老夫子,这话没有呀。你说我要踹你的饭锅,你方才说的话,也是要踢我的饭碗呀。咱们俩无冤无仇,这是怎么回事情?"宋仲三说:"我瞧咱们俩就是冤孽,不是这辈子的事情。"孙、宋二人当时正要起打,就听那屋里也嚷嚷起来啦。

原来毛二爷、蒋忠跟周礼、周义等又摇上滩了。毛二爷跟蒋忠又起了冲突啦。大爷周孝这个急就不用提拉⑨。

正在这个时候儿,家人飞跑了进来,说:"大爷快去罢。老爷痰上来啦。简

---

① 口仇:因为嘴上互相攻击而结仇。
② 这当:这当儿,这时候。
③ 矇:应为"蒙"。
④ 小母狗眼儿:小而圆的眼睛。
⑤ 改课:改学生的诗文。
⑥ 杓马:应为"马杓"。
⑦ 不来:过不去。
⑧ 饭锅:饭碗。
⑨ 拉:应为"啦"。

直的要不好。"周孝也顾不了孙、宋两个人啦,当时慌忙来到周道台的书房,周道台已竟①不成了,竟剩了个气儿啦。大姨太太张氏哭着说道:"大爷你想,老爷是不行了,趁着有这口气儿,赶紧搭到上房去罢。"周孝说:"姨娘说的话很对。"当时七手八脚把老头子抬到上房。一切装古是早已齐备,赶紧打发底下人叫床②,好在杠房③离着很近。

床将送到,周道台一阵比一阵紧。何氏说:"把孙先生请来,再让他给看看脉好不好?"周孝请④:"看看也好,你们快请孙先生去。"大奶奶蒋氏这当儿熬了一点儿参汤来。张氏拿着银匙子要灌,牙关已竟是紧啦。灌了两匙子,顺着脖子全流下去了。

周道台穿好了装古,底下一个屁,上头两个嗝儿,全魂气断。男女老少举了一阵哀。后来商量办事,周孝请识⑤三位姨太太,如何办法?张氏说:"家有长子,国有大臣。你看怎么办怎么好。不必跟我们商量。"

正这儿说着,老姑太太驾到。上回书也说过,老姑太太带信,原说是这两天来,没想到周道台将咽气,他老先生就到了,倒彷彿敬意⑥来探丧似的。老姑太太哭了一大阵,问了问得病的原由,随后何氏溜沟⑦说:"我将要派人给姑太太送信去,没想到姑太太就来了。"在⑧何氏原是拍马屁、献殷勤,谁知道拍的岗子⑨上啦。老姑太太大炸之下,说:"你将要派人给我送信,你还不错呢。你们家人都死绝了,单等着你派人哪?我要不来呢,大概也就不给我送信啦。"老姑太太一炸,何氏傻了。张氏直给姑太太请安,凤仙跟少奶奶们直给磕头,姑太太才算消气。正在这个时候儿,门上的王二上来回话。

说福寿寺的方丈率领十三名和尚前来转咒⑩(照例北京各大庙,阔施主家

---

① 已竟:已经。
② 床:棺材。
③ 杠房:办理丧事的铺子。
④ 请:应为"说"。
⑤ 识:应为"示"。
⑥ 敬意:应为"特意"。
⑦ 溜沟:溜沟子;拍马屁。
⑧ 在:对……来说。
⑨ 岗子:让他倒霉的地方。
⑩ 转咒:在丧礼上念经。

死了人，必要去转一回咒。虽然是应酬要好，也是个抽丰①，人家本家的花衬钱②）。福寿转了一回咒，延寿寺又来转咒。白衣庵儿的二师付，带着十一名姑子，又转了一回。

和尚们去后，周孝把丧事的计画跟姑太太一提，打算是搭头号月台③，堂罩④要新的，景泰蓝的五供儿⑤，三个院子起脊大棚⑥，立头号大幡。对鼓、长鼓手、绿架衣⑦，剃头、穿靴子。接三⑧是喇嘛焰口⑨，藏经⑩、道经⑪、番经⑫、幼僧⑬经各三台。接三预备果子面⑭。送库⑮的日子，都是翅鸭席⑯。六十四人杠⑰，棺罩⑱要新下案⑲的。

周孝一说这宗丧事的计画，老姑太太十分的赞成。这当儿阴阳生⑳开了

---

① 抽丰：打抽丰。找借口找人要钱，混吃混喝。
② 衬钱：做佛事时，给和尚的钱。
③ 月台：灵堂前边搭的台子，类似戏台，下边与台阶持平，上边和房檐持平。台上两边放花、纸糊的人，天花板上绘"团鹤"图案，取驾鹤西去之意。
④ 堂罩：灵堂里棺材上的罩。
⑤ 五供儿：盛祭品的器皿，一套为五件。
⑥ 起脊大棚：丧礼时，要搭大棚接待亲友，叫"丧棚"，行话叫"白棚"或"全棚"。丧棚分两种，一般的叫"平棚"，讲究的叫"脊棚"。
⑦ 绿架衣：一般写作"驾衣"。杠夫、执事夫穿的服装，长到膝盖，叫作"中褂"。杠夫穿的是大襟的，执事夫和鼓手穿的是对襟的。衣服底色一般为深绿色。如果用两班，则一班穿绿，一班穿深蓝；如果用三班，则一班穿绿，一班穿深蓝，一班穿青色。下身一般是土黄色套裤或灰色套裤。
⑧ 接三：人死三天后，亡灵要被神接走，所以，要举行仪式，亲友吊唁，吹奏鼓乐，焚烧纸糊冥器等。
⑨ 焰口：请和尚念经、唱佛经故事，同时把掰碎了的饽饽往下扔，俗语叫"和尚戏"。来参加佛事的人也可以另外出钱点曲，让和尚唱。
⑩ 藏经：和尚念佛经。
⑪ 道经：道士念道教经文。
⑫ 番经：喇嘛念喇嘛教经文。
⑬ 幼僧：尼姑。
⑭ 果子面：果子和面，通常是打卤面和干鲜水果。
⑮ 送库：人死后，给他烧纸糊的生活用品。
⑯ 翅鸭席：有鱼翅、鸭子的宴席。
⑰ 杠：杠夫，出殡时抬棺材的人。
⑱ 棺罩：出殡时棺材上的罩。
⑲ 新下案：新下绣案。此处指新的。
⑳ 阴阳生：风水先生，以星相、占卜、看风水、圆梦为职业的人。

殃榜①,跟着寿材搭到。这个寿材,是真正的茵陈板②,叫棺材匠在家里看着作的,尺寸也极大。小姑奶奶们也都来啦。入殓已毕,大家哭了一场。宋老夫子前来探丧,跺脚捶胸的哭了一场。

周孝给宋老夫子磕了一个丧头,委托宋老夫子,总理③丧仪,兼管财政。毛二爷跟蒋忠的帮办④。宋老夫子是个死抠儿,一个钱都认真。连毛二爷带蒋忠,还有多年底下人,这个骂就不用提了。

周宅上上下下,一共有九十多口子,听说竟孝布,用了八百多疋(未免太多了)。接三那天,挽联有一百多幅,祭帐⑤有六百多疋。竟饽饽桌子⑥(旧日大家旗人办白事,亲友讲究送饽饽桌子)有十几个,月台上都摆不下啦。

送三⑦的时候儿,壅途塞巷,热闹非常。听说这分烧活⑧,浇裹⑨了一百多两。糊的大鞍儿车,真跟活的一个样。竟穿孝的人,连本家带亲友,听说有五千多口子(够了一旅啦)。接三这们热闹,其余可以类推了。每次送库人都是很多,伴宿⑩那天更不必提。送殡那天更邪行了,竟车有好几十万辆。那位说了,这是给周道台送殡的车马?(不,这是内外城胶皮车⑪的数儿)三位姨太太、六位少奶奶,都坐的是白轿子。临出堂的时候儿,响尺⑫一鸣,了不的啦,直打了这们一街。你猜甚么呀?哈哈。执事⑬(耍甚么呢)。送殡的亲友本家、邻里街坊,满算上真有七、八师人数。那位说了,怎么那们些人呀(告诉你

---

① 殃榜:也叫"殃书",上面写着死者的生卒年月日时,什么时候适合出殡等。
② 茵陈板:也作"茵沉",是最上等的木材。
③ 总理:总负责。
④ 帮办:帮助办理。
⑤ 祭帐:也写作"祭幛",也叫"祭轴"。丧礼时,亲戚、朋友送的挂轴。一般用绸缎或呢子做成,长3米、宽1.2米左右,上面用金字写着颂扬死者的文字。
⑥ 饽饽桌子:出殡时,亲戚、朋友送的祭品。把未蒸熟的饽饽摆在桌子上送来。
⑦ 送三:接三那天日落后,由鼓乐引路,女眷送到大门外,男性亲友执香、提灯,给亡人的魂灵送行。出门向西,把纸糊冥器送到某处焚化。
⑧ 烧活:纸糊的、烧给死人用的东西,如车、轿、日用品等。
⑨ 浇裹(jiáoguo):花费。
⑩ 伴宿:出殡的前一夜,亲友要陪伴死者一夜,因为以后再不能陪伴了。
⑪ 胶皮车:人力车。
⑫ 响尺:杠头发布命令的工具。用坚硬木材做成,一根二尺多长,一根一尺多长,用短棍敲长棍,发出清脆声响,指挥杠夫走、停等行动。
⑬ 执事:仪仗队。

说,人少了,长沙攻的下来吗①)? 书要干脆。大殡到了坟地,坟地也搭着大棚。

周道台送殡那天,非常的热闹,直比隆裕皇太后奉安②,袁总统发丧,还火炽十分。坟地阳宅③也搭着大棚,预备的果、酒、翅子席。这一通儿白事,花了足有六百多万块钱(比防疫借款④还多)。

过事以后,正赶上乡试揭晓,周廉落了孙山,宋仲三倒□的要死,一来二去,得了一个恼筋病⑤,说话颠颠倒倒的,改文章也改不上来啦,讲书也讲不上来啦,坐在那里嘴里竟念叨:"怎么会不中呢(你可说呢)? 我说一定得中呀(你说行吗)。这可真怪。"来回翻老是这三句。周廉终日相劝,怎么劝也不行。周孝是个忠厚人,因为宋仲三教读多年,周廉又是他教的进了学,不忍一旦就辞,特派两三个底下人看护他,又请人给他看,吃药也不见效。

还⑥天孙二聊来啦,周孝让他给宋仲三看看。其实宋仲三是点精神病,慢慢的开导开导就好了。上回书也说过,孙二聊跟他向来的不对,看了看脉,当时也没言语,后来见了周孝,他说:"大爷,你总得赶紧想法子,宋老夫子这个病可亡道。他是个痰迷带中邪,闹大发了,可就要打人骂人啦。打人骂人还是小事,他要闹个自寻短见,咱们还得打人命官司。那不是麻烦吗? 花几两银子,把他送走得了,等到出了事可就晚啦。"

周孝听这话,当时半信半疑,后来孙二聊给何氏看病,把这话又告诉何氏啦。何氏本要驱逐宋仲三,这下子正中下怀。第二天跟周孝一说,周孝没法子,备了二十两银子,把宋仲三的侄子找来,让他把宋老夫子领走。宋仲三这两天稍微的好点儿,东家既辞,不好不走。周廉舍不得老师,宋仲三舍不的徒弟,师生二人当时抱头大哭一场。

宋仲三临走的时候儿,跟周廉恋恋不舍,师生爷儿俩抱头痛哭了一场,从

---

① 长沙攻的下来吗:1918年3月,段祺瑞组织北洋军大举南侵,在长沙、岳阳、衡阳等地打败护法联军。
② 奉安:皇帝、皇后安葬。也可用于父亲安葬。
③ 坟地阳宅:墓地上建筑的地上房屋。
④ 防疫借款:1918年1月18日,北京内务部以盐税余款为担保,跟英、法、日、俄银行借72万法郎的防疫贷款。
⑤ 恼筋病:应为"脑筋病",精神病。
⑥ 还:应为"这"。

此也就没请老师。周廉只好自己用功,这些个事也不提。

自打周道台一死,何氏满心里欢喜。他不欢喜别的,从此凤仙母子可以由他性儿惩治啦。可是他不敢大施展,家里他怕大奶奶蒋氏,外头他不了老姑太太。偏巧老姑爷由御史放①了河南道台,老姑太太随任去了。大奶奶产后受风,竟自驾返瑶池②。这一下子,去了两个劲敌,何氏非常的高兴。过了些时,周孝有一个世交的老叔,现在绥远城当将军,把他奏调去了。大姨太太张氏,又得了个半身不遂的症候儿,不能动转。这一来,家里的大权满归何氏一人掌握,这真是"一朝权在手,便把令来行"。周宅的男女仆人,也真贴靴,居然称呼何氏为二太太,把"姨"字儿给取消了。称呼张氏,可还是大姨太太(此辈小人最能逢迎谄媚。大家主儿③,骨肉之间的嫌隙,多半由此辈酿成)。

有周道台活着的时候儿,家中的总财政,由大爷周孝掌管。管事的王二,每月由大爷手里领下钱来,支配一切的日用,暗含着大爷周孝是个会计,王二是个庶务。自打何氏一掌管家务,把王二的庶务给取消了,换了一个姓孙的管事。

这个姓孙的是谁呢?原来就是孙二聊的兄弟孙三。这小子胁肩谄笑,坏之万分。照例周家阖宅老少的生日,除周道台的生日每年是搭棚办事,贺寿的亲友也多,其余自大姨太太以次,向来早晨是备几桌席,晚晌是果子面。阖宅老少的生日,账房儿都有一览表。府第大家照例都是这宗规矩。

凤仙的生日,是四月初八(可倒好,跟佛爷一个生日)。初七那天何氏正同着少奶奶们打牌,老婆子上来回话,说:"管事的孙三,要见二太太有话。"何氏说:"叫他进来罢。"孙三当时来到屋中。何氏满了一个青一色,正在数和④,孙三只得站在一旁。何氏数完了和,一眼看见孙三,说:"你有甚么话呀?"孙三说:"明天是三姨太太的生日,家人照例预备了。早晨是翅子席,晚晌是果子面。跟上次三奶奶的生日预备的是一个样。家人回禀二太太一声。"孙三话没说完,何氏把眉毛一挑,把眼睛一瞪,说:"那个三姨太太呀?"孙三说:"宅里东院的三姨太太呀。"何氏说:"你说的是凤仙凤姑娘呀。他怎么配称姨太太呢?谁册封的他姨太太呀?老爷死,还是他给害的哪。叫他个姑娘就是抬举他。

---

① 放:任命为地方官员。
② 驾返瑶池:去世。
③ 大家主儿:大户人家。
④ 数和:数赢了多少。

从此谁再称他姨太太,我可是不答应。他原是个丫头出身(那们你是小子出身),这几年美的可也太不像①啦。有老爷活着,看佛敬僧②,谁也不肯③。现在没有老爷了,不把他打发啦,就是看着死鬼老爷的面子。他还有生日呢?趁早儿甚么也不用预备,照旧吃饭得了。"孙三连连的称"是"。将要退下去,何氏说:"你先回来,我还有话哪。每月凤姑娘是多少点心钱?"孙三说:"大姨太太,二太太,跟三……","姨太太"没说出来,又改凤姑娘啦,说:"跟凤姑娘都是一样,每月都是六两银子点心钱。"何氏说:"他一个丫头人家,不能跟我们一班配。从下月起,给他二两银子点心钱。他不答应,让他问我来。"孙三答应了几个"者④""是",退了下去。

第二天凤仙生日,连顿打卤面也没吃着。

凤仙过了回生日,连顿打卤面也没吃着。从先凤仙,在凤姑娘的时代,逢年按节,都给张氏、何氏磕头。自打荐升三姨太太以来,凤仙还是按照旧规矩,年、节、生日,还是给张、何二氏行礼,两个人谦让再三不肯受,临完了请一个安,算是完事。

那天何氏借着孙三上来回话一发作,早有人报知凤仙,凤仙也不以为然。第二天早晨梳洗已毕,先上张氏屋中磕头。张氏卧病不能下地,再三的相拦,还留他吃了回点心。随后又到何氏屋中,何氏正坐在那里喝茶。凤仙进了屋中,何氏并没起来。凤仙请了一个安。要搁在从前,何氏必要还个半截儿安⑤。那天连接安⑥也没接,居然"属羊灯的——点了点头"。凤仙找垫子要给他磕头,何氏说:"你就磕罢。"凤仙磕了三个头,何氏也没站起来,随后也没让他坐下。凤仙见他这宗状态,心里虽不愿意,但他是个深沉人,表面并不透神气(这宗人虽然厉害,可是必有起色,准成大事。往往见一宗人,为一个落花生就要流血,因为一个黄毛儿⑦,脑筋就绷起来⑧。那宗人万辈子没有德行)。当

---

① 不像:不像话。
② 看佛敬僧:看在佛的面子上尊敬僧人。比喻看在某人的面子上,才尊敬他下面的人。
③ 此处大概有漏字。
④ 者:满语,是。
⑤ 半截儿安:请安的动作只做一半。
⑥ 接安:地位高的人接受地位低的人请安时,要双手相扶,或做出扶的姿势,叫"接安"。
⑦ 黄毛儿:小钱,即铜圆辅币,10个黄毛儿等于1个铜元。
⑧ 脑筋就绷起来:脑上的青筋就绷起来了。形容愤怒。

时说道:"二太太起的真早呀。"何氏点了点头。凤仙上了一枝洋烟,拿着洋火①要给何氏点烟。何氏皱着眉头子说道:"我这两天咳嗽,不抽烟。你歇着去罢(大有婆婆对待儿媳妇的口吻)。"凤仙又站了一会儿,回到自己院中。

一进院子,就听周廉在屋里号啕痛哭,凤仙倒吓了一跳。及至来到屋中,见周廉哭的眼睛都肿了,凤仙摸不清头脑。周廉见凤仙进来,叫了一声"娘",哭的更比从先加劲。

周廉一路大哭,倒把凤仙吓了一跳。当时拿手巾直给他擦眼泪,说:"小子,你哭的是甚么?别哭了,有甚么话你说得了。"劝了半天,周廉才止住悲声。凤仙说:"你到底为甚么哭呀?"周廉叹了一口气,说:"娘呀,我想头几年有父亲在世,每到娘的寿日,由我大哥、大嫂子说起,都要给娘磕头,底下人也都上来拜寿。如今冷冷清清,居然成这宗局面,实在的令入②难过,令人伤心。"说着又要哭。凤仙微然一笑:"我当你为的是甚么哭呢?原来为这个事情呀?这算甚么呀?可惜你还念书、进过学哪。你连这个事都不明白。中国家庭的事情,就是这个样子(实话)。古人说过,'势力起于家庭。'那话是一点儿不错的。这些个事情,何关荣辱?"周廉说:"方才我听他们老婆子们说话儿,把我气着了。他们不称呼娘为三姨太太,居然叫凤……"往下没说出来,又咽回去啦。凤仙说:"他们爱称呼我甚么称呼我甚么。称呼我三姨太太,我也不能增福延寿。叫我凤姑娘,我也不能灾害临身。这些个事情,不成问题,满没有关系,何必哭呢?你有哭的那个功夫儿,好好儿的用用功,把个举人中了,把个翰林点了,还怕他们不称呼我三太太、三老太太吗?"

正这儿说着,老婆子赵姐前来给凤仙拜寿。这个赵姐原是伺候大太太的丫头,后来周宅把他聘了,复反③又在宅里伺候。先伺候大太太,大太太去世,他又伺候二④姨太太,为人耿直忠厚,在周宅家人界内,算是第一个好人。

上回书说的是,周廉大哭,凤仙正在劝他,可巧伺候张氏的婆子赵姐,前来给凤仙拜寿。前者也说过,有周道台在世,凤仙生日那天也是很热闹,现在冷

---

① 洋火:火柴。
② 入:应为"人"。
③ 复反:又,再一次。
④ 二:应为"大"。

冷清清,居然行所无事①。话又说回来了,也别怨周廉哭,这宗状况,可也真令人难过。如今赵姐一来,可称空谷足音,雪里送炭。赵姐一定要给凤仙磕头,凤仙那里肯受。赵姐说:"三姨太太,您受不起我这三个头是怎么着?"凤仙说:"赵姐你可别这样称呼,我可不敢当。"赵姐是个心直口快的人,当时说道:"三姨太太,您这句话没有呀?三姨太太称呼了也不是一天半天啦。难道说如今取消了不成?有老爷在世,您就称三姨太太,这还是两道子②,"说着伸了两个手指头,"是他提倡的,老爷认可的。如今老爷一死,大爷一走,大奶奶一死,您瞧他美的还像③呀?如今他居然称上二太太啦,也不是谁册封的?这把子底下人狗事④,我还不脑⑤,少爷、少奶奶们,也都那们称叫,我真听着生气。他称二太太,要取消您这个三姨太太,邢⑥可不成。且我这里就通不过去。这个议案打消了罢(不用二读⑦啦)。大姨太太是个老实人,斗不了他。要是有大奶奶活着,您瞧他决不敢这们造反。"赵姐说到这里,凤仙不由的掉了几点眼泪。

原来大奶奶蒋氏活着,跟凤仙最对劲,诸处里护庇凤仙。蒋氏死的时候儿,凤仙哭了好几天,连饭都吃不下去。如今赵氏一提蒋氏,凤仙大动感情,所以掉眼泪。赵姐不知道凤仙的心理,以为是取消姨太太名号,生日没人理,自己难过落泪。

周礼、周义对待凤仙母子,比别人尤其的下不去⑧。不但不称呼姨太太,连凤姑娘也不称啦,居然均大叫凤仙。要搁在别人,早受不的了,凤仙是落落大方,行所无事。周廉也时常受他们的欺负。虽然不至于朝打暮骂,那分虐待,也很够个人受的。周廉也搭着⑨大两岁啦,又常受凤仙的教训,也不以为然。

母子二人虽然整天受人凌辱,却是喜怒不形于色。周廉一个人在书房用

---

① 行所无事:像什么事都没发生一样。
② 两道子:指行二的人。
③ 像:像话。
④ 狗事:巴结。
⑤ 脑:应为"恼"。
⑥ 邢:应为"那"。
⑦ 二读:议案的再审议。
⑧ 下不去:让人不能忍受。
⑨ 搭着:加上。

功,预备着来年乡试。始而书房还有个书童儿伺候,后来何氏把个书童儿也给裁了。凤仙打发婆子送茶送水,周廉日夜攻读,意在来年乡试必中。张氏看着他母子可怜,倒是颇颇的优待,无奈势力敌不过何氏,再一说卧病在床,也是有心无力。

过了些时,何氏把凤仙母子的点心钱也取消,每天就供两餐。人家都是四盘两碗儿,就给他们大锅菜大锅饭,跟底下人一样饭食。好在凤仙手里有些个积蓄,自己垫办①,表面上并没怨言。转过年来,何氏把凤仙屋中一个老婆子也给裁了。凤仙只得自己花钱,雇了一个婆子。张氏时常对韩氏、杨氏说(韩氏、杨氏是他的儿媳妇):"凤仙深沉厚重,周廉要强读书,将来非久居人下之人。"让他们好好的待承,点造②好感情,别跟何氏一溜身齐③,留点有余地步。韩、杨二氏,都是程度低下的人,又受了何氏的蛊惑,张氏的好话,那里肯听?几位少姑奶奶,有随任外出的,也有受何氏蛊惑的,也没有一个能护庇凤仙的。所以凤仙母子,应了一句北京歇后语,是"俄罗斯打官司——一点照应没有"。

(阅者注意,昨日小说应是今天的,今天小说乃是昨日的。因此篇为邮局迟递之故)。

赵姐一提大奶奶,凤仙大动感情,一时悲从中来,掉了几点眼泪。赵姐摸不清他的心理,再三的一劝。凤仙说:"赵姐,你不知道我的意思。我伤心不是别的,我因为你一提大奶奶,所以我心里难过。"赵姐说:"唉,您别提了,提起大奶奶来,我心里都好难过。那样的好人,会没有寿数,真是没有的事情。像咱们这位,"说着又伸了两个指头,"万辈子他也死不了。人都说'祸害一千年',我瞧他比祸害还得多活两岁。"凤仙说:"赵姐,你别说这些个啦,听见回头又是麻烦。"赵姐说:"麻烦怎么样?我不怕他。"凤仙说:"怕不怕的,何必呢?"赵姐聊了会子要走,凤仙因为他拜了会子寿,拿出一个一两一个的小锞子来,赏给赵姐。赵姐那里肯要?让了半天,方才收下,欢天喜地的去了。那天凤仙的生日,就算赵姐一个人儿拜寿,其余上上下下全没露。

上回书也说过,周家少弟兄,除去大爷周孝是个忠厚正派人,三爷周忠虽

---

① 垫办:拿出钱来办理。
② 点造:联络(感情)。
③ 一溜身齐:一样。

然不算十分坏人,为人又冗①又乏,又没主意又惧内(有这几样毛病,就是糟心)。其余那弟兄几个,满不成东西。顶可恶是周义夫妇,自打周道台一死,大爷一出外,大奶奶蒋氏一死,何氏一当家,凤仙母子,打一句北京歇后语,是"忽伯拉②冲盹儿③——所掉了架儿④啦"。有周道台在世,周悌等对于凤仙,表面上还有点姨娘的样子,待遇周廉,面子上也很透作兄嫂的意思。本来就是假事,周道台一死,就差的多。何氏又一鼓吹,更了不的啦。最可恶是周礼、周义,见了凤仙,不但不称呼姨娘、姨太太,连凤姑娘都不称啦,居然就大叫凤仙。凤仙不言不怒,对于他们是行所无事。

凤仙母子受这样虐待,并不介意。底下人也给裁啦,点心钱也取消啦。还算好,见天供给两顿粗米饭,等于狗食,简直也不能吃。好在凤仙手里有点积蓄,只好垫办罢。周廉日夜用功,文章是很有进步。

转眼槐黄⑤已到。周廉这次乡试,跟前次大不相同。上次乡试的时候儿,周道台、宋仲三都亲自送场⑥,底下人一大片,接场⑦的时候儿,也是众星捧月一个样,如今冷冷清清。回忆当年,大有今昔之感。

要说周宅的男仆,自周道台去世,虽然裁了几名,还有十七八个。但是此辈小人,照例是趋炎附势,从先是专捧七少爷,专狗三姨太太。自打老官儿⑧一去世,对待凤仙母子就很差劲。现在何氏一掌权,凤仙母子一掉架儿,这群小人助纣为虐,简直的也欺负上啦。偶然支使他们,不但呼应不灵,还要说些个混账话。上次周廉乡试,大家拔结着要送场,以为是一荡⑨美差。这次周廉乡试,央求他们,他们告诉伺候不着(此类小人,实在可杀)。内中就有一个老家人,叫作孙福,今年有六十多几⑩,跟周道台多年,很出过些力,在周宅仆人

---

① 冗:庸俗。
② 忽伯拉:鸟名,也写作"虎伯劳"。满语 hiyebele 的译音,《简明满汉词典》译为"鹞鹰",《北京风俗大全》和《北京风俗图谱》中都说是鹰里面最小的一种。
③ 冲盹儿:打瞌睡。
④ 掉架儿:掉价儿。
⑤ 槐黄:槐花黄了,忙着准备应试的季节。
⑥ 送场:送考试的人入场。
⑦ 接场:接考试的人出场。
⑧ 老官儿:老头儿,家里的男主人。
⑨ 荡:趟。
⑩ 几:应为"岁"。

界中,很有点势力。这次周廉下场,就是孙福带着他儿子孙牛儿送场。

三场已毕,诗文都很得意。那天正是九月初三,赶上何氏的生日,虽然不大办,也很有几家儿亲友前来祝寿。那天早晨是翅子席,晚晌是果子面,白天是文武戏法儿,晚晌是影戏。

何氏的生日,虽不大办,也很热闹。凤仙给何氏拜寿,何氏昂然直受,并且很说了些个雁儿孤话①。那天来了几家儿亲友,连本家一共摆了五桌。凤仙还跟着张罗了会子。后来到了末桌,就剩本家五位少奶奶。有位二舅太太多说话,说:"这倒很巧,你们五位少奶奶,跟凤姑娘凑上正是一桌。"何氏搭了话啦,说:"少奶奶们先吃。他们忙了一早晨啦。丫头、婆子们忙甚么?"原来这位二舅太太,家里很穷,时常的上这儿赖衣求食②,今天喝了两盅便宜酒,一时多管闲事,没想到碰了一个大钉子。瞧了何氏一眼,就不敢言语啦。后来凤仙跟婆子坐了一桌,也没吃甚么。

凤仙虽然深沉厚重,大度包容,处在这宗局面,心里也是很难受。不过表面镇静,不透甚么神气。老婆子们还直拿凤仙打哈哈,凤仙也不理他们。

外头书房也摆了两桌。除去周悌等弟兄五个,还有孙二聊、毛二爷、蒋忠,此外还有几个至近的亲友。蒋忠说:"怎么没见老七呀?把他也找来好不好?"周忠让家人去找,周义说:"他要来了,有他没我。你瞧他那宗神气,起打③进了这个学,美的还了的啦。"蒋忠说:"老六(句),你可别说这个话,今年碰巧把举人还中了来呢。"周义说:"他要中的了举人,我是孙子。他爸爸也没有那们大德行呀。"蒋忠说:"好呀,他爸爸是你甚么呀?"周义说:"我说错了,他娘也没有那们大德行呀。"毛二爷说:"回头他来,你瞧我拿他打回哈哈。"周义说:"瞧你的了(背亲向疏,这宗人最为混账)。"正这儿说着,周廉来到。

周廉一到书房,毛二爷恭恭敬敬的给周廉请了一个大安,说:"小的请举人大老爷的安。"周廉说:"二哥你这是怎么了?"蒋忠说:"快让孝廉大老爷上座。"周廉一瞧他们这宗神气,也就不理他们了。孙二聊这当儿,滋着几根狗蝇胡

---

① 雁儿孤话:闲话。
② 赖衣求食:央求要衣物、吃食。
③ 起打:自从。

子,微微的冷笑,向着周廉说道:"老七少见哪。这场得意罢?"周廉说:"不过就是逛场①。"孙二聊说:"你们那位姓宋的老师,见着了没有?"周廉说:"宋老师听说回了家啦。"孙二聊说:"那个老家伙实在不是东西。不招不惹的,他跟我一死儿②的反对。按说我们两个人,我不骑他的辙,他不碍我的道。他所跟我不来,临完了怎么样?老家伙会疯啦。大爷在家的时候儿(说的是周孝),一死儿让我给他瞧。不用说他那病我瞧不了,就是瞧的了,我也不给他瞧。他早就该死。"蒋忠说:"周廉下小考,出团子那天,他跟我瞪开了眼啦。我说没中,他跟我要来手抢③、炸弹。你瞧这块骨头,有孩子跟他念书,真不如上剃头棚儿学买卖去。"毛二爷说到这里,周义拍掌大笑,说:"恰④。恰(人家骂他兄弟,他旁边儿说'恰',真正的不是东西)。"蒋忠说:"别费话了。咱们喝酒罢。"周廉瞧这宗神气,知道他们结合团体挟磨⑤人,理他们也不好,不理他们也不好,莫若走为上策。当时周旋了一番要走。周忠说:"老七你怎么不吃饭哪?"周廉说:"我吃过饭了。"周忠说:"你吃过饭,你这里陪一陪。"周廉无法,只得坐下。

蒋忠说:"咱们把费话先搁开,咱们喝酒啦。"当时大家落座,周廉自然是末座啦。底下人也诚心耍骨头,单给周廉两根湾⑥筷子。周廉挟了半天菜,也挟不起来,赌气子也不挟啦。毛二挑着头儿,孙二聊贴靴,蒋忠帮腔,周义跟着起哄,拿周廉一打哈哈。其余的几个亲友,都是仰仗周家的,跟着旁边儿凑趣儿、拾笑儿⑦,接个斗儿⑧。

要说这把子亲友,有周道台活着,专能架弄⑨周廉,真能把七少爷捧的云眼儿上⑩去。现在拧了⑪,帮着人家贴靴,拿周廉打糠灯⑫。您瞧这群人,有多

---

① 逛场:考着玩儿玩儿。
② 一死儿:一个劲儿的。死乞白赖。
③ 抢:应为"枪"。
④ 恰:恰当。
⑤ 挟磨:折磨。给人气受。
⑥ 湾:应为"弯"。
⑦ 拾笑儿:为了讨好,不想笑也笑。
⑧ 接个斗儿:接着人家的话说。
⑨ 架弄:吹捧。
⑩ 云眼儿上:云上面。天上。
⑪ 拧了:正相反。
⑫ 打糠灯:开玩笑。

们狗食盆子①。大家拿周廉开心。周廉不言不笑也不恼,直彷彿没听见似的。后来毛二跟蒋忠,为豁拳②炸了,毛二飞盘子,蒋忠就耍碗(真正文武戏法儿,带扇盘子、扇碗)。书房一起打,周廉借着乱际儿③溜了。

那天周廉在外头吃饭,凤仙在里头吃饭。这两顿饭,好家伙,真得从脊梁骨下去④。

过了两天,凤仙对周廉说道:"此地不可久居,等到过了揭晓,是否如何,非搬出去不可。"当时把何氏生日那天大家那分奚落,自己受的苦辱,对周廉说了一遍。周廉把那天大家哄他的情形,也对凤仙说了一遍。凤仙说:"这些个事原没要紧。忍辱含痛,受苦茹辛,那是英雄的常事。你没看见格言上说吗?'能受苦方成进士,肯吃亏不是傻人。'这算不了甚么。昨天听赵姐说,他们还弊⑤着特别主意呢。"周廉说:"甚么特别的主意呀?"凤仙说:"你不要嚷,我慢慢的告诉于你。"

凤仙说:"他们弊着要害你我母子。你想此地还可以久居吗?"周廉说:"这话娘是听谁说的?"凤仙说:"是赵姐所说。虽然不可深信,赵姐那个人,一来不是撒谎的,二来他们对待咱们娘儿俩的情形,你还瞧不出来吗?"周廉说:"据娘说,咱们搬在那里去呢?"凤仙说:"我早想了一个妥当地方儿,头条胡同三太太那里,你看怎么样?"周廉说:"很好很好。"

原来这位三太太是周宅一位本家,这位三老爷在世,是个世袭一等子爵,兼着御前侍卫,跟周道台是个平辈。周孝等都管他叫头条三叔。怎么叫头条三叔呢?因为西城还有一位本家三叔,所以头条三叔别之。这位头条三叔,现已去世,家中就是三太太,还有一位姨太太,一个少爷,一个姑娘,都是姨太太所生,现在正都念书。自己的房子,还使唤着六七个底下人。虽不算大财主,若论家当儿,是小康以上。三太太老诞晨⑥家(就是娘家),提起来赫赫有名,听说是某亲王府。这位三太太,是某王府三侧福晋所生。在娘家的时候儿,都

---

① 狗食盆子:卑鄙,卑鄙小人。
② 豁拳:划拳。
③ 乱际儿:乱的时候。
④ 从脊梁骨下去:指吃饭时心里非常难受。
⑤ 弊:应为"憋"。
⑥ 晨:应为"辰"。

称他三格格儿。跟周道台家是个五服①边儿上的本家，走的可很近乎。从先这位三太太，对于凤仙不过是海客遇之②。后来周道台家有事，三太太住在这里啦，就住在凤仙屋里啦。三太太抽口烟，凤仙服侍他一夜，从此大相爱悦，时常接凤仙住着。自打周道台去世，三太太接了两回，凤仙也没去。何氏联合大家，惩治凤仙母子，三太太也略有所闻。因为少爷闹病，许久没上周道台家来。

凤仙跟周廉研究，因为母子二人，受种种的虐待，打算要脱离关系，搬到本族三太太院中居住。周廉也很认可，竟等着过了揭晓再说。

可巧过了没有两天，这位三太太来了。周家妇女们，自何氏以下，因为这位三太太，是王府的格格出身，娘家很有势力，所以对于三太太，非常的狗事。这位三太太的性质，跟老姑太太又不同。老姑太太是个爆烈分子，说话讲大拍③大咬④。三太太是温和派。虽然表面温和，稳住了说几句，也很够个人儿受的。若论人格，倒是个正派好人。

那天三太太来到，先到大姨太太张氏屋中看了看，随后到何氏屋中。何氏自有一番欢迎招待。几位少奶奶，都在旁边侍立（旗人家的风俗，当着长辈，媳妇们都得立规矩⑤）。谈了几句闲话儿。这位少奶奶装烟，那位少奶奶倒茶，二⑥太太笑嘻嘻的向何氏说道："怎么不见你们三姨太太呀？"三太太这一问，何氏也楞了。少奶奶们面面相观，这个看那个，那个瞧这个，大家对翻白眼儿。后来还是何氏说道："您问的是凤姑娘呀？"三太太微然一笑，说："怎么又称呼凤姑娘啦？"何氏说："他原就称呼凤姑娘呀。"三太太说："这又奇了。我知道，不是那年过新年辞岁的时候儿，二姨太太你在你们老爷跟前提倡的，称呼地⑦三姨太太吗？"说着回头向几个少奶奶说道："你们几个人也知道哇。有这们回

---

① 五服：从前按照亲属关系的远近，丧服分为五种，称为"五服"，由近而远，依次为：斩衰：由粗白麻布制成，下摆不缝边儿。齐衰：由较粗白麻布制成，下摆缝边儿。大功：由白粗布制成。小功：由较粗白布制成。缌麻：由较细白布制成。五服边上，第五代。因为只有五代之内才穿丧服，所以，出了五服，意思是在五代之外。通常，出了五服，便不算亲戚。
② 海客遇之：像对待走江湖的人那样对待。比喻不太重视、尊重。海客：浪迹天涯的人。
③ 拍：用大话吓唬人。
④ 咬：批评、嘲笑。
⑤ 立规矩：旗人家习惯，媳妇在长辈面前只能站着。
⑥ 二：应为"三"。
⑦ 地：应为"他"。

事情没有呀?"这几个少奶奶不是悚奸,就是阴坏,一瞧这个神气,登时谁敢答岔儿呀?后来还是何氏绷不住了,说:"那年倒是有这们一说。"

三太太这几句话,实在的厉害,少奶奶们自然是不能搭岔儿啦。何氏是不搭岔不行啦,当时说道:"从先倒是有这们一说。"三太太说:"那们现在呢?"何氏说:"现在您是不知道,您也老没上我们这里来。自打我们老爷去世,他所不像那们回事情啦。孩子中了个秀才,他不知道往那儿摆啦。您不信问少奶奶们,有这们回事情没有?"四奶奶杨氏,是个东见东流,西见西流的人,说话又咬着个舌子,当时说道:"是呀,爱(二)太太的话一点儿不错,我们这位凤姑娘,近来闹的邪乎。"三太太说:"他近来怎么样,我是不知道的。我就请问,取消他三姨太太的名义,恢复凤姑娘名号,是谁的命令?"何氏脸一红说道:"皆因他不够姨太太资格,所以大家不约而同,都管他叫凤姑娘啦。您不信问他们少奶奶们。"杨氏才要搭话,朱氏推了他一把,杨氏也就不言语啦。

这当儿傻大姐儿正给何氏装烟,朱氏瞧了他一眼,又瞧了何氏两眼,又冲着三太太努了努嘴儿。朱氏心里的意思,是让傻大姐儿宣布实话。上回书说过,这几个少奶奶里头,就顶朱氏阴险,比何氏还亡道十分。他听何氏的话岔儿,取消凤仙三姨太太的名号,要移祸于人,心里说:"好的,你不用移祸于人,我先给你抖落了得啦。"这个傻大姐儿,虽然缺心眼儿,拉老婆舌头①,他是专门②(好孩子)。他原是一个陈③老婆子的女儿,何氏还是不敢不用他,听说里头很有原故。

傻大姐儿专能拉老婆掖④舌头,嘴还是真快,当着面儿就宣布。你要支使他,让他作甚么事,他是一点儿记性没有。传个话,豁个事⑤,学个舌,那是他的专门。他是个陈老婆子的女儿,何氏不要他简直的不行,因为最怕这个陈老婆子。至于为甚么怕这个陈老婆子,事关家庭暗昧,咱们也就不管他了。闲话蠲免。三太太追问,谁把凤仙姨太太的名号取消,何氏不拾岔儿⑥,朱氏向着

---

① 拉老婆舌头:传闲话,挑拨是非。
② 专门:专业。
③ 陈:老。"新"的反义词。
④ 掖:衍字。
⑤ 豁事(huōshì):挑拨,使坏,坏人家的事。
⑥ 不拾岔儿:不接茬儿。

傻大姐一使眼色儿,真比过电还快。诸位要知道,朱氏并非护着凤仙,他这事①诚心阴②何氏一下子。

要说周宅阖家,除去大爷周孝、二③姨太太张氏不计外,其余这群男女,都跟凤仙母子反对,跟凤仙母子干上,他们是一个整④,真能结合团体。至于他们跟他们,也是各有党派,谁跟谁都不来⑤(大有列强对中国的神气)。

朱氏一瞧傻大姐儿,傻大姐儿早就领会了,当时说道:"三太太您是不知道,这件事全是我们二太太的主意。从先他出主意,管凤姑娘叫三姨太太,如今他又出主意,不让大家叫三姨太太,又改叫凤姑娘啦。他老人家可加了级⑥啦(也不是纪录不纪)。如今自称上二姨⑦太太啦。"傻大姐儿一宣布,何氏有点儿"吊死鬼乍⑧尸——挂不住啦"。当时给了傻大姐儿一个嘴吧⑨,劲头儿使大了一点儿,傻大姐倒退了好几步。这当儿有一个老婆⑩,端着一盖碗茶正往里走,傻大姐儿的脑袋,正撞在老婆子的身上,老婆子也躺下啦,傻大姐儿也躺下啦。这个盖碗正掉在傻大姐儿的脑袋上,当时烫的孩子,直学油葫芦⑪叫唤。

上同⑫书说的是,何氏打了傻大姐儿一个嘴吧,劲使猛了一点儿,傻大姐儿倒退了好几步,正撞在一老婆子身上,两个人全躺下啦。一碗开茶⑬整招呼在傻大姐儿的脑袋上,连脖子带脸,全烫秃露⑭皮啦,嘴也摔破了。大家往起扭他,他是鬼号似的叫唤,一死儿的不起来。何氏说:"不用理他,瞧他怎么

---

① 事:应为"是"。
② 阴:使坏。
③ 二:应为"大"。
④ 一个整:一个整体。
⑤ 不来:合不来。
⑥ 加级:清代官员如果有功,可以在原品位上加级。
⑦ 姨:衍字。
⑧ 乍:应为"诈"。
⑨ 嘴吧:嘴巴。
⑩ 此处少一"子"字。
⑪ 油葫芦:一种蟋蟀科昆虫。
⑫ 同:应为"回"。
⑬ 开茶:用刚开的水沏的茶。
⑭ 秃露:秃噜。

样。"上回书也说过,傻大姐儿的母亲刁姐,是伺候何氏的陈老婆子,弄了几个钱,置了几亩地,回家忍着去了。可是不短的,还上周家来。来了何氏还得给他钱,何氏还是真不了他。他让傻大姐儿在这里,就为卧底当侦探。何氏没法子,还是不敢不用。

傻大姐儿正在撒泼,偏巧刁姐来了(讲究无巧不成书吗)。傻大姐儿见他母亲来啦,更哭的邪乎啦。刁氏见他满脸是血,脖子也秃露皮啦,一问他:"怎么了?"他说二姨太太要杀他。刁氏当时炸了,很说了些个不中听的话。何氏当着大家,脸上有点下不来,当时大起冲突。三太太见事不祥,当时闹了一个滑脱①,有老婆儿搀着,上凤仙院中去了。

三太太一来,凤仙就知道啦。因为在何氏屋中坐着,不愿意过来。如今三太太一来,凤仙殷勤接待,表示欢迎,说了会子闲话儿。三太太提到何氏的恶劣,凤仙掉了几点眼泪。原来凤仙受了这二年的罪孽,并没向人抱怨过。今天见了三太太,一阵心里难过,这才把何氏的万恶,及大家帮喘②,一切虐待的情形,对着三太太细说了一遍。三太太是个温和人,话没听完,直气的咬牙切齿。

凤仙把一切的情形,对三太太一说。三太太是个温和人,会气的咬牙切齿。后来凤仙说道:"此地也不可久居啦。现在别无投奔之处,打算哀求三太太,借两间房子,暂时栖身。不知道行不行?"三太太说:"那怎么不行呀。我欢迎极了。还有一节,我要跟你说,你们家这群人,除去病鬼二③姨太太,死鬼大奶奶(前后两鬼),剩下就没有一个是人行④的。也不必跟他们捣乱啦,搬走了还是甚么也不要。就是你们家这点产业,跟他们明白了⑤,从此脱离关系,毫不沾染。他们挤对你们娘儿俩,也无非是产业的问题,跟他说明白了,也就算达他们目的啦,他们还有甚么不愿意的?他们不放心,具给他们一张结⑥都可以。他们不放心,我当中保来人⑦。别的不敢说,你们老娘儿两个,我是养活

---

① 滑脱:设计躲开。
② 帮喘:帮忙干坏事或帮坏人。
③ 二:应为"大"。
④ 人行:干人干的事。
⑤ 了(liǎo):解决。
⑥ 结:保证书。
⑦ 来人:中介人。

得起的。也不用你跟他们提,我跟他们交涉得了。"凤仙说:"三太太若肯大发慈悲,救我母子脱离苦海,生生世世,感念不尽。财产世业,绝不希望。就求三太太借给两间房子居住,我母子就很感激啦。再一说,凭着十个指头,给人作点针指,我母子也可以度日生活,决不迟累①三太太。"说着又掉了几点眼泪。三太太说:"这都是小事,暂时先不必说。你就听我的得了。"

书要干脆。三太太先跟张氏一提,张氏是个老实人,倒无可无不可的。又跟何氏一提,正中何氏的下怀。表面上又说了些个费话。后来提到家产事业一概不要,情愿意②具结画押,何氏焉有不认可之理?简断捷说,三太太给腾了五间后罩房③,预备凤仙母子居住。

三太太给凤仙母子腾了五间后罩房,还给裱糊了裱糊。凤仙把手使的东西收拾了收拾,还有两箱子衣裳,其余一概没要。何氏知道他那天搬出去,预先躲了,上孙二聊家中住着去了。

凤仙临走的时候儿,带着周廉给张氏请安。张氏扭着凤仙的手,掉了几点眼泪,说:"妹妹,我真舍不得你。我可又没法子留你。"说着,伸了两个指头,说:"我这病就是他气的。太万恶了。不过他跟我还不敢就是了。你如何惹的了他?你搬出去也很好。三太太那个人我是知道的,你们娘儿俩搬在那院,我是放心的。"说着,把周廉叫到跟前,又嘱咐了一番,说:"你们哥儿七个,除去你大哥是个有材料儿的,剩下那几个,都不成东西。你可千万要长志气,得个科名,给你娘争这口气。"

正这儿说着,周信由外头进来,一瞧凤仙母子在这里,赶紧躲出去了。凤仙当时也就告辞,张氏千叮咛万嘱咐,说:"我可不能瞧你,你可千万要常来瞧我。"凤仙连连的答应,彼此洒泪而别。

凤仙临走的时候儿,周悌以下这群男女(可以加一个"狗"字儿),藏的藏躲的躲,一个也没露。底下人也都不管,就是赵姐帮着摒挡④一切(赵姐难得)。

王⑤太太派了两三个底下人,还来了两辆车,凤仙母子从此脱离苦海。临

---

① 迟累:拖累。
② 意:衍字。
③ 后罩房:正房后面院子里和正房平行的房子。
④ 摒挡:收拾料理。
⑤ 王:应为"三"。

出门的时候儿,正由外书房经过。书房门外,有块横匾,是周道台写的。凤仙触物思人,不由的心血跳荡,一阵难过。

凤仙母子搬在三太太后罩房,三太太是格外优待。

转眼之间,到了乡试揭晓的日子,谁知道秀才康了①,又落孙山。周廉哭了一场,三太太倒是直劝。

过了两天,凤仙买了点礼物,正要到陈房子②瞧瞧去,赵姐忽然来到。上回书也说过,周宅的仆人,就是赵姐人很忠正,跟凤仙也最好,三太太也知道。这次他来,三太太也要打听打听周宅的事情。因为他是个陈人儿③,很给面子,让他坐下。赵姐那里肯坐?让了半天,后来拿了一个脚凳儿(俗名叫搭儿④),在地下坐了。

三太太一跟他打听周家的事情,赵姐连连的摇头,说:"三太太跟三姨太太,您可都歪周,我说句话,您可别恼。这家子简直的不成东西啦。这两天见天起打。"三太太说:"为甚么起打呀?"赵姐说:"告诉您说,自打三姨太太搬出来,这几天热闹极啦。六少爷(就是周义)弄了一个人来,叫甚么一汪水儿(是桃值钱)。自从这个人一进门儿,不顺当的厉害(大概是祸永⑤)。六少奶奶要上吊,二姨太太又抽肝疯。四爷跟五爷(周信、周礼),因为一笔钱,动了回刀(好热闹)。孙二聊、毛二爷、蒋忠蒋大爷,跟着里头直霍弄⑥。这两天见天的打吵,听说是要分家啦。"凤仙说:"我今天还要瞧瞧去呢。"赵姐说:"散了罢。您听一听儿再说罢。这两天趁早儿不用去。这家子这两天乱的邪乎。还有一件奇怪的事情。三少奶奶屋里,这两天说是闹鬼,吓的晚晌都不敢出屋子。您猜怎么样?那天三爷书房里,丢了一个一家儿净⑦(不造谣言,闹鬼怎么偷呀)。"

赵姐一述说周家的事情,凤仙听着倒很叹息,一点儿趁愿⑧的意思没有

---

① 康了:不行了。
② 陈房子:老房子。
③ 陈人儿:老人儿。以前就在这儿工作。
④ 搭儿:脚凳儿。放脚的小凳子。
⑤ 永:应为"水"。
⑥ 霍弄:和弄。挑拨。
⑦ 一家儿净:被偷光了。
⑧ 趁愿:看到和自己有仇的人倒霉,心里解气。

（凤仙到底够资格）。

上同①书也说过，周家的男女人等对于凤仙母子，是一致进行的欺负，就为的是家产问题。如今已竟把人家挤出去啦，家产人家声明不要，算是达他们目的啦，这群人又起了窝儿忿②啦。

周义架弄③这个一汪水儿，已经何氏认可。六奶奶秦氏跟前，可没通过。一汪水儿一进门儿，秦氏醋海生波，大反之下，何氏一动压制，秦氏来了一个家庭革命。前者也说过，秦氏的刁恶阴险，较比何氏殆尤甚焉④。秦氏一革命，何氏不了啦。哭了一阵，大抽肝疯。周义扭着秦氏打了一顿，表面上是护着他娘，暗中是护着他小娘。秦氏上了一回吊，底下人给救了，又绞了回头发（这是刁妇应有尽有的手续），直闹的马仰人翻。

四少爷周信，是个好花钱、没宗旨的人，毛二爷专能给他贴靴。外头安了一分家，也是毛二爷介绍的。后来毛二爷跟人家勼⑤着，使了一个局诈⑥，圈弄⑦周信推牌九，一夜的功夫儿输了六千多银。周信不服气，第二天又一捞（不用捞了，沙土井），又进去了一个八千。没法子偿还赌债，偷着卖了两处房，让周礼知道啦。因为这个，弟兄俩大起冲突，耍了一回白条子⑧。

二奶奶忱⑨氏跟三奶奶韩氏，因为孩子，彼此护犊子，又大打了一回，几乎没闹出人命来。听说这档子风潮，是蒋忠给酿起来的（真正的一群肮儿脏⑩）。

上回书说的是周家内哄，一家子分了七个党派（这就是败家的苗头）。毛二爷、蒋忠、孙二聊，跟着里头这们一帮喘。这三块料，好有一比，比作花子

---

① 同：应为"回"。
② 窝儿忿：窝儿里斗。
③ 架弄：弄来。
④ 殆尤甚焉：更厉害。
⑤ 勼：应为"勾"。
⑥ 局诈：设圈套诈骗。
⑦ 圈弄：诱使，骗人上钩。
⑧ 白条子：刀。
⑨ 忱：应为"沈"。
⑩ 肮儿脏：卑鄙小人。

虚①、贺世赖②、贾斯文③（还不及那宗德行呢）。孙二聊专给何氏当参谋，可又兼着给秦氏当顾问（两头儿冒坏，地道汗④奸）。毛二爷是专吃周信。蒋忠没有准宗旨，专能给八方传话（老德律风⑤师付的）。因为他是大奶奶的兄弟，自小儿常在这里，嫂子们都拿他不当外人。人家没起来，他就往屋里钻。这小子连蹬带踹，一拉这个老婆舌头，少奶奶们还都信服他。周家有这三块宝贝，这们一霍弄，闹的家翻宅乱，马仰人翻。张氏好容易病好一点，能下地啦，这们一捣乱，病又回来啦。

大家虽然这们捣乱，可没人敢提倡分家。这是怎么个原故呢？一来大爷周孝没在家，那个人行事正派，大家还惧怕他三分（多蛮横刁恶的人，也怕正派。足见"以正压百邪"这句话，是一点儿不错的）。再一说，不了老姑太太。现在可是⑥没在京，三二年是准回来。因为这个，虽然打闹，可是还没提倡分家。

周家捣乱，让他们先捣去。单说凤仙，那天原要到陈房子看看二⑦姨太太，赵姐一栏⑧也没得来。后来听说二⑨姨太太又病了。张氏待凤仙又最好，不能不瞧一荡。买了两分儿⑩礼物，一分儿是给张氏的，一分儿是给何氏的（凤仙难得）。带着老婆子，闹⑪了一辆车，来到陈房子探望。凤仙下车，正赶上周义上车，见了凤仙，连理也没理。

凤仙下车，正赶上周义上车。凤仙还要跟周义说话，周义行所无事的上了车，居然没理凤仙。凤仙也就不便理他了。

进了大门，孙二聊的兄弟孙三，正在外头院儿站着，见了凤仙不用说请安，

---

① 花子虚：《金瓶梅》中的人物。
② 贺世赖：《绿牡丹》中的人物。
③ 贾斯文：《飞跎全传》中的人物。
④ 汗：应为"汉"。
⑤ 德律风：电话。
⑥ 可是：确实。
⑦ 二：应为"大"。
⑧ 栏：应为"拦"。
⑨ 二：应为"大"。
⑩ 分儿：份儿。
⑪ 闹：弄。

连个横儿也没打①。凤仙往里走,孙三登时给拦住啦,说:"您是找谁?是拜谁?我给您回一声儿(可恶)。"凤仙虽是个有涵养的人,不由的也有点儿气。后来一想,一个下流社会的小人,真不及蛆虫蚂蚁,何必跟他一般见识。当时纳气②说道:"我看看大姨太太跟二姨太太。"孙三看了凤仙一眼,慢慢的踱进去。凤仙站在那里等了半天,也没见孙三出来。一时又急又气又羞又恼,又不好就进去,心里说:"这真是'连败奴欺主,时衰鬼弄人'。"忽然想起周道台来,一阵心酸,几乎没掉下眼泪来。

可巧这当儿赵姐由里头出来,凤仙出神儿在那里发楞。赵姐说:"嗳呦,我的三姨太太,您怎么不进来呀?您在这里站着作甚么呀?"凤仙说:"他们给我回上去啦,还没出来哪。"赵姐说:"这是那里来的事情?您请罢。"连拉带扭,凤仙只得跟着进去。

三奶奶韩氏、四奶奶杨氏,正在张氏屋中,听说凤仙来了,两个人全躲啦。张氏拄着根拐棍儿,一个老婆子搀着,迎到屋门儿。凤仙给张氏请了一个安,张氏叫了声"妹妹",眼泪跟着就下来啦。凤仙心里一阵难过,也掉了几点眼泪。来到屋中,张氏撇了婆子,一把扭住凤仙,说:"妹妹你可真想死我了。"凤仙把张氏搀到里间屋,挨着坐下。张氏扭着凤仙的手,大哭之下③。

张氏揪着凤仙的手,哭了一回,随后把家里的事情,大致说了一遍。说着又哭起活儿来。凤仙安慰了一番,后来要到何氏屋中。赵姐说:"您不用去啦。二姨太太没在家。大概又上孙先生家斗牌去了。"凤仙一听,心里倒很喜欢,当时把给何氏的礼物交给了赵姐,委托赵姐代表一切。张氏揪着凤仙的手,问他有钱花没有。凤仙说:"倒是不缺钱花。"

后来张氏拿出一包银子来,还有几张银票,掖给凤仙,一定让他带起来。凤仙那里背要。张氏说:"我的妹妹,你千万不要跟我外道④。你想,你住在人家,就说三太太待你不错,竟吃人家的花人家的,那算怎么回事情?自己总得

---

① 打横儿:平辈之间行的一种礼。双臂垂直,两手向后稍拢,两脚并齐。有些地方,屋外不行礼,在屋外见着长辈、上司时,可以先"打个横",到屋内再行礼。
② 纳气:忍住气。
③ 大哭之下:大哭。
④ 外道:见外。

有点儿垫办才好。你手里没钱,我是知道的。这几个钱,有限的事情,你就收起来得了。留着娘儿俩吃个点心。你要①不要,你那可是嫌少啦。"赵姐旁边儿也跟着直劝,说:"三姨太太别辜负大姨太太这分美意。这当儿也没人,您就拿起来得了。"凤仙无法,这才给张氏道谢。张氏说:"七儿这场虽然没中,别让他灰心,总还是让他用功。"凤仙说:"他倒是没搁下功夫。"张氏说:"我将才有了报啦(黄皮子报②),过年有恩科③,好好儿的让他用功。我瞧他们这几个人,除去他大哥,也就是七儿有点起色。剩下这几个,满④不成东西。"说了会子,张氏要留凤仙吃饭,凤仙再再的相拦,后来吃了点点心,告辞起身。张氏是恋恋不舍。

凤仙临走,张氏大有恋恋不舍之意,这些个事也不提。

恩科的旨意一下来,周廉非常的欢喜,自己苦这们一用功。后来周宅日见纷乱,凤仙也没敢再去。

转过年来,张氏的生日,凤仙母子去了一趟。除去张氏表示欢迎,其余那群男女,对待那宗神气,是令人难堪。何氏的生日,凤仙前一天去的。不用说,也没有甚么好面子。好在凤仙落落大方,大家说甚么,一概不理。在凤仙的意思,反正应有尽有的过节儿⑤,我不落场⑥,无论你们怎么样,不跟你们一般见识,后会有期到了⑦算。凤仙这叫作真厉害。

常见一宗人,一点儿事就搭拉脸⑧,两句话就起急⑨,不要紧的事情就挑眼。那宗人叫作真没有起色。

闲话取消,转眼之间又到了场期。周廉下场的事情,不必细说。三场已毕,文艺平妥无疵,说不上很得意来。在周廉的意思,上次那场非常的得意,居

---

① 要:要是。
② 黄皮子报:民间翻印的邸报(当时的官方报纸),封面、封底都是黄纸。
③ 恩科:科举考试一般三年一次,例行考试以外临时增加的考试,叫恩科。
④ 满:完全。
⑤ 过节儿:待人接物方面应注意的礼仪规矩。
⑥ 落(là)场:礼节上有亏欠。
⑦ 到了(liǎo):到最后。
⑧ 搭拉脸:拉着脸。不高兴的样子。
⑨ 起急:发火。

然都没中,这场是又歇啦。谁知道竟自①会中了个第五(真应了宋夫子的话了,没出五魁)。凤仙欢喜不必说,惟独这位三太太,高兴的透邪乎。

　　复试已毕,拜了房师②、座师③,先要到陈房子拜祖先。底下人见了周廉,较比往日强的多了。往日简直的不理,这次居然称呼七少爷啦(小人照例如此)。张氏也喜欢的了不得。何氏见了周廉,也比平常稍强。兄嫂们虽然没十分欢迎,平平淡淡的,也还下的去④。较比从先的状况,可是差的多了。

　　书要干脆。转年三月会试,周廉中了一个十二名进士,殿试⑤又点了一个翰林。周悌以下弟兄几个先过来给姨娘叩喜。

　　周廉一点翰林,周悌以下弟兄几个,应了北京一句俗语儿,"傻子叫鸭子——全来啦"。

　　进了门儿,先给三姨娘请安道喜,周义更比别人谄媚的厉害。凤仙的态度,是非常的镇静,也不透得意的样子,可也不至于冷淡。周悌弟兄们是三姨太太长,三姨娘短,叫的震心⑥。凤仙带笑说道:"少爷们这样称呼,我可真不敢当。"周义说:"三老太太(居然叫三老太太,不是在门口儿居然不理的时候儿了),你老人家这是怎么了?我们都是您的儿女(这块德行)。老爷子多大儿您多大儿,您有甚么不敢当的?"

　　正这儿说着,可巧周廉回来,周信迎头先给周廉请安,说:"老七你大喜啦。罢了。周家门儿总算有德行(都照你那样儿的,就没德行啦)。老七你真算增光耀祖,比哥哥强的多(大概有那们点儿)。"周廉看他这宗样子,又可笑又可叹,当时说道:"六哥你这是怎么了?咱们亲弟兄,你怎么过奖起来了?"周义说:"并不是哥哥过奖,哥哥真佩服你这要强。"周廉说:"小弟一时侥幸,何足为奇?说起来,全仗着诸位哥哥的栽培教训。"周义说:"老七你真能骂人就结了(真骂得够瞧的)。我们栽培你甚么了?我们是'窑台儿的和尚——结了。'以

---

① 竟自:竟然。
② 房师:科举考试时,要在不同的房间考试。房师是考中的举人、进士对自己所在房间考官的尊称。
③ 座师:明、清时举人、进士对主考官的尊称。
④ 下的去:过得去。
⑤ 殿试:皇帝亲自在宫殿里主持的进士考试。一甲三人,赐"进士及第",第一名叫状元,第二名叫榜眼,第三名叫探花;二甲若干名,赐"进士出身";三甲若干名,赐"同进士出身"。
⑥ 震心:让人心里热乎。

后我们全仗着你栽培我们了。"周礼说:"六弟你先别说费话,亲弟亲兄,谁都应当栽培谁。老七呀,你这一拜客,用车的时候儿多,你坐我那辆车得了。"周信说:"作甚么坐你的车呀?坐我的车得了。连顶马①带人都用我的得了。"周义说:"我那个大黑骡子骨立②,老爷子那辆大鞍儿车也闲着,用我那个骡子,套那辆大鞍儿车得了。"

上回书说的是,周廉几位不够资格的哥哥,大家听见周廉点了翰林,前来道喜,把三姨娘叫的震心,惟独周义更邪啦,居然叫上三老太太啦。后来大家让周廉坐车,这个说"坐我的车罢",那个也说"坐我的车罢",直比胶皮车抢坐儿③还亡道。后来周信跟周义因为争着让周廉坐车,两个人几乎起打,您就知道这德行有多们大了。这些个没价值的事情,且先不提。

第二天周廉上陈房子,给祠堂磕头。将到门口儿,管事的孙三带领跟班儿的、打杂儿的,排班④站立。孙三代表,说:"叩七老爷喜。请七老爷安。"周廉还给他们拱了拱手,随后向他们说道:"你们可不要这样称呼,有姨太太在头里⑤,你们就应当称我们'爷',不准胡乱称呼。就是大爷在家里,也不能称老爷。再要这样称呼,我是不答应的。"孙三连连的"者,者,是,是",拍马屁没拍成,倒挨了一通儿拍。

旧日世家大族,最讲这宗规矩。老亲在堂,儿子不怕⑥得了尚书,外头称"大人",称"老爷",那是官称呼,到在家里,还是称"几爷",夫人儿是称"几奶奶"。念书作官的人家儿,都是如此。往往有一宗暴发富儿,不懂规矩的人家儿,忽然得了一官半职,自己以为是"开水浇坟——沏了祖⑦啦",不怕上头还有祖父祖母在堂,他居然就称老爷,媳妇儿大哥⑧就称太太。那宗人不但不够资格,简直的不够人格。

闲话取消。周廉来到里头,周义头一个就迸出来了(头一个迸出来许是三

---

① 顶马:高官出行时,有人在前面骑马开道。
② 骨立:结实。
③ 抢坐儿:抢坐车的客人。
④ 排班:按顺序排队。
⑤ 有姨太太在头里:上面有姨太太。
⑥ 不怕:哪怕。
⑦ 沏了祖:欺了祖。指超过祖先。
⑧ 媳妇儿大哥:媳妇。

尾儿①），乐嘻嘻的说道："老七你来啦。"登时在头里嚷道："七爷来了，七爷来了。"老婆子们听说七爷来了，当时也是排班请安、道喜。

上回书说的是，周廉来到旧居，周宅上下人等，这分对待，跟往日大不相同。外头是男仆排班请安，里头是女仆排班叩喜。

周义在头里喝道，说："七爷来了，七爷来了。"少奶奶们得着信，也全出来啦。这个说："七兄弟大喜啦。"那个说："七爷你大喜啦。"这个说："三姨太太好哇？"那个说："三姨娘好呀？"真是众星捧月，亲热非常。

周廉先拜了祠堂，随后到张氏屋中，给张氏磕头。张氏倒是且心里高兴，夸奖了周廉几句，又问了凤仙好。这当儿周悌、周忠、周信、周礼也全来啦。你一句我一句，无非是贴靴、拍马、捧场、狗事。周廉听他们这些个不够资格的话，着实的讨厌，实在坐不住啦，当时要到何氏屋中。

何氏这当儿过来啦，没进屋子，一边儿嚷着说道："我当谁来了呢？敢情我们七少爷来啦。"周廉给何氏请安，何氏扭着周廉的两只手，说："孩子，你是个要强的好孩子。我昨天听见你点了翰林，你猜我怎么着（那谁猜的着呀）？我乐的一夜没睡觉（屈心胡说他）。"周廉说："我将要到二姨娘那里，给二姨娘磕头去。"何氏说："不用磕了。"周廉说："那如何使得？"何氏说："你就在这里磕罢。"底下人铺垫子，周廉这里磕头。何氏说了一大套吉祥话儿，甚么"得学士罢"，"考道台罢"，"放学差②、试差③罢（虽然是捧场，说的倒不外行）。"周廉又给哥哥、嫂子们磕头，大家让了会子，也就受了。惟独周义爬在地上还了三个头。这当儿男女仆人要给七少爷叩喜。何氏说："你们先别忙，你们还没给三姨太太叩喜（立刻又三姨太太了），七少爷是不能受的。"

周廉这次来到陈房子，连上带下这分谄媚，就不用提啦。较比平常，真能差十二个节气。平常是冬至，这次真够小暑的资格。周廉拜客忙碌暂且不提。

---

① 三尾儿：雌性蛐蛐儿。因为尾部有一个输卵管，乍一看，好像有三个尾巴。
② 学差：学政。清代各省的教育行政长官。
③ 试差：清代由礼部派出的乡试考官。

过了两天,何氏备了四色礼,是一对尺头①,一匣荷包,一张靴票②,一张帽票③,坐着车带着老婆子,居然前去贺喜。见了凤仙,妹妹长妹妹短,这分亲热,直来的邪乎。本家三太太看他这宗神气,又可笑又可气,赌气子人家躲了。何氏没话儿找话儿,撒开了④一勾场⑤,自己苦这们一解脱⑥,把不好儿直往别人身上推。凤仙微笑不言,一切的招待,还是照旧。

　　那天留何氏吃的晚饭。何氏喝了两盅酒,勾起牢骚来了,说:"我的妹妹,咱们姐儿俩,地立⑦就不错。无原无故的,他们大家挑唆,楞说妹妹你背地里竟骂我。咱们姐儿俩挺好的感情,生让他们给鼓吹的生了意见。要说三太太倒是一分好意,让你搬出来。人家是为好,我很感念人家。妹妹你是不知道,这几位少奶奶真了不的,比婆婆亡道。"凤仙听他这分苦敷衍,心里不觉好笑,又让他喝了两盅酒。提来捏去,提到周义卖⑧姨奶奶,秦氏怎么跟他革命,又哭起活儿来。凤仙连劝带安慰,好容易这顿饭才吃完。何氏一死儿劝凤仙搬回去,凤仙支吾搪塞,说是过两天再说。何氏腻了半天儿,掌灯才走。

　　第二天,五位少奶奶又露了,进了门儿请安叩喜,不叫"三姨娘"了,也不叫"三姨太太",居然就叫"三太太",惟独秦氏跟人特别,他叫"三老太太"。

　　上回书说的是,几位少奶奶给凤仙前来叩喜,大家这分狗事谄媚,就不用提啦。惟独周义的媳妇儿秦氏,分外比别人狗的邪行。大家都称"三姨娘""三姨太太",单他称"三老太太"(公母俩倒是一个德行)。凤仙让他们坐下,都不敢坐下。本家这位三太太,看着这宗情形,是又可气又可笑。大家狗了会子,凤仙留他们吃的点心。临走的时候儿,这个说:"我过两天接三姨娘来。"那个说:"过两天我请三姨太太来。"秦氏说:"二姨太太的生日也快了,三老太太您头两天去罢。我来接您来。"

　　凤仙说:"不用接,我自己去得了。"秦氏说:"我的老爷子(三老太太一变为

---

① 尺头:绸缎布料。
② 靴票:买鞋的礼券。
③ 帽票:买帽子的礼券。
④ 撒开了:没有顾忌,没有限制。
⑤ 勾场:为做过的错事找理由。
⑥ 解脱:辩解,开脱。
⑦ 地立:压根儿。
⑧ 卖:应为"买"。

老爷子),您说去可准去呀。"

少奶奶们去后,跟着来了一群男仆给凤仙叩喜,自然是孙三代表。凤仙心里嫌烦,让婆子带话,说是"知道了"(到没"钦此"①)。孙三一定求见,凤仙没法子,让他们进来罢。

孙三头一个先给凤仙请安,说:"家人②先在三太太座前谢罪。上次三太太慈驾光临,家人眼睛欠挖,并没看出是三太太来。家人实在身该万死,简直的欠排枪③。也搭着三太太的玉体比从先发福啦,家人未敢冒认。后来三太太请进去,家人才想起来。好在三太太宽洪大量,大人不见小人过,决不跟奴才一般见识(家人一变为奴才,越来越邪)。"说着又请了一个家人的大安(家人请安,照例把胳臂伸在头里)。众家人也都请了安。随后孙三代表,给凤仙磕头叩喜。这当儿可巧周廉回来啦。大家又给七少爷磕头叩喜。男仆去后,女仆又来叩喜。这分搅扰,闹的凤仙非常的腻烦。

这两天热闹极了。贺喜的亲友,是络绎不绝。也有进来的,也有递片子④的。《名贤集儿》上有话:"白马红缨彩色新,不是亲来强来亲。"

普通人的德行,照例是趋炎附势、锦上添花,敬光棍、怕财主,捧臭脚、抱粗腿、贴靴、捧场,溜沟子带拍马屁,这些个事情,记者是饱尝滋味。

曾记得那年,记者混的有点儿糟心,跟我一个亲戚通融三五块钱。这个亲戚,从先还受过记者的好处,并且他手里也有,多了不说,一方⑤两方是拿得出来的。您猜怎么样?我跟他一说,把脑袋摇得车轮相似。恐怕我又找,跟我支支离离⑥、闪闪灼灼。原是不短见的人,好些日子,会没敢见我。后来记者得了一个差使,每月可以有番佛⑦二百尊。这位亲戚听见信就进来啦,说:"你这一得差使,也得置两件衣裳呀。坐车咧,拜客咧,也很得用几个钱哪。我先给你拿一百块来得了。"记者当时很不愿意。困难的时候儿,三五块都不行,将得

---

① 到没钦此:清代皇帝批大臣的奏折,经常写"知道了"。到:应为"倒"。
② 家人:家人和主人说话时的自称。
③ 排枪:枪毙。
④ 片子:名片。
⑤ 方:万。
⑥ 支支离离:支支吾吾。
⑦ 番佛:外币。主要指西班牙有头像的银元。二百尊,指二百枚。

了这们个乏差使,立刻找上门来借一百块钱,太眼皮子浅①了,不借不借。后来又一转想②,别犯四方脑袋③了,新得差使,薪水不能下来,现在是正渴着呢④。过了这个村儿,没有这个店儿。唉,使就使罢。这个地方儿,实在是英雄气短,令人可叹。话又说回来了,这宗趋炎附势的德行,到处如此,地球皆然。

闲话取消,书归正传。别的亲友都不提,单说毛二爷、蒋忠、孙二聊,这三块料,是定约会儿来的。

毛二爷、蒋忠、孙二聊,三块肮兔⑤脏,结合⑥团体,前来贺喜。凤仙始而⑦驾不见,三个人一死儿要见,凤仙没法子,见就见罢。毛二爷称呼凤仙"三老太太",蒋忠称呼"三亲家额娘⑧",孙二聊称呼"三太太"(可倒好,三个人称呼三样儿)。当时那一分谄媚狗事,令人肉麻。

三个人去后,又有亲友来贺喜。简捷着说罢,这几天,人来客去,热闹非常,礼物也得了很多。

过了些时,快到何氏的生日。头两天何氏也打发人来接,几个少姨⑨奶也打发人来接,凤仙婉言辞却,说是"这两天在家应酬亲友,分不开身,是日准到"。

书要干脆。何氏生日那天,凤仙备了八色厚礼,先打发人送去。何氏又打发车来接。每年何氏生日,本家三太太还去,今年因为瞧着他们狗事,有点生气,所以没去,广⑩打发人送了点儿礼物。周廉赶上同年有回拜,头天去的。凤仙托付三太太看家,当时坐车来到陈房子。

车将到门口儿,孙三由里头进了出来,戴着个官帽儿迎着车头请安,说:"请三太太安。"跟著往里飞跑,没进二门就嚷道:"三太太来了,三太太来了。"

---

① 眼皮子浅:没见过世面。例如,见着没什么了不起的人就以为是大人物,见着不怎么样的东西就以为是宝贝。
② 转想:换一个想法。
③ 四方脑袋:耿直。办事丁是丁,卯是卯。
④ 渴着呢:指缺钱。
⑤ 兔:应为"儿"。
⑥ 结合:组成。
⑦ 此处少一"挡"字。
⑧ 亲家额娘(qìngjia é'niáng):亲(qìng)娘。旗人对兄弟姐妹配偶的母亲的称呼。
⑨ 姨:应为"奶"。
⑩ 广:光,发音为 guǎng,只是。

这两嗓子不要紧,里头炸了烟①啦。几位少爷先往外迸,何氏率领几位少奶奶也迎出来啦。

凤仙下了车,过来好几个男仆,给凤仙请安,说:"三太太请罢。"这当儿大家已然迎出了二门。少爷们先给凤仙请安。何氏抢行了几步,扭住了凤仙的手,说:"我的亲妹妹(不是人家给磕头不站起来的时候儿了),你想死我了。"少奶奶们这个叫"三姨娘",那个叫"三太太",大家一路请安。婆子丫头们也请了安。当时众星捧月,把凤仙请到里面。

大家围随看②凤仙,如众星捧月一般,来到何氏屋中。凤仙说:"二姨太太请坐罢。我给二姨太太拜寿。"何氏说:"嗳呀,我的妹妹,有你这一句话,我就多活十年。我可不敢当。你可别折受我。"凤仙说:"我作甚么来了?我一定给二姨太太磕头。"何氏说:"我跪下啦。"让了半天,凤仙一定要磕。凤仙磕头,何氏跪下还礼(上次磕头是不理,这回磕头是还理③,差的太多)。朱、秦二位少奶奶,当时把凤仙搀起。何氏又给凤仙请安,说是"讨妹妹礼④"。朱、秦二氏,也给凤仙请安,谢了讨礼。何氏让凤仙上坐,凤仙说:"二姨太太在这里,那有我上坐的?"何氏说:"妹妹你不上坐谁上坐?"凤仙当时请安谢了坐。何氏说:"快给三太太沏好茶(三姨太太的名号,是他提倡的,又是他取消的。如今他又称呼人家三太太,翻云覆雨,反复无常,实在是小人之尤)。"

当时几位少奶奶,这个装烟,那个倒茶,这个说:"三太太倒胖了。"那个说:"三姨娘倒面嫩⑤了。"这个又说:"三姨太太不像三十多岁的,也就像十八九的。"何氏说:"那甚么话呢?谁像我呢?不到五十岁的人,好像奔八十的。人家是有造化的人,我是受罪的命。"大家这儿贴靴、捧场,凤仙微笑不言,态度非常的肃穆。

正这儿说着,孙三在廊檐底下回话,说:"王先生给二姨太太拜寿来了。"婆子进屋里一回,何氏说:"让他进来罢。"这个王先生是何许人呢?原来是位瞽

---

① 炸了烟:大乱。
② 看:应为"着"。
③ 理:应为"礼"。
④ 讨礼:地位高的人给地位低的人行礼。
⑤ 面嫩:长得年轻。

目^①的先生,算命带唱曲儿,外号儿叫瞎聊王(倒是名实相符)。旧日北京世家大族,专一信仰瞽目先生,这宗人叫作门装瞎子^②。

甚么叫作门装瞎子呢?就是专走门子^③的瞎子。有钱的人家儿,专讲迷信,没事爱听他瞎聊。闷的慌,他还能唱曲儿解闷儿,专能谄媚奶奶、太太、姨奶奶。碰巧了,他还管托人情、拉官牵^④、三节两寿^⑤到宅里拜节,十两八两的得赏钱。太太们没事,常有把瞎子叫来,听他说笑话儿的。这宗事情,尤以旗人宅门儿为最。

闲话取消。瞎聊王带着两个徒弟,当时进得屋中,瞎摸合眼的,冲上请了一个安,说:"请二姨太太安。"何氏说:"小王儿你作甚么来了?"瞎聊王说:"我给二姨太太拜寿来了。"两个徒弟也给何氏请了安。瞎聊王这就下跪,两个徒弟也跟着跪下啦。瞎聊王一边儿磕头,一边儿口念吉言,说:"老寿星寿比南山、福如东海,多福多寿,福寿双全(竟跟福寿下上啦)。"何氏说:"讨礼讨礼。王先生你买卖兴隆,财源茂盛,早早儿的把眼睛睁开。"瞎聊王说:"二姨太太您这是取笑啦。我这眼睛睁不开啦。"何氏说:"怎么会睁不开啦?"瞎聊王说:"这年月告诉二姨太太说,简直的睁不开眼睛啦。"瞎聊一耍话,招得少奶奶们全乐了。瞎聊王说:"我真该死,也忘了给奶奶们请安了。"说着冲上瞎请了几个安,嘴里说着:"请奶奶们安。"两个徒弟,也跟着在后头瞎请了几个安。何氏说:"王先生你可该罚,你给少奶奶们请安,不给三姨太太请安,三姨太太可挑了眼啦。"瞎聊王翻了翻瞎眼儿,说:"那位三姨太太?"

瞎聊王说:"那位三太太呀?是头条胡同本家三太太吗?"何氏说:"你真糊涂就结了。我这们一说,你就知道啦。我们家的三姨太太。"瞎聊王说:"啊,是啦。就是那位称呼凤……","凤姑娘"没说出来,何氏说:"你还要说甚么?我们七少爷是点了翰林啦。你要胡说,可是把你发^⑥了。三太太现在这里坐着

---

① 瞽(gǔ)目:失明。
② 门装瞎子:到固定的人家去说唱或算命的盲人。
③ 专走门子:只到大户人家家里说唱。
④ 拉官牵:"牵"应为"纤"。给买官卖官拉纤。
⑤ 三节两寿:通常泛指节日和生日。三节:端午节、中秋节和春节。两寿:孔子生日和老师生日。以前,三节两寿时,要多给老师一个月的薪水。
⑥ 发:发配。

哪。"瞎聊王说:"我说的是奉天承运(就短了'皇帝诏曰'了)、洪福齐天的那位三太太。"瞎聊王说,"我可不成敬意,给三太太叩个喜罢。"当时跪下闹了三个头,徒弟也跟着磕了头。

瞎聊王说:"我没有别的孝敬的,我给七爷推算推算,看看他多早晚儿①可以坐大轿、得中堂②。"何氏说:"那们你就给算算罢。坐下坐下,给王先生他们先倒碗茶。"三个瞎子一顺儿坐下,婆子给他们倒茶。瞎聊王端着茶,还瞎让了会子。喝完了茶,随后说道:"七爷的贵造③,那年老爷在世,让我算过一回。说起来有十五六年啦,我还记得一点。他是壬申年生人,剑锋金命。月、日、时我可记不清楚了。"何氏说:"他的时辰我也忘了。三妹妹你告诉他,让他给算一算好不好?"凤仙本来不信服这个,何氏直赞成④,不好意思拒绝,当时把月、日、时告诉了瞎聊王。瞎子翻着瞎眼儿,念念叨叨的,犯了半天瞎事⑤,随后说道:"这我才想起来,七爷是壬申年癸卯月庚辰日辛巳时,好八字儿,好八字儿,真乃大贵之造。"

瞎聊王说:"七爷的贵造,是壬申年癸卯月庚辰日辛巳时,剑锋金命。年上⑥食神比肩,月上伤官偏才,日元上庚辰的魁罡,时上的劫才,还有个煞。两层水,三层金,一层木,两层土,五行俱全。按八字儿说,是大贵之造。庚生卯月为正才格。年上食神很好,一生衣禄食禄不缺。少年发科(费话),将来食禄远方,有督抚之望。癸水伤官透天,稍有伤克,父母不能双全(更是费话)。年下比肩,主其兄弟众多,可都是隔母⑦。"何氏说:"王先生你别说费话了,这些个事你都知道,敢情你会算。你看看将来怎么样?"瞎聊王说:"我竟知道不行啊,他是八字儿里带着哪。这个八字儿,要在别处算,这是跟二太太、三太太说,得多加我十两银子的卦礼,我才算呢。这个八字儿值的多。"何氏说:"你要讹人是怎么着?"瞎聊王说:"方才我没说吗?那是在别处,在您这里,您给我十

---

① 多早晚儿:什么时候。
② 中堂:宰相。清代也称协办大学士为中堂。
③ 贵造:称别人生辰八字的敬语。
④ 赞成:认为好。
⑤ 瞎事:装装样子。
⑥ 年上:从"年"上算。
⑦ 隔母:同父异母。

两银子,我也不要呀。一来,我受府上的好处不是一天半天儿啦,连烧佛香都是您赏的钱。二来,七爷眼看着就快坐轿啦,我还愁没银子使是怎么着?这个八字儿值的多。告诉太太们说,我们给人算一辈子命,照这宗八字儿,未定碰的见一个碰不见,这是百里挑一的八字儿。日元上这个魁罡,就是万里挑一、难得的事情。自古到今,日元上有魁罡的,就是三个人,战国时候儿的苏秦,唐朝的郭子仪,宋朝的寇准,一位是六国封相,一位是汾阳王,一位也封公拜相,连七爷算上算是四位。将来七爷的前途,实在不可限量。"

何氏说:"小王儿你别奉承,君子问祸不问福。从先的事情,你都知道不是?将来怎么样,你可以说说。"瞎聊王说:"告诉二太太、三太太说,我在您这宅里,决不敢动生意口①,有不好我也得说说。按七爷这个八字儿说,比劫重叠,有伤克内助之象。命硬妻宫,方可相敌。顶好就是这个魁罡临日。主此人志向远大,性格聪明,虽申巳②相刑,喜能得禄。且带有天德,将来子女众多,后嗣有济,大运现行巳字,稍有刑克,并无大伤。交到二十一,功名发达,直上青云。到三十一功显名成,位至极品。将来寿至颐龄③,福禄终身,大富大贵之造。告诉二太太、三太太说,按七爷这个八字儿说,比老爷强的多。府上爷们的八字儿,我都看过,没有一个赶的上七爷的。七爷这个八字儿,算是盖了场④啦。"说罢哈哈大笑。何氏向着凤仙说道:"要按王先生这们说,老七将来是不可限量的啦。"瞎聊王接着说道:"看怎么不可限量啦。"凤仙微然一笑,说:"相由心生,命由德造。好八字儿也是靠不住的事情。"瞎聊王把脑袋摇的车轮相似,说:"靠的住靠的住,八字儿是最靠的住的。"何氏让婆子告诉账房儿,给王先生师徒十二两银子拜寿钱,格外给四两银子算命钱。凤仙又赏了四两银子。瞎聊王又请了几个瞎安,说:"谢谢二太太、三太太,先给二太太上寿,给三太太贺喜,孝敬您两个吉祥曲儿听罢。"何氏说:"吃完了饭再唱罢。你们先歇一歇儿去罢。王姐呀,告诉外头,给王先生他们先预备一桌。"

何氏每年生日,虽然不大办,至近的亲友本族,也来个十几家子。有周道台在世,亲友本族,对于凤仙十分的恭维,那也是看佛敬僧的意思。周道台一

---

① 生意口:做买卖时说的哄骗人的一套话。
② 巳:应为"巳"。
③ 颐龄:期颐之龄,一百岁。《礼记·曲礼上》:"百年曰期颐。"
④ 盖了场:考试得了第一。比喻最好。

去世,何氏一掌权,凤仙是一落千丈,大家也就淡然漠然。这次周廉一抖,周宅阖家男女老少,对于凤仙,是如敬祖宗,若理神明。不但家里的人如此,外来的这些个亲宾更狗的邪行,居然把"姨"字儿取消啦,都叫上"三太太"啦。"三太太"长,"三太太"短,"三太太"简直的掉不了地下①。

顶有一位二舅太太,是一门子拉胳臂扯腿②的远亲,外号儿叫臭嘴二舅太太。怎么叫臭嘴二舅太太呢?因为自幼儿得过牙疳,嘴里的味道,气死阳沟,不让粪厂儿。说话还爱欺乎的③人跟前儿,吐沫星子,践④人这们一脸。还是最爱说话。一个人儿说话,能够臭三间屋子。周家的女眷,姨太太、少奶奶们,没有不怕他的。越怕他,他越来的邪乎(讨厌人照例如此)。

亲友正在谄媚凤仙,臭嘴二舅太太来了。他一进门儿,何氏赶紧告诉婆子,洒花露水,点平安香。少奶奶们都捂着鼻子。臭嘴二舅太太一眼看见凤仙,当时赶了过去,说:"我的三妹妹,你可好哇?你可真胖啦。"凤仙给他请了一个安,臭嘴儿舅太太说:"呦,我的三妹妹,你如今是贵人啦。七少爷拉了翰林啦(土话管点翰林叫拉翰林),你这就是老诰命啦,老夫人啦(这个贫)。你给我请安,我可禁当不起。你这可是折受我的草料。你给我请这安不要紧,我损寿十年。"臭嘴二舅太太欺乎到凤仙跟前,嘴里这宗味道,扑人鼻观⑤,把凤仙薰了一个倒仰⑥。大家都捂着鼻子,凤仙不好意思捂鼻子,只得闭着气,这分难过,就不用提啦。二舅太太说:"我的妹妹,你总算教子成名,有名有利。你好似断机的孟母⑦,截发的陶母⑧,等于和丸佐读⑨,不让画荻辛勤⑩(别瞧嘴

---

① 掉不了地下:指不停地说。
② 拉胳膊扯腿:拐着弯儿的(亲戚)。
③ 欺乎(qīhu)的:凑到。
④ 践:应为"溅"。
⑤ 鼻观:鼻孔。
⑥ 倒仰:向后摔倒。
⑦ 断机的孟母:孟子小时候不好好学习,他的母亲剪断正在织的布,说:"你荒废学业,就像我剪断这机上的布一样。"孟子明白了母亲的用心,日夜苦读,最终成为"亚圣"。
⑧ 截发的陶母:东晋名将陶侃未做官时,家里很贫穷。一次朋友到他家,他家没有可吃的东西,他的母亲就剪掉自己的长发卖了,买来食物款待朋友及家人。
⑨ 和丸佐读:《新唐书·柳仲郢传》中说,柳的母亲曾经"和熊胆丸",让他在晚上吃,以便他能更好地读书。
⑩ 画荻辛勤:欧阳修小时候家贫,他的母亲用荻管在地上写字,教他读书。

臭,倒是一肚子典故)。比起古来的贤母,你也无有愧色。"越说话越往前凑。臭吐沫星子,践了凤仙一脸。要说这分儿臭,称得起味压江南。人家是真恭维,凤仙又不好躲。少奶奶们在旁边儿,捂着鼻子都直乐。二舅太太又说道:"七少爷上我那里去,赶上我也没在家。怪对不住孩子的。"凤仙说:"还让二舅太太费心。"当时给二舅太太请安道谢。二舅太太说:"几样粗活计,拿不出手去。也不是拿钱买的,还是那年他二舅中翻绎举人得的东西。唉,有他二舅活着,也许点了翻绎翰林啦。没想到得了一场瘟病带嗓子(大概是臭味儿薰的),几天儿的功夫就死了。我们娘儿们没造化就结啦。"说着放声大哭。臭嘴二舅母裂着嘴一哭,屋里的臭味儿,简直的匀啦。何氏说:"二舅太太那边儿请坐,歇一歇罢。"这当儿又来了一家儿拜寿的。臭嘴二舅母这才止住悲声。

何氏让婆子告诉厨房,先开点心。二舅太太说:"十一点多钟啦,天也不早啦,一吃点心,回头把饭全挡住啦。据我说,跟着摆席得了(扣着食①哪。怨得②臭嘴哪)。"何氏笑着说道:"二舅太太大概是饿了。"朱氏说:"我知道他老人家饿了。"二舅太太说:"五少奶奶,你怎么知道我饿了?"

朱氏说:"我知道二舅太太是饿了。"二舅太太说:"你怎么知道我饿了?"朱氏说:"您瞧,俗语儿有话:'饿的牙崩口臭。'您闻您嘴里这宗味儿,可不是饿了么?"二舅太太说:"好孩子,你拿我打起刮皮匠③来啦。你真是狗嘴里吐不出象牙来。"秦氏说:"二舅太太这话倒对。狗嘴是吐不出象牙来。"二舅太太说:"你怎么知道?"秦氏说:"因为狗嘴太臭。"秦氏一说,乐了一屋子,连凤仙绷不住都乐啦。二舅太太说:"好孩子,你们都能跟我擅脸④。"

这当儿席已摆齐,一共是四个圆桌面儿。连外来亲友本族,带本家儿的女眷,一共约有三四十人,四个圆桌子是整坐。少奶奶们让坐。头一桌是一位本家三姑奶奶的首座。第二桌是一位世交文太太的上坐。第三桌是毛三姑娘的上座(毛二爷的妹妹)。第四桌一定让凤仙上座,凤仙不肯。何氏说:"我的妹妹,你要不坐下,你是恼了我啦。"秦氏说:"我的老太太,您就坐下罢。"朱氏说:

---

① 扣着食:为吃好饭,上一顿故意没吃饱。
② 怨得:怨不得。
③ 打起刮皮匠:打趣。
④ 擅脸:讪脸。

"您别捣乱了,我的老爷子。"沈氏跟韩氏,两个人搀着凤仙,楞往首坐上架弄①。凤仙无法,只得坐下罢。

大家将落坐,忽然蒋忠跑进来啦,给凤仙请了一个大安,说是:"三老爷子您早来啦?毛二哥跟孙先生听说您来了,就要过来给您请安,让我先回禀一声儿。"凤仙还未答言,何氏说了话啦:"让他们进来罢。"蒋忠连声的答应。功夫儿不大,毛二爷跟孙二聊跑进来啦。毛二爷说:"三老太太来了。"给凤仙请了一个安。孙二聊口称"三太太",也请了一个大安。

凤仙那天坐席,何氏以下几位少奶奶以及仆妇丫头等,这个敬酒,那个布菜,布了两碟子一小碗儿,真是吃一看二眼观三。厨子也狗事,格外敬了四个炒菜,一个桂花翅子,一个烩鸭泥加玉兰片丁儿,一个糟熘鱼片儿,一个江瑶柱加火肉丁儿,说是特意孝敬三太太的。这一狗事不要紧,凤仙自然得赏钱。

好容易这顿早饭②吃完,周义自己搬了一个话匣子③来,那时候儿话匣子将兴,还是转筒儿的④(转盘儿的还没露呢),笑嘻嘻的说道:"我上两出戏给三老太太听听。"当时上了几个筒儿。彼时那个玩艺儿乍兴,倒也很透新鲜。上了会子话匣子,瞎聊王带着徒弟上来唱曲儿。唱了会子,周礼又弄了一个八音盒儿来,又上了会子。凤仙抓着空儿,到张氏屋中看了一回。晚晌坐席,仍旧推让凤仙上坐,一切的套子不必细提。坐完了晚席,凤仙要走,何氏、大家再再的挽留,原来晚晌还有影戏。

回想上年何氏的生日,凤仙母子正在不得意,里头女眷们嘲笑凤仙,外头毛二、蒋忠、孙二聊等,给周义贴靴,拿着周廉打哈哈、凑趣儿。母子二人那分难过,就不用提啦。今年何氏的生日如旧,周宅男女老少上下以及亲宾人等,对于凤仙这分恭维狗事,真是已达极点。好在凤仙举止沉静,落落大方,态度还是照旧(有学问有出洗⑤的人,往迷信里说,有造化有福分的人,大半都是如此。要是小有不得意,就难过的要死,稍微的一抖,就喜欢的要疯,那宗人不但

---

① 架弄:此处指往座位上架。
② 早饭:午饭。旗人早上不吃饭,喝茶,吃点心,所以,现在北京还叫"早点"。
③ 话匣子:留声机。
④ 转筒儿的:早期留声机是转筒式的,不是唱片。
⑤ 出洗:出息。

是没造化,外带着①还是没德行,万辈子没有大起色②)。

过了几天,秦氏要给周廉提亲。秦氏提的这门亲氏③,是他娘家一个远族的姑姑,并且比周廉大着八九岁。那天秦氏买了点儿礼,一来给凤仙请安,二来顺便提亲。凤仙听秦氏一说,是他娘家的人,心里先有十六个不愿意。秦氏这宗不够资格,凤仙是知最之悉④,料想他本家的姑姑,也没有多好的教育。再一说,也差着辈数儿呢。虽然说,旗人讲究乱作亲⑤,也不能大差离格儿呀。侄女儿当嫂子,姑姑倒当兄弟媳妇儿,这是中国少有的事情。还有一说,姑娘三十多了,周廉才将到二十岁,这也是万不能办的情事⑥。秦氏极力相撮合,凤仙是绝对的拒绝。秦氏一死儿的不走,后来有周廉同年⑦的夫人儿,给年伯母⑧前来请安,秦氏才走。

这两天说媒提亲的人,一天总来好十起儿⑨,也直把凤仙腻急了。内中有一赵家,这个姑娘很不错,也算亲上作亲。双方既然认可,莫若赶紧放定,也就省得麻烦了。凤仙是个讲礼法的人,作事向来有手续。虽然给自己儿子定亲,张、何两位姨太太跟前以及少爷、少奶奶们,也要知照⑩一声儿。

那天凤仙到了陈房子,把这件事对着大家一说。何氏说:"姑娘我倒见过,他娘我也见过,倒是不错。不过就是家里略寒一点儿。"凤仙微然一笑,说:"他家寒原是小节。姑娘不错,比甚么都强(这倒是实话)。"何氏一听这话,知道是凤仙欢迎,当时改嘴说道:"那个姑娘长的有福气,瞧著也聪明,倒是带有造化的样儿。"

何氏听凤仙的口吻,是愿意赵家的姑娘,登时改过嘴来,又一路贴靴(随机应变,小人照例如此)。这些个冗事,也无须细提。

---

① 外带着:而且。
② 起色:出息。
③ 亲氏:应为"亲事"。
④ 知最之悉:应为"知之最悉",了解得最清楚。
⑤ 乱作亲:指不讲辈分结亲。
⑥ 情事:应为"事情"。
⑦ 同年:同年考中举人、进士的人。
⑧ 年伯母:对同年母亲的称呼。
⑨ 好十起儿:应为"十好几起"。
⑩ 知照:通知。

书要干脆。凤仙把这门亲事对周廉说了,征求周廉的意见。周廉说:"额娘说好便好,任凭主持,孩儿无不从命(从先的大翰林,还能遵父母的命令。要搁在如今留学生,这点儿家庭专制,可就兴不开了。不用说父母征求他的意见,他就不征求父母的意见)。"母子二人表决通过,择日放定。放定这些个猫儿腻①,细叙又得八年。没甚么关系,不必多赘。

过了放定,转过年来,七月通信②,八月就娶。何氏亲自来了两荡,再三劝凤仙搬回去,凤仙婉言谢绝。眼看喜事快到,凤仙预备一切。好在本家这位三太太,是个久经大敌的能人,帮着筹画布置,深资得力。周家少爷、少奶奶们,轮流着上这里张罗,男女仆人也不短来,凤仙就把赵姐留在这里帮忙。

转眼之间,吉期已到。事先周氏弟兄跟凤仙商量,打算普通满请人③,凤仙倒也认可。好在本家三太太这院里,地方宽阔,搭了三个大玻璃棚,门口儿高悬彩子④。步营⑤狗事,弄了一个六品领崔⑥,带着十名技勇兵⑦,在门口儿弹压保护。又派了十名苦力,把街道收拾了个挺平。您猜是怎么回事情?因为周廉跟提署⑧正堂⑨的少爷,又是同年,又是把兄弟。上次正堂就来过一回,这次又怕正堂来道喜,所以一路狗事。这类的事情,不但从先如此,如今也是他⑩(比从先还亡道)。

周廉成亲的那天,真是亲宾云集,百辆盈门。周悌以次弟兄五个,都是衣冠齐楚,在棚里张罗一切。何氏带着五位少奶奶,老早的就来了。男女仆人也来了一大群。毛二爷、蒋忠、孙二聊,这三块料一清早进来了,毛遂自荐,⑪告

---

① 猫儿腻:不可告人的勾当。
② 通信:结婚一两个月前,男方要通知女方结婚的日子,送鹅、酒、喜饼、茶等礼物。
③ 普通满请人:所有亲朋都请。
④ 彩子:门口装饰的彩绸。
⑤ 步营:步军营,负责京城保卫、治安、市容等。
⑥ 崔:应为"催"。
⑦ 技勇兵:经过训练,有军事作战技能的士兵。
⑧ 提署:步军统领衙门,负责京城保卫、治安、市容等等,在帽儿胡同内。清代设立,1924 年撤销。
⑨ 正堂:正堂官。中央各部门的长官以及各旗、府、县的最高长官。
⑩ 他:这样。
⑪ 此处大概少一"自"字。

奋勇充当支客①。远近亲友以及街坊邻里，不过分子的②，都来赶分子③。周廉的乡④、会⑤同年，以及翰林院同寅⑥，全都亲到贺喜。掌院⑦的大学士，都是亲到。

正在已分时⑧，棚里头让座的时候儿，大门外头一阵喧哗。原来是周廉放了侍讲⑨，报喜的来到（你瞧这个巧）。登时贺喜的亲宾又给凤仙道喜。孙三开了喜钱，给了八十吊钱。报喜的不答应，说："贵府大人双喜临门，这是万年不遇的事情，总得多喝老爷两杯喜酒。"后来添到一百五十吊钱，报喜的才走。

正在这个乱际儿，孙三往里飞跑，说："回禀七爷，山东的宋师老爷来啦。"原来宋仲三自打辞馆之后，别处又就了几个月的馆，因为不甚得意，赌气子回了山东老家啦。周廉中举人、中进士，倒都去了两封信，宋仲三也来过两回信。这次周廉成亲，因为路远，并没给老夫子去信。老夫子这回是进京瞧门生来啦，误打误撞，赶上门生成亲，并且又放了侍讲，这真是无巧不成书的事情。

宋仲三一进大门，连进带拍掌，哈哈大笑，就进来啦。周廉也就迎出来啦。周悌等弟兄几个，也只得随后出迎。宋仲三上前扭住了周廉，说："洁臣（周廉号叫洁臣），你算成了名啦，真要把我乐死。可喜呀。哗哈哈哈可贺。"

周悌等弟兄几个，给宋老夫子行了礼，宋仲三也都嘘呼⑩了嘘呼。众星捧月把老先生让到里面。宋仲三说："洁臣哪，我见见三姨太太，给他老人家叩叩喜罢。"周廉说："老师远路风尘，请歇一歇吧。家慈⑪万不敢当。"宋仲三执意的要见，周廉也不好再拦，当时引着宋仲三见了凤仙。老先生一定要叩喜，凤仙说："廉儿快拦你老师，这可不敢当。"彼此行了礼，说了些个谦逊话儿。周廉说："老师一路辛苦，这里有清净地方，老师可以休息休息。"宋仲三说："我倒是

---

① 支客：负责招待客人的人。
② 不过分子的：没有出份子交情的。
③ 赶分子：交份子钱，吃席。
④ 乡：乡试。
⑤ 会：会试。
⑥ 同寅：在同一部门做官的人。
⑦ 掌院：掌管翰林院。
⑧ 已分时：大概应为"巳时"，9点到11点之间。
⑨ 侍讲：翰林院官员，从四品。
⑩ 嘘呼：不是出于真心，只是面子事儿的寒暄。
⑪ 家慈：对自己母亲的谦称。

不累。"孙二聊赶紧进了过来,给宋仲三作了一个大揖,说:"宋老夫子久违了。这一向可好?"宋仲三说:"承问①承问。"毛二爷也过来啦,说:"宋老师,老没有见啦。"当时给宋仲三请了一个大安。宋仲三拱了拱手。孙二聊说:"老夫子这里请上坐。"毛二爷说:"老师这里坐(居然就叫老师②,真来的邪行)。"宋仲三说:"二位老没见了,咱们得谈谈。"孙、毛两个人,又不好拒绝。当时宋仲三上坐,孙二聊、毛二爷左右相陪。听两个人老师长老师短,一对一句的贴靴。

宋仲三捻着小胡子儿,摇等③晃脑儿的,向孙二聊说道:"阁下的生意还好呀?"孙二聊说:"倒还托福。老夫子自打那年走,咱们有七八年没见了,精神还是跟从先一个样。真不像六十多岁的,也就像四十出头儿的人。"毛二爷说:"不错不错。"宋仲三哈哈一笑,说:"二位太能捧场啦。兄弟胡子都白了,还不像六十多的哪。我瞧我像七十多的。"毛二爷说:"别瞧老师胡子白,精神气色真好。可称'面似少年得内养'(要来《西厢》④)。"

上回书说的是,孙二聊、毛二爷两个人大拍宋仲三的马屁。孙二聊说:"老夫子前者欠安,晚生还给诊治了会子,如今算是大好了罢?"宋仲三说:"好?老哥还提呢。回到敝省,又犯了一回。我们山东没有名医,竟是些个狗大夫(这叫当着秃子骂和尚)。我原是点肝气,他楞说我是疯病,并且说闹大发了,就能打骂人。你瞧这个大夫,是东西不是东西?彼时我正在某公馆教书,东家待我还是真不错,打算让我在馆上养病。这个狗大夫几句坏话,吓的东家也不敢留我啦。你们二位听听,这个大夫是人行不是?如今我想起来就要骂他。孙老兄,你说这个大夫可骂不可骂?"孙二聊一听,心里说:好呀,这简直是骂我哪。骂着我,还问我可骂不可骂,老家伙真可以的。想了会子,当时说道:"唉,老夫子总算吉人天相,如今贵恙大痊,已过之事,也就不便提了(你不提,就勾起他提来啦)。毛二弟先陪着老夫子说话儿,我张罗张罗人去。"孙二聊一个支吾,当时溜在一边。毛二爷也怕他骂,可巧来了两个周宅的陈亲,跟宋仲三也认识,毛二爷让在宋老夫子一块儿,闹了一个脱身计,也溜啦。

后来摆席让坐,宋老夫子师严道尊,自然是上座。宋仲三兴高彩烈,议论

---

① 承问:谢谢您问。
② 居然就叫老师:老师,是对自己老师的称呼。称人老师,意味着自己是门生。
③ 等:应为"头"。
④ 要来《西厢》:语出《西厢》:"我则见他头似雪,面如童,少年得内养。"

风生。那天又多喝了两杯酒,十分的得意。早席将次摆完,正要发轿的时候儿,陈房子来了一个底下人,跑的嘘嘘带喘,前来送信。原来是何氏屋的丫头傻大姐儿,吞了烟①啦。何氏、大家一听,当时一楞儿。就在这个时候儿,来了一个二报,又出了一挡子逆事②。

底下人报告傻大姐儿吞烟,大家全都一楞。原来头天晚晌,傻大姐因为砸③家伙,被何氏饱打了一顿。第二天何氏上这里来,他要跟着。何氏因为他嘴太不好,怕他说长道短,一死儿不带他。他是一定要来,又被何氏臭骂了一顿,让他看家。因为这个,一时想不开,所以吞烟。何氏抽的是人头土,劲头子是真大,他倒没少喝,一喝喝了一两多。后来有人知道,孩子已然是不行了,所以飞跑给这里送信。

大家正在着荒④,又有底下人二次报信。原来是周义的小妾—汪水儿,趁着乱际儿,把秦氏的箱子,给纼⑤了锁头啦,贵重的物件搜罗殆尽,由后门儿跷⑥下去了。二次喜信一报,秦氏也急啦,周义也直跺脚。这当儿正在响房⑦,要发轿,里外这分儿邪乱,就不用提啦。何氏急的直哭,不敢回去。

上回书也说过,傻大姐儿的母亲原是周宅的陈老婆子,非常的矫情。何氏向来怕他,所以吓的不敢回去。这当儿秦氏已然先走了,周义也开路⑧啦。何氏跟周礼要主意,周礼说:"阿娘您想主意罢。没事您可竟吵呢。弄出楼子⑨来了没有?咱们家的事情,就坏在您一个人儿的身上啦(虽然是实话,这个时候儿,他可不当说)。弄出糟心来,您又跟人家要主意。我没有主意。"何氏说:"好孩子,这个时候,你还趁愿呢。"说着大哭之下。

亲友、来宾瞧著这宗情形,谁也不好搭岔儿,大家躲躲闪闪。凤仙瞧着这个事情不可开交,当时说道:"二姨太太先不用着急。吞烟也未必就死,先灌救

---

① 烟:大烟。
② 逆事:倒霉事。
③ 砸:摔碎。
④ 荒:应为"慌"。
⑤ 纼:应为"拧"。
⑥ 跷(nāo):迈步,指逃走。
⑦ 响房:结婚那天,花轿从新郎家出发前,新房里要有响声,比如打锣、奏乐。
⑧ 开路:走。
⑨ 楼子:娄子。

要紧哪。五爷、五奶奶,你们先回去,想个法子先救救他。救过来呢,固然是好啦。真救不过来,也没有法子,给他家几个钱,也就完啦。也不是谁害的。"何氏说:"嗳呀,我的妹妹,你还不知道吗?他妈妈那分儿矫情厉害。真要死了,他决不甘心,一定是打官司告状。他姐姐叫巧姐儿(可不是王熙凤的女儿),在甚么侍郎家当姨奶奶,十分的得宠。他爸爸又在某王府赶车,他妈妈又给某御史的太太梳头。别瞧他们家,很有个道道子①。他要真一告,真是个麻烦。三妹妹,没有甚么说的,我就得求你了。你跟七少爷说说,他认得人多,得让他给我想法子。"说着给凤仙连请了两个安,说道:"妹妹,我有一百分的不好,你都不用瞧,你就瞧我这分苦命得了。你的儿子是怎么回事?我的儿子都是冤孽。"周礼说:"您别带'都'字儿。您这个说话,老是前拉后撒②,糟心就在这点儿。"何氏说:"妹妹,你听见了没有?到这个时候儿,还教训我呢。"凤仙说:"你们娘儿们先别抬杠。五爷、五奶奶先同着你额娘回去,我回头跟廉儿说,让他给设法就是了。"何氏给凤仙又请了好几个安,当时带着周礼、朱氏,这才回家。这里响房发轿,一切的俗套子,暂且不提。

何氏回到家中,将下了车,有看家的底下人报告,说:"二姨太太您快瞧瞧去罢。傻大姐儿已竟不行了。五爷跟五奶奶,那里打架呢。"何氏来到自己院中,但见傻大姐儿在廊檐底下躺着,披头散发,两眼似睁不合,脸是青的。何氏不敢往前去,让婆子过去瞧。婆子摸了摸脑袋,傻大姐儿已然是气绝身亡。

傻大姐儿已然驾返瑶池,何氏急的手足失措。这当儿底下人报告,说:"二姨太太您快瞧瞧去,六爷跟六奶奶那里要动刀呢。"何氏本就有个抽肝疯的底子,当时一急,抽要③活儿来。

五奶奶朱氏究竟是他儿媳妇儿,不能不管,有婆子们帮着,把何氏搭到屋中。五爷周礼,对于这些事相应不理,跑到书房拉胡琴儿去了(家中出这宗逆事,他还高乐④。这宗人实在邪行)。底下人找到书房,说:"五爷您快给劝劝去罢。六爷拿刀要砍六奶奶哪。"周礼说:"他砍死他抵偿,碍着我甚么了(好)?"底下人说:"五爷您去罢。真出了事也是麻烦不是?"周礼又拉了一段西

---

① 道道子:路子,办法。
② 前拉后撒:以前说过的话,后来又否定。
③ 要:应为"起"。
④ 高乐:寻欢作乐。贬义词。

皮慢板（倒没拉反调），这才去劝架。

何氏在屋里抽肝疯，廊檐底下躺著一个吞烟的死丫头，西院里周义夫妇要动刀。为甚么要动刀呢？原来秦氏回家一查点，衣裳倒没丢甚么，珍珠、金、翠首饰是一律肃清。有一百多两现银，二百多银票，全都不翼而飞。这宗事不必说秦氏，搁在谁身上，也不能不着急。秦氏跟周义一抱怨，周义倒炸了，说："我心上的人儿，让你给挤对跑啦，你还抱怨我哪。"秦氏跟周义要东西，周义跟秦氏要人，越说越岔，所以打起活儿来。

正在这个时候儿，就听何氏院中一阵大乱，又是哭又是骂，原来是傻大姐儿的母亲来了。傻大姐儿一吞烟，周宅有个打更的沙二，外号儿叫沙秃子，赶紧就给他母亲送信。沙秃子的为人，无论甚么事，只要让他知道，他是专能泄底①，因此大家恭上这个徽号。

傻大姐儿的妈妈连哭带骂，大家劝也劝不住。何氏其实绶②过来了，听见外头一哭一骂，又假装直抽。

大姨太太张氏，听见这院闹的邪行，柱③着根棍子，扶着一个丫头，来到这院。正赶上傻大姐儿的妈妈撒泼，张氏劝了他几句，算是不撒泼啦，还是不答应。这当儿三位少奶奶回来了，婆子、丫头们一大群。一个乱际儿，再找傻大姐儿的妈妈，踪影不见。

说话中间，四爷周信也回来了，五爷周礼把周义也劝过来啦。何氏说："傻丫头他妈，一定是告状去啦，应当怎么办呢？"周礼说："告状一定得验尸，一验尸身上竟伤，那可是麻烦。反正谁打的他，谁得出去打官司去。"何氏跟大家要主意，你瞧他他瞧你，谁也不言语。后来还是周信说道："他告状也没有法子。方才三太太有话，他自己吞的烟，谁也没害他，死尸就这儿摆着，也不像句话呀。先弄个薄皮子材④，把他装上，搭到一旁儿去，再说新鲜的。有咱们老七哪，不拍⑤这些个事呀。"书要干脆。当时周信叫人弄了口棺材，把傻大姐儿装上，搭在花园子后门儿两间空房子里一停。这些个逆事且不提。咱们再说那

---

① 泄底：透露底细。
② 绶：应为"缓"。
③ 柱：应为"拄"。
④ 薄皮子材：薄木板棺材。
⑤ 拍：应为"怕"。

边的喜事。

新人下轿,拜完了天地,远亲友已然散去。沈、韩、杨三位少奶奶,原说住在这里,后来凤仙说道:"这里也没有甚么事,二①姨太太又是病身子,家里又出这宗事,少奶奶们倒是回去,明天早晨我接你们去。我可不是轰你们呀。"凤仙说到这里,三位少奶奶这才请安告辞。周悌、周忠、周信原说不走,也是凤仙让他们回去。周悌、周忠一死儿不走,周信无法,这才回去。

谁知道福无单至,祸必双容。六奶奶秦氏,细软相②体己,都让一汪水儿给罄了走啦③,又让周义给打了两下子,越想越窝心,半夜里上了吊啦。秦氏的娘家哥哥,一个在刑部当郎中④,一个在军机处当小军机⑤,跟周家虽然是至亲,感情向来很不好。如今秦氏一自尽,你想人家答应不答应?傻大姐儿的妈妈也告了,周家直乱了一夜。

第二天一清早,新人将下地⑥,照例得分大小儿⑦。凤仙要派车接何氏去,正这儿说着,周义就到了。进了门先给凤仙下跪,闹的凤仙倒一楞儿,问他怎么回事情。周义一报告,说:"三老太太跟兄弟总得救我。"凤仙说:"六爷你先起来。"正这儿说着,何氏又到啦,扭住凤仙相⑧手一要大哭,说:"妹妹你总得救我(娘儿俩倒是一套口⑨)。"可巧这当儿新亲⑩吃酒来啦。凤仙要迎接新亲,何氏扭着手不放,周义也不起来,新人摸不清头脑,站在一边儿都瞧楞啦。周廉说:"六哥你先起来,有甚么话好办。"周义说:"兄弟,你总得给我想法子,我才起来哪。"周礼这当儿也赶到啦。说:"老六你先起来,这算怎么回事情?"周礼、周忠⑪好容易才把周义扭起来。两位吃酒的新亲,已然进了屋子啦。何氏还是直哭,周义是将站起来,新亲摸不清甚么事,倒都吓了一跳。本家儿三太

---

① 二:应为"大"。
② 相:应为"和"。
③ 罄了走啦:全部拿走了。
④ 郎中:五品官。
⑤ 小军机:军机处的一般官员。军机大臣,俗叫"大军机"。
⑥ 下地:讲究的婚礼要举办两天,新娘出嫁第一天得一直在床上坐着,第二天才下地,和婆家人见面。
⑦ 分大小儿:新媳妇和婆家人见礼,分出辈分。
⑧ 相:应为"的"。
⑨ 一套口:说法一样。
⑩ 新亲:新人的亲属。
⑪ 周忠:应为"周廉"。

太,当时招待一切。

吃酒的两位堂客①,一位是新人的娘吴氏,一位是新人的舅母。人家一瞧这宗德行,知道是有特别家庭的问题,反正碍不着人家相②事情,人家也不管。新人的娘吴氏,人很机警,当时把俗规矩,草草的交待一番,闹了一个马前③,人家不跟着蹚浑水④,⑤之乎也,吃酒的去后,这里才分大小。

新亲走后,凤仙因为周道台夫妇的神主⑥在陈房子供着,先让周廉夫妇冲上给周道台行了双礼。又给大⑦姨大太太张氏,向上行了礼。随后让何氏请坐受礼。何氏眼泪汪汪的,说:"我的亲妹妹,你教子成名有名有利,你先受礼罢。我待他们没有甚么好处。"凤仙说:"二姨太太请坐罢。应当是二姨太太先受礼。"何氏说:"我的妹妹,老七先别给我磕头,我应当先给他磕个头。两场儿人命官司,这怎么打呀?他得想法子救我们娘儿们才好呢。"凤仙说:"二姨太太先受礼,让他想法子就是了。"何氏又让了会子,这才坐下受礼,照例受双礼。

无论本家亲戚,受完了头就得甩拜礼⑧,也有铃⑨荷苞的,也有给银钱的。这次何氏来的荒速⑩,甚麻⑪也没带。受完了双礼,这才想起拜礼来,说:"嗳呦(白),我真是糊涂了。我给少爷、少奶奶预备两匣活计,我也忘了带来了。少爷、少奶奶我可对不起你们。这是怎么说?"凤仙说,"二姨太太这是那里来的话?您少疼他了?不赏东西,还不应当给您行礼是怎么着?"

书要干脆,跟着就是本家儿三太太受礼。此外还有几个本族的长辈,周悌以次都受了礼,各人都有拜礼。到了周义那块,一定不受。凤凤⑫说:"六爷,

---

① 堂客:泛指妇女,多指已婚妇女。过去买东西,男顾客在店里接待,叫"官客",女顾客要请到店后面接待,叫"堂客"。
② 相:应为"的"。
③ 马前:唱戏时,取消一些情节、台词,提前结束。
④ 蹚浑水:卷入麻烦的事里。
⑤ 此处少一"溜"字。
⑥ 神主:牌位。
⑦ 大:应为"太"。
⑧ 甩拜礼:晚辈行完拜见礼后,长辈要给钱或东西。
⑨ 铃:应为"给"。
⑩ 荒速:匆忙,仓促。
⑪ 甚麻:什么。
⑫ 凤:应为"仙"。

你兄弟、弟妹给你磕头,难道说你不应当受吗?"周义说:"我的三老太太,我现在罪孽深重(倒没祸延显妣)。"凤仙说:"你这是胡说。"周义自己觉着说错了,赶紧改嘴,说:"我现在搁着罪孽呢(也不大像话)。兄弟跟弟妹高见①罢。"凤仙说:"你兄弟、弟妹给你磕头,你这让甚么?"周义先给何氏、凤仙请了安,然后这才受礼。

周义受完了双礼,周廉夫妇将站起来,周义又跪下啦,说:"兄弟你还是得救哥哥。哥哥简直的糟了心啦。"周廉说:"六哥您先起来,我想法子就是了。"周义一死儿的不起来。凤仙说:"六爷你先起来,让人瞧着这是甚么样子。反正兄弟给你设法就得了。"周义偏不起来。后来周廉急了,说:"六哥,都有我哪。你还不起来吗?"周义这才起来。

这当儿至近亲戚都受了礼。凤仙说:"快请宋师老爷。"正这儿说着,周忠、周信,两个人早把宋仲三搀到,女眷们都往里间屋回避。宋老夫②穿着一件玫瑰紫的洋绉夹袄,袖口儿有一尺三,套着一件红青宁绸四方大马褂儿③,袖口儿有一尺八寸儿,戴着一副茶碗大小的镜④,小辫儿往肩膀儿上一搭,脚底下穿着一双四闪底子⑤、大云儿香色⑥蝠子履⑦鞋。猛一瞧好像宗社党⑧,又像张绍轩⑨的秘书。

进在屋中,先把眼镜儿一摘,给凤仙作了一个大揖,凤仙还了一个万福⑩,

---

① 高见:不用行礼了。谢绝晚辈行拜见礼时的谦辞。
② 此处少一"子"字。
③ 四方大马褂儿:长和宽一样,四方形的马褂。
④ 镜:应为"眼镜"。
⑤ 四闪底子:厚木头底子。
⑥ 云儿香色:云,应为"芸"。芸香色,棕褐色。
⑦ 蝠子履:也叫福字履,厚底,上面绣着或镶着云形图案。
⑧ 宗社党:辛亥革命后,1912年1月12日,清室贵族良弼等秘密召开会议,19日成立"君主立宪维持会",俗称"宗社党",宗旨是坚持君主制,反对共和制。1月26日,同盟会杀手炸死良弼。2月12日,宣统皇帝宣布逊位。宗社党解散。1914年4月,日本政府由大隈重信重新组阁后,支持满、蒙独立,宗社党在日本重新成立,总部在东京,大连设支部,成员主要是清室贵族、大臣、蒙古贵族以及日本人。1916年3月,宗社党组织"勤王军",准备在辽南起事。1916年6月,袁世凯死,段祺瑞组阁,日本对华政策转变,勤王军被解散。
⑨ 张绍轩:张勋,字绍轩。
⑩ 万福:汉族妇女行的礼。上半身前倾,腿微曲,双手握拳,左手在右手上,微微上下晃动,同时说吉祥话,如"万福",所以叫"万福"。

说:"老夫子请坐罢。让您徒弟跟徒弟媳妇给您磕头。"宋仲三哈哈大笑,说:"高见罢,我有甚么好处?"凤仙说:"您徒弟要不亏老夫子教训,焉有今日之下①?老夫子今天受礼,还是应当的。"宋仰②三哈哈大笑,说:"姨太太这话也是实情。要说我为我这个学生,也真不容易。这不是当着毛二爷吗?他进学那天,捣多大乱哪。报喜的先报错啦。我跟毛二爷还直抬杠(记性儿倒不错)。后来报喜的又来了,这才知道是真中了。那天我在书房跟东翁喝了一天的酒。我跟东翁还是真投缘。唉,要有东翁在世,看见少爷成名,该当多大乐子。挺康健结实的人,他会过去啦。"说着放声大哭。

宋仲三一哭,招得凤仙直掉眼泪,把周廉的委屈也勾起来啦。何氏在里头屋大放悲声,简直的不像两日酒③,好像接三。宋仲三把人家的伤心勾起来啦,他老先生忽然哈哈大笑(要疯),说:"难得呀,难得,东翁有子如此,九泉之下亦当含笑,虽死如同不死,可喜呀,哗哈哈哈哈可贺。"宋老夫子一撒疯,招得大家破涕为笑。凤仙说:"老夫子请坐否④礼罢。"宋仲三说:"当得当得。"周廉夫妇行礼,宋仲三还了三个大揖,说:"我可没备带甚么拜礼,我说几句吉祥话儿罢。你们小夫妇千祥云集,百福骈臻,曰福曰贵,福禄随身,三多九如,小吉大利(跑这⑤念春条儿⑥来了)。"说罢复又哈哈大笑。凤仙说:"你们谢谢老师的吉言吉语。"周廉夫妇又给宋仲三请安道谢。宋仲三说:"不足一谢,惭愧惭愧。"周悌说:"老夫子请棚里坐,等着您喝酒泥⑦。"宋仲三笑嘻嘻的同着周悌出离了喜堂。

正在这个时候儿,就听外头一阵大乱,底下人往里飞跑,原来是大爷周孝回来啦。上回书也说过,大爷周孝自彼绥远城将军奏调,在外当了几年差使,事情狠⑧得意。虽然不短通信,凤仙母子搬出本居这层,并没给周孝去信。周孝每次来信,总是先问三位姨太太安好,随后是问兄弟们好。家里写回信,也

---

① 今日之下:今日。
② 仰:应为"仲"。
③ 两日酒:婚礼第二天,新娘娘家人要到新郎家来,新郎家举办酒席接待。
④ 否:应为"受"。
⑤ 此处少一"儿"字。
⑥ 春条儿:过年时在门和窗户上贴的红纸条。贴在门两边儿的对子,是春联。
⑦ 泥:应为"呢"。
⑧ 狠:很。

是舍①含糊湖②,没提过这节。周廉中举人、点翰林给周孝虽去过信,也写的是由本居寄发。周孝写回信,自然还是寄到本居。这次周孝是因公进京。周廉成家这节,也给周孝去过信。周孝想着不久进京,也没答回信。那天回到家中,大爷就楞了。后来参见张氏,这才知道一切情形。周孝连急带气,直点儿③的跺脚。

　　大爷周孝回到家中,知道凤仙母子也搬了,家尔④出了两条人命,当时非常的着急,没停住脚,赶紧来到红棚⑤,跟亲友、本家周旋了一番。宋仲三见了周孝,比别人特别要说几句费话。周孝敷衍了一回,来到上房,先给何氏、凤仙行了礼,大家又给周孝行了礼。周孝扭住周廉的手,说:"老七呀,你比从先身量也高啦,也胖啦。要是街上遇见,我真不敢认你啦。好兄弟,你真要想死哥哥啦(周孝与周廉亲热,实在出于友于爱情⑥,并不是势利眼)。"周廉说:"几年不见,哥哥的气色还跟旧日一样。"周孝说:"这几年在外头,倒是能吃能累。嗳呀,兄弟呀,咱们家这个事情,怎么好呀?真要把我急死。"周廉说:"哥哥不用着急,六嫂子娘家两位哥哥,都是我们范老师的学生。范老师新得的侍郎,是秦大爷的上司。我求范老师跟他们说一说,没有个不答应。再一说,他们也是个世家,一打官司就得验尸,他们是决不干的。不过好好的发送一下子就是了。我这就给范老师写信,我回头自己再到秦家去一荡,这挡子事情就算完啦。至于傻大姐儿的事情,更不成问题啦。他那点儿倚仗没有甚么效力。我有个朋友,足能办的了这个事。赏他几个钱,就算完啦。他要答应,咱们瞧着怪可怜的,多赏他几个钱也倒没甚么。他要是不知进退,我另有法子,那可不是咱们刻薄了,他自找其祸,那可也怨不上谁来了。这两件事满算解决了。哥哥您就不用挂心⑦了,我这就给范老师写信去。"凤仙说:"你先别忙写信,你们给你大哥行礼要紧。"

---

① 舍:应为"含"。
② 湖:应为"糊"。
③ 直点儿:一个劲儿。
④ 尔:应为"里"。
⑤ 红棚:为办喜事搭的大棚。
⑥ 友于爱情:兄弟友爱之情。
⑦ 挂心:放在心上。

周廉说:"哥哥不用着急。这两挡子事满不成问题。全有我呢。"凤仙说:"大爷你先坐下,让你兄弟、弟媳先给你磕头。"周孝说:"这倒不忙,老七先给范老师写信要紧。"周廉说:"哥哥先请坐,我给哥哥行完了礼,再写信不迟。"简断捷说,周廉夫妇给大爷磕了头,何氏又跟周孝哭哭啼啼的,说了些个费话。周廉信已写完,才打发人要送,偏巧范①郎打发人给送了封信来,特约周廉早晚②到家③,有要紧的事情。周廉说:"这倒巧啦,爽得④回头去一荡得了。"周孝说:"自己去一荡更好。"

　　正这儿说着,周忠跑进来了,说:"哥哥您请罢。宋老师等着您要豁拳哪。"周孝去后,里头院儿也就摆上席啦。周廉这日子娶亲,叙到这里,算是告一终诘⑤。

　　晚晌周廉见了范侍郎,一求这件事,范侍郎慨然应允。范侍郎一出头,秦氏弟兄也就无可如何,要求了⑥一个好发送,也就完了。

　　傻大姐儿的母亲始而要打官司,后来有人直劝,说:"孩子己⑦然死啦,一打官司又得翻尸倒骨。再一说,周家的势力你斗的了吗?打头⑧周七爷,你别瞧人家分居另过,倒底是亲的。一句话就许把你发啦。徒生恶感,闹个人财两空。这是何苦呢?你要闹个苦肉计,撒开了一哀求,倒许使他一注子⑨,自已⑩弄个棺材本儿,孩子也落个好发送,岂不是两全其美?"看⑪大姐儿的母亲,虽然刁恶,心里倒还清楚,很以这事为然,跑到周家自已直认错儿,连哭带哀求。何氏跟周孝商量,把傻大姐给他发送了,格外还给他二百银子。这两挡子事,来的挺凶,回去的也快,真是大事化小,小事化无,不过是多破费几个钱。如⑫

---

① 此处少一"侍"字。
② 早晚:无论什么时候,务必……
③ 家:指范侍郎家。
④ 爽得:索性。
⑤ 诘:应为"结"。
⑥ 了:办。
⑦ 己:应为"已"。
⑧ 打头:第一。
⑨ 使他一注子:从他那儿弄一笔钱。
⑩ 已:应为"己"。
⑪ 看:应为"傻"。
⑫ 如:应为"好"。

在人家有的是钱,再花这们一通儿,家人①也不至于着急。

周家两挡子人命事,来的挺凶,完的也快。虽然花了不少钱,在他们②不过九牛一③,沧海一粟,满算不了一回事。

经这次风波,何氏倒是良心发现,从先看见周廉一抖毛④,拍马、贴靴,不过是表面上谄媚,原非出于真心,这回是非常的感激。回想当年,自己对待人家那宗德行,未免的有抱愧(知道抱愧,人还不错)。周义也是很感激兄弟。娘儿两个跟大爷周孝商量,⑤紧请凤仙母子回本宅居住,大爷周孝自然是赞成。跟凤仙一说,凤仙始而不愿意,后来何氏亲自去请凤仙,好话说了万千,自己直认罪,后来急的直哭。凤仙见他出于至诚,情不可却,只得认可。后来跟本家三太太一提,三大⑥太倒也赞成。简断捷说,凤仙带着佳儿佳妇,又搬回本宅。

何氏把五间正房,裱糊了个挺干净,让给凤仙居住,自己搬在跨院儿⑦。凤仙不肯,何氏那里答应?这些个事,也不细提。

宋老夫子住了些时,要回山东。周廉送了老师一百两银子。

周礼、周信,两个人提倡,出资给周廉挂匾。特求北京著名写手,写了一块"进士第"、一块"文元",借着挂匾,要普请亲友。周信说:"差一个月就是三太太的生日,连办寿带挂匾好不好?"弟兄几个全都赞成。凤仙要拦他们,如何拦的住?这就请人搭棚,筹备一切。孙二聊、毛二爷、蒋忠这三块料,自然是足催⑧一气。是日亲宾毕集,胜友如云。远近的街邻,啧啧称羡。头天是什锦杂耍儿,第二天是四喜班底⑨,外串⑩三庆、春台的名角。亲友本族,对于凤仙这分儿邪捧,就不用提啦。闹的凤仙又可乐又可叹,回想当年,如同一梦。

---

① 家人:应为"人家"。
② 在他们:对他们来说。
③ 此处少一"毛"字。
④ 抖毛:威风。
⑤ 此处大概少一"赶"字。
⑥ 大:应为"太"。
⑦ 跨院儿:正房旁边的院子。
⑧ 催:当"催巴儿"。
⑨ 四喜班底:以四喜班为主。四喜班:清代最著名的四个徽班是:三庆、四喜、春台、和春,被称为"四大徽班"。
⑩ 外串:另外请。

土匪学生

人海茫茫，世界沧桑，百年容易过，可惜是流光。

少不努力，老大悲伤。多少青年子弟，转瞬鬓如霜。

莫把精神意志，徒抛在竹戏①花乡②。际此大局累卵，强存弱亡。

作点英雄事业，千戴③流芳，也不枉尘寰走一场。

几句残词罢念④，新小说今天开演。费话也不用说，偺⑤们干脆开书。前清光绪初年，东城草厂住着一个姓夏的，放过阎王帐⑥，开过宝局⑦，外号儿叫夏侯敦（曹八将⑧的代表）。怎么叫夏侯敦呢？因为他是个外场⑨出身，年轻的时候儿摔过私跤，练过把式，闯过光棍⑩，叫过字号⑪，手底下很俐罗⑫，有个十口子八口子到不了跟前儿，颇有夏侯敦之勇。再一说，夏侯敦是一只虎⑬，他也是单瞪⑭，所以大家管他叫夏侯敦。夏侯敦继娶的夫人儿孟氏，娘家倒是根

---

① 竹戏：打麻将。
② 花乡：妓院。
③ 戴：应为"载"。
④ 罢念：应为"念罢"。
⑤ 偺：咱。
⑥ 阎王帐：帐，应为"账"。高利贷。
⑦ 宝局：赌场。
⑧ 曹八将：京剧中，曹操上场时身后站着的八位将军。
⑨ 外场：社会上混的那套。
⑩ 光棍：流氓。
⑪ 叫过字号：指在流氓里混过。叫字号：打架或威胁时，说自己的名字、来历、身份等。
⑫ 俐罗：利落。
⑬ 一只虎：瞎了一只眼。
⑭ 单瞪：瞎了一只眼。

本人家儿①。在他年轻的时候儿,很是个闹将②,过了四十岁,日月儿③也不错啦,自己也收了心啦。

夏侯敦前妻赵氏,留下一个姑娘,二十岁上出的阁,给的是一个念书的人家。后来孟氏跟前一个儿子,夏侯敦那年整四十,所以就叫四十儿,大名子叫继贤。夏侯敦中年得子,非常的高兴,自幼儿溺爱娇惯,把孩子养活的欢龙④一个样。七八岁上到了学龄,楞不让孩子念书。有人一劝,他说是,我们爷儿们念书也吃饭,不念书也吃饭。他说这宗不通情理的话,谁也就不劝他了。挺聪明的孩子,就这们给延误了。

四十儿到了十四五岁,先学提笼架鸟,跟着就是獾狗大鹰,十七八岁就打群架。夏天是一身紫花布⑤裤子汗衫儿,说话摇头摇脑儿、发头卖项⑥,整本大套的土匪。

四十儿交了一群朋友,都在二十来岁儿。那时候儿还没剪发,都是小辫儿打紧⑦,不是一身青洋绉,就是一身紫花。个的个儿⑧都有外号儿,反正是单刀赵四、小罗成耿七、白脸儿小常、滚雷徐九、小鬼周七等等,人数很多,也不能备述。这把子人都是父母月儿的日子⑨,那个年头儿吃喝又贱,吃饱了喝足了,没事生非,找着岔儿满世界招说⑩。茶馆酒肆儿,是他们的俱乐部,山坛庙季儿⑪,逛灯、瞧盒子⑫、喇嘛庙打鬼⑬,乡下野台子戏⑭,这群人都得露一场,抓岔

---

① 根本人家儿:正经人家。
② 闹将:能闹的人。
③ 日月儿:生活。
④ 欢龙:像龙一样上下翻滚。指特别闹。
⑤ 紫花布:土布的一种。紫花布衣裳,当时的流氓打扮。
⑥ 发头卖项:说话时伸脖子晃脑袋,鼻子眼睛乱动,没教养的样子。
⑦ 小辫儿打紧:当时的流氓打扮。
⑧ 个的个儿:一个个。
⑨ 父母月儿的日子:依靠父母生活的日子。
⑩ 招说:招人埋怨,招人讨厌。
⑪ 庙季儿:开庙的日子。
⑫ 盒子:烟花。
⑬ 打鬼:正月二十三到二十五,雍和宫举办仪式,喇嘛扮演神、佛、鬼,一边唱经,一边舞蹈。
⑭ 野台子戏:临时搭的戏台,演戏。

儿①跟人家打架。在那个时代,没有警察,虽有绿、步两营②,就是那个事,所以由他们横反③。

四十儿在这群土匪队内还是中坚人物,因为他家里又有钱,主意又多,所以大家奉他为代表。有一天,四十儿同着两个碎催逛东岳庙,跟一个姓王的呕了点气,两方面势不相下,彼此这们一勾兵④。四十儿这里攒⑤的是挑水的三哥⑥,姓王的那里约的是轿夫,窝心铺儿⑦的约会儿。

当时出来几个朋友,这们一了⑧。四十儿说:"我们这个事诸位了不了。我们今天非见个死活不行。"几句话把了事⑨的给得罪啦,在那头一阴⑩,姓王的也挂了火啦,这架就算打起来了。姓王的攒的人少,一露面儿,瞧见这头儿人多,轿夫头儿们来了一个蹄绊末脚滑⑪,全开了正步⑫啦。姓王的也算真横,一瞧攒的人跑啦,说:"好哇,吃了我的面,不帮我的拳。姓王的交朋友,总算瞎眼就结了。太爷今天卖给你们几下儿。"当时往地下一躺,说:"夏四十儿,王大爷的下半截儿今天不打算要了。"

姓王的一骂,四十儿喝令,八道棍儿⑬齐下。姓王的倒是真骨立⑭,打到了儿,骂到了儿。先头里还骂,后来没声儿啦。四十儿同党⑮里头有个叫野狗张七的,说:"老哥儿们别打啦,这个人要干⑯。想法子咱们溜罢。"夏四十儿说:

---

① 抓岔儿:找碴儿。
② 绿、步两营:绿营和步营。绿营:八旗以外的军队。主要由汉人组成。负责京城外保卫、治安等。步营:步军营,属于八旗,负责京城保卫、治安、市容等等。
③ 横反:乱闹,不听话。
④ 勾兵:因为有关系而叫来兵。指找人来打架。
⑤ 攒:召集。
⑥ 三哥:挑水夫。给人往家挑水。当时北京要买水喝。
⑦ 窝心铺儿:小茶馆儿,可以吃面。
⑧ 了:解决。此处指调解。
⑨ 了事:调解。
⑩ 阴:使坏。
⑪ 蹄绊末脚滑:也写作"蹄绊木脚滑",溜了。
⑫ 开正步:溜走,逃跑。
⑬ 八道棍儿:也写作"霸道棍",专门用来练武、打架的一种棍子。
⑭ 骨(gú)立:刚硬。
⑮ 同党:同伙儿。
⑯ 干(gàn):糟。此处指死。

"死了,我一个人儿抵偿,没有老哥儿们的事情。老哥儿们请着①。"这当儿瞧热闹的人也多了,官人也来啦。常言说的好:"席头儿盖上,都有个了②。"这群了事的,都叫四十儿给得罪了。助拳的一瞧官人来了,全都溜之乎也。四十儿对着官人说道:"打人是我喝的令,死了我抵偿。姓夏的打官司就是了。"官人里头也有几个认识四十儿的,说:"好朋友好样子,老弟的③,你只管放心,决不能让你受罪。"官人把四十儿带走。

这个挨打的,虽然没死,也八成儿啦。地面儿上这就得搭窝棚④。这个手续不便细提。这个姓王的也很有点儿运动⑤。夏侯敦得着信,求出好些个人来一说合,王家不答应。四十儿在北营⑥待了两天,跟着就过北衙门⑦。夏侯敦各处一求朋友,费了好些个事,又出来几位字号人物,官私面儿⑧这们一揉⑨,给人家请的外科接骨匠,两个多月才好。

四十儿在北衙门住了三个月,连摆请儿⑩带给人道乏⑪,这场儿官司下来,一共花了五百多两银子。夏侯敦见了四十⑫,不但没气,反倒哈哈大笑,说:"好小了⑬,打群架是好朋友干的。有能奈打人,没能奈挨打,那才是好小子呢。花多少钱,爸爸不心疼。以后要是挨上打,只要别含糊,爸爸听着就喜欢⑭(好俊家庭教育)。两八道棍下去就叫,那可就不是我的儿子了。"

四十儿打完了这场儿官司,花了好几百块钱,夏侯敦见了儿子,不但不教

---

① 请着:此处的意思是"请走吧"。
② 席头儿盖上,都有个了:什么事都得解决。席头儿盖上:人死了,用席子盖上。
③ 老弟的:老弟。
④ 搭窝棚:合伙儿设计害人。
⑤ 运动:托人,找门路。
⑥ 营:巡捕营,属于步军统领衙门,负责抓捕、审讯罪犯,分为南营、北营、中营、左营、右营。
⑦ 北衙门:步军统领衙门,负责京城保卫、治安、市容、旗人的刑事案件、民事纠纷等等,在帽儿胡同内。
⑧ 官私面儿:官面、私面。
⑨ 揉:用温和的方式压下去。
⑩ 摆请儿:为说和双方矛盾而摆的宴席。
⑪ 道乏:对帮助过自己的人登门道谢。通常要拿着礼物或钱。
⑫ 此处少一"儿"字。
⑬ 了:应为"子"。
⑭ 喜欢:高兴。

训,反倒哈哈大笑,直给儿子一上药①,四十儿胆子更大了。这群狐朋狗友又给四十儿一压惊,前门外头泰丰楼的晚局②。你想,这群乍出萌儿③的土匪,顶大的没有二十岁,凑到一块儿还不是足喝足吵呀。吃完了饭,白眼儿狼侯九儿提倡西游④(可不是取经去),全体一致赞成。借酒撒疯挑邪眼,摔了人家好些个东西。人家怎么央求,怎么不行。后来把人家逼急了,关上门要收拾他们,算是有朋友出来,给说合了。那天几乎没又闹出事来。所以《都门竹枝词》里有一首诗:"完结官司便压惊,若无涵养莫随行。倘教酗酒又滋事,惊恐朝朝压不清。"这首诗说的是一点儿不错。

原来四十儿已然定下亲事,是开宝局张老的女儿。原说是春天要娶,因为四十儿遭了官司,没能娶了,如今改为九月办事。四十儿成家办喜事,要是细叙,真得十回,如今咱们专说要点,无关紧要的节目,偺们干脆马前一过草儿⑤。

四十儿这次办事,夏侯敦好热闹儿,约了几档子会⑥,是中幡、跨鼓、石锁、少林棍、开路⑦、狮子、坛子、秧歌。未曾发轿先过会,招惹的人山人海一般。娶的那天晚晌,熬夜的有六十多口子,请了一挡子八角鼓儿带小戏儿。里头堂客是两场儿纸牌,外头爷们是一场儿摇滩⑧,一场儿牌九⑨,这分复杂就不用提了。过了喜事,夏家父子爷儿俩道乏谢客,那是照例的手续,不必细提。

上回书说的是四十儿成家,白天请了七八档儿会,晚晌熬夜的足足有六七十口子。堂客是斗牌,爷们是摇滩、开宝、推牌九,里外好几场儿。半夜里耍⑩

---

① 上药:安慰人,说好听的。伤口上药以后就舒服了。
② 晚局:晚上请客。
③ 乍出萌儿:刚出来混事。
④ 西游:前门外西边是妓院集中的地方。
⑤ 一过草儿:草草结束。
⑥ 会:集饮食、演出为一体的传统活动。在庙里举办的叫"庙会"。
⑦ 开路:一种走会形式,边走边舞带铃铛的铁叉。
⑧ 摇滩:旧时赌博的一种。
⑨ 牌九:赌具名,骨牌的一种。32枚骨牌,4个人玩儿。
⑩ 耍:赌博。

急了起打,下夜的①地面②大老爷代管③进来劝架。也就是那个野蛮时代,如今简直的行不开。

过事之后,四十儿照旧闯光棍、抡虚子④,成群结党、惹事生非。谁知道这个新妇张氏,虽然是开宝局家的姑娘,自幼儿跟他舅舅念过两天书,人极贤明。在家作姑娘的时候儿,他父亲张老开宝局,他很不以为然,很劝过几回,说:"天下可作的事业很多,何必单作这宗犯法律的买卖?"张老说:"我的孩子,你这话又绕住了。我岂不知道开宝局是一宗犯法的事情?我自幼儿在宝局上混起来的,这行也通经儿⑤,这里的朋友也多。你不让我干这个,让我干甚么去?你让我开个报馆、立个学堂,我也得是那里的事呀。不开宝局也行,我就得开烟馆啦(反正没离开犯法的营生)。"姑娘见劝不过来,也就不劝了。

过门之后,一瞧四十儿这宗闹法儿,心里说:"这是我的命运就结了。"自己没事就掉眼泪。张氏为人寡言寡笑,脾气可又极温和,夏侯敦老两口子倒是很疼,四十儿也敬而畏之。

有一天,四十儿晚晌回来,夏侯敦老两口子都睡了,就是张氏一边儿作着活一边儿等门。四十儿进得门来咳声叹气,进了门儿就给了张氏一个嘴吧(要唱《翠屏山》)。张氏瞧他这宗神气,知道必是在外头呕了气了。

上回书说的是,四十儿晚晌回家,喝了个醉醺醺的,进了门先敬了张氏一个嘴吧。张氏把他搀到屋中,四十儿咳声叹气不止。张氏问他因为甚么,四十儿说:"因为甚么呀?我要喝茶,大概没给我预备下茶。"张氏说:"早给您沏下啦,还是小叶儿⑥。"四十儿说:"有茶呀。哈哈,我不渴。我非拿刀把他捅了不可。"张氏说:"为甚么事情呀?跟谁呀?"四十儿说:"你少打听。你一个乏娘儿们,管不了这些个事情。你给我倒茶去,我要喝。"张氏也不跟他费话,登时给他倒了碗茶来。凉了,又凉了,热了,又热了,捣了半天乱,算是把茶喝了。喝完了茶,又抽了一袋烟。

---

① 下夜的:夜里值班巡逻的。
② 地面:负责某一地段治安、卫生的人。清代指步军营。
③ 代管:大概应为"管带",巡防营长官。
④ 抡虚子:当混混儿。黑白两道都吃得开,讲义气,喜欢当调解人。
⑤ 通经儿:明白里面的事。
⑥ 小叶儿:比较高级的茶。

张氏瞧他有点清醒的意思，当时问他到底是跟谁呕气啦？四十儿说："我跟谁呀？我跟宗室小戴。他撅①我，不行。他是黄带子②，我是无赖子，我非拿刀砍他不成。"张氏说："究竟为甚么呢？"四十儿说："我们六个人在大酒缸③喝酒，说明白了，我给钱，他偷偷儿的给了。他这是憨蠢④我，我总得跟他玩儿命。"张氏说："我当为甚么事呢。弟兄们整天一块儿走逛，谁给钱不是一个样呢？这也不算撅你呀。你这不是找事吗？"这句话四十儿不答应啦，说："你乏娘儿们懂得甚么！这不是憨蠢我是甚么？可惜你爸爸还开宝局呢，你还是光棍家的丫头呢。整本大套的老斋⑤、窝儿老⑥吗。"张氏说："我是老斋，你是外场⑦，好不好？上次那场儿官司你还没打怕呢？"这句话不要紧，四十儿大炸之下，一脚把桌子也踹啦，大骂之下⑧。

　　四十儿跟张氏一嚷，摔了好些个家伙，把老两口子吵起来了。夏侯敦又护着儿子，又疼儿媳妇儿，瞎说了一阵，闹了半夜。后来四十儿睡了，才算完事。第二天，张氏提心吊胆，恐怕四十儿跟人动刀，其实四十儿说的全是醉话，他说甚么，他早就忘了。张氏蹩⑨着要劝他，老得不着机会。

　　那天四十儿回来的很早，进了门又直咳声叹气。这回可没喝酒。张氏陪着小心，百般的扶侍，他只管咳声叹气。张氏老不理他，后来四十儿倒绷不住了，说："大奶奶⑩，你猜怎么回事情？这年头儿交朋友，让人家寒心。姓夏的交朋友，赴汤投火没含糊过。无论甚么，没走过人家后头，真是为朋友两肋插刀。现在他们会拿我当秧子⑪。"张氏说："谁拿你当秧子来着？"四十儿说："三爷跟弟老的⑫。"张氏说："你的把兄弟也多了，这弟老的就有五六个，三爷也有

---

① 撅：让人没面子。
② 黄带子：指宗室。宗室腰中系黄色带子。
③ 大酒缸：小酒馆。
④ 憨蠢：寒碜。
⑤ 老斋：对世事一窍不通的人。
⑥ 窝儿老：对世事一窍不通，在外边窝囊。
⑦ 外场：外场人，懂得人情世故的人。
⑧ 大骂之下：大骂。
⑨ 蹩：应为"憋"。当时一般写作"别（蹩）"。
⑩ 奶奶：对年轻媳妇的称呼。
⑪ 秧子：大把花钱的富家子弟。
⑫ 弟老的：兄弟中年纪最小的。

七八个,倒是那个弟老的、那个三爷呀?"四十儿说:"咳,齐化门①外头的三爷。我这们一说,你就知道了,刀垫子②小常。弟老的是草厂九条的赵九皇上(凭这俩外号儿就该枪毙)。我们三个人在黄喇嘛那里弄了四天滩,我想着把兄弟还有个错儿吗?后来他们告诉我,归总剩了十几吊钱。黄喇嘛告诉我,四天剩了八百多吊。你瞧,还是把兄弟呀,是冤孽呀?从此我打算不交朋友啦。"张氏一听,倒是非常喜欢,心里说,我借著这个机会,倒可以劝劝他,说是:"你交朋友也好,我说句话,你可别恼。本来你交的那群朋友,据我瞧,连一个真朋友没有。"

张氏一听四十儿这套话,从此不交朋友啦,心里倒很喜欢,以为他这一灰心,从此不跟狐朋狗友打连连③,可以改邪归正,借着机会,当时苦这们一劝。所劝的言语,无非是抡虚子、闯光棍,没有甚么好收原结果④。趁着年轻,学点能奈,拔结⑤个正经道儿。跟这群人整大⑥恋哄起腻⑦,没有甚么好处。张氏说了半天,四十儿也没听进去。后来四十儿对张氏说,要在家里请四天滩局。张氏说:"上次就为滩局犯心⑧,如今又要弄滩局。这是何必呢?"四十儿说:"你少管我的闲事。"张氏说:"这宗事不是甚么好事。"四十儿说:"你说不是好事,你爸爸还开宝局呢。"张氏说:"我爸爸是我的老家儿,那我管不了。"四十儿说:"你管不了你爸爸,你就会管我是怎么着?"张氏说:"你说的满不像话。我何尝是管你?我这是劝你呢。"四十儿说:"我不希罕你劝。"两个人拌了会子嘴,这个岔儿也就揭过去啦。

过了些时,四十儿的姐姐家办喜事,娶兄弟媳妇儿。原来他姐夫姓蔡,号叫子明,原是个秀才,又入过一年师范学堂,现在某小学堂当堂长⑨。蔡子明跟夏侯敦,因为社会不同,翁婿之间很不接洽。子明就是年下来一荡,给丈人

---

① 齐化门:朝阳门。
② 刀垫子:保镖,给人挡刀的。
③ 打连连(liānlian):混在一起。
④ 收原结果:收缘结果。有前缘,才有结果。此处指结果。
⑤ 拔结:努力干。
⑥ 大:应为"天"。
⑦ 恋哄起腻:混在一起不干正事。
⑧ 犯心:伤感情。
⑨ 堂长:校长。

丈母磕头,平常简直的不来。四十儿的姐姐,人还贤淑稳重,也轻易不住娘家。这门亲戚,虽然没正式断绝关系,也就是那个事。这次子明娶兄弟媳妇儿,夏老头子是不露,老妈妈又有病,张氏又赶上小产,四十儿不愿意去,也没法子。再说姑奶奶家有事,跟流水分子①不同,前三后五②,总得张罗一气才对。

蔡子明家办喜事,赶上夏侯敦家都不能去。四十儿处在舅爷地位,平日又不常去,赶上大事,不能不去张罗几天。喜事的头一天,四十儿在那里熬了一夜。一块儿熬夜的,连他是六个人。有两位念书的,有两位恭本③当差的,都是规规矩矩。就是他小辫儿打紧,发头卖项,恍④悠着一个土匪脑袋。人家四个人说话,他也答不上岔儿。他说的,人家也不爱听。好在有蔡子明一个本家的兄弟,虽然不是土匪,也是土匪边儿上恍恍,不够外场,也比家场分量稍大点儿。两个人海聊一气,颇不寂寞。

第二天正日子,蔡子明委托他当支客,这下子可把他毁啦。上回书也说过,蔡子明的亲友,除夏侯敦家不计外,其余全是规矩当差文墨人儿。那天穿官衣儿的,很占多数。就是穿便衣儿的,也都极恭本。彼时正是四月天气,软夹硬单⑤的时候儿,有穿洋绉夹袄的,有穿宁绸单衫的,也有穿夹马褂儿的,也有穿单马褂儿的,还有穿纱马褂儿的。俗语儿有之:"四月八,乱穿纱。"这些个事也不说。就是四十儿这身打扮儿,跟人家不同。他是一身青洋绉,青缎抓地虎儿⑥的靴子,阖着棚里,没有他这们二分儿。又搭着他说话,鸡猫子喊叫⑦,满脸的毛病,一嘴的零碎儿⑧,没有不多瞧他两眼的。他让坐,人家都不理他,闹的非常之僵。后来到他坐席的时候儿,冤孽梆子⑨,同席里就没有一个熟人。有两位穿官衣儿的,那三位虽然穿便衣儿,也都是文周周⑩的样子。

---

① 流水分子:随的一般的最少的份子。
② 前三后五:前三天就得去张罗,完事以后还得帮着收拾。
③ 恭本:循规蹈矩。
④ 恍:晃。
⑤ 软夹硬单:穿夹袄、单衣都行。
⑥ 抓地虎儿:薄底靴。
⑦ 鸡猫子喊叫:形容难听。
⑧ 零碎儿:指脏字儿。
⑨ 冤孽梆子:倒霉。
⑩ 文周周:文绉绉。

上回书说的是,四十儿在蔡子明家坐席,同席都是念书当差的人,就是他这们一个土匪脑袋,相形之下,非常之僵。人家喝着酒闲谈,他也搭不上话,只得就听着罢。

后来首座的一个人向四十儿问道:"这位老兄贵姓?"四十儿一恍脑袋说:"兄弟姓夏。没甚么说的,远啦近啦的话,您多牵连①点儿罢。大哥贵姓?"人家说:"姓胡。"人家又问他:"公喜②?"这下子把他给公住了,张口结舌,要答对,干答对不上来,也就不知道公喜俩字怎么讲,当时急了一身臭汗。旁边有人又给他解释道:"问您在那儿当差,作甚么事情。"四十儿说:"我没差使。"像那个,你们就不用理他了。社会既然不同,一个出分子坐席,吃完了一散,何必饶这些个舌。偏巧同席这几个人,也有点儿讨厌,瞧着四十儿这宗土啦土气的,故意的拿他开心,偏要跟他转文。

又有一个人问他:"尊字③怎么称呼?"四十儿也没答对上来。旁边又有人解释,说:"问您台甫哪。""台甫"俩字,四十儿却懂得,说:"我台甫叫少泉。"按说"台甫"俩字,是人家称呼,自己不能够说。四十儿虽是土匪,这些个事儿,他还懂得,今天是有点儿闹迷了。招得大家闹了一个敞笑儿④。大家一乐,把四十儿乐白了⑤。脸也红啦,脑筋也崩起来啦,登时要跟人炸。自己一想没有理,又压回去了。

后来这几个人,苦这们一转文,一边儿说,一边也乐,一边儿瞧他。他们说甚么,四十儿虽然听不出来,明白他们的意思,反正是绕着湾儿损他呢。心里这分难过,就不用提啦。打算还人家两句,又还不出来,站起来走又不合式。当时汗流浃背,如坐针毡,是又急又气,又羞又愧。

四十儿被大家旁敲侧击,连损带挖苦,真是似披虱袄,如坐针毡,心里这分难过,直比刀子扎亡道。始而要跟人家炸烟⑥,后来一想不对账⑦。一来姐夫

---

① 牵连:也写作"牵怜",关照。
② 公喜:也写作"恭喜",做什么工作。
③ 尊字:敬语。您的字。当时有身份的人,除了名以外,还有字。
④ 敞笑儿:大笑。
⑤ 乐白了:被人笑得很尴尬,不安。
⑥ 炸烟:暴怒,大发脾气。
⑦ 不对账:不对。

家有事,他是个舅爷地位,许别人挑眼,没有他挑眼的分儿。再一说,人家又没直接说他。想了半天,又把气压回去啦。好容易酒阑席散,大家散坐。人家都吃了个挺饱,四十儿拢共喝了一口酒,吃了一个丸子,咬了一口馒首①。大家那里嗽口,老先生借着乱际儿②,溜出了喜棚,迳奔家中。

一路之上,越想越难过。心里说,上次我妻子劝我,我还跟他反对。千不好万不好,是我爸爸的不好,养活孩子不教训,不让念书,把我惯的这样。他老人家一辈子土匪,把儿子也要教育成土匪。但分我要念过几天书,何至于受人家这样儿挖苦损。再一说,抢一辈子虚子,闹一辈子光棍,算怎么回事情?还有一节,这把子朋友,我也真得远他们,拿我当起秧子来了,久打连连,可也真没有甚么好处。

一路寻思,已然来到家中。进了门儿,跺脚搥胸,放声大哭。四十儿这一哭,倒把全家吓了一跳。张氏以为他是又喝醉了,夏侯敦以为是受人欺负了。四十儿一边儿哭,一边自己打嘴吧。他母亲又以为他是撞客③。夏侯敦说:"小子,你先别哭,你也别打。到底怎么回事情?谁欺负咱们爷儿们啦?你说。爸爸不要老命啦,我跟他并骨④。白刀子进去,红刀子出来。小子,你说。哭的是那门子?"四十儿哭着说道:"没人欺负我呦。就是爸爸您把我给害苦了。"

四十儿回家一路大哭,自己带打嘴吧。夏侯敦说:"小子,你哭甚么。谁欺负你了?谁害了你啦?你说。"四十儿说:"您要问哪,就是爸爸您把我害了。"夏侯敦说:"这才是没有的事情哪。我跟前就你这们一个儿。我能够害你?还有我疼你的?"四十儿说:"对了对了。您那不是疼我唲⑤,你就是害我唲。要真疼我,好好儿的教训教训我,给我好好儿的请一个先生念念书,我也不至于这样儿呀。"

始而四十儿一哭一闹,少奶奶张氏以为他是又喝醉了,后来听他所说的话,很透着特别,跟往常的议论,真是决对⑥反对,心里是又惊又喜。

---

① 馒首:馒头。
② 乱际儿:乱的时候。
③ 撞客:又哭又笑,胡言乱语,被认为是狐等精怪上身。
④ 并骨:拼命。
⑤ 唲(nēi):表说明的语气词。
⑥ 决对:应为"绝对"。

又听四十儿说道:"爸爸,我说句造孽的话,我爷爷就没有教育,才把你闹成一个土匪。你一辈子当土匪就得了,你又怕土匪断了庄①,又把我造就成土匪。整天浑天黑地,不知道天多高地多厚,连人话都不会说。这是怎么说?我一辈子没受过这个。憨蠢苦了我啦。"说着又哭起活儿来。夏侯敦说:"你说的这话都对。是我的不好,我把你耽误了。"四十儿哭着说道:"那算不错。不是你耽误的,是谁耽误的?"夏侯敦说:"倒底②怎么回事情?你说我听听呀。谁憨蠢你了?"四十儿说:"我姐姐那里。"夏侯敦说:"是你姐夫呀?"四十儿说:"不是。"夏侯敦说:"倒底是谁呀?"四十儿这才把一切的情形述说了一遍。张氏在旁边听着,心里暗暗的欢喜。又听夏侯敦说道:"好呀。欺负我们爷儿们。攒人打孙子们。"四十儿说:"散了罢。散了罢。不怨人家呦。"夏侯敦说:"那们怨谁呢?"四十儿说:"怨谁呀?还是怨您。您要不让我抡虚子、闯光棍,让我喝两中③墨水儿,那有这个事情?"

四十儿一边哭,一边抱怨夏侯敦。张氏在旁边听着,知道他受了讥刺,回心转意,心里十分的欢喜。后来听他对于夏侯敦说话,有点儿过火,当时说道:"你先别跟老爷子抬扛,你也别哭。已过的事情,先不用提。如今你打算怎么样呢?"四十儿说:"我打算从此立志念书。"张氏说:"这也是很好的事情。苏老泉,二十七,始发奋,读书纪④(《三字经儿》倒很熟)。你如今念书不晚。可是有一节,既读孔圣之书,必达周公之礼。念书的人,以孝悌当先。你如今既要念书,先得讲孝顺,那才对呢。你跟老爷子这通儿暴躁,你还念书呢。你简直的要家庭革命吗?"四十儿说:"好哇。你先教训起我来啦。我这不算家庭革命,我听说爸爸年轻的时候儿,还跟爷爷动过刀呢。"夏侯敦说:"好孩子,你兜翻我的根子⑤,气死我了。大奶奶,你再替我教训教训他(自己不能教训儿子,让儿媳妇教训儿子,真正的不够资格⑥)。"

爷儿几个正在吵嚷,隔壁的孔二大爷过来啦。这位孔二大爷,跟夏侯敦是

---

① 断庄:中断。
② 倒底:到底。
③ 中:应为"盅"。
④ 苏老泉句:语出《三字经》:"苏老泉,二十七,始发愤,读书籍。"
⑤ 兜翻我的根子:翻我老底儿。
⑥ 不够资格:没道德。

个茶友儿,为人心直口快,虽然没多大学问,倒是一个正派人。夏侯敦说:"二哥请坐。你瞧我们家这个乱。"孔爷说:"我将才湾儿回来,听见这院又是哭又是嚷。倒底怎么回事儿呀?今天大姑奶奶那里不是办喜事吗?怎么都没去呀?"夏侯敦说:"要不是因他去,还没这些个事哪。"当将①向着四十儿说道:"我也不说了。你跟你二大爷说说得了。"四十儿当时把一切的情形,对着孔爷细说了一遍。

四十儿把一切的情形,对着孔爷一说,孔爷说:"很好很好。这是好事。夏大兄弟,我说句直话,你可别恼。少大爷②很有聪明,你早该让他念书,奔个正经道儿。从先我就劝过你这话,你不以为然。你想,瞎打混儿③一辈子,算怎么回事情?如今少大爷立志念书,可喜可贺。我再说句直话,败子回头金不换。如今念书也不晚,从此改换门庭。好,好。你要念书,我给你荐一个先生。人家可不是教散馆④,人家也不指着教书,在家里教着几个弟男子侄,还有两个亲戚。要是愿意去,明天我就跟他提提。"夏侯敦说:"二哥既然也这们说,我也没法子啦。念就让他念罢。"四十儿说:"二大爷,您这就带我去得了。"孔爷说:"少爷,您先别急战⑤。你等我跟人家说了,你再去不迟。"

夏侯敦说:"这位先生姓甚么呀?"孔爷说:"提起这个人来,大兄弟你也知道。当过仓监督⑥的高二老爷。"夏侯敦说:"啊啊。是呀。那年我在南门仓当身后⑦,高二老爷我见过。他是举人底子,字眼儿很深⑧(是土匪的口吻)。嗳呀。高二老爷死了罢?"孔爷说:"你没等我说完,你抄起来就说。高二老爷是死了,这是他三兄弟高三先生。我的外甥女儿,给的是高三先生的少爷。我们还是层亲戚。"夏侯敦说:"那们您就分心罢。他既要念书,好歹就让他念去,总念书比⑨吃喝嫖赌强点儿。"孔爷说:"大兄弟,你这就不像话。念书的好处大

---

① 将:应为"时"。
② 少大爷:大少爷。
③ 打混儿:混混儿。
④ 教散馆:自己招学生,教私塾。
⑤ 急战:急脾气。
⑥ 仓监督:清代户部官员。管理户部直属仓库。
⑦ 身后:已退职的老花户,给现任花户出谋划策,包括怎么贪污等等,也分一份儿钱。
⑧ 字眼儿很深:理解文章、词汇的学问很深。
⑨ 总念书比:应为"念书总比"。

了,岂但比吃喝嫖赌强呢。得了,明天见罢。你们老爷儿俩,可也就别捣乱了。"

孔爷去后,夏侯敦提溜着靛颏儿①笼子,也喝茶去啦。四十儿跟张氏商量,说:"我不久的就要上学。我这个拴像儿②,简直就是土匪。就凭我这身儿衣裳,真值二年半徒罪③。那有我这样儿的学生?赶紧给我作衣裳作鞋要紧。"张氏说:"作甚么衣裳呀?"四十儿说:"眼看着快穿夹袄啦。你给我作个茶④青洋褡裢大夹袄,红青洋褡裢马褂儿。"张氏说:"要甚么鞋呢?"四十儿说:"回绒⑤双脸儿鞋⑥。要绿皮脸儿⑦。"张氏说:"你要一换这宗打扮儿,不成了老斋了吗?"四十儿说:"你就别拿我打糠灯啦。我要早听你的话,还不至于让人撅这通儿呢。我不恨别人,我就恨老爷子。"张氏说:"你又来了。你这话就不对。你恨老爷子,老爷子又应当恨谁呢?"四十儿说:"恨老老爷子呀。"张氏说:"你散了罢。照你这们一说,'套着烂——没完了'。告诉你说,'天下无不是的父母'(大奶奶的格言倒很熟),老爷子这层不可再提,总算他老人家把你疼坏了。倒是有一节,我要跟你说。你这群把兄弟,你得想法子摆脱才好。"四十儿说:"我有主意。他们来找,我不见他们。街上瞧见他们,我不理他们。"张氏连连的摇头,说:"你这个法子不高明的烈害⑧。我倒有一个主意。到这时候儿,可用着老爷子啦。"四十儿说:"用老爷子作甚么呀?"张氏说:"你你这些个把兄弟,连口盟⑨带联盟⑩,常在一块儿打连连的,归总有多少口子?"

张氏说:"让老爷子带着你,出名下帖请客,把你这群朋友,甚么鸡头鱼刺⑪全约上。"四十儿说:"你先别骂人。我的朋友都是鸡头鱼刺。"张氏说:"怎

---

① 靛颏儿:一种观赏鸟。
② 拴像儿:样子。骂人的话。
③ 徒罪:清代刑罚分五种;笞刑:用小荆杖打;杖刑:用大荆杖打;徒刑:关起来做苦工;流刑:流放到偏远地区,终身不得回来;死刑。
④ 茶:应为"茶"。
⑤ 回绒:平绒。
⑥ 双脸儿鞋:鞋面儿用三块布做成,中间有两道梁儿,大概是"双梁儿鞋"的讹音。
⑦ 皮脸儿:双脸儿鞋鞋面儿上接缝儿的地方,为了结实,都用皮子缝出一道梁儿。
⑧ 烈害:厉害。
⑨ 口盟:只是嘴上认了把兄弟,没有举行仪式。
⑩ 联盟:把兄弟的把兄弟。
⑪ 鸡头鱼刺:小角色,不重要的人。

么着,这群人里头,还有好东西是怎么着?"四十儿说:"连我算上是怎么着?"张氏微然一笑,说:"把你刨出来。你先别说费话,你听我说。找一个大饭庄子,破他个几十两银子,请他们吃一回。让老爷子跟他们说明白了,他们也就不常缠魔你来了,也不至于得罪朋友,你也可以安心念书。你以为怎么样?"四十儿说:"很好,很好,有理的。就怕老爷子不干。"张氏说:"不要紧。回头我跟老爷子说。"四十儿说:"这局我打把孔二大爷也约上。你想怎么样?"张氏说:"那也可以呀。孔二大爷没说吗,一半天来,也得听听人家的回信哪。你这个山①学生,人家还不定要不要呀。"说的四十儿也乐了。

当晚夏侯敦回来,张氏对夏侯敦一说,夏侯敦倒很认可。这两天四十儿也不出去啦,买了几张红模子,张氏教给他描红模子。又买了本三字经儿,张氏教给他念人之初。

这两天就有五六拨儿朋友来找四十儿,张氏早都安排好了,都告诉没在家,上亲戚家张罗喜事去了。好在蔡子明家办喜事,这群人也知道,当时也不甚注意。又过了一天,孔爷来到,说是:"高三先生,原不收外人,我再再的跟他说着,他才答应。可是老贤侄这个学生,他又怕又爱。爱的少年无知的人,居然能够立志念书,怕的旧习不改。从先东岳庙打架的事情,人家满知道。"

孔爷说:"我跟人家说,人家是又怕又爱。爱的是你立志念书,怕的是你旧习不改。你在东岳庙打群架的事情,人家早就听见说了。"四十儿说:"二大爷,您只管放心。我既然立志念书,旧日的毛病,我是大加改良。再一说,是我自己愿意念书,又不是别人催我上学。我要不改我的毛病,那时我不上学,好不好?"孔爷说:"得了。老爷儿俩一句话啦。明天好日子,我就先带你拜见老师去。"夏侯敦说:"拜老师也得有甚么束脩②唪当的③?"孔爷说:"束脩就得啦,唪当是作甚么的?孩子跟你学,怎么学的出好来?不但束脩,初次拜老师,还有赞敬④呢。不过人家不指着教学,束脩这层,可以不必,二节再说。赞敬倒是得要的。"夏侯敦说:"封两吊钱赞敬,怎么样?"孔爷说:"两吊钱赞敬,你也真说的出口来,拿的出手来!"夏侯敦说:"少点呀?那们封一百银得啦。"孔爷说:

---

① 山:野。没教养,不服管教。
② 束脩:指给老师的酬金。
③ 唪当的:什么的。粗俗的话。
④ 赞敬:拜师时送的礼。

"老瞎摸海吗。两吊也太少啦,一百银又大①多了。"夏侯敦说:"该多少,您就说句话罢。我是剃头棚儿开票子——外行您哪。念书这件事,且我爸爸那块儿,就没花过这笔冤钱。"孔爷说:"你先别说费话,封他四两银子得了。明天九点钟,我们爷儿俩一块儿去。"夏侯敦说:"后天我请二哥吃饭,后门庆和堂,下午五点一准。"孔爷说:"这是干甚么呀?别瞎闹了。过几天倒是得请请老夫子。"夏侯②说:"夫子自然是得请的,少不得也是二哥作陪。后天这一句,是另有意思。"

夏侯敦把请客的原因,对着孔爷说了一遍。孔爷说:"这一局也很好,我很赞成。后天我是必到的。大爷,偺们明天早晨一准啦。我也不坐着了。"孔爷走后,又有两拨儿狐朋狗友来找四十儿,张氏都给支走啦。

书要简捷。第二天早晨,四十儿换了一身新作的衣裳,封了四两银子贽敬,去找孔二大爷。将出街门,自己直照影子③,又回来啦。张氏说:"你怎么又回来啦?"四十儿说:"我这身儿衣裳,憨蠢不憨蠢?"张氏说:"憨蠢甚么呀。这才是人穿的衣裳哪。"四十儿说:"你先别骂人。照你这一说,我从先穿的衣裳,都是狗穿的衣裳。"张氏说:"这是你自己说,我不敢那们说。你是没穿惯这宗衣裳,自己起贼尾子④。"

正这儿说着,夏侯敦喝早茶回来啦,说:"还没走呢?小子,找你二大爷去罢,别等人家来呀。"话没说完,孔爷到了。孔爷一瞧,四十儿这身儿衣裳,是香色夹袄,红青对襟马褂儿,绿皮脸儿回子绒鞋。张氏架弄⑤小女婿子,还闹了一付库金口⑥。孔爷哈哈大笑,说:"这像个学生啦。"张氏说:"二大爷,您瞧,将才他要找您去。出去功夫儿不大,他又回来啦。他说这身儿衣裳憨蠢。"孔爷说:"岂有此理。这是真正的学生衣裳。姑奶奶家办喜事那天,你要穿这身儿衣裳,虎也把他们虎住啦,他决不敢绕着湾儿损你了。"四十儿说:"得了。二大爷,您别骂人啦。"孔爷说:"天也不早啦,偺们爷儿俩该走啦。贽敬封好了没

---

① 大:应为"太"。
② 此处少一"敦"字。
③ 照影子:起疑心。
④ 起贼尾(yǐ)子:干了坏事,心里不安。
⑤ 架弄:装扮。
⑥ 库金口:鞋口用库金沿边儿。库金:用金线织出图案的锦缎。

有?"四十儿说:"封好了。是四两银票。"孔爷说:"也行啦。写了没有?"四十儿说:"我是用红棉纸包的。"孔爷说:"不行。赶紧买封套儿。还得写上受业①的名字。"

四十儿买了一个红封套儿,自己又不会写。孔爷说:"我可也写不好。"夏侯敦说:"我更外行啦。"后来还是张氏给写的。孔爷夸赞了会子。夏侯敦说:"二哥,你瞧瞧我们少奶奶,真有两下子罢(不像官话)。你别瞧我们爷儿们字上有限,我们少奶奶行,就对得起二哥。"孔爷说:"你别费话啦。你们爷儿俩该走啦。"

书要简捷。孔爷②着四十儿拜见高三先生。高三先生看着四十儿机机伶伶的,倒很喜欢。先拜了孔子,随后给老师磕了头,递过了贽敬。高三先生把贽敬收下,说是这天因为有点儿小事,过了十五让四十儿按日上学。四十儿原叫夏继贤,高三先生又给他起了个名子,叫作志强。孔爷又托付了会子,带着志强告辞回家。

将一进门儿,正赶上志强的姐丈蔡子明前来道乏道谢。蔡子明一见志强的穿章③打扮儿,就是一楞儿。志强规规矩矩的给姐夫请了一个安。蔡子明不觉的哈哈大笑,说:"兄弟,你怎改了打扮儿了?莫不成要上学念书吗?"志强一笑,也说不出甚么来了。孔爷跟蔡子明也见了礼。

大家落座。蔡子明又问,倒是孔爷口直心快,把一切的情形,对蔡子明说了一遍。蔡子明点头咂嘴儿,十分的赞成,说:"高三先生,我们也是熟人,我可以给你托付托付。这们一来,你晚晌倒可以常找我去,偺们可以研究研究。这实在是可喜可贺的事情。"

夏侯敦那天,留蔡子明跟孔爷吃的早饭。夏侯敦又把明天请客的事情,对蔡子明说了一回,子明也很以为然。夏侯敦说:"明天姑爷要没事,可以约姑爷作作陪。"蔡子明说:"可以可以。明天我准到。"

第二天庆和堂请客,一共定了六掉④鸭子海参席,是五两一掉,酒饭零钱⑤

---

① 受业:指学生。
② 此处少一字,应该是"带"或"同"。
③ 穿章:穿着。
④ 掉:应为"桌"。
⑤ 零钱:小费。

在外。夏侯敦跟志强自然得早去。功夫儿下①大,孔爷跟蔡子明也都到了。爷儿四个,一边儿克②着瓜子儿说儿话③。夏侯敦说:"先开点儿点心,偺们吃罢。"蔡子明说:"天还早呢,倒是不饿。"

正这儿说着,外头一阵喧哗,来了十几个土匪。有穿青洋绉夹袄的,有穿灰色洋绉夹袄的,还有穿海虎绒的,也有穿青裤缎的,也有穿德国缎的,发头卖项,摇头恍脑。就凭这宗神气打扮儿,二等有期徒刑不为之过。进门儿先给夏侯敦请安,有叫老爷子的,有叫爸爸的,还有叫阿玛的,五光十色,等等不一。志强跟他们也见了礼。夏侯敦又给他们引见孔蔡二位。大家将要落座,外头一阵乱,又来了小二十口子。

原来志强这些个把兄弟,内中分为两派(土匪还分派呢,就不用说政党啦),一派温和,一派激烈(好在没有过激派),两派势不相下。志强跟这些个人,倒是毫无界限,热心眼儿交朋友,那一派也不占(可以说是超然土匪)。先来的这十几口子是温和派,后来的这二十几口子是激烈派,所以都结着团体而来。

这群人一来,更热闹多了。大家参见了夏侯敦,志强跟他们也见过,又给他引见了孔、蔡二位。内中有一个叫花骨头小李二的,是志强一个把弟,说:"老弟兄们,眼瞧我们三爷(志强在这把儿④里一定行三)这身儿衣裳,有多们甩脆⑤。"

花骨头李二说:"你们瞧三爷今天这个打扮儿,真像学生啦。"大家说:"真个的。这是怎么回事情呀?"你一言我一语,闹了一阵。正这儿说着,又来了一拨儿,屋里坐不下啦。孔爷说:"我出个主意。天也不冷,偺们在院子坐,好不好?"大家说:"对对。好劲啦。"当时在天棚底下摆了五六桌。

夏侯敦说:"还有谁没来?还差几位哪罢?"坐地虎小麻说:"大概不差甚么了。就是刀架子⑥小祟(好外号儿),将才我在澡堂子遇见他了。他说这就来。

---

① 下:应为"不"。
② 克:嗑。
③ 说儿话:应为"说话儿"。
④ 把儿:几个人一起拜的把兄弟。这把儿:这人把兄弟群。
⑤ 甩脆:帅。
⑥ 刀架子:保镖,给人挡刀的。

怎么还没来呀?"山八戒乔老说:"小祟不是外人,不用等他了。"夏侯敦说:"那们偺们就摆罢,吃着等得了。"坐地虎说:"有理。"夏侯敦一让座,小诸葛董十说:"别忙别忙。我拦诸位清谈。今天没有外人,都是自家自己,里码子①一顺子②。偺们也别瞎让,归总是六桌。这桌上老爷子上坐,这桌上大姐夫上坐,这桌子孔二老爷上坐。剩下这三桌,偺们序齿一坐就完了。还缺着三位坐,偺们给他留着座儿。后来的,偺们让他上坐。大家瞧怎么样?"夏侯敦说:"那有那们坐的?我们是主人。"坐地虎说:"得了。老爷子,您就别捣乱了,就这们坐很好。"孔爷说:"真没有这们坐的。"坐地虎说:"二大爷,你又来了。您跟我们老爷年长,大姐夫是娇客③,就这们坐得啦。"蔡子明原是个子曰行④的人,从来没跟这路英雄坐下过,大家一路山⑤跳动⑥,闹的老先生都楞了,张口结舌,也说不出甚么来了。大家将落坐,刀架子小祟自外头进来了,说:"我来晚啦。我给大家斟个盅儿罢。"

刀架子小祟说:"我来晚了,我得给大家斟个盅儿。"哄了会子,大家入座。孔爷说:"夏大兄弟,你不是要跟诸位有话说哪吗?"夏侯敦说:"二哥,您替我说得了。"孔爷说:"你已然出了席啦,你还遣代表呢。"夏侯敦说:"好二哥,你替我说说得了。"孔爷说:"诸位压言⑦。兄弟有几句话,要跟诸位谈谈。"您想人多势众,这把子又都是土匪的底子,说话山嚷山叫,他的话,我的话,话的话⑧,吵成一阵。孔爷说话,他们简直的听不见。

挨着孔爷坐着的,有一个叫老画眉张三的,又叫画眉张。怎么叫画眉呢?因为他身量儿虽矮,嗓音非常之大,说话真过一字调⑨,善于给人了事。不怕⑩说合事、摆个请儿,有几十口子人嚷嚷,谁也压不下他的声儿去,因此大家管他

---

① 里码子:自己人。
② 一顺子:自己人。
③ 娇客:嫁出去的女儿一家子。女儿、女婿、外孙、外孙女。
④ 子曰行:指念书的人。
⑤ 山:表示程度高。
⑥ 跳动:说江湖上的那套话。吓唬人,拉关系,说和。山跳动,是大跳动的意思。
⑦ 压言:安静,别说话。
⑧ 他的话,我的话,话的话:他怎么样,我怎么样,谁怎么样。形容大家七嘴八舌,抢着说话。
⑨ 一字调:乙字调。中国传统音乐中的七个调之一。
⑩ 不怕:即便。

叫画眉。孔爷说了几声,大家没听见。画眉张说:"二大爷,您别瞎费气力儿啦,您听我的。"画眉张当时一使戛调①,说:"老哥儿们压声音。拦诸位清谈,孔二大爷有几句话要跟诸位说一说。"他这几嗓子,真把大家给震住了。孔爷这才站起来,对着大家演说,大致说,"兄弟②今天……"。孔爷将说了"兄弟"俩字,刀架子小崇说:"二大爷,您别这们称呼呀。谁是兄弟呀?"小诸葛董十说:"第老的,你先别搭岔儿,听二大爷的。"坐地虎小麻说:"有理有理。别跟着搅,听二大爷说甚么。"孔爷又接着说道:"今天兄弟是代表。"刀架子哈哈大笑说:"二大爷,您这不是聊斋吗。你带表,告诉我们作甚么呀?你带的闷壳子③呀,是敞脸儿④呀?是金壳套呀,是银壳套呀?"

画眉说:"小崇,你先别吵,听二大爷说。"大家鸦雀无声。孔爷当时把志强要入学读书,暂时跟诸位弟兄们不能常亲近,可并不是跟诸位绝交,一切多求原谅云云。孔爷也能谈,婉转周折的说,倒是很恳切。孔爷演说了一堂,要搁在如今,应当有一阵肉梆子⑤,不过那个时候儿不兴就是了。就说那个时候儿兴,这群土匪脑袋也不懂得。

闲话取消。孔爷说完了,赞成的倒是很占多数。内中有一位年长的,姓李,人称军师李,认识几个字,坏主意最多,首先发言,说:"老兄弟要念书,这是很好的事情,我很俊他(土话管捧这个人,叫俊这个人)。本来瞎打混儿一辈子,有甚么好处。我们这样儿的,是'窑台儿的和尚——结了完了'。老兄弟念书学好,我门⑥听着喜欢,我们决不能搅他。弟兄们交情自在,人远心不远。我们也不能从此不登门儿,我们瞧老爷子去,横竖行了。"夏侯敦说:"好极了。大爷没事找我去,偺们得走走。"小诸葛董十这当儿又搭了岔儿啦,说:"老兄弟念书作了官,可别不认识我们呀。"刀架子小崇又搭了话啦,说:"瞎摸海吗。没事念的是那们⑦子书!挺好的人,一念书心术就坏(愤世嫉俗,寄托遥深),这

---

① 戛调:应为"嘎调",戏曲唱腔中特别拔高的音。形容高嗓门。
② 兄弟:当时官场上上司对下属说话时自称"兄弟",也用于有文化的人自称,谦语。
③ 闷壳子:带壳的怀表。
④ 敞脸儿:不带表蒙子的怀表。
⑤ 肉梆子:鼓掌。
⑥ 门:应为"们"。
⑦ 们:应为"门"。

书是万念不的。念不通是瞎念,念通了也是竟想害人的着儿①(语虽偏激,不可厚非),简直子曰行里头,就没有好人(这话未免一言抹倒)。"蔡子明起打进了门儿,就没发言,如今听刀架子一骂念书的(念书的里头,可有真该骂的),心里直憋气,后来听②绷不住了,说:"崇老哥,我先拦您高论。兄弟有几句拙言,要跟诸位说说。"

蔡子明说:"老兄你这话,未免一言抹倒。世界上念书的,要都是坏人,那还成了世界啦?照你老哥这一说,一念书心术就坏,古圣先贤留下的书,不成了教人为恶的东西了吗?兄弟不配称个念书的,我可不是挑眼。在老哥这类话,以后可不要再说的。这类话可实在造孽。"小诸葛说:"姑老爷您别吃味儿③。小崇不会说话,他的话听也罢,不听也罢。"刀架子说:"大姐夫您别生气,我说话跟放屁一个样。念书的都是好人,我们没喝过墨水儿的,都是下三烂土匪。您瞧好不好?"刀架子几句话,招得蔡子明也乐了。坐地虎说:"散了罢。散了罢。偺们喝酒啦,不提那些个闲盘儿啦。"山八戒说:"有理有理。我先闹个通关。"

这桌儿上一豁拳,那几个桌儿上也都豁起活儿来。当时三星魁手,九连灯八骏马,怪声韵嚷成一片。后来有一个叫杜老的,跟坐地虎稿酒。小军师旁边儿一搧,杜老喇嘛啦(土话管喝醉了叫喇嘛),粘牙倒齿④直说费话。那桌子狗头余子也喝大发啦,嗔着茶房不理他了,要打茶房,小诸葛倒是直劝。后来又醉了两位,这分现像就不用提了。蔡子明向来没开过这宗眼,老先生直摇脑袋,也说不出甚么来了。

这顿饭直吃到下午三点多钟,三十多口子,醉了倒有二十多口子,还两个当时还席的。孔爷说:"老哥儿们,不用走了。晚晌偺们还是这块儿。我的请儿。"坐地虎说:"散了罢。二大爷您别骂人啦。晚晌再有一通儿,就快醉死啦。老哥儿们,偺们走啦。天汇轩捧一场,偺们喝茶去啦。"大家说:"对对。上天汇啦。"当时大家起席,给夏侯敦道了谢,悠悠的走了。

请客之后,志强按日上学。他本是极有聪明的人,半年的功夫儿,已然把

---

① 着儿:招儿。
② 听:大概应为"所"。
③ 吃味儿:吃心。
④ 粘牙倒齿:口齿不清楚。俗话"大舌头"。

四书念完。高三先生非常的喜欢。他偶然放学的日子,也不出去,自己在家里写字用功。那群狐朋狗友,也不常找他来了。每天下学,父母跟前也作揖,对于张氏少奶奶说话,也极和平,那一脸的野气也没啦。本来志强人物极漂亮,那几年在外头抡虚子,真应了一句儿土话,挺好的孩子,让腻虫给拿坏了。如今上了半年学,把旧习一律取消,居然另换了一个人,简直是个体面学生。古人说过,读书能够变化气质。这话是一点不错的。

闲话不提。志强念了一年书,居然开笔作文。白天从高三先生,晚晌找蔡子明研究去。又过了些时,已然是全篇文章六韵诗。不但作的好,小楷练的也还不错。

那年赶上小考,蔡子明让他报考。夏侯敦说:"他归总念了二年多书,下场如何行呢?"蔡子明说:"岳父是不知,他念书日子虽不多,笔底下很清顺。这次一定是进学的。"谁知道真应了蔡子明的话啦,不但进学,还中在前十之内。志强一进学,夏侯敦乐的直要唱《博望坡》。张氏少奶奶那分儿喜欢,自不必说。拜谢老师,亲友处磕头。旧日的土匪朋友,大家来贺了一回喜。这些个套子事不必提。后来乡了两回试,虽然没中,倒都出房①了,末后中了一个拔贡,考了一个官学教习②。三年报满③,保了一个试用县④,分发山西。还署过两回缺,政声非常之好。后来兴办学堂,对于学务极力提倡。

当志强进学之初,刀架子小崇也挂了劲⑤啦,说:"人家中文秀才,我不许中个武秀才?"极力的一用武功,居然他进了一个武秀才,联捷中进士,赏了一个侍卫。后来选了一个山西都司⑥,跟志强还作了几天同城⑦。两个人都是土匪出身,因为受刺戟⑧,居然改邪归正,立志成人,并且同城作官。说起来,且算是一场佳话。

---

① 出房:房官把自己认为是优等的卷子标出,推荐给主考官,叫"荐卷",也叫"出房"。
② 教习:老师。
③ 报满:任期满了。
④ 试用县:试用县官。
⑤ 挂劲:较劲。
⑥ 都司:四品武官。
⑦ 同城:在一个城里做官。
⑧ 刺戟:刺激。

王有道

阴雨连绵两日,北风阵阵生寒。光阴荏苒似梭穿,穷苦同胞可叹。
夹裤要顶棉袄,当铺说得添钱。中交纸片①真可怜,六吊八百②才换。
都说民福国利,我看还得几年。不必恨地与怨天,大概罪孽没满。
小可③宗旨有限,远大幸福不贪。不求作官当议员,我就盼着兑现④。

你盼着兑现,谁不盼哪(这句是接着《西江月》⑤来的)?兑现不兑现,且不管他,反正到民国六百年,还不兑现吗(好家伙,我这个岁数儿赶不上啦)?

如今咱们是书归正传。今天这段小说,题目是《王有道》。诸公乍一瞧,必以为是《御碑亭》⑥的那个王有道,其实不然。这个王有道是前清光绪年间的人,此人姓王,名进,号叫子固。因为他好谈道学,所以都管他叫王有道。要说这个人的原籍,是奉天旗人⑦,后来入的京旗⑧,中过一个的⑨秀才,家里的日子也是我等之辈,后来有人介绍,在八旗官学⑩充当司事⑪。

---

① 中交纸片:中国银行和交通银行发行的银元代用券。1916年5月,两行宣布停止把代用券和存款兑换成银元(大洋),以致1917年年底京钞市价跌至六折。
② 六吊八百:一块钱只能换六吊八百铜钱。本应该换一千铜钱。
③ 小可:我,自称谦称。
④ 兑现:把代用券换成银元。
⑤ 《西江月》:词牌名。指上面那首词。
⑥ 《御碑亭》:京剧。一名《王有道休妻》。
⑦ 奉天旗人:驻扎在奉天的旗人。
⑧ 京旗:驻京的旗人。
⑨ 的:衍字。
⑩ 八旗官学:清廷为八旗子弟开办的学校。旗人子弟都可以考入学校免费读书。学生还可以得到清廷发给的钱粮。
⑪ 司事:负责会计、庶务等工作的人。

本学管学官①某君是个老翰林，专一好谈理学。不但好谈理学，外带着狗事。按说谈理学跟狗事弄不到一块儿呀，他是借着谈理学狗狗事。原来这个管学官是徐荫轩②中堂③的门生，中堂最好谈理学，他是迎合老师的意旨，所以也好谈理学。甚么程朱④啦，王陆⑤啦，李二曲⑥啦，吕新吾⑦啦，很能说两套，中堂所让他给拿上⑧啦。彼时中堂正管八旗官学，就派了他一个管学官。

　　王有道常听这个管学官谈理学，也学了点子口头禅，没事也拿理学朦人虎事⑨，张嘴儿是克己复理⑩，闭嘴儿是致良知⑪，高视阔步，道气扑人。

　　戊戌变政的时候儿，王有道简直的要疯，见了人是咳声叹气，跺脚捶胸，要跟康长素⑫、梁卓如⑬闭眼⑭。他说中国亡快⑮了（如今这们糟，都是他丧嘴⑯说的），全要随⑰外国啦（你倒想随呢，人家也得要你呀）。见⑱见人就是这套。

　　王有道这分顽固不化，自表面观之，好像中学⑲很有根底，真正的守旧党，

---

① 管学官：官名。八旗官学各设一名管学官，负责考核学生课业及教员的工作情况。
② 徐荫轩：徐桐，字荫轩，汉军正蓝旗人，体仁阁大学士。固守理学，支持义和团排外，八国联军攻入北京后，悬梁自缢。
③ 中堂：宰相。清代也称"协办大学士"为"中堂"。
④ 程朱：程颢和程颐，北宋大儒。朱熹，南宋大儒。
⑤ 王陆：王守仁，幼名云，字伯安，号阳明子，谥文成，人称王阳明。浙江绍兴府余姚县人，明代大儒。陆九渊，字子静，抚州金溪（今江西金溪）人，南宋大儒。书斋名"存"，所以世称存斋先生，又因在象山书院讲学，被称为"象山先生"，学者常称其为"陆象山"。
⑥ 李二曲：李颙，号二曲。阳明学派学者。
⑦ 吕新吾：吕坤，号新吾，明代大儒。
⑧ 拿上：指因受蛊惑而信服。
⑨ 虎事：用假的吓唬人。
⑩ 克己复理：应为"克己复礼"。
⑪ 致良知：明代王守仁的心学主旨。认为良知是人心的本体，即便有妄念的时候，有昏庸的时候，良知也未尝不在。但是如果不好好保存，良知有时会丢失。语出《孟子·尽心上》："人之所不学而能者，其良能也；所不虑而知者，其良知也。"
⑫ 康长素：康有为，号长素。
⑬ 梁卓如：梁启超，字卓如，号任公。
⑭ 闭眼：拼命。
⑮ 亡快：应为"快亡"。
⑯ 丧嘴：骂人的话。一说倒霉的事，就真会发生。
⑰ 随：跟……走，跟……学。
⑱ 见：衍字
⑲ 中学：中国传统学问，与"西学"相对。

其实不然。有人说,保国会①一发现②,他也瞧出那块炕热来③啦。他上会里去过一回,胡乱八糟说了一套。人家本就不爱听,临完了直给人家请安,求人家遇机提拔,位置④一个差使,让人家荐⑤损了几句,就说给骂出来了。他老哥老羞成怒,因忌生恨,所以反对维新,一充这宗假守旧。这宗事可也不是真事呀,可也不是人家诚心糟踏他⑥?

有一天,王有道朋友家办红事⑦,他去行人情,坐在棚里高谈阔论,旁若无人,所说的话,非常的激烈。彼时风气未开,顽固脑子居多,大家听他这套议论,很对心宫儿⑧,当时鼓掌赞成。王有道正在得意,忽然过来一个人,给他请了一个安。王有道一瞧,原来是旧同事马君的外甥。

此人姓富,号叫菊如,是个少年的进士,年纪不到三十岁,白净子儿⑨,高鼻子,两道立眉毛,两眼含神内秀,器宇沉静,一望而知为英俊志士。菊如有个兄弟,号叫菊农,是个孝廉⑩公,也是极漂亮的人物。菊如是个世家少爷,又是新科的进士,按说应该气象万千,顶大的恶气⑪才对,谁知菊如不是这路人。他在十几岁上就很开通,作秀才的时候儿,就常对人说:"中国要不变法维新,一准亡国。要竟变法不变心(可不是变怀⑫心),国家也一定必亡。"当时举国昏昏,谁信他这个话呀。不但不信他的话,还说他是疯子。老先生到处遭一⑬人毁谤,气的一身肝气。彼时可也有几个明白人,赞成他这个议论。菊如联合同志,立了一个维新学会,专一研究新知识。菊如的舅父马公,也是一个有学

---

① 保国会:1898年4月17日,由康有为等联合维新人士成立保国会,以"保国、保种、保教"为宗旨,集会三次,呼吁救国,宣传变法,但只活动了一个月,便自行停止。
② 发现:出现。
③ 瞧出那块炕热来:看出来哪里有利。
④ 位置:安排一个位置。
⑤ 荐:应为"贱"。
⑥ 可也不是……可也不是……:也不知道是……,还是……
⑦ 红事:喜事。
⑧ 对心宫儿:对心思。
⑨ 白净子儿:白脸膛。
⑩ 孝廉:举孝廉是当时一种选拔人才的方法。由地方绅士、里长等共同推举德才兼备的人,州、县官访查属实上报,给六品服装,叫孝廉。再经九卿等验看后,上报皇帝。如果皇帝认为其人可以做官,则下旨。
⑪ 恶气:自以为了不起,傲慢、装腔作势。
⑫ 怀:应为"坏"。
⑬ 一:衍字。

问的人,马公跟王有道同过两天事。因为马公交游甚广,王有道时常拜访马公。

王有道常到马公的家里苟①事,不短与菊如相见。由马公那们论②,菊如管王有道也叫大舅。那天菊如过来,一给王有道请安,王有道捧了捧拳,说:"菊如,你才来呀。"说着话,脸上的神气大有不豫色然。

王有道见了菊如摔脸子③,这里有两层原因。头些时他托了马公一个人情,马公没给办到。他疑惑菊如给他豁了④,这是第一层。再说他现在反对新政,菊如是讲求时务,两个人处于绝对反对的地位,所以见了就红眼,大有敌忾同仇⑤的意思。

那天支客一让座,偏又把他们让在一个桌上啦。王有道那天是首座,菊如坐在旁边儿。酒过三巡,王有道瞧有菊如,那个气不打一处来,打算要发作发作,不得题目。偏巧在坐有一个少年,跟菊如有点儿认识,说:"贵学会有多少人啦?"菊如说:"也有四五十人啦。"少年说:"有洋文没有?"菊如说:"敝会专一研究政治跟科学,倒是没有洋文。"两个人一谈,算是给王有道送了题目啦。当时咳了一声,把酒盅儿往桌上一摔,说:"老大呀,菊如,我跟你舅舅总算有交情,没想到你如今算⑥这个事,可叹可叹。别人随了可以呀,你是个世家出身,你怎么也喝了药水儿⑦啦?你年轻轻儿的,中个进士也就很好啦。正应当好好儿当当差使,以求上进。要立学会也可以,立个讲学会,研究研究中国的理学;朱陆如何异同,王阳明知行合一是怎么回事。那我也很赞成呀。如今又研究甚么科学咧,又是大地球怎么转哪,那叫谣言。又研究政治咧,甚么政治呀?简直的是非圣无法⑧、离经畔道⑨吗。你舅舅就不对,他就应当管管你。他居

---

① 苟:应为"狗"。
② 论(lìn):算亲属关系,排辈份。
③ 摔脸子(shuǎi liǎnzi):甩脸子。
④ 豁了:从中破坏。
⑤ 敌忾同仇:此处的意思是互为仇敌。
⑥ 算:大概应为"随"。
⑦ 喝了药水儿:头脑不清楚。
⑧ 非圣无法:诋毁圣人之道。
⑨ 离经畔道:离经叛道。

然不管,这也真是忙事①。还有一句话,今天我要跟你说说。"

王有道说:"菊如,还有句话,我告诉你。以后你见了我,也不必给我请安。咱们是道不同不相为谋,从此断绝关系。"说罢一阵冷笑。菊如原是个少年血性的人,本来因为时事,就气了一身肝气。如今被王有道这一路大拍,直气的浑身上肉跳。要说几句,直会②说不出话来。王有道端起酒盅儿,又喝了一口,向旁边儿人说道:"诸位,咱们都是中国人。兄弟说这个话,诸位以为怎么样?"这桌子上六个人,王有道跟富菊如不算,跟菊如说话儿那个年轻的也是个明白人,其余那三块料,不是腐败鬼,就是顽固党,听着王有道这套话,很对心官儿,当时给王有道大贴其靴。他们一贴靴,菊如气的要死,同席那位年轻的姓刘,当时听不过去啦,大驳王有道。王有道倒没炸,旁边儿一个腐败鬼姓唐,他倒炸啦,说:"你小小的年纪,懂得甚么?胡搭岔儿混搭岔儿的。"当时两个人越说越炸,居然要起打,几乎以酒壶当炸弹,变喜筵为战场。坐客③严守中立,来宾起而调亭④。这真是正身儿倒没打起来,帮腔的倒加入战团啦。王有道看着事体儿⑤不得⑥,他更会玩儿,闹了一个三十六着儿,走为上策。

菊如始而气的了不得,后来一瞧刘唐(老赤发鬼⑦师付的)二人起打,气脑⑧消了一半,当时倒也帮着直劝。本家儿⑨也直请安作揖,说了六百多句好话。这位刘爷倒不言语啦,那位唐爷多喝了两盅,躺在地下一骂,好几个人才把他拉走。这一通儿不要紧,本家儿倒省了好几掉⑩席。有些个行人情的,一瞧这家神气,交了分子,不等坐席,人家就走啦。

这些个事情且不提。过了些时,新党败失⑪,康梁二公也走啦,政治恢复旧观。别人先不提,惟独王有道比别人喜欢的厉害,简直乐的要疯。

---

① 忙事:忙。
② 直会:居然会。
③ 坐客:主人家的人。
④ 亭:应为"停"。
⑤ 事体儿:事情。
⑥ 不得:不好。
⑦ 老赤发鬼:刘唐是《水浒传》中的人物,绰号赤发鬼。
⑧ 脑:应为"恼"。
⑨ 本家儿:主人。
⑩ 掉:应为"桌(棹)"。
⑪ 败失:失败。

戊戌那年秋间，新党一败涂地，政治恢复旧观。守旧党是乐不可支，惟独王有道比别人喜欢①邪行。偏巧那天某甲请客，陪客里头就有王有道。不但有王有道，还有菊如（讲究巧吗）。两个人一见面儿，彼此红眼，大有敌忾同仇的意思。菊如还倒没说甚么，王有道见了菊如，开门见山，就是一阵冷笑，说："菊翁少见哪。你们那挡子保国会怎么样了？"跟着说了一大车讨厌的话。菊如气的当时要得给②胸，要跟他辩论两句。后来一想，一个不够资格的人，说让他说去，直当是狗汪汪，理他作甚么？王有道见菊如不言语，他倒得了意呀，滔滔不断，没结没完，所开了话匣子啦。

后来这个请客的主人有点儿不愿意啦，说："王先生，你这就不对啦。富先生比你小的多，你是个老前辈，说两句就得了。常言说的好，'穷寇莫追'，赶尽杀绝那就不对啦。今天咱们聚会是个喜欢事儿。再要说甚么，那是挑兄弟眼啦。"像这个，王有道一不言语，也就完啦。谁知道他不知进退，跟着又说了几句。主人当时把脸一翻，说："王先生，你这是跟兄弟呀，必是嫌兄弟不恭敬啦。兄弟今天也没预备甚么，你哥要是嫌兄弟不恭敬，有公治公③，有事治事。兄弟也不敢强留。"这位主人，这就是下逐客令啦。按说闹成这宗没面子，赶紧滚蛋就完了。王有道倒是要走来着，一瞧红烧翅子上来啦，心里说："轻易就吃着翅子啦？说出七来④我也不走（这块德行）。反正我不言语就完啦。"主人损了他几句，以为他就蹽啦。谁知道他居然不蹽，吃上翅子还是没完，一箸子赶一箸子⑤。主人看着又可笑又可气。后来借着一件事情，说了个骂假道学的笑话儿，骂的还是苦情⑥，招的哄堂大笑。王有道也知道是骂他呢，可巧这当儿鸭子上来啦，低头不言语，装听不见，死肯⑦鸭子。

单说菊如，立了会子学会，经这次打击，又受王有道两次冷嘲热骂，虽有点灰心丧志，究竟爱国的热诚，还是不退。他原是某部的主事，差使也不当了，同

---

① 此处少一"的"字。
② 给：应为"结"。结胸：中医指胸口堵，郁闷。
③ 治公：有公事干你的公事去。
④ 说出七来：说出大天来。
⑤ 一箸子赶一箸子：一筷子接着一筷子。
⑥ 苦情：此处指很苦，很厉害。
⑦ 肯：应为"啃"。

兄弟菊农闭户读书，专一研究新学。因看着时事日非，时常的肝气发作。一犯肝气，就爱说激烈话。他有两个朋友，一号叫芝山，一个号叫佩华，都是少年有志之士。他还有个堂弟，号叫菊侪，也是天资极高尚的人。好在这三个人，时常上他家里来。每遇菊如犯肝气，菊农总把这三个人找来，跟菊如朝夕盘旋，以诗酒破闷。庚子义和团一露苗儿①，那时候儿举国若狂，都说中国这就快强啦（这就快干②啦）。菊如在家里跺脚捶胸，说："中国这可快亡啦。"

彼时政府正在纵容团匪，菊如想要上书当道③，痛陈利害。大致说，团不可信，畔不可开④。作了有一万余言，说的十分痛切。这个书要上还没上呢，让芝山看见啦，再三的直劝，说："这个书万不可上。现在执政昏庸，这个书上去，也决不能发生效力。本来老哥好谈新学，有戊戌那一场，就处在嫌疑地位。这个书一上去，不是自找其祸吗？"菊如说："我世受国恩，既然见到了，我就不能不说。总然⑤被祸，我也对的起国家。"芝山见他非常固执，又把佩华、菊侪约上，公同⑥苦这们一劝，菊农也直劝，这才拦住。

五月十七⑦的晚晌，芝山大家正在菊如的书房喝酒，忽听外头一阵大乱，底下人报告，说："义和团进了城啦。"菊如把酒杯往桌上一摔，长叹了一声，说："国家完了。你们记着，洋兵一定进城。我的死期也到啦。"佩华说："大哥何出此言？"菊如说："你们不知道……"，正这儿说，火光四起。底下人又报告，说："义和团烧上洋楼啦。"菊如又一跺脚说："大局糟啦！"

要说庚子年五月十七的晚晌，那个阵仗儿，也不在去年五月二十三⑧之下。上岁数老大爷们不用说，三十岁以上的弟兄，脑子里总都有点影子。二十岁以里的同胞，那就不用跟他提啦。那个热闹儿，他就没开过眼（这个眼不开

---

① 露苗儿：露出苗头，呈萌芽状态。
② 干：糟。
③ 当道：当权者。
④ 畔不可开：应为"衅不可开"。不要引起争端、仇怨。
⑤ 总然：纵然。
⑥ 公同：共同。
⑦ 五月十七：1900 年 6 月 13 日（阴历五月十七）。
⑧ 去年五月二十三：1917 年 7 月 1 日，张勋复辟。7 月 3 日，国务总理段祺瑞成立讨逆军，讨伐张勋。7 月 12 日（阴历五月二十四）凌晨，攻打北京。一般人认为是二十三号夜间。

也好)。记者那年,很遭了一回危险,差点儿没让师兄们①祭了刀②。要不是有熟人搭救,《王有道》的小说,诸君也就瞧不见啦。您说够多们悬。

间③话取消。那天芝山、佩华、菊侪等都在菊如书房,待了一夜。菊如是咨嗟吁叹④,感慨万端。大家劝了他半夜。

第二天外头嚷嚷,说是"东交民巷满烧了"。芝山说:"若果把使馆烧了,那是麻烦。"菊如说:"这事大概是谣言,使馆有外国兵保护,团匪决不敢进去。"菊侪说:"或者他们真能避抢⑤炮?"菊如说:"你怎么也说这个话?那有的事情。但愿他们没烧交民巷还好,要真把交民巷烧了,那可是大糟。"芝山说:"咱们何妨一同看看去呢?"菊如很赞成。老哥儿几个,吃了点儿东西,由家中起身,要迳奔东交民巷调查调查。

到了大街上一瞧,铺子有开着的,有关着的,街上站着好些个人,纷纷议论。有一个老者拍手打掌,对大家说道:"这可就好了(这可就糟了),洋人快完啦。咱们快过好日子⑥(咱们快过苦日子了)。"甬路上全白了,原来是欢迎老团⑦,大家烧的香灰。菊如等大家也没坐车,顺大街溜达着,一直迳奔交民巷。

将过东单牌楼,就见甬路上一对儿一对儿的站着外国兵,都扛着快枪。交民巷东口儿,洋兵分外的多。甬路下头爬着一位团爷,在他们的行话,叫作"睡啦"(也不是⑧多咱醒)。菊如向着大家说道:"我说交民巷不能烧。你们看是不是?"芝山说:"我喉⑨渴的,咱们出城喝茶去罢。"佩华说:"出城有一个茶馆儿,叫作迎门冲,地方还干净。"当时大家认可⑩。

上回书说是菊如同着大家迳奔迎门冲喝茶。彼时没有茶楼,喝茶就奔馆儿⑪。北京这宗茶馆儿,是个含垢纳污的地方儿,上中下流社会都有,尤以下

---

① 师兄们:指义和团的人。
② 祭刀:杀了。
③ 间:应为"闲"。
④ 咨嗟吁叹:长吁短叹。
⑤ 抢:应为"枪"。
⑥ 此处少一"了"字。
⑦ 老团:义和团。
⑧ 也不是:也不知道。
⑨ 喉:觉。非常。
⑩ 认可:同意。
⑪ 彼时没有茶楼,喝茶就奔馆儿:茶楼是高级喝茶的地方。茶馆是一般喝茶的地方。

流社会最占多数，类如鸟奴①、土匪、拉房纤的②，五行八作。油③手好闲的旗人，没事都讲下茶馆儿苦腻④。大半无影无形的诳言，都是由茶馆儿造出来的。稍微高超一点的人，就不下茶馆儿。即或下茶馆儿，那真是渴急了，喝两碗就走，决没有整天在茶馆儿起腻⑤的。

菊如素日就不大爱下茶馆儿，今天芝山是有点儿渴啦，提倡下茶馆儿喝茶，菊如不好拒绝，几位当时进了迎门冲。茶馆儿的内容，大概诸位都知道，咱们也不必细述。几位到了后堂，找了一个干净地方儿坐下。几位都是喝茶的外行，也没买茶叶。跑堂儿的给拿过两包茶叶来，因为人多，泡了一个吊儿⑥，就听那边儿跑堂儿的嚷道："找补⑦张爷茶钱。两便啦⑧。两便啦。"又听啦，道："烟⑨肉面十个啦！家常饹五个呀。"两边儿悬竿儿⑩上挂着好些个笼子，无非是画眉、百灵、靛颏儿、黄雀儿等等，叫唤的倒也好听。那天茶座儿⑪还是不少，大家纷纷议论，无非是义和团公案。所说的话，反正是千人一面，给老团贴靴、捧场。菊如向来没入过这宗社会，心里这分难过，就不用提啦。

正这个时候儿，忽然进⑫俩人，菊如一瞧，登时血液跳荡，心里说："他来，我可要走啦。"您道进来这俩人是谁？头里就是王有道（真正的魔鬼），还同着一个五十来岁的腐败裳⑬。菊如以为王有道没看见他，把脸扭过去，打算坐一坐儿就溜。王有道两只贼眼（可不是佛心），早搂⑭见菊如啦，说："菊如，少见哪，我找补茶钱罢。"他一先抬⑮呼，菊如不好不理他，当时站起来，敷衍了一

---

① 鸟奴：养鸟的。
② 拉房纤的：房屋中介。
③ 油：应为"游"。
④ 苦腻：待在一个地方不走。
⑤ 起腻：待在一个地方不走。
⑥ 吊儿：铫子。坐水的壶。
⑦ 找补：结账。
⑧ 两便啦：各自付账。
⑨ 烟：应为"烂"。烂肉面：用从骨头上剔下来的碎肉制成卤，浇在面上。
⑩ 悬竿儿：墙边上特为挂鸟笼子而设置的横竿儿。
⑪ 茶座儿：喝茶的顾客。
⑫ 此处少一"来"字。
⑬ 裳：应为"党"。
⑭ 搂：瞜看。
⑮ 抬：应为"招"。

回。王有道就在菊如旁边的桌上坐下。

原来芝山等大家听说王有道这个人,并没见过,佩华冲着菊如努嘴儿,那个意思是问此人是谁。菊如拿指头蘸着茶底儿在桌上写了一个"王"字儿,大家当时了然。菊如给了茶钱,要走还没走,王有道发了言啦,说:"菊如呀,洋人这可快完啦。这是天意。我劝你别谈新学啦。你也少往外溜达才好。我替你悬的慌。老大,我这是为你好。"说罢,哈哈大笑。菊如倒没怎么样,佩华是个激烈脾气,当时气的要死。才要发言,芝山人很老练,当时揪了佩华一把,就听那个五十来岁的人向王有道说道:"老弟,你老是这宗脾气,现在这个时候儿,满茶馆酒肆儿里说这些个谈话作甚么?"王有道说:"我跟他舅舅有交情,我才说呢。"两个人那里小招①着,菊如等大家已然站起来了。临走的时候儿,菊如还招呼了他一下子,说:"我们先走了。"王有道说:"老大,你别走呀,我还有话哪。"菊如说:"改日再谈罢。"

大家出了迎门冲,佩华向芝山说道:"这就是那个王有道呀,真正长了个亡国奴的脑袋。大哥,将才你不拦我,我真要打他一通儿。"芝山说:"那如何使得。咱们也不是打架的人。现在这个时候儿,动激烈是不行的。"佩华说:"菊如大哥让他欺负过两回,我生气不是一天啦。今天偏巧又见他啦,这真是冤孽就结了。"菊如说:"这宗人何必理他。我要理他,早跟他打起来了。"

正这儿说着,头里来了一拨子团,都是红布缠头,捧着铁片儿刀。前头有一个骑白马的,跨②着宝剑,手拿蝇刷③,瞧神气一定是位大师兄④啦。顶可怪的,是地面儿步军校⑤戴着个五品顶戴⑥,率领几个乏兵,居然给团匪引路。

菊如等大家进崇文门回家,一过东单牌楼,竟团匪碰见好几拨儿。又过了

---

① 招:应为"抬",争论。
② 跨:应为"挎"。
③ 蝇刷:拂尘。
④ 大师兄:指义和团的大师兄。义和团对首领的称呼。
⑤ 步军校:步军营里最下级的军官。步军营,负责京城保卫、治安、市容等等的军队。
⑥ 顶戴:清朝官员帽顶上的饰物。品级不同,饰物也不同。最初,饰物上的珠子,一品用红宝石,二品用珊瑚,三品用蓝宝石,四品用青金石,五品用水晶石,六品用砗磲,七品是素金顶,八品是起花金顶,九品是起花银顶。因为官服、顶戴都是官员自己置办,所以乾隆以后,这些珠子,基本上都用透明或不透明的玻璃来代替了,透明的叫作"亮顶",不透明的叫作"涅顶"。一品为亮红顶,二品为涅红顶,三品为亮蓝顶,四品为涅蓝顶,五品为亮白顶,六品为涅白顶。七品的素金顶,则为黄铜镀金,或者干脆是铜的。

几天,董福祥①的甘军②在交民巷就开了杖③啦。端王的虎神营④围上西什库,这们一打。克林德⑤也打死啦。团大爷们是到处烧杀,眼诧⑥一点儿,楞说是奉教⑦,拉过来就杀。

要说那俩月,真是天昏地暗,无情无理。又加着一把子迷信糊涂人,撒开了一造谣言,楞说西什库里有两缸人血。请问您,人血要到了两缸,得死多少人?洋楼里又有铁老鹳啦,飞出来就能炸人。后来破城也没见铁老鹳出来。这不都是没影儿谣言吗?

菊如知道大局要糟,又没法子挽救,要上书当道,芝山拦着又不让他上。老先生连急带愁,在家里不是喝酒,就是懊睡⑧。芝山、佩华、菊侪等倒是常来。每次这些个知己的朋友来,菊如是高谈阔论,起打团匪一兴扬儿⑨,菊如

---

① 董福祥:1840—1908,字星五,甘肃环县(当时属宁夏固原)人。最初组织地方武装,和清军对抗。战败后率部投降,编入清军,随后在收复新疆的战斗中屡立战功。1891年,任乌鲁木齐提督。甲午战争后,奉命率甘军驻守蓟州,保卫京师。1900年5月,奉命率部进入北京。6月,甘军开始攻打外国使馆,并大肆抢掠北京商铺、住家。7月19号,董率领甘军和八国联军战斗。7月20号,北京陷落,慈禧太后和光绪皇帝西逃,董福祥担任护卫大臣。清廷和八国联军议和后,八国联军令清廷诛杀董福祥,慈禧不忍,只是将他革职。1901年,董福祥隐居,1908年去世。遗言将家中40万两白银上交国库,以充军饷。

② 甘军:甘肃的地方武装。

③ 杖:应为"仗"。

④ 虎神营:甲午战争后,端王载漪奏请在八旗火器营、健锐营等营内挑选士兵,使用洋枪洋炮进行训练。清廷批准。1895年4月,载漪组建完成。1899年3月20日,清廷赐名"虎神营",兵力大约一万五千六百人。1900年义和团进入北京后,虎神营士兵有很多人加入义和团,6月13日起,虎神营和义和团一起攻打西什库教堂,打死藏在教堂中的中国教民数百人。载漪下令"将沿路游行之洋人一律杀害",并想借义和团除掉光绪皇帝。八国联军攻打北京时,虎神营士兵死亡最多。1901年,中国与11国签订《辛丑条约》,第二款约定,载漪被判斩监候,因清朝廷开恩,发配新疆。1902年,虎神营被解散,士兵回到自己原来的部队。

⑤ 克林德:1853—1900,克莱门斯·冯·克林德男爵(Clemens Freiherr von Ketteler),1900年时任德国驻华公使。1900年6月10日,义和团进入北京。6月13日甘军和义和团开始攻打外国使馆,战斗中,很多甘军士兵和义和团员被使馆卫队打死。19日,清政府总理衙门照会各国驻华使节"限二十四点钟内各国人等均需离京"。20日上午,克林德乘轿前往总理衙门交涉,途经西总布胡同西口,碰上正在巡逻的神机营。双方互相射击,克林德被枪队章京(队长)恩海打死。事件发生后,德国皇帝威廉二世决意报复,派遣两万多远征军来华。恩海被德国占领军判处死刑,1900年12月31日,被斩首。《辛丑条约》第一款便是:清廷派醇亲王载沣赴德国,就克林德被杀一事向德皇道歉,并在克林德被杀地点建石牌坊一座。

⑥ 眼诧:因为没见过或不熟悉而觉得可疑。

⑦ 奉教:信教。特指信西方宗教。

⑧ 懊睡:因心情郁闷而睡觉。

⑨ 兴扬儿:时兴,流行,兴盛。

倒没了话啦。芝山等以为他是忧心时事，大家倒是直劝他，菊如竟乐，也不说甚么。到了七月十几，消息越来越不好，城里秩头序①也乱啦。芝山住在北城，家有老母，赶上这个乱际，不敢远离，心里惦记着菊如，也不能瞧他去。

那天正是七月十九，街上乱的邪行，外头嚷嚷洋兵已然到了通州。芝山的老母亲是直哭，芝山是个孝子，更不能离身啦。夜内下了一阵雨。天有三点多钟，远远的听见机关炮响，洋兵正攻东便门儿。及至天所亮了，齐化门城上炮也响上啦，原来外国兵已到了东岳庙。齐化门城上有神机营的旗兵把守，也有几尊老炮，彼此对这们一打。人家放一炮，旗兵放好几炮。没瞧见外国兵影儿，胡这们一放，倒②了晚晌，人家攻上来啦。他们铅丸、火药也净了，兵官也跷了，兵也散了。

七月二十的晚晌，天有九点多钟，城上的官兵是全跑啦。忽听炸炮一声，一阵喊杀声音，外国兵就进了城啦。

说起那年来，记者的乐子大了。我因为素来不信泥胎偶像，时常的破迷信。彼时不大开通，街坊邻里都说我是奉教。六月二十几，记者在四牌楼茶馆儿，因为骂团几乎没让人家给杀啦。后来我就不敢出街门。破城的那天，家叔在营里当委员，并没回家，死活也不知。家严是在山东作官，家里还有八十三岁的祖母，以下就是婶母、妻、妹、女儿等。有两个兄弟，岁数儿也都很小。住家离着城根儿又近，流弹直往院子里招呼。祖母、婶娘、妻、妹抱头痛哭，一定要寻死觅活。两个兄弟也直哭。彼时家中就是我一人主持，又得安慰祖母，又得劝大家，又得哄着孩子。早晨一家子就没吃饭。到了晚晌，我把大家请到套间儿屋中，劝着大家别哭。彼时院子里的流弹跟雨点儿一个样，我顶着个铁锅（这是实话，并不是哈哈）在窗户外头挂被褥、挡板子。晚晌我熬了一锅粥，也熬糊了。我很记着我那一天，一个米粒儿也没吃，竟喝了茶啦。到了晚晌，祖母一定要寻死。外头直叫门，我以为是外国兵呢。当时我的心差③儿没吐出来，后来开门一瞧，原来是家叔回来啦。要不是家叔回来，一家子全完啦。就说那一天的损伤，真正短活十年。记者并不是表功，因为叙这挡子事情，忽动

---

① 城里秩头序：应为"城里头秩序"。
② 倒：应为"到"。
③ 此处少一"点"字。

旧感,想起我那年的罪孽来啦。

闲话不提。破城之后,城里头如何抢当铺,洋兵如何搜义合团,虽然短不了骚扰,究竟还算人家文明。您不信,中国要把外国城破了,是耗子也得拿水把他灌出来杀了。

二十一乱了一天,谁也不敢出门儿。二十二一清早,芝山正在家里陪着老太太说话儿,忽然佩华来到。就①老太太请了安,道了受惊,问了阖家好,老太太也问了他家好。

那年破城之后,儿②友街坊见了面,彼此道惊,互相慰问。普通的套子话是"您没走哇(走就是逃难)?""您家都好哇?""外国人没进去呀?"就是素日有个认识儿③,并不过话的人,彼此见了也要谈两句,分外还透着亲密。即或素来狂傲无知,不理凡人之辈,那年见了人,也和气啦。

记者有个街坊,家里有几处房,自己有分差使,听说每月挣五十多两银子(合如今七十来块钱),平常趾高气扬,街坊邻里他都不理(挣五十两银子就不理街坊,挣一百两银子就该不理父兄啦)。素日我们彼此相知,见了面儿谁不理谁。庚子破城之后,他全家逃往北山,让底下人看家。谁知走在半道儿上,有点子细软东西,让逃团散勇全给抢啦。北山也去不了啦。二队④他又翻回来了。到了家中一瞧,家里也让人抢了,底下人也跷了,他老哥算是闹了个宣告破产。我那天见着他状况非常的狼狈,往日的威风杀气一概取消,见面儿先招呼我,说:"兄弟,你家都好哇?这下子害苦了咱们啦。"我心里说素日他决不跟我论咱们,如今他论上咱们啦,是⑤见事情是糟了心啦。后来两宫⑥回京,他差使又抖起来啦,见面儿又不理我啦。大概等着再破城才理我哪(散了罢,破一回就够瞧的了)。曾记王耀山⑦先生庚子后感怀的诗,有两句最有意恩⑧:

---

① 就:大概应为"给"。
② 儿:应为"朋"。
③ 有个认识儿:认识,但不熟。
④ 二队:应为"二返"。
⑤ 是:应为"足"。
⑥ 两宫:指慈禧太后和光绪皇帝。
⑦ 王耀山:待考。
⑧ 恩:应为"思"。

（平素同胞宜博爱,莫徒用在破城时）①。唉,中国人的人心,简直的难说。

闲话取消。单说佩华当时跟老太太谈了几句,随后跟芝山使眼色儿,芝山会意,两个人来到书房。

佩华同芝山来到书房,掏出一封信来,递与芝山。芝山一瞧,上头写着"芝山老弟道启",认得菊如的笔迹,拆开一瞧,里头是四首绝命诗。诗也不能备载,最后两句是"从此海枯看白石,二年重谤不关心"。芝山"嗳呀"了一声,说:"菊如大哥这一定是殉了国啦。这封信怎么送到老弟那里去了?"佩华说:"他们底下人送到我那里。我那封信跟这封信大概是一样。底下人因为往府上来太远,求我给转送来的。"芝山说:"你打算怎么样呢?"佩华说:"我打算的同大哥一同赶紧瞧瞧菊如去。倘或他还没死,咱们再三的劝劝他,别让他死才好。"芝山说:"我想也是如此。你先暂坐,我瞧瞧老太太去,咱们这就一同走。"佩华说:"你别告诉老太太这个事。"芝山说:"我晓得。"书要简捷,芝山在老太太跟前,撒了一个谎,当时嘱咐家人好好的看守门户,同着佩华出离街门。

当时路静人稀,家家关门。后来到了大街上,铺户也有上门的,也有被抢、连门没有的,也有被烧的。这分凄惨就不用提啦。看见些个外国兵扛着枪在甬路上来回走,两位心中有事,也顾不得外国兵啦。人家也没理他们。过了灯市口儿,离着菊如家也就不远啦。偏巧遇见外国兵抓苦力,追着几个中国人直跑。两位赶紧进了胡同儿,绕着道一走,好容易到了菊如的门口儿。

但见大门紧闭,叫了半天门,里头才有人出来,没开门先问谁。佩华说:"你门开门②罢。佩华跟芝山,快开开罢。"说了好几声,里头这才开门。原来是富教③的老家人郭顺,眼含痛泪,说:"二位太爷,怎么才来呀。来晚了一步儿哪。"佩华说:"你们大爷怎么样了?"郭顺说:"您等我关上门再说。"当时一边儿关着门说道:"二位要早来一步儿,我们大爷、二爷也不至于上了吊。"

芝山佩华一听菊如、菊农上了吊啦,当时跺脚捶胸,好一阵难过。这要搁在戏上,两个人都得背过气。没有那们巧事情,无论多们动心的事情,也不能一听见就死过去。戏上的玩艺儿,每遇传神表情处,总要把他作到过火,为的

---

① （ ）是原文就有的。
② 门开门:应为"开开门"。
③ 教:应为"家"。

是台下人看着明了，所以叫作戏。

闲话取消，书归正传。老家人郭顺说："二位大爷快请罢。劝劝去罢。我们大奶奶、二奶奶也要寻死啦。"佩华说："你头里言语一声儿去。"郭顺说："二位请罢。大爷、二爷都在上房停着呢。"佩华头里就跑，芝山后面跟随进了上房。一瞧，菊如在左，菊农在右，老哥儿俩一边儿一个，停在那里。本来芝山、佩华跟菊如弟兄俩，又是世交又是同学，又是知己忘形的朋友①。如今一看这宗情形，当时热血潮涌，悲从中来，两个人大哭了一阵。几个底下人再再的直动②，好容易才把二位劝住。

芝山一边儿擦着眼泪说道："你们大奶奶、二奶奶呢？"郭顺说："两位大爷先请坐，听我慢慢的说由③。前天早晨我们大爷、二爷写了几封信，打发人往各处送。当时谁也不知道是甚么意思。昨天晚上老哥儿俩在祠堂磕了一回头，嘱咐了大奶奶、二奶奶一片话，就要上吊。大奶奶、二奶奶跪着直哀求。后来家人们也都跪下哀求。大爷说：'你们趁早儿躲开，我，我是非死不行。'大爷先要拔剑自刎，家人把宝剑给抢过来了。大爷急的直撞脑袋，二爷自己把手也咬破了，直闹了一夜。到了天快亮啦，大爷眼睛都瞪圆啦，急的鼻子、嘴里直喷血。后来大奶奶说：'大爷既是执意要殉国，莫若成其美志。你们也不用拦了。'起初二爷要跟着大爷一块儿死，大爷还直劝二爷说是：'你同不的我。我可以死，你没有死的必要。'后来二爷一定要死，大爷说：'也好。'今天早八点钟，在祠堂就一同上了吊啦。"

郭顺说："我们大奶奶也要寻死，现在东套间儿，老婆儿们看着呢。大奶奶抽了一阵肝疯，将缓过来。姑娘跟哥儿都在后罩房，有人哄着呢。"佩华向芝山说道："咱们先见见大嫂子去罢。"

上回书也说过，芝山、佩华来到菊如家里，向来是川房入屋④，妻子不避。两位当时来到东套间儿，但见大奶奶在炕上坐着，抽搭抽搭的直哭。有三四个老婆子，在那里解劝。佩华是个心直口快的人，说："嫂子，您就别哭了，也别胡

---

① 忘形的朋友：忘形之交，相处不拘形迹的知心朋友。
② 动：应为"劝"。
③ 此处大概少一"头"字。
④ 川房入屋：应为"穿房入屋"，也叫"穿房过屋"，不需要通报，可以直接进屋，说明关系非常好。

想拙志①,拉扯孩子要紧。大哥虽然死了,总算成了名拉②。"芝山也再再的直劝。要搁在寻常的堂客,见了二位,必得更要哭一场,弄好些个腥架子。大奶奶是个够资格的人,没有那些个瞎事,当时擦着眼泪说道:"两位兄弟既这样相劝,我只好暂时偷生。我二妹妹心眼儿最窄,还求二位兄弟解劝才好。"芝山说:"那是一定的。我们这就劝二嫂子去。"佩华说:"大哥临终留下甚么遗言了没有?"大奶奶说:"家里的事情,他说了几句。此外他说甚么王有道,我也不知王有道是谁。他说他要不死,对不起王有道。"佩华一听王有道三个字,当时迸起来啦。说:"好哇!我大哥这条命,就是王有道给逼死的。我跟他势不两立。我这就找他拼命去。"芝山说:"老弟,你先别冒昧。那个事办不的。"正这儿说着,菊侪来到,自然也是大哭一场。三位又劝了会子菊农的夫人儿,算是把妯娌俩都劝好啦。

当时一研究后事,大奶奶委托菊侪主持一切。芝山跟佩华两位帮办,先买了两口棺材,把菊如、菊农盛殓起来,暂在家中停灵。后来安民公所成立,还开了一回吊。亲友很挂了不少挽联,由公所领了抬埋的执照③。出殡的那天,很有不少人,还有几个外国兵送殡,不枉舍生殉国,可以说是生荣死哀。

菊如发引的时候儿,怎么会有外国兵送殡呢?这里头有个原故。因为联军一进城,前清两宫是跷啦。北京地面就说是没人管,满交给外国人啦。乍破城那两天,小小不严④的,有点儿骚扰,那是短不了的事情啦。后来各国军队分管地段,北京城那当儿⑤就算是瓜分了。

后来外国人联络本段儿的绅士,设立安民公所。这宗安民所的性质,是警察兼着司法,外带着会审公堂,还有点儿市政公所的神气,还有点儿天津工部局⑥的样子。又像上海捕房公所,设有总办⑦、帮办⑧,特别大事由外国人主持,寻常的事情,总、帮办督饬委员办理,以下设有巡捕。遇有要事,也可以调遣外

---

① 想拙志:寻短见。自杀。
② 拉:应为"啦"。
③ 抬埋的执照:家人办丧事,要报告本地段负责治安的人,领取"抬埋许可"后,才可以埋葬。
④ 严:应为"言"。
⑤ 那当儿:那时候儿。
⑥ 天津工部局:天津租界里的最高行政机构。
⑦ 总办:清末新设公署的主管长官。
⑧ 帮办:总办助理。

国军队。这原是维持现状的一宗办法,也总算有点儿益处。

那年破城之后,因为抢当铺抢出瘾来啦,城里关外,大闹明火①。此外还有借着洋人的字号敲诈的,挟嫌寻仇,楞说人家是义合团的,乱七八糟,甚么事情都有,还仗着有安民公所维持。

佩华有个表兄姓吴,是个卸任的知府,很有点儿名望,从先教过外国人官话。这次外国人再三的相请,让他当安民公所总办。吴君辞不获已②,当时认可。吴君约佩华当帮办。佩华始而犯顽固,因为有外国人,很不愿意。吴君说:"这是保护治安、维持秩序的事情呀。你何必太拘?"佩华也算认可啦。

菊如住家,正在这个地段,所以送殡那天,佩华特派了二十名中国巡捕,又约了十二名外国兵,另外还约了几十名乐队。外国人知道菊如是殉国而死,十分的佩服,还送了一个大花圈子。送殡的那天,是非常的热闹,芝山、佩华都穿着孝,一直送到墓地,看着葬坪,大哭了一场。

佩华在安民公所很办了几挡子漂亮事,外国人也很信服,商民也很感激。后来总办因事辞差,佩华就升了总办。所遗帮办一差,由芝山承乏③。佩华把菊侪也约了去啦,担任承审的事情。彼时北京方面,各分地段各国都设有安民公所,性质大致相同,内容可实不相同。也有办得好的,也有办得糟的,也有勾着外国人敲诈的,等等不一。惟独他们这处,前任总办就不错,佩华接过来又一整顿,真是尽美尽善,外国人很伸大拇指头。后来简直的都由佩华办,外国人简直的不过问啦。

有一天,佩华由家里坐车赴公所,到了公所门口儿,将要下车,就听有人喊冤。佩华下了车,站门的巡捕立正举手,佩华说:"看看甚么人喊冤。别难为人家。"巡捕将要走,佩华说:"回来。看看他有状子哎,是没状子。"一整本大套黄润甫④的《法门寺》。佩华当时进了公所。少时巡捕上来回话,并且拿上一个呈子来。佩华接过呈子来一瞧,告状人(可不是宋氏巧娇⑤)叫刘得明,状告土匪王四狗儿,勾串公所巡捕勾亮,屡次诈财云云。佩华当时批交承审处办理。

---

① 明火:抢劫。
② 辞不获已:谢绝没有获得同意。
③ 承乏:继任。
④ 黄润甫:1845—1916,京剧演员,工架子花脸,有"活曹操"之誉。
⑤ 宋氏巧娇:《法门寺》中的人物。

巡捕已然把刘德明带进来啦。菊侪看看看呈子，当时传伺候坐堂，先过刘德明一个单会儿①。虽然是小小的安民公所，倒也排场。菊侪是四品花翎，穿着一字圆儿的皮袄、对襟马褂儿、武备院的缎儿靴，戴着墨镜。两旁是巡捕差役人等，也很威武。刘德明上了堂，自然是跪下磕头。菊侪一瞧，此人有四十多岁，打扮的也很恭本，长的也可②很忠厚，仿佛在那里见过，一时可想不起来。后来一问他，才知道他是某当铺的当家的，跟菊侪前后胡同儿的街坊，所以眼熟。菊侪说："刘德明，你告彼王四狗儿敲诈，你要从实的说来。"

　　上回书说的是，菊侪追问刘德明被诈的情形。刘德明一五一十往上一回。原来他住家离着某王府很近，在团匪正盛的时代，有几个糟钱的人家儿，都讲究约几个团爷保护，就跟如今请愿巡警③一个样。刘德明跟王府当差的有个认识儿。彼时北京府第没有不立团的。刘德明约了些个团匪，给他看了几天家，因此受了点儿嫌疑。

　　这个王四狗子是一个著名的下三滥，跟刘德明住过街坊，知道刘家有几个钱，勾串一个叫勾亮的，据说是巡捕长，还有几个土匪，诈称公所的侦探，来到刘家，说是奉公所差派，搜拿团头刘某。刘德明当时很怕，他们诈了几十两银子去。过了几天，他们去啦，又讹了几十两去。他们吃出酣④头儿来了，又去了一个三回。刘德明也瞧出假来啦，当时把他们搪塞走了，应下一半天给他们预备钱。这把子人心满意足，以为钱又到手啦，没想到刘德明把他们刷⑤下来啦。

　　菊侪听刘德明所说，跟呈子上大致相同，当时说道："刁亮⑥是本所已革的巡长。这个人是三十来岁，黄净子儿⑦，有几个麻子，上你家去的可是这个人吗？"刘德明说："回老爷的话，正是此人。"菊侪说："你跟他们定下何时上你家取钱？"刘德明说："定的是一半天早晨。"菊侪点了点头，随后说道："刘德明，你

---

① 单会儿：只问原告或被告一方。
② 可：衍字。
③ 请愿巡警：公共机构或店铺、住宅申请巡警当保安，并负责费用。
④ 酣：应为"甜"。
⑤ 刷：告。
⑥ 刁亮：应为"勾亮"。
⑦ 黄净子儿：黄脸。

先回去。不准走漏消息。本所给你拿人就是了。"刘德明讨保回家,暂且不提。

菊如①当时派了十几名得力的巡捕,在刘德明住宅左右,就说是挂上庄②啦。第二天一黑早,这些个人也是死催的,刁亮打头,王四狗儿打二,后头还有三个土匪,一直奔刘德明门口儿。刁亮才要拍门,就听警笛一鸣,一拥而上,五个人一个儿也没跑。

上回书说的是,巡捕把王四狗儿、勾亮等抓获,跟着就传刘德明,一同来到公所。菊侪立刻坐堂。菊侪传话先带勾亮。原来勾亮先③当巡长的时候儿,人很精明强干,前任总办很喜欢他,后来倚势招摇,被控有案,所以被革。搁下差使之后,在外欺诈骗财,非止一次。这次讹诈刘德明,倒不是他的本意,实在□王四狗子约的他。如今听说先过他一个人儿,还以为待他有面子哪。当时上得堂来,倒是实话实说,不抬④老爷生气。冒充巡长两次,讹诈刘德明,共分了二十六两银子,他全认了。不过起意⑤,如今叫造意诈生,这层他是坚不承认,满推在王四狗儿身上。

菊侪又让带王四狗儿。四狗儿上来,自然是跪倒磕头。菊侪一瞧,王四狗儿有二十多岁,长的兔头蛇眼,鼠耳鹰腮,一望而知,决非善类。菊侪说:"你就叫王四狗儿?"四狗儿说:"我叫王拴子(也不是唱开口跳不唱),外号儿叫四狗儿,有绰号儿官司就好打啦。"菊侪说:"你是那里的人氏?"四狗儿说:"旗人,久住北京。"菊侪说:"哦,尊驾还在旗呢。方才刁亮已然招认,说你起意讹诈刘德明,快与我从实招来。"王四狗儿向上磕了一个头,说:"老爷,您别生气。这件事情您别怨我。要说讹诈刘德明这事,一点儿也不假,实在不是旗人⑥起的意。"菊侪说:"不是你起的意,难道说是我起的意?"王四狗儿说:"咱们爷们儿俩不过玩笑,你别占我的便宜呀。"两旁巡捕喝道:"别胡说,别胡说。"王四狗⑦说:"事到如今,我的爸爸我也顾不了你啦。"菊侪说:"你不说正经话,我是要打

---

① 菊如:应为"菊侪"。
② 挂上庄:挂桩,官方办案人员盯梢、监视。
③ 先:以前。
④ 抬:应为"招"。
⑤ 起意:谋划。
⑥ 旗人:旗人和官员说话时的自称,如同汉人自称"小人"。
⑦ 王四狗:原文如此。名字带"儿"时,"儿"有时写,有时不写。

你的。"王四狗儿说："您先别打,我说实话就是了。讹诈刘德明这件事,是我爸爸主的谋。我这次讹诈,是遵奉庭训①。"菊侪说："你父亲叫甚么名子?"王四狗儿说："他老人家的名字,我也不必说,一提外号儿,您就知道了。"

王四狗儿说："我一提我父亲的外号儿,老爷您就知道啦。我父亲外号儿叫王有道(原来是此公)。"菊侪一听,不由的哈哈大笑,忽然心里又一阵难过。笑的是王有道平日假充道学,如今会作这宗不够资格的事情。一时因为王有道又想起死去的两个哥哥,所以心里难过。王四狗儿一瞧菊如②大笑,他也哈哈大笑起来。他这一笑把菊侪的气勾上来啦,心里说："这个狗子实在混账。我先打他一顿,给两个哥哥报报仇得了。"菊侪当时柏③桌子喝道："好恶的东西,你敢戏耍公堂来呀!先打他四十嘴吧。"左右答应,当时打起活儿来。这四十嘴吧,直打的血流牙掉,登时发福。疼的王四狗儿,直学冻狗子④叫唤。

书要干脆。菊侪又把那三个土匪问了问。三个实话实说,都是被王四狗儿所约。菊侪追问他们诈骗的赃款。刁亮分了几十两,花去一半,其余就在身上带着呢。那三个人每人才分了二两,也都花了,其余都在王四狗儿手里哪。据王四狗儿说,都交给他父亲王有道啦。菊侪吩咐先把他们押起来,登时派人拘拿王有道。随后又把刘德明叫上来,说："此案赃证俱明。俟把王有道拿倒⑤,本所给你追赃就是了。"刘德明谢了菊侪,回家不提。

菊侪退了堂,来到总办屋中。那天没有甚么公事,佩华正跟芝山谈天儿,忽见菊侪笑容可掬的进来。芝山说："老弟有甚么事,这样可乐?"菊侪当时把将才问案的事情,说了一遍。佩华说："有这等事?还不派人把王有道拿来哪。"菊侪说："已然派人去了。"芝山说："这个家伙,我瞧着就不是好饼⑥。整天口谈道学的,简直的没有好人。"佩华向菊侪说道："老弟,你不用管了。回头王有道拿到,这堂我过得了。"正这儿说着,当差的回话说："王有道已然拿到。"

王有道拿到,佩华当时坐堂。王有道上得堂来,佩华一瞧,又是气又是乐。

---

① 庭训:家庭教育。
② 如:应为"侪"。
③ 柏:应为"拍"。
④ 冻狗子:冬天出生的小狗。
⑤ 倒:应为"到"。
⑥ 好饼:好东西。

那天王有道穿的是，旧紫宁绸皮袄、驼色琵琶襟马褂儿、青回绒双脸儿棉鞋，还是绿皮脸儿，戴着一个蓝毡了①帽头儿，还带着红穗子。瞧神气那分古老，那分道学，都透出来啦。佩华心里说："就凭这小子这宗打扮儿，就欠枪毙。"

王有道上了堂，立而不跪，巡捕、差人左右吆喝说："跪下！跪下！"王有道说："我不能跪下。我们有交情。"说着冲佩华点了点头，说："佩华老弟，久违的很。"佩华一瞧他这宗状况，当时气冲斗牛，说："好一个棍匪，你敢跟总办呼兄唤弟。来呀！先打他十个嘴吧。"两边巡捕如狼似虎，当时答应了一声，这就要动手。王有道求了②啦，当时羊羔吃乳，他老先生跪下啦，大声儿直嚷，说："佩华先生（由老弟一变为先生，总算大有进步），咱们不过这个。"佩华说："先打他，有甚么话再说新鲜的。"两旁又要动手，王有道说："总办大人（由先生又变为总办大人），有甚么话好说，你先别打。"佩华说："打呀！没那们些个费话。"这十个嘴吧，真是加了十成足劲儿，直打的王有道爹妈乱叫，鬼号似的，直叫"爷爷饶命（由总办大人又进化为爷爷）"。

佩华当时微微一笑，心里说："我今天总算给菊如大哥出了气啦。慢慢的收拾他，拿他解个闷儿，倒也有个意思。"佩华主意拿定，说："王有道，我且问你。王四狗儿可是你的儿子？"王有道说："不错，不错。那是小犬（小犬这句倒转的很恰）。"佩华说："讹诈刘德明的事情，你儿子四狗儿方才已然招了。说是赃款现在你手，并且这挡子事，也是你主的谋。一切你要从实的说来，也省得自己受罪。"王有道说："这件事我是一概不知。"佩华说："你儿子已然全招了。你怎么说不知道呢？"王有道说："那他也许上堂吓糊涂啦，信口胡说。那话是靠不住的。"佩华说："来呀，把王四狗带上来。"

上回书说的是，王有道一死儿不认主谋的事情，后来又把王四狗子带到，让他们父子对质。爷儿俩对这们一瞧，彼此嘴都肿啦。佩华说："四狗儿，你说你父亲主谋讹诈刘德明，这话可当真吗？"四狗儿说："一点儿不含糊呀。"王有道说："好孩子，你真能妄口拔舌就结了。"王四狗儿说："得了，爸爸。事到如今，你就别犯假客礼啦。不是你出的主意，是谁出的主意？"王有道当时直跺脚说："好孩子，可惜我半世道学，平常用圣贤克己的功夫，会积下你这们一个孩

---

① 了：应为"子"。
② 求了：应为"不了"。受不了。

子。你真对不起我那点儿教训。"王四狗儿拿鼻子哼哼了两声,说:"散了罢,散了罢。别骂人啦。你老人家把道学给遭踏①苦啦。以后咱们爷儿们不用提道学俩字啦。提道学俩字,我要恶心死。"四狗儿一跟王有道要②骨头,抬③得堂上堂下没有不乐的。王有道让儿子损了一通儿,当时吊死鬼乍④尸——挂不住啦。佩华是故意让他们父子要骨头,所为瞧哈哈儿笑。

后来芝山跟菊侪听见热闹儿,也都出来啦。在公案后头,站着瞧笑话儿,王有道让他儿子一泄底,真有点儿急了。当时给佩华磕了一个头,说:"孽子四狗儿,素日忤逆不孝,打爹骂娘,望求总办大人严加惩办,我感恩是不尽⑤。"佩华微然一笑,瞧了瞧四狗儿。四狗儿当时也急了,说:"要说这个,我可也要说了。我祖母还是你气死的哪。不用瞎扯啦。趁早儿认了得啦。别的不用说,银子谁收起来啦?"王有道"啊"了两声,佩华看着骨头要的也够瞧的啦。当时一拍桌子说:"四狗儿,你父亲把银子收在那里啦?"王四狗说:"两次讹诈刘德明,共得九十两银子,除去分用,下剩四十多两,我父亲收在钱柜里头一个小皮箱儿之内。"

佩华当时派人,要到王有道家中起赃,王有道不了啦。自己一想,"这官司大概是要糟心。已然是挨了嘴吧啦。不说实话也不行啦。要说了实话,或者我们有一面⑥交,格外有个面子(因为有一面之交才没有面子哪)。"王有道想罢,当时说道:"总办大人暂且息怒,我说实话就是了。打起这件事,倒是小犬跟我商量来着。我倒是拦他来着。"王有道话没说完,四狗儿又搭了岔儿啦,说:"咱们自己爷儿们,您可别屈心哪。您要不捷⑦头儿,我还想不起来呢。总办大人,你这善问⑧是不行的,非用点儿刑法不行(好孩子)。您要有夹棍,请您赏来得了,我一条脚,我爹爷⑨一条脚,您就夹起活儿来(这小子跟《玉杯记》

---

① 遭踏:糟踏。
② 要:应为"耍"。
③ 抬:应为"招"。
④ 乍:应为"诈"。
⑤ 感恩是不尽:应为"是感恩不尽"。
⑥ 此处大概少一"之"字。
⑦ 捷:应为"提"。
⑧ 善问:不动刑,好言好语地审问。
⑨ 爷:应为"爹"。

大强盗学的)。您瞧瞧他说不说。"其实安民公所里那有夹棍,佩华是顺着四狗子口音虎事,说:"很好。"当时向着巡捕使了个眼色,说:"看夹棍伺候。"王有道一听要动大家伙,真有点儿不了,说:"好孩子,我真养活着了①你啦。"佩华指桌子嚷道:"快说,快说!"王有道料想不说也不行啦,当时咳了一口气,说:"总办息怒,我说就是了。讹诈刘德明,实在是我起的。不满②总办说,我向来最讲理学(这都是理学催的),天理人欲的关头,我是最有研究的。这也是我一时克己功夫缺欠,人欲战胜天理,才有这宗荡检逾闲③的事情(别转了)。事系初犯,过非本心,望求总办大人多多的原谅。"说着连着磕了几个响头。

王有道这一路胡转,佩华在位上哈哈大笑,说:"亏你还研究理学,理学算让你给憨蠢透了。要知道有你这块妖孽,从先还不兴理学呢。我且问你,讹诈刘德明的赃银,倒是在你手里没有?"王有道说:"在舍下钱柜里收着呢。"佩华吩咐把王四狗子带下去,派人押解着王有道前去起赃,当时退堂。

佩华退了堂,见着芝山、菊侪,彼此哈哈大笑。菊侪说:"佩哥今天算把王有道憨蠢透了。"佩华说:"他这个孩子王四狗儿,真妙的厉害。"菊侪说:"到这步天地,他还讲理学呢。真来的邪行。"佩华说:"老弟,你是不知,这宗人我见过,生平要④滑头说假话,日久天长,成了这们宗习惯。脑筋使滑了,你让他不说假话,简直的不行了。他自己的脑筋,他一点儿自由权都没有啦。他也知道这话说出来没效力,好像不说不成了。古人说过,作伪心劳日拙,有甚么好处。"芝山说:"我瞧着他倒很可怜。"菊侪说:"芝山大哥是仁慈的人。"芝山说:"也不是我仁慈。你看他整天大言欺人,拿道学盖面儿⑤,一肚子男盗,底下那俩字,我也就不说了。偶然良心发现,未定他心里不难过。这是第一层可怜。再一说,他半生作伪,并没收甚么效果。就拿他对待菊如大哥说罢,他原是一忌恨,菊如大哥成仁取义。虽然说尽忠殉国,究竟是被他激刺⑥而成。大家⑦

---

① 养活着(zháo)了:养对了。此处是反话。
② 满:应为"瞒"。
③ 荡检逾闲:行为不守规矩、礼法。
④ 要:应为"耍"。
⑤ 盖面儿:做点儿好事或说漂亮话遮丑。
⑥ 激刺:应为"刺激"。
⑦ 家:应为"哥"。

虽然死啦,到①落了一个千古的令名,他落一个不是东西。这是第二层可怜。再一说,他作这宗不够资格的事情,居然碰在咱们手里。这是第三层可怜。顶可怜的是他这个儿子,在堂上一给他泄底,实在是天夺其魄。他也就算是憨蠢透了。佩华老弟打算把他怎么办呢?"佩华说:"怎么办呢?反正连他带他儿子,一块儿排抢②得了。"彼时安民公所的权利很大,要排一个人,真跟抹个臭虫一个样。况且这件事赃证俱明,说排就排,简直不费吹灰之力。芝山连说:"不可,不可。他已然遭了报啦,何必总得要他的命呢?他儿子四狗儿,我瞧那孩子,兔头蛇眼,决不是好货,他跟勾亮倒可以枪毙,其余的人,可以从宽末减③。"

佩华的主意,一定要把王有道枪毙,芝山再三的直劝。后来把四狗儿跟勾亮都定了枪毙的罪名,王有道跟那三个土匪,暂时监禁。要按着新法律说,王有道是个造意犯,罪过儿很不轻。不过那个时代,模模糊糊的,就是那个事。

巡捕报告,由王有道家中把赃款起到,连刁亮身上搜出来的,一共不到八十两,当堂让刘德明领去,伤耗几十两,那也就算认了。

过了两天,公所枪毙了四名人犯,有两个路劫的,那两个就是勾亮跟四狗儿。由公所里一绑出来,瞧热闹儿的很多。那两个路劫的,倒是好汉子,笑嘻嘻的,一声儿也不言语。勾亮跟四狗儿,这个现像大了。勾亮是唱,四狗儿是骂,刁亮是拿着时调曲的声儿,自叙历史。四狗是破口大骂他爸爸,老这个老那个,把王有道翻了八个过儿。说是"你没事假充道学,指着道学冤人骗财,养活儿子不教训他好道儿。这就是你的报应。"四狗儿沿路一骂,瞧热闹的人,很有叫好儿的。

四狗儿一排枪,王有道抓④啦,恐怕跟着又排他。当时求人给家里带信,转求亲友设法运动,留他这条命。王有道虽然借着道学蒙事,人很有些个信服他的。当时一湾倒一湾⑤,求出好些个人来,也有找佩华的,也有找芝山的,也有找菊侪的。本来人家是饶了他了,他自己起贼尾子,恐怕把他枪毙,弄出好

---

① 到:应为"倒"。
② 抢:应为"枪"。
③ 末减:从宽治罪或减刑。
④ 抓:抓瞎。急得不知道怎么办才好。
⑤ 一湾倒一湾:人求人。

些人来,苦这们一求。

佩华跟芝山、菊侪商量说:"咱们把这个人情搁在大家身上。芝哥跟菊弟以为怎么样?"芝山说:"很好呀。"菊侪说:"我还有一个主意。人情可搁在大家身上,可别一说儿就答应。咱们给他个延岩①主意,唱一够②《荷珠配》,临完了我还有一个主意。"佩华跟芝山一齐说道:"菊弟,你有甚么主意?"菊侪微然一笑说:"今天我不能说。"

菊侪说:"我有一个特别的办法。说出来,二位大哥所得赞成。"佩华说:"甚么办法?你就说罢。"菊侪说:"昨天跟家嫂商量,转过年来,打算给两位家兄办周年,普请亲友,让王有道身穿重孝,前去陪灵。从先他如何假充道学,刻薄先兄菊如,让他自己对着大家说说,也算给先兄出一口子怨气。二位大哥以为怎么样?"佩华拍着手说道:"很好,很好。妙极了,妙极了。"芝山说:"好,固然是好。未免的太过点儿火。菊如在天之灵,未必准愿意(芝山不失厚道,较比佩华高一等)。"佩华说:"芝山大哥,你又犯道学啦。这宗妖孽蠢贼,不把他枪毙了,还不是便宜他。"菊侪说:"既然决定这个办法儿,对于给他求情的人,怎们③就要求这个条件。"佩华说:"那是一定的。"

简断捷说。这个议法儿,王有道真认可啦。他也有个条件,要求着先开释。佩华不答应,非到菊如开吊那天不开释。王有道怕死的心盛,算是全认可啦。

到了菊如、菊农开吊的那天,普请亲友,非常的热闹。那天王有道由公所出来,人家由监牢出来,都讲究挂红,他老先生是挂白。他的家属,给他送了一身粗布孝衣,由公所里穿上孝衣,几个巡捕把他押到菊如家中。王有道得了活命,也就顾不得羞耻啦。进了棚口,放声大哭,在灵前磕了一个头,真跪了会子。依着佩华、菊侪的意思,还要让他对着众来宾述说历史,芝山看着太不好受,再三跟佩华、菊侪说着,算是把他放了。王有道半辈子竟拿道学虎事,末后成尊④,落了这们一个结果,自己也觉没脸见人。开释之后,待了没有两天,就搬在乡下去了。又有说他当了和尚的,究竟如何,不知所终。

---

① 岩:应为"宕"。
② 够:应为"出"。
③ 怎们:无论如何。
④ 末后成尊:佛法中的话,最后得道。此处是反话。

苦家庭

老灶廿三祭过,三十又接灶君。初二又到祭财神,耗费钱粮一分。
公鸡鲤鱼烧酒,满斗又把香焚。初八晚晌乱纷纷,大家又把星顺。
二月二吃薄饼①,楞说是揭龙鳞。劳民伤财笑煞人,无非是穷迷信。
获罪于天何祷,愚人不解真因。人生祸福本无门,为善天堂自近。

《大车场》②小说交卷,《苦家庭》继续开幕。旧历年关已近,闲话蠲免,干脆开书。

单说北京旧鼓楼大街,住着一家姓韩的,兄弟二人同居。大爷叫韩松山,二爷叫韩松海。韩大爷是个举人,娶妻陈氏,也是书香人家的姑娘。二爷读书未成,后来弃儒学贾,娶妻贾氏,是个市侩人家的女儿。家计原很平常,仗着大爷有分差使,又教着一个专馆,每月有十几两银子进门,在前清年月,日子还能敷衍。

二爷松海念书既不成,作买卖又嫌累,哥哥每月挣几个钱,他就打算坐吃太平宴③,这辈子就下去啦。说句新名辞,他就是一宗依赖性质。韩大爷是个要强的人,遇见这宗手足,心里很难过,看见他心里就堵的慌。诸位要知道,韩大爷并不是多心他,是一宗恨铁不成钢的意思。因为他作买卖性不长,又好馋又好懒,很跟他闹过几回。陈氏大奶奶背地里还直劝大爷,说:"你跟他闹,他也改不了。一个亲手足,何必跟他为这仇?有一等知道的,说你管他为好。有一等不知道的,说你嗔着他坐吃山空啦。反正你是他亲哥哥,养活他就完了。"

---

① 薄饼:春饼。
② 《大车杨》:亦我在《北京益世报》(1918年12月5日—1919年1月28日)上连载的小说。
③ 坐吃太平宴:舒舒服服地坐享其成。

大爷说:"这话也对。不过我看他不长进的样子,不由的生气。"大奶奶说:"生气,你少瞧他就完了。"

说话的这时候儿,松海正在西城作买卖,将上工日子不多。待了没有五六天,那天韩大爷正在家,半天晌午,松海忽然回来啦,并且连铺盖也拉回来啦。大爷一瞧,知道是又犯性①不干啦,原打算不理他,不由的且心里生气。

松海把铺盖往家一拉,韩大爷登时气就大了。松海给大爷作了一个揖说:"哥哥,您在家哪?"韩大爷说:"今天学生告假。你怎么回来啦?"松海撅着嘴不言语。大爷说:"有怎么②话,你说呀。"松海说:"这宗罪我受不了啦。起早睡晚,掌柜的闹脾气,同伙还挤对我。饭食又苦,工钱又有限,一天不得闲。我不能干了。"韩大爷说:"兄弟呀,自古说的好:成人不自在,自在不成人。作怎么有舒③的?躺在炕上抽大烟,每月没人给几两(实话)。你连这回多少回啦?老是人家不好。这就不对了。我说这话,兄弟你可别误会。就是你不往家里挣钱,哥哥决不喷着你。自古士农工商,各有本业。你正在年力富强,游手好闲,也不像个事。古人有云:四体不勤,五谷不生。生来一个人,总得要作事的。"韩大爷正在教训兄弟,弟妹贾氏发了言啦,说:"你怎么这们下三烂缺德?这们大小子,不能挣钱,指着哥哥养活。甚么德行!我公婆作了甚么无德的事情,留下你这样儿的根。"贾氏一骂松海,韩大爷听着有点儿难过,说:"弟妹,我们兄弟们说话,你不必搭岔儿。"贾氏说:"好哥哥的话,您兄弟没皮没脸,这个兄弟媳妇儿,不能没皮没脸。吃哥哥的不香甜。今天干脆说罢,跟哥哥分家,饿死认命。"韩大爷说:"分家不若同居好,大家捧柴火焰高(要唱《打灶》)。"贾氏连哭带喊,非分家不行。贾氏这里撒泼,松海在旁边儿坐着,连鼻气儿也不哼。陈氏大奶奶一劝,贾氏又朝陈氏去了,说了一大套闲话。

家中一吵,过来几个街坊,再三的一劝。贾氏又闹了回子,才算完事。韩大爷是个拘礼顾面子的人,再一说向来又友爱,且这儿放任主义,也就不说他了。松海算是得了意啦,从此任事不作,在家里稳吃。

上回书说的是,松海整天坐吃山空,游手好闲。不但好懒,而且好馋,讲究

---

① 犯性:犯脾气。
② 怎么:应为"甚么"。
③ 此处大概少一"服"字。

吃好的喝好的。韩大爷并不在意,就是陈氏大奶奶背地里也没抱怨过。按说这样哥哥嫂子,也就算不错啦(比我哥哥嫂子强之万辈①)。松海夫妇,反倒属破风筝的——所起来啦。贾氏见天任事不作,外带竟说闲话,大奶奶也不理他。松海被妻子挑唆,三天五天,不跟大爷说话。韩大爷不但不恼,还时常找着跟他说话。这些个事也不提。

过了些时,韩大爷得了一个举保的,是候选知县。自打保举下来,松海夫妇对待大爷大奶奶,另换了一副精神。您猜因为甚么?因为哥哥快放知县啦,所以格外的恭顺(势利起于家庭,可为浩叹)。韩大爷放缺②的那天,正赶上贾氏添了一个小子,一家子欢喜不必说。韩大爷尤其的欢喜。第一,因为哥儿俩都奔四十啦,跟前没儿没女,如今忽然得一个侄子,总算接续香烟有人。第二,那天赶上放缺,添人进口,可犹双喜临门。韩大爷一高兴,给侄子起了个名子,就叫作小双喜儿(可不唱武生)。家庭之内,又升官又得孩子,真是兴高彩烈。

洗三那天,就来了不少亲友。韩大爷放下缺来,自有一番的忙碌,一切不必细提。小双喜儿满月,韩大爷因为高兴,要大办一气。撒帖子普请亲友,搭大棚叫厨子,亲友也真来了不少,唱了一天一夜的大台官戏。

过事之后,韩大爷谢客道乏带辞行,张罗③番,可就要领凭赴任。要说道路并不算远,放的是河南淇县(旧日属卫辉府管),可是连置办行装,装带一路旅费,至苦也得七八百银子。好在韩大爷有一个阔同年,上赶着借八百银子,不要利钱。贾氏挑唆松海说:"哥哥嫂子,一定人家县太爷县太太享福去啦,把偺们扔下啦。偺们竟等着受罪罢。"松海说:"哥哥还能不给偺们带钱④吗?"贾氏说:"你别作梦啦。"

贾氏说:"大哥这一走,就把偺们扔下啦。他还给咱们带钱?他爱你哪?"松海说:"瞧你这们一说,怎么样呢?"贾氏说:"没别的主意,偺们也跟他走。"松海说:"他肯带偺们吗?"贾氏说:"有个辞儿呀。你就说哥哥一走,我也不放心。我在家里,哥哥也未必放心。莫若我跟哥哥一走,彼此两放心。我还可以帮着哥哥办点事。"松海说:"哥哥要把我带走,你一个人儿在京里,我也不放心哪。"

---

① 辈:应为"倍"。
② 放缺:得到官职。
③ 此处少一"一"字。
④ 带钱:寄钱。

贾氏"呸"了松海一口,说:"傻小子,既然肯带你走,我还能不跟着吗？一到任上,你就是二老爷啦。"松海说:"你自然是二老太太啦。"贾氏说:"那还提？"松海说:"但是有一节,哥哥一定不带,怎么样？"贾氏说:"一定不带,他得想法子攻①咱们浇裹儿②。至不能为得落到那块儿？随后还有主意哪。暂时我也不必宣布,到了再说。"夫妻二人研究一③定。

第二天一清早,韩大爷要找补拜两家儿客。松海说:"哥哥,您先别走。我跟您有句话说。"韩大爷说:"兄弟,有甚么话你说。"松海当时把贾氏教的口供说了一遍。韩大爷说:"我虽是实缺,乍一到省,不定怎么样。你跟我去,表面是没有甚么,其中有好大的不合式。兄弟还是在家里,照料家务为是。我是为贫而仕,也没有多大的希望。三年五载,只要够喝碗粥的,我必回来,兄弟欢聚有日。再一说,你跟我去,能让弟妹一个人儿在家里吗？双喜儿太小,路上的风霜也受不了。还有一节,我打算往后有钱,在京里买点产业,家里没人也不成。兄弟还是在家,给我作东最好。我这次起身,也用不了这些盘川,我给你留下一百五十两银子,你垫办过日子。随后有钱,我陆续给你带。哥哥为人,你是知道的。难道说我还冤你吗？"韩大爷这套话,近理近情,松海倒闹的闭口无言。

韩大爷这套话,很近情理,松海闹的倒没话啦。到了晚晌,贾氏直抱怨松海,说:"哥哥说那一套假着子④,你怎么就没了话啦？"松海说:"你还抱怨我呢。没事你让我碰这宗钉子。"贾氏说:"你一苦魔⑤,就带偺们走啦。"松海说:"明儿个你魔哥哥得了,我不会魔。"公母俩连拌带打⑥,连哭带喊,直闹了一夜。这些个事也不提。

韩大爷真给松海夫妇留下一百五十两银子,又嘱咐了一套话,无非是勤俭度日,安分居家等等的话语。那日起身,松海送了哥哥一程。临别的时候儿,韩大爷掉了几点眼泪,还直叮咛嘱咐,让他夫妇好好儿的照顾孩子。松海一一

---

① 攻:供。
② 浇裹儿:日常开销。
③ 一:应为"已"。
④ 假着子:假招子,假惺惺的。
⑤ 魔:也写作"磨",苦苦央求。
⑥ 连拌带打:连拌嘴带吵架。

的答应,说:"哥哥嫂子一路平安(还懂得说这句人话就不错)。哥哥到了任所,有了银子,可别忘了给兄弟带(手足分离,先提带银子,真正的不是东西)。"韩大爷听他这话,又生气,又可怜,又难受,一时触动感情,放声大哭。韩大爷因为他不够资格,这辈子就算结了,遇见这样亲手足,心里实在难过,所以大哭。松海错会了意啦,以为他哥哥听见带银子哭啦(亲手足心术如何,他会测不透,真正的不够资格),登时把眼睛一楞,说:"哥哥您别着急。带银子也罢,不带银子也罢,您哭的是那门子?"韩大爷一听,登时止住悲声,说:"兄弟,偺们俩一母同胞,你还不知道我的心吗?有银子我先给你带。"松海一听哥哥应下给他带银子,当时哈哈大笑(他哥哥哭他乐,地道不够资格),说:"那就好了。我也没甚么说的了。哥哥嫂子一路平安罢(就会说这一句)。"韩大爷还要跟他说话,他竟自抹头①去了。

不提韩大爷上任,单说松海回到家中,对贾氏一说这宗情形,说:"哥哥应下给偺们带银子。"贾氏冷笑了两声,说:"他要给偺们带才怪呢。"

贾氏说:"你这个人,给个棒锤就认真。哥哥的话还有准章程②啦?他要给偺们带钱才怪呢。"松海说:"反正他说给偺们准带,不带的时候儿再说。有这一百几十两银子,偺们先花着。"上回书也说过,松海是又馋又懒,贾氏又懒又馋,外带着又刁又坏,素日松海惧怕他三分。一百几十两银子,过了一个多月,早花去一半。

那天接着韩大爷一封家信,据说到省谒见抚宪③,极蒙优待。藩台又是同年,当即挂牌④饬赴本任。淇县系属中缺⑤,每年输入⑥还可敷衍。现在公私顺利,一切平安,不必挂念。刻下⑦甫经接任,资斧不便,俟下忙⑧后,必当寄钱云云。松海把信给贾氏念了一遍,说:"哥哥已然上任啦,还应许下忙给咱们带钱

---

① 抹头:转身。
② 准章程:准儿。
③ 抚宪:下属对巡抚的尊称。
④ 挂牌:任命官员的公告。
⑤ 中缺:赚钱中等的职位。
⑥ 输入:收入。
⑦ 刻下:现在。
⑧ 下忙:清代一年纳两次税,春天的叫"上忙",秋天的叫"下忙"。

呢。这个下忙也不是甚么日子，莫不成是忙种①节气。"贾氏说："这是冤偺们呢。又下忙带钱咧。没有那个带了，反正不带钱，偺们找他去。"松海说："你先别起急，听一听儿再说。哥哥不是撒谎的人。"贾氏冷笑了两声，说："你那哥哥，你拿他当好人，我不瞧透他！"松海说："反正瞧他一场再说。"

又过了些时，留下的那几钱，早已花光，可巧韩大爷带了银来。松海非常的高兴，向贾氏说道："你瞧怎么样？我说哥哥不冤人，你还不信。"贾氏说："得了二百银，就乐的这个样。你瞧罢，往后就不用打算带了。"松海是个耳软心活的东西，让他女人说的半信半疑。

书要干脆。到了年底，韩大爷又带了三百银。来信内说明，一百银过年。一百银是给老姑太太带的，让松海送去。下余一百银是修理坟地。松海跟贾氏一商量，打算照信履行。贾氏说："你先别忙。我有主意。"

上回书说的是，韩大爷带来三百两银子，一百两给偺们过年，一百两开春儿修理坟地，那一百两是给老姑太太的。松海的意思，是要照着人爷的信履行。贾氏说："可惜你奔四十啦。怎么活来着？你算是好小子，能听哥哥的话。老姑太太那一百银，趁早儿不用给。"松海说："老姑太太从先真疼过偺们。哥哥既有这分意思，偺们要把银子昧下，怎么对的起哥哥（松海虽是乏人，良心还没大坏）？"贾氏说："你要对的起哥哥，不用指着哥哥养活，那叫好小子。"松海说："我不指着他，指着谁呀？"贾氏说："那就完了。别的不用说了。"松海说："听你的，这百银偺们咽底腠②啦。修理坟地这百银，反正偺们得留着呀。"贾氏说："坟地趁早儿不用修理。"松海说："那可不成。一来对不起哥哥，二来对不起祖宗。"贾氏一阵冷笑，说："你对不起祖宗，祖宗还对不起你哪。"松海说："祖宗有甚么对不起我的？"贾氏说："你想啊。你跟哥哥都是他的孙子，保佑他当知县，怎么不保佑你当知县哪？有修理坟地的钱，偺们还吃哪。"松海说："这话也有理，全听你的。"贾氏说："你给哥哥写回信的时候儿，就说照行事全办了，就得啦。"松海一一认可。有这三百银，公母俩过了一个肥年。

转过年来五月，韩大爷又带了五百银，给家中一百，那四百银是亲友本族

---

① 忙种：应为"芒种"。

② 咽底腠：偷偷儿扣留。

的节敬。也有十两的，也有八两的，等等不一。众亲友的信，也一总带到家中，让松海照书行事，连银子带信，按家儿送去。松海又跟贾氏商量，您想贾氏还有好主意吗？除去给他娘家送了二十两银子去，其余各家儿的节敬，山东有话，全都砸了二魔①啦。松海因为有钱，把大烟也抽上啦。

上回书说的是，韩大爷给亲友本家带的钱，松海全砸了二魔啦。手里一松匣②，大烟也抽上啦。贾氏把大烟也弄上啦，公母俩闹了一个号兵赛会（怎么讲）——对吹。这分足③就不用提啦。

书要干脆。韩大爷五六年的功夫儿，给松海夫妇除去带来过日子钱不算，格外带了七八千银子。信中嘱咐让他买房，他连个羊房也没买。写回信去造了一片谣言，楞说买了房啦。

有这些个钱，公母俩足一高乐。松海于鸦片之外，还加着要④钱一门。贾氏是带着孩子足逛一气。此时虽没有茶楼、市场、中央公园，戏园子不卖女座儿，环城铁路也没开办，另有些个游逛的地方儿。七八九十的东西两庙⑤，初一、十五的东岳庙、南药王庙，那是照例不空。有堂会戏的地方儿，也讲究连着听几天。此外逢节按年，由正月初一的白云观说起，甚么大钟寺，厂甸儿，黑、黄寺打鬼，蟠桃宫要逛三天。逛完了都城隍庙，跟着就是南顶⑥。六月坐船得闹几天二闸⑦。

小双喜也六七岁啦，不让他念书，是由着性儿花钱。不但房子没买，还拉下好些亏空。以为韩大爷陆续还要多带，谁知道韩大爷更比从先带的少啦。这是甚么原故呢？古人有云：知弟莫若兄。松海这点德行，韩大爷是知之最悉。不过弟兄分手的时候儿，既应下给他寄钱置产业，作哥哥的不能不履行前言。后来接着松海的回信，声称几处房都租出去啦。韩大爷到也喜欢，可是又

---

① 砸二魔：从过手的银子里克扣。
② 匣：大概是衍字。
③ 足：得意。
④ 要：应为"耍"。
⑤ 东西两庙：指隆福寺和护国寺。
⑥ 南顶：北京最著名的五座泰山神庙，也叫"碧霞元君庙"，分别为东顶、西顶、南顶、北顶、中顶。南顶位于南苑大红门外，建于明代，清乾隆三十八年重修，民国年间倾倒，现已无存。
⑦ 二闸：庆丰闸，北京城东通惠河第二道水闸，所以老百姓叫"二闸"。因河宽水清，景色宜人，为夏季游览胜地。

透疑惑。那天接着本族一封信,大致说节下用钱,求助几两银了①。韩大爷更透疑惑啦。因为节前给这个族人,已然寄去十两,由松海转送,来信可一字没题②。

韩大爷跟大奶奶一谈此事,大奶奶早明白这个情形,表面上不好说,破倒群话③直解说。韩大爷连连的摇头,说:"这里头有一④事。"

松海这宗把戏,大奶奶早已明白,表面上不好说,倒那⑤话直遮说⑥。韩大爷连连的摇头,说:"这里头有事。瞧方向⑦,这几次亲友的节敬,他是全干没⑧了,怨得都不来谢信呢。看起来房子他也未定准买。钱是全让他花了。"一边儿说着,气的了不得。大奶奶再再的相劝。韩大爷说:"二爷那分不长进,我是知道的。二奶奶更不用提。公母俩这分不够资格,孩子一定也让他们养活坏了。我又跟前没甚么,将来真是个麻烦。"

原来大奶奶屡次劝韩大爷纳妾,韩大爷不认可。今天借着机会又一劝,韩大爷也动了宗桃的观会⑨,当时认可。可巧有寅⑩□□送了韩大爷一个使婢,叫作春香(可没闹学⑪),娘家姓魏,说起来还是个宦裔。大奶奶又一怂恿,韩大爷择吉收房。春香倒也温柔忠厚,夫妻都很喜欢。收房一年多,居然跟前一个小孩子。跟着就调署首县。韩大爷算清了交带⑫,携眷赴省。谒宪府委已毕,当即接印任事。

韩大爷对于松海,虽然生气,可是照旧给他寄钱。立妾得子等事,家信中一切都说了,至于买房子没买,亲戚的节敬他干没不干没,倒是一字没提,不过不给他带钱置产业啦。亲友的节敬,也另想法子办啦。可是给他带的钱,也比

---

① 了:应为"子"。
② 题:应为"提"。
③ 破倒群话:应为"反倒拿话"。
④ 一:大概是衍字。
⑤ 那:应为"拿"。
⑥ 遮说:找借口掩盖错误。
⑦ 瞧方向:看样子。
⑧ 干没(mò):吞没,侵吞别人财物。
⑨ 会:应为"念"。
⑩ 有寅:应为"友寅",同年考中的朋友。
⑪ 闹学:春香闹学,《牡丹亭》中的情节。
⑫ 交带:交代。

从先少啦。上回书也说过，松海跟贾氏连抽烟带高乐，弄了挺大亏空，没想到钱带的少啦。那年正赶上五月节，韩大爷带了一百五十两银来，不必说过日子，简直的不够还账的。松海的烟瘾，一天得一两广土①，贾氏也得八钱。松海连瘾带懊带穷，急的直哭。贾氏是嘿嘿儿冷乐。松海说："你太没天良啦。我这儿哭，你乐的是甚么？"贾氏说："我没天良。你哥哥才没天良呢。"

　　贾氏说："我没有良心。你哥哥才没有良心哪！他有钱，全买了姨奶奶啦。兄弟他不管了。没别的说的，就是找他去。"松海说："谁找他去呀？"贾氏说："偺们俩去呀。"松海说："要去找，一个人儿去。我去要是不行，您再露得了。"贾氏一定要去，松海直央求他，贾氏算是不去啦。松海说："那里来的盘川哪？"贾氏说："盘川倒容易，跟他舅舅家浮摘②个三几十两，回来再还他。"夫妻二人计议已定。贾氏这就给他打点行装。

　　书要干脆。借了三十两银子。临走的时候儿，贾氏嘱咐松海说："你到了任上，拿出点儿横架子来，没有一千两银，你可别回来。偺们那位大嫂子胆子最小，你就是拿寻死吓唬③他。一吓唬就得。"松海说："大嫂是个老实人，待偺们也不错。吓唬人家，怪下不去的。"贾氏说："你散了罢。不用去啦。没去，你先缩劲④，那还行啦？"松海说："你别着急。我吓唬就是了。"松海由家中起身，暂且不提。

　　单说韩大爷自打调署首县，对于一切的公事，益加勤奋，各上宪非常的优待。那天正在内宅跟大奶奶闲谈，提到二爷松海，韩大爷咳声叹气，说："我这个兄弟，真让我一点儿法子没有。我就是挣多少钱，也不够他花的。填不满的海眼⑤，这可怎么好？真要把我愁死。"大奶奶再三的相劝，说："亲手足有甚么法子？只好写信劝劝他得了。"

　　公母俩正在谈话，家人上来回话，说："二老爷来了。"韩大爷当时一愣，说："那个二老爷？"家人说："北京的二老爷。"大奶奶说："一定是二爷来了。快请罢。"家人答应出去。韩大爷是个友爱的人，虽然嘴里抱怨，弟兄俩好几年没

---

① 广土：广东产的烟土。
② 浮摘(fúzhāi)：临时借一下应急。
③ 吓唬：吓唬。
④ 缩劲：往回缩。
⑤ 填不满的海眼：怎么也填不满。

见,心里也是惦念,当时迎出内宅。松海也就进来啦。弟兄俩见面,松海叫了一声"哥哥",给大爷行了一礼。韩大爷上前把松海揪住,说:"兄弟,你这几年倒好呀?"

大奶奶也迎至屋外,松海给嫂子行了礼。大家来到屋中。韩大爷把春香叫出来,参拜了松海。把孩子抱出来,又让他瞧瞧。松海问孩子叫甚么。韩大爷说:"排着他哥哥,叫作二喜(比三元强)。"大奶奶又问了弟妹、孩子好?当时叫家人打脸水①、泡茶,跟着要开饭。松海说:"倒是不饿,将才在外头吃的。"

说了几句闲话儿,韩大爷忽然向松海说道:"兄弟呀,有句话我要问问你。"松海一听,登时打了一个冷战儿。本来自己所行所为,对不起哥哥,就是这次来,也是媳妇儿逼迫的,并非出其本意,又不敢不来。心里本就怀着鬼胎,韩大爷一问,所以打了一个冷战儿,登时似披虱袄,如坐针毡,就恨地下没有缝儿。心里说:"要干。不是问买房子,就是问节敬的事情。"松海心里正打鼓,又听韩大爷说道:"兄弟,你要来的话,迎头②你先来封信哪。我派个人接接你也好呀。你也没行过路,好让我不放心。"松海一听,这才把心放下。又一转想,哥哥待我不错呀,我总算对不起哥哥。想到其间,一阵难过,咧着蛤蟆嘴,扯着喇叭嗓子哭起活儿来。松海一哭,把韩大爷的委屈也招起来啦,也一路大哭。大奶奶瞧着不是事,当时再再的相劝,说:"老弟老兄的,好几年没见。今日相逢,正应当喜欢,何苦这样伤心?"劝了半天,哥儿俩才止住悲声。

韩大爷传话,让厨房添几个菜,今天给二老爷接风。这当儿,男女仆人都上来参见二老爷。松海一瞧,心里说:"哥哥身作高官,真是一呼百诺,好大乐子啦。哥哥也是人,我也是人,哥哥算抖起来啦,我算马尾儿穿豆腐——提不起来啦。"心里一难受,又要哭。这当儿饭已摆齐,韩大爷说:"兄弟,你喝一盅罢。"松海一瞧,杯匙小碟都是银的,心里暗暗的点头,说:"好阔好阔。"

松海一瞧,酒杯都是银的,心里说:"我揣他两酒杯(这家伙跟《对银杯》上刘奎学的),也够换两分儿烟的。"弟兄饮酒中间,韩大爷有心要问他买房、节敬的事情,后来一想,弟兄们离别好几年,今日相见,何必提这个事情?当时不过谈了会子北京近时的状况。吃完了饭,有人拜会。韩大爷说:"兄弟你这儿坐

---

① 脸水:洗脸水。
② 迎头:事先。

着。我会会客去。"

韩大爷去后,松海酒饭入肚,烟瘾上攻。先打了两个哈欠,跟着鼻涕眼泪全下来啦,脑门子直出凉汗,心里这分难过,真比耍①死还难过。大奶奶跟他说话,他也答不了岔儿啦。本来他一进门儿,大奶奶一瞧他这宗气色,就疑惑他把大烟抽上啦,如今一瞧他这宗神气,更是准啦。始而松海还扎怔②着,后来真不了啦,说:"嫂子,我不行啦。我要死。"大奶奶说:"二爷你怎么了?"松海说:"我,我,我不得劲。"大奶奶说:"你抽上烟了罢?"松海说:"对呦。您越说越对呦。我倒是带着家伙呢。我上那儿抽去呀?"大奶奶说:"你抽了几年啦?"松海说:"抽了三年多了。告诉嫂子说,连您弟妹也抽上啦(倒是不打自招)。"大奶奶一听,心里说:"好劲哪。敢情公母俩全把大烟弄上啦。"松海说:"好嫂子,您可别告诉我哥哥。"大奶奶说:"我提这个作甚么?你哥哥还是最嫌抽大烟。你上西厢房抽去得了。"松海将奔西厢房,韩大爷就进来啦,直打听兄弟那里去啦?大奶奶用话遮掩过去(大奶奶比《钓金龟》的王氏嫂嫂强的多)。

书要干脆。松海来了几天,韩大爷夫妇是异常的优待。松海抽大烟这节,大爷到底也不知道。同寅里有几个跟韩大爷至好的,听说他这位令弟到了,彼此都要请吃饭。

韩大爷同寅至好,听说松海来到,都要请吃饭。惟独中军胡参府,跟韩大爷又是换帖,又是二喜的干父,所以格外透近,连着请松海吃了好几顿。

松海在衙门住了几天,虽然闹个肚儿肥③,惦记着女人孩子,要回北京。韩大爷还要留他住些时,松海耽不住啦,那天向韩大爷吞吞吐吐的说道:"家里他们孩子大人还没落儿④哪,我得迁⑤紧回去。"韩大爷叹了口气说:"别的事情既往不咎,也不必提了。以后你们真得力求俭约才好。我现在虽署首县,不使非分之钱,没有多少积蓄。就说这些年,我往家里给你……"说到这块儿,把话又咽回去啦。又叹了一口气说道:"你们三口人在京度日,每月有多少钱可以够呢?"松海说:"要把该人家的账都了净啦,每月有一百银子,也就够了。"韩大

---

① 耍:应为"要"。
② 扎怔:扎挣。
③ 闹个肚儿肥:吃足了好吃的。
④ 没落儿:没着落。
⑤ 迁:应为"赶"。

爷怔了一会儿说道:"有多少账呢?"松海期期艾艾的说道:"大约有一千两银子也就行了。"韩大爷满心里的话要说,自己一想,亲手足一千多①地来到任所,作哥哥的别的话不能跟他说。不说心里真难过。楞了一会儿,又一转想,世间最难得者,弟兄。银钱全是小事,兄弟就这们一个。当时说道:"就这们办了。我给你一千两银子还账,每月给你带一百两银子过日子。我是一月一寄。你想怎么样?"松海说:"哥哥这分意思,我还有甚么可说的?"韩大爷说:"你回京,我先给你盘川。还账的一千两,随后寄去。过日子钱,我是一月一寄。兄弟,你也不必常来啦。待不了几年,我打算辞官回京,弟兄见面有日。"说着掉了几点眼泪。松海说:"哥哥只管放心。我从此力改前非就是了。"韩大爷擦着眼泪说道:"人非圣贤,孰能无过?知过改过,那便是英雄豪杰了。"

书要干脆。松海起身的头一天,韩大爷特备盛宴,给兄弟饯行。话说了千言万语。

松海起身回京,韩大爷还要派人送他,松海倒是直拦,说:"路上很是平安。我怎么来的?"弟兄俩当时洒泪分别。暗中交代,大奶奶背着韩大爷,又给他了五十两银子,还有些个细软物件。松海回家,一路之上,没有甚么可叙的。

那天到家,贾氏正同着几个街坊家的妇女斗牌。松海一瞧屋里的东西,买②了八成而净。公母俩见面,贾氏先炸啦,说:"你一去小俩月,家里你也不管了。孩子大人快饿成干儿了。你要再不回来,我就要走啦。"松海说:"你走,上那儿去呀?"贾氏说:"我还要上那儿去呀?我追你去。"松海说:"你一说要走啦,吓了我一跳。"贾氏说:"你别胡说白道。"

松海一回来,当时局亦扰啦,街坊散去。贾氏说:"这荡怎么样罢?"松海说:"哥哥嫂子倒是待我不错。哥哥的同寅,张老爷、李老爷、胡大人,都请我吃饭。"贾氏说:"你这个不开眼的人,吃点子算的了甚么!真章怎么样罢?"松海说:"给昝③们一千两还账。每月给偺们一百银过日子。这还怎么样?"贾氏冷笑了两声说道:"我没告诉你吗?不过两千银,你别回来。你没寻死吓嚇大嫂子吗?"松海说:"大嫂子不错,偷着给我五十两银子,还有好些个东西。我再寻

---

① 此处少一"里"字。
② 买:应为"卖"。
③ 昝:咱。

死吓嚇人家,我真拉不下脸来。"贾氏说:"你这个人,真正的不够资格。这年头,凶拉不下脸来,那还成了?给你五十两银子,你就瞧到眼里啦。他手里要没有五万才怪呢。"松海说:"手里有五十万,也是人家的。人家应下给僭们带钱,就不错啦。"贾氏说:"等着罢。他要寄钱便罢,要是不寄的话,刘金锭①带骆驼,你瞧小奴家下山的。"松海说:"你千万别去。你要去,那算怎么回事情?我问问你,这屋里东西,全跑那里去了?"贾氏说:"东西呀?治了饿啦。换了大烟啦。"松海说:"你还提大烟呢。我在衙门里抽烟,大嫂子倒知道,我就没敢让哥哥知道。"

松海说:"我抽大烟,没敢让哥哥知道。嫂子倒是知道。我告诉你说,哥哥那里真是造化,酒杯都是银的。我真要揣起几个来,我老不得手。"贾氏说:"你为甚么不揣他几个呢?"松海说:"家人们随随步步看着我,不得手呀。"贾氏说:"好哇。他们使酒杯都是银的,我们吃饭都是黄沙碗。别忙,非我去不行。我要不给他个大闹祥符县,他也不知道我的厉害。"松海说:"你老是这宗脾气。闹的我有甚么话老不敢跟你说。你可千万别去。"贾氏说:"我也先不去呢。他不给寄钱,僭们再说。"

书要干脆。待了几天,还账的一千两银子寄到,跟着又寄来一个二百两银子。松海夫妻二人吃喝惯了,又加着两根烟枪,有多少钱,他世②是过不好的。待了一二年,混的比从先还糟。韩大爷总是每月初间,把一百两银子给他寄到。银子到手,除去还烟土钱,再还点酒肉账,两天就完,这月就得札空枪③。东摘西跨,下月进了钱,补还上月的亏空。俗话说,叫作月倒儿(跟我们家日子一个样)。始而还倒的过来,后来就倒不过来啦。贾氏要上河南,松海也拦不住了。

那天带着双喜儿,借了几个盘川,居然迳奔祥符县。到了衙门,跟哥嫂一路放刁,韩大爷气的眼蓝,大奶奶连央求带对付。贾氏住了半个多月,出了好些个笑话儿。一切现像,无须多赘。闹到归齐④,韩大爷应下每月给他们二百两银子,才算完事。又派人把他送到北京。

---

① 刘金锭:也写作"刘金定",文学作品中的北宋女将。
② 世:应为"也"。
③ 札空枪:表面威风,内里空虚。指没钱。"札"应为"扎"。
④ 归齐:最后。

韩大爷被贾氏气了一个肝气病,医药总不见效。好在署了几年首县,剩了几个钱,自己无意功名,又思念北京,因此告病还家。同寅如何饯行,不必细说。一路无话。

回到家中一瞧,房子糟踏的也不成样子啦,东西物件也全没了。松海夫妇抽大烟,也瞒不了啦。韩大爷一瞧这宗状况,叹了一口气,掉了几点眼泪。打算要责备松海几句,后来一想,事已至此,责备也是枉然。

上回书说的是,韩大爷回到家中一瞧,屋里不成屋子,院子不成院子。松海夫妇是整天抱着烟灯。双喜儿已然八岁,也没念书,养活的跟山贼一个样。韩大爷一想,跟兄弟分家,是不合式,同居过,真受不了。好在家里这几间陈房,他们还没卖。当时想了一个主意,重新翻盖了一回。一宅分为两院,韩大爷住东院,松海住西院。

那天韩大爷备了一桌酒席,把松海夫妇请到自己屋中。韩大爷给他们斟了两盅酒,让他们喝了。随后说道:"作哥哥的侥幸作了几年官,别的没剩,落了一个好名声,还剩了一身肝气。宦囊虽有点,也不多。我这个病身子,是不能再出山了。兄弟,你今年也快五十了。已过的事情,也都不说了。从今天起,偺们是重打鼓另开张。哥哥这个为人,你们良心主张(也得有呀),待你们不敢说好,甚坏处大概还没有。现在我也是处于无法。我所剩的这几个宦囊,偺们是平分秋色。所有的东西物件,你挑剩下的,是我的。有这几个钱,你自己想个生计。大烟可以把他断了。双喜儿也不小啦,二喜儿也六七岁啦。外头院儿有的是书房,请一个先生,束修两餐,归我备办。不知兄弟跟弟妹意下如何?"松海低着脑袋不言语。贾氏当时说道:"哥哥这分意思,倒是不错。可是有一节,平分秋色这句话,兄弟媳妇儿没念过书,我不懂得。您得解释我听听。"韩大爷说:"我剩的这几个钱,兄弟一半我一半,这叫作平分秋色。"贾氏说:"呕。这就叫作平分秋色呀。那们哥哥剩了多少钱呢?"韩大爷叹一口气,说:"弟妹,你放心。作哥哥的决不屈心是了。"贾氏冷笑了两声,说:"哥哥是疼人的人,还能跟我们屈心吗?哥哥既要这们办,就这们办得了。"韩大爷说:"还有一句话,我抖胆①要劝弟妹,你千万把大烟断了才好。"

---

① 抖胆:斗胆。

贾氏说:"大哥向来最疼兄弟妹妹,还能跟我们屈心吗?大哥说怎么办,就怎么办罢。"韩大爷说:"弟妹呀,我说句直言,你可别恼。你千万把烟断了罢。"贾氏说:"那您就不用挂心了。我断就是了。"松海竟听女人的,始终也没言语。

书要干脆。韩大爷那天开了一个单子,把银钱东西分作两堆,随松海夫妇挑。松海说:"哥哥随便给我们一分得了,何必挑呢?"贾氏说:"哥哥既是以公为公,莫若抓阄儿倒好。"韩大爷说:"很好很好。"当时作了两个阄儿。松海要抓,贾氏说:"你先等一等儿。我不认识字,我抓最好。"贾氏当时抓了一个阄儿。简断捷说,分了一万四千多两银子,皮箱四只,衣裳多件,还有好些个首饰。此外零碎东西,不计其数。公母俩当时乐不可支,往自己院子里一运。最后,韩大爷把松海夫妇叫到跟前,恳恳切切的嘱咐了一遍。贾氏说:"既是分了家了,哥哥也就不用挂念了。混的好混不好,在我们就是了。"

分家之后,韩大爷觉着心净,肝气病略好一点。过了些时,有人荐了一位教读老夫子。此公姓黄,山东人氏,因为他满部的浓髯①,外号儿叫黄大胡子,是个岁贡②出身,品学兼优,心直口快,跟韩大爷一见如故,非常的对劲。言明每月束修六两,早晚两馔,两点心,晚晌下榻,有书童儿伺候。东西③之间,处的倒很合式。

双喜念书,非常之笨,无出息,淘气可属他打头。二喜虽小,倒是很聪明,也很安稳。那天韩大爷在书房闲坐,黄大胡子向韩大爷说道:"东翁呀,你们这位令侄,是其笨如牛,其淘如猴。念书这本册子上,是没有他的名子的。你们这位令郎,倒是仪容端谨,器宇深沉(这四个字一句),将来一定是要抗宗跨灶④的。"

黄大胡子向韩大爷说道:"令郎聪明过人,比令侄胜强百倍,将来必要抗宗跨灶的。"韩大爷叹了一口气说道:"舍侄本质也还不错,都是让舍弟夫妇给纵养坏了。"

双喜儿念书虽然不成,很有歪才。黄大胡子跟韩大爷这里谈话,他全听在心里。下学见了爹妈,有枝儿添叶儿,造了一片谣言,楞说韩大爷跟先生骂来

---

① 满部的浓髯:一脸的大胡子。
② 岁贡:明清时,每年或两三年从各州、府、县学中选拔生员(秀才)到国子监读书,叫"岁贡生"。
③ 东西:主人叫"东人",家庭教师叫"西宾"。
④ 抗宗跨灶:应为"抗宗跨宠",超越自己的祖先。

着,说他们一屋子都是坏包。贾氏跟松海正躺在炕上过瘾,松海倒没说甚么,贾氏炸了。当时把烟枪一扔,说:"这书不念了。明天不用上学啦。我们孩子不陪太子读书。这个姓黄的教书匠,就不是东西。捧臭脚、架弄事,拿我们孩子垫踹窝①。我这就骂他去。"松海说:"使不得。一个教书夫子,师严道尊(他还懂的这句呢),不好,许辞他,没有骂的。"松海那里拦的住。

  贾氏跑到书房,指天画地苦骂了一阵。黄大胡子起先以为他骂别人,倒没理会。后来贾氏叫着姓儿的一骂,黄大胡子这才知道是骂他。山东人气粗,如何受的了这个?要回敬他两句,一想不合式,不言语,心里又难受,他更有主意,跟②在屋里扯开了嗓子一喊韩大爷。山东儿这条嗓子,真过一字调,韩大爷在屋里正听,摸不清甚么事情,当时跑到外院。贾氏是在外头骂,黄胡子是在屋里嚷,孩子吓的是真哭,狗是真咬。韩大爷一瞧这宗现象。气的浑身上的肉跳。大奶奶不放心也逅③出来啦。韩大爷说:"你,你,你把二奶奶劝进去。这,这,这是怎么回事情?"

  大奶奶将过去一劝,贾氏冲着大奶奶来了,说了一大套闲话。好容易有两个老婆子帮着,才把贾氏劝走。韩大爷进了书房,直给黄大胡子作揖,说:"老夫子千万别生气,全瞧在兄弟的面上。我们这个弟妹,素有疯急。他是个精神病。"

  大家把贾氏劝走。韩大爷来到书房。黄大胡子扯着嗓子,还在那里喊哪:"韩大先生,韩大哥,快来罢。"韩大爷说:"我来啦。我来啦。老夫子,对不住的很。"当时直点儿的作揖请安,好话说了万千。黄大胡子说:"东翁,方才骂人的这位堂客,是府上的二奶奶吗?"韩大爷咳了一声说道:"正是舍弟妹。此人素有疯病的根子,得罪老夫子。实在惭愧的很。"说着又作了一个揖。黄大胡子说:"这倒是小节,东翁千万不要往心里去。我教专馆挨骂,这是第三回了(大概在挨骂学堂毕过业),都因为我心直口快的原故。我这倒没甚么。我倒替东翁发愁。"韩大爷说:"老夫子为我愁甚么?"黄大胡子"嗳呀"了一声说道:"我说句话,东翁你可别恼。府上这位二奶奶,我见过两回。高颧骨大眼睛,翻鼻孔

---

① 垫踹窝:也说"垫踹儿",代人受过。
② 跟:大概是衍字。
③ 逅:大概应为"跟"。

吹火嘴（跑这儿说美人赞儿来了）。兄弟少读相人书，骨格气色略知一二。这位二奶奶，实在不是助夫兴家的妇人（让贾氏听见，又得足骂一气）。"韩大爷说："相法这道，兄弟虽不深信，至于舍弟妹的脾气，是最不好的。"黄大胡子说："方才我听他一骂，这条嗓子，又像破锣，又像豺狗子的声音，好亡道啦。可不是他骂我，我给他说坏话，将来东翁要受他害的。趁早儿搬出去，不必瞎沽虚名，在一个院子住了。"韩大爷一听，当时一楞，低着脑袋，沈音①了半天，心里说："相法不相法，原是冤人的玩艺儿，我向来倒不迷信。他说的这几句话倒真对，这些年受他的害还小呀，我这身肝气还是他气的哪。现在病体颓唐，不是长久之人。我要一死，剩下他们孩子大人，一定是苦了。"韩大爷正在寻思，黄大胡子说道："大先生，我说的话怎么样？趁早儿跟他脱离关系罢。你们这位二先生，我们虽没深谈过，也见过几回。那个人是又饶②又懒，又没主意又惧内。我说句得罪人的话罢，简直不够男女的资格。"

　　黄大胡子说："东翁，你就别犹豫啦，赶紧脱离关系罢，省的将来受害。按说疏不间亲，因为偺们是至好，我才贡献直言。"韩大爷叹气说道："老夫子金石之言，兄弟是很感激了。我家庭的事情，你还不甚知。向来我不爱说这些个，今天谈到这里，你也不是外人，我可以略说一说。"当时把松海夫妇那点盛德，简单着说了一回。黄大胡子没等听完就炸了，说："这还了得。我还不知道令弟是这宗行为。出这宗子弟，真正的家门不幸。"韩大爷说："我这点宦囊，已竟分他一半啦。现在虽然同居，却是单过。老弟老兄的，我五十多岁了，他也五十岁啦。格言上有云：世间最难得者，弟兄。都还活上几年？反正我待遇兄弟不亏心，各人行各人的完了。老夫子也别生气了。回头我必让我兄弟过来，给老夫子陪个不是。"黄大胡子说："这倒不必。我决不恼就是了。"韩大爷又安慰了一番。回到东院上房，越想越有气，当时打发老婆子去请松海。请了两回，松海也没过来。韩大爷气的一夜没睡觉，大奶奶劝也不行。

　　第二天一清早，又打发人去请，松海才过来。韩大爷向来没跟兄弟激烈过，今天是真急了。一见松海，气就上来啦，说："昨天二奶奶闹学（按说应当姨奶奶闹学），大骂老夫子。你知道不知道？"松海把母狗眼儿一翻，说："我怎么

---

① 沈音：沉吟。
② 饶：应为"馋"。

不知道？比您不知道！"要说松海每回跟大爷说话，不敢这样叫横，今天是受了夫人的传授啦。韩大爷见他话透蛮，气往上撞，说："你既知道，为甚么不拦？俏们念书作官的人家，弄这宗现像，岂不让人笑话？"松海说："哥哥是念书作官的人，怕人笑话。兄弟没念书，也没作过官，我是不怕人笑话的。"大爷一听，当时气的要死，说："你们真不顾廉耻啦。简直的要我的命吗？"

松海向来跟大爷说话，不敢这样放肆，今天是受了女人的指教，所以比往常叫横。韩大爷让他气的要死。正在这个时候儿，贾氏赶到。没等韩大爷开言，闹了一个先发制人，说："哥哥，您就不对。没事请这们个先生，拍马屁溜沟子，教孩子三六九等，我们孩子竟跟着垫踹窝。我骂他，还是便宜他。再说，哥哥有甚么话，你朝着我说，您别挟磨您兄弟。"贾氏几句话，气的韩大爷心里发堵，登时要得气结胸。怔了一会儿说道："弟妹呀，俏们是念书根本人家儿，千万别让人家笑话才好。你可千万别上书房闹去了。只当是作哥哥的不是，要骂，你骂我一顿就得了。"贾氏说："那我可不敢。反正我们孩子不念书了。"韩大爷说："子孙虽愚，经书不可不读（这宗人还跟他讲格言哪）。就是不跟黄先生念，也得另找个学房才好。"贾氏说："我们孩子念书也吃饭，不念书也吃饭。"这几句话，把韩大爷气的乱颤。大奶奶怕大爷气坏啦，当时直说好话，才把松海夫妇劝走。

韩大爷受这一通儿气，勾起了肝气，外带着咳嗽，饮食不进，昼夜不宁。大奶奶跟春香日夜扶侍，不必细说。请了几个大夫，所说的病源相同。都说是肝肺两伤，恐入痨症。

那天黄大胡子前来探病，韩大爷掉了几点眼泪，向黄大胡子说道："我这病已入膏肓，恐将不起。小儿叩蒙教育，兄弟是感激不尽。我死之后，老夫子千万不要辞馆。我已经跟内人说过了，束修是照送。"韩大爷话没说完，山东儿大动感情，咧着大嘴也哭了。一边儿哭着说道："东翁呀，你养病要紧。你这分存心待人，吉人自有天相。安心静养，把一切烦恼除去。凡事放宽，一定喜占勿药①的。我兄弟既蒙青眼②看待，一切当必尽心。束修一节，千万不要提的。就是尽义务，我也是情甘愿意的。"

---

① 喜占勿药：也作"早占勿药"，不吃药也会好。
② 青眼：对人器重。

韩大爷一托孤,黄大胡子是个血性的汉子,当时大动感情。痛哭之下,说:"东翁,大先生,一切放宽,养病要紧。"韩大爷点了点头。正在这个时候儿,贾氏过来探病,黄大胡子赶紧溜了(大概是怕骂)。贾氏敷衍了一番,随后向大奶奶说道:"我哥哥这个病,大概是不中用了。抬头纹也散了,大眼角儿也开了,气色不好的厉害。据我看是九死一生。嫂子也得预备后事才好。孝布撕了没有(他倒真急战)?我帮着缝缝去。"

照例病人的心理,愿意人说好,怕人说不好。就是素日极开通的人,到了病重的时候儿,也犯这路毛病,所以高明医者给人看病,先要开导安慰,总说是不要紧,可治,只管放心,决死不了。病人心里一痛快,精神一爽,病就能退几成。这就叫作精神医病法。用药再用的对付,碰巧就能奏效。您要当着病人一说要死要活,不行了罢,预备后事罢,七成病当时能加上三成。精神一郁结,吃甚么药也不用打算见效了。

闲话取消。贾氏来探病,他起先就没安着好心,三成探病,七成催死。后来他掏出一块绢子来,捂着眼睛,数数落落哭起活儿来。大奶奶可真急啦,说:"你哥哥还没死哪,你哭的是那门子?他将吃下药去,你让他忍一忍儿罢。"说了半天,贾氏才走。

到了晚晌,韩大爷算是睡着了,大奶奶跟春香在那里看护。就听西院里锣鼓声喧,非常的热闹。韩大爷本来睡不实在,登时惊醒,说:"这是那里来的声音?"老婆子旁边儿又爱多话,说:"西院大哥儿(就是双喜儿)明天生日,二奶奶叫了一挡子耍狗熊。明天还有坐打儿①二簧腔呢。"老婆子还要往下说,大奶奶瞪了他一眼,算是不言语啦。韩大爷叹了一口气,掉了几点眼泪,说:"二奶奶不懂人理,我不恼他。我这个兄弟,他怎么会这样?听妻言而疏骨肉,这句话他是当之无愧了。可惜我待他这片心肠,实在令人可哭。"

韩大爷掉了几点眼泪,向大奶奶跟春香说道:"我这病是一定不起了。二爷二奶奶这宗行为,我死之后,指着他们,决没有好待遇。我预料着,他们一定霸占家产,把你们娘儿三个驱逐出门。没想到落得这般结果。"大奶奶跟春香一边儿哭着直劝。韩大爷从打这晚病体愈发沉重。

第二天,黄大胡子又来探病。韩大爷说:"我在河南有个知己的朋友,虽是

---

① 坐打儿:演员坐着清唱。

武夫,却有血性。我们两个人又是拜盟①,又是小儿二喜的干父。此人姓胡,号叫俊亭,是个记名总兵,署理抚标中军参将。前年还来信,就是去年没有通信。我们两个人,是个患难的朋友。我求老夫子给他写封信,就提我病已垂危,不能亲自动笔。我也没别的所求,我死之后,他们寡母孤儿,求他遇机关照就是了。"黄大胡子说:"这个容易,我回头就写。可是信由我写,东翁有图章,盖上一个最好。"韩大爷说:"那是自然。"正这儿说着话儿,忽听西院里堂鼓大锣非常的热闹,原来是二簧票又上了场啦。韩大爷向黄大胡子说道:"老夫子你听,我病的这样,他们会这样高乐。真正的丧心病狂。"黄大胡子说:"昨天也吵了我半夜。这宗人不可理喻,也就不必理他了。东翁还是养病要紧。"书要干脆。黄大胡子把信写好,请韩大爷看了,当时发寄。

　　韩大爷的病,是一天不及一天。衣衾棺木,也都预备好啦。那天晚晌,韩大爷透着紧手②,打发人去请松海夫妇。请了三回,也不过来。眼看着人不成了,大奶奶所急了,让春香过去请,松海才过来。松海进得屋中,韩大爷已竟捣③上气啦。松海叫了声"哥哥",韩大爷睁开眼睛,瞧了他一眼,要说话是不能说了。当时把眼睛又闭上啦,抖了抖下巴,伸了伸腿,竟自与世长辞啦。韩大爷一咽气,松海叫着"哥哥"痛哭了一场。

　　韩大爷一咽气,松海哭了一场。贾氏跟着也来到,叫了一声"哥哥",干号了几声,算是交代差使。入殓已毕。大奶奶跟春香都哭了个气④去活来。贾氏上前劝道:"我哥哥业已死了,这是他老人家的寿数。您就别哭了,办大事要紧。姨奶奶,你也别哭啦。哭会子也活不了啦。"松海也直劝,大奶奶才止住悲声。贾氏说:"我哥哥作了会子官,嫂子打算怎么个发送呢?"大奶奶说:"你哥哥头两天留下遗言,说是不要多花钱。用二十四人杠,也不念经。至近亲友知会一下子,伴宿预备几桌席,也就完了。"贾氏说:"我哥哥留甚么遗言,我们也没听见。他老人家作官一场,挣的钱也不少,办事太不成样,也让人笑话。嫂子要是怕花钱,不用您拿钱,哥哥疼了会子,我们发送哥哥,也是应当的。"大奶奶说:"我并不是怕花钱。他虽留遗言,也不能竟听他的。"贾氏说:"这话对呀。

---

① 拜盟:把兄弟。
② 紧手:危急。
③ 捣:捯。
④ 气:大概应为"死"。

嫂子打算怎么办呢?"大奶奶说:"我是没主意。二兄弟跟二妹妹,想着怎么办呢?"贾氏向松海说道:"你想怎么办呢?"松海说:"我想着用个四十八人杠,念六棚经,也就可以的了。"贾氏说:"也就行了。"大奶奶说:"大约得多少钱呢?"贾氏直冲着松海努嘴儿。松海说:"嫂子,就拿出三千银子来罢。不够都是我事的儿。"大奶奶说:"就那们办了。二兄弟就多分心罢。"松海说:"嫂子,你这话没有。我亲哥哥的事情,我不是应尽的义务吗?嫂子,你就拿出一千两银子来,马上就得用零钱。办白事是最费钱的。"大奶奶当时拿了一千两银子交给了松海。松海这就抄手大办白事。

黄大胡子过来探丧,痛哭了一场。大奶奶给他磕了一个头,他也给大奶奶磕了一个头,登时告辞要回家。原来今天早晨,黄胡子接了一封家信,他八十多岁的母亲病故,即刻要奔丧回里(你瞧这个巧)。

黄大胡子哭了韩大爷一场,要奔丧回里。二喜跟老师感情最厚,揪着黄大胡子的衣裳直哭,大有恋恋不舍之意。黄大胡子说:"我此次回家,丧事完毕,必然来京。你我师生见面有日。"大奶奶封了五十两奠敬,五十两程仪,送给黄大胡子。黄大胡子那里肯收?又哭了韩大爷一场,回山东去了。

这里松海把他两舅爷找到,襄办丧务。他这两位舅爷,一个叫贾大,一个叫贾三,都是市侩之流。反正是松海赚他嫂子,他两个舅爷又赚他。事情办的那分缺德,就不用提啦。说六棚经,改了三棚。四十八人杠,变了三十二人杠。临完了,还告诉亏空二百两银子。大奶奶无法,又拿出二百两银子来,交给了松海。

过事之后,大奶奶连急带气,得了一个单腹胀的症后①。贾氏见天过来探病,就是催死。双喜儿跟着他妈妈过来,带携零碎东西。书要干脆。大奶奶病了半年多,临死的时候儿,把松海夫妇叫到跟前,说:"哥哥嫂子待遇兄弟弟妹,虽没有多大好处,也还没有多大恶处。春香是妥稳的人,二喜是你哥哥一点骨血。我死之后,兄弟弟妹,要另跟着②待他母子才好。"说着气急声嘶,要哭哭不出来,眼睛一翻,两腿一伸,竟自驾返瑶池③去了。

---

① 症后:应为"症候"。
② 跟着:应为"眼看"。
③ 驾返瑶池:去世。

大奶奶一死,松海夫妇也哭了两声。春香正在那痛哭,贾氏说:"姨奶奶,你先别哭,有话跟你商量。"春香当时止住悲声。贾氏说:"大奶奶现在是死了。大爷死的时候儿,你是知道的,一共花了三千二百两银子。大奶奶是个官儿太太,有大爷的事情比着,总得一个样。有例不增,无例不减。你拿出三千二百两银子来,先办事要紧。"春香原是个外浑厚内精明、有心胸有志气的人,自己一想,反正这点家产,都得归他,何必跟他反抗?当时认可,说:"二爷二奶奶一切分心。三千二百两银子要是不够,只管言语。"贾氏一听哈哈大笑,说:"你这不是明白话吗?"

　　上回书说的是,韩大奶奶一死,松海照旧总办丧仪,一共花了二百两银子,楞说三千八百两。春香明知道他是砸二魔,也不跟他计较。过事之后,贾氏那天向春香说道:"我有一句话,头两天我就要跟你说。因为是大奶奶还没出殡,没功夫儿说那些个事。现在事情也过了,今天倒可以说说。大爷大奶奶也都没了,你这个岁数儿,还应该打个正经主意。有死的有嫁的,年轻轻儿的,守着也没有甚么意思。二少爷是大爷的一条根,你把他留下,归我们抚养。大爷这点银钱动产,当然归我们管理。俟等二少爷读书成人之后,再交还他。这些个事,你也就不必管啦。你给大爷当了这些年屋里人,也不难为你。你把银钱物件全数交出,我们查点清楚,提出一百银子来给你。至于你自己的衣裳物件,你自己带走。干脆清楚,直捷了当。这个办法,实在是三全齐美。我这是为你好。你的意下如何?"春香早就知道他们有这手儿,当时不慌不忙,慢慢说道:"二奶奶这分意思,实在是为我好,我很感激。但是我有个下情,要跟二奶奶说说。"贾氏说:"有甚么话你说罢。说明白了好办。"春香说:"我也是书香人家的女儿,因为家贫,卖给人当姨奶奶,已竟是有辱门庭。如今再要改嫁,那缺德更大了。告诉二奶奶说,我生是韩家人,死是韩家鬼。且不必说我有这们大的儿子,就是没儿子,我也是不能再醮①的。"贾氏说:"你不必跟我转酸文。甚么在教②不在教,我不懂得。我知道在教不吃猪肉。你说了个挺好,临完了闹个有始无终,那倒憨蠢。这宗事我见多了。说了个天花乱坠,半路中间忽变宗旨,

---

① 再醮:寡妇再嫁。
② 在教:"在教"和"再醮"同音。在教,指信奉伊斯兰教。

闹的人不人鬼不鬼，谁也对不起。有其①如此，不若当初干脆改嫁。我这可不是挤对你。你要再思呀再想。"

贾氏说："姨奶奶，你也不用盖面儿②，偺们今天亮盒子摇③。我是满为你好。你要再思再想。"春香说："我也不用思想啦。说别的，我都认可。改嫁这件事，叫作没有。"贾氏当时把眼一瞪说："你既然愿意守着，这院里你不能住，趁早儿给我搬到后院去。"春香说："那也倒没甚么。"贾氏说："银钱物件，赶紧合盘托出，我还要查点查点。也不难为你，见天攻你们母子吃喝就是了。"春香说："二奶奶说好便好。一切认可就是了。"贾氏说："我叫底下人收拾屋子，赶紧这就给我搬。"春香说道："遵命。"

书要干脆。贾氏一声令下，松海带领仆人等这就翻箱倒箧，一路搜查。双喜儿迸迸跳跳，也跟着动手。春香带着二喜在一旁参观，鼻气儿也不哼。大奶奶有个陈老婆子老王，看着心里不平，站在那里直哭，说："大爷大奶奶，你们老公母俩忠厚待人一辈子，怎么会落到这宗收原结果呀？"贾氏一听，当时炸啦，说："好一个奴才，你敢说闲话！趁早给我滚开。"老王那天也真横，说："大爷大奶奶待你们天高地厚，你们所作所为，真正的狼心狗肺。那一点儿对的起人家？实在是丧尽天良。将来必遭天报。"贾氏说："好奴才，你敢骂我。气死我啦。"

正在这个时候儿，贾大贾三来到，把这个岔儿给吵啦。贾氏弟兄当时擦拳摩掌，抡胳臂，挽袖子，跟着一察点东西。暗中交代，贾大揣起一块马表来，贾三揣起两副镯子来。东西察点已毕。现银子约有五百多两，还有两个存银子的折子，一个是恒和，一个是恒兴，两处还存着九千多两银子。衣裳首饰等等，都点验清楚。贾氏向着春香说："你把你的东西拿出去，不用麻烦，今天就搬过去得了。"春香点头答应。

简断捷说。春香带着二喜搬到后院儿三间草房。这三间房子，原是堆东西的屋子，久没人住，潮气薰人，并且是黄旧的窗户纸。这分阴惨黑暗，令人难过。

---

① 有其：与其。
② 盖面儿：做点儿好事或说漂亮话遮丑。
③ 亮盒子摇：打开天窗说亮话。

上回书说的是，春香带着二喜，搬到院内后罩房。久没人住的房子，这一分阴惨湿潮，兼之黑暗，真不亚如阴间。比时正是早春的光景，二喜直嚷冷。春香打算要笼个火，又没有火炉子。自打大奶奶故去，底下人全散了，就剩下女仆王妈，还有一个丫头，叫作小红。春香让小红到前院寻找火炉。去了半天，寻了一个破白炉子来。现买煤炭，算是把火笼上啦。到了晚晌，点上一盏破油灯，半明半暗，灯光闪闪作绿色。

　　天到初鼓的时候，过来一个老婆子，在院子嚷道："晚饭得了。二奶奶让你们取饭去哪。"王妈因为跟贾氏起了回冲突，不好过前院去，只得仍让小红前去取饭。去了会子，提溜半筐子窝窝头来，还有一块干大腌萝卜①。春香一摸窝窝头，既凉且硬，大概是前两个礼拜蒸出来的。咬了一口，几乎没崩下一个牙来。二喜咬了一口，也咽不下去。老王出去买了几个馒首，二喜对付着吃了。春香带着老王、小红吃的是剩窝窝头，喝了点子开水，算是交代差使。春香倒没说甚么，老王这个骂，就不用提啦。春香倒直劝老王。

　　坐了会子，凄凄惨惨的，没有别的希望，大家睡觉罢。二喜虽然聪明，究竟是个小孩子，脑筋简单，躺下就着。王妈跟小红也都着啦。就剩下春香一个人儿，翻来覆去，不能成寐。本来后院儿就空（去声），又加着怪鸱啼树，残月当窗，更增凄凉。春香连盘算事带难受，就说多半夜没睡。

　　第二天早晨，春香将起来，贾氏打发过一个老婆子来说："二奶奶带话，告诉姨奶奶，赶紧把老王轰啦。限两点钟让他去，您就快打发他罢。二奶奶说了，到了十点钟，要不把他轰啦，二奶奶可就要自己过来啦。"老婆子传罢命令，忙忙的去了。二喜听说要让老王走，当时放声大哭，说："千万别让王妈走。他要走，我跟了他去。"

　　二喜自幼儿就由王妈看护，跟王妈的感情最好，王妈也最疼他。现在听说要轰王妈，所以大哭之下。二喜一哭，招得王妈也哭了，春香跟小红也都哭了。大家这们一哭，真是流泪眼观流泪眼，断肠人遇断肠人。正在互相痛哭，前院的老婆子二次又传命，让老王赶紧走，一时不准存留。春香母子虽然舍不的老王走，在人家权力范围之下，也叫作无法。老王临走低声向春香说道："我有个亲戚，离此不远。我暂时住在他那里。没事我瞧姨奶奶少爷来。"二喜说："你

---

①　一块干大腌萝卜：大概应为"一大块腌萝卜干"。

可真来呀。"老王说:"过两天就来。"

书要干脆。老王含泪出门,剩下春香母子,带着丫头小红,就在后罩房一忍。贾氏虽然应下养活,就是那个事。早晚两顿饭,不是黑面条子,就是窝窝头。这还是好的,高兴①就是豆腐渣、白菜叶子、碎米儿饭等等,简直的不及狗食。春香对付倒能下咽,二喜如何吃的下去? 好在春香素有心计,早就知道贾氏要霸家产,自己手内有点细软的玩艺儿,早就缝在身上。在东院茅厕里,又埋了四百多银子。早就预备着这手儿活呢。贾氏夫妇连影儿也不知。在贾氏脑筋也很敏捷,抽冷子跟春香一提议,这就查点东西,原是迅雷不及掩耳的政策。春香脑筋比他还王道②,大奶奶一死,人家就有预备。夜内春香带着小红,把所埋的银子取出,真是人不知鬼不晓。

春香手内有这几个钱,也不敢露白,故意叫小红当两票当,所为让前院瞧。二喜不能吃狗食,单给他弄点饭吃。后来他见春香跟小红都吃这个,单给他弄点饭,他一定不吃,说:"娘都能吃这个。我怎么会不能吃? 从此千万不要给我单弄饭。别让我再造罪啦(小孩子家能说这类话,将来必有起色)。"简断捷说。过了一个多月,简直连饭都不攻③了。这还不提,小红听前院老婆子说,贾氏跟松海商量,要把春香卖了。

有一天,小红由前院听了一个信来,原来贾氏跟松海商量,打算把春香卖与大家为妾。松海始而不甚认可,后来贾氏闹了两回,松海算是认可啦。老婆子们那里讲究④,让小红听见啦。回到后院儿,对春香一说,春香可真忍耐不住啦,心里说:"这宗人赶尽杀绝,真正狠若蛇蝎。此地是不可久居啦。"可巧那天早晨老王来了。原来贾氏跟松海近来的烟瘾,较比从先大有进步。一夜的功夫儿,公母俩得抽二两广土。天亮才睡,晌午还打头呼⑤,两点钟才起来。这还不要紧,双喜儿也把大烟抽上啦,一天也得五六钱。十几岁的孩子,也得晌午歪⑥起来。所以老王早晨来,贾氏并不知道。

---

① 高兴:没准儿。
② 王道:亡道,厉害。
③ 攻:供。
④ 讲究:议论。
⑤ 头呼:入睡后第一次醒来。
⑥ 晌午歪:过了中午。

那天春香把贾氏要卖他为妾的话,对老王说了一遍,跟他要主意。老王说:"没有别的主意,卅六着,走为上策。赶紧搬出去。"春香说:"他也得让我搬出去呀。"老王说:"姨奶奶,您让他欺负到家了。这次您跟他横横儿的,让搬也得搬,不让搬也得搬。房是现成的,我妹妹现在蒋养房住,闲着三间大上房、一间耳房,您住正合式。还有一节,您有要紧的东西,我先给您运走。我早算计透了,临完了他是一瞪眼,把你们老娘儿俩往外一轰,连根草刺儿不准拿。他一定是那个主意。他一说,您就认可,站起来一走,他是任法子也没有。"春香说:"我出门儿不认识道儿,怎么好?"老王说:"不要紧哪。您雇车雇到蒋养房得了。一打听跟粤海①刘家,没有不知道的。"主仆二人当时决定。春香把细软的物件交给老王运走不提。

偏巧第二天是二喜的生日。春香带着他来到前院,给松海夫妇磕头。头一荡夫,还没起来呢。第二荡夫,天已两点多钟,公母俩才起来。春香让二喜给松海夫妇磕头,贾氏一阵冷笑。

贾氏一阵冷笑,说:"甚么事给我磕头呀?"春香说:"今天是二喜的生日,特来给叔叔婶娘行礼。"贾氏说:"免了罢。我待孩子甚么好处(这倒是良心发现的话)?"春香微然一笑说道:"二奶奶还要怎么疼我们呀(这比骂还亡道)?"贾氏虽然厉害,春香扣他这话,直会没还出话来(本来没得可说)。春香先让二喜给松海磕头,松海正抱着烟枪过瘾,当时把枪放下,坐将起来,说:"不用磕了。老老实实的念书学好(他还知道念书学好呢)。别跟我学,竟会抽大烟(这道德行)。"二喜又给贾氏磕头。贾氏说:"起来罢,孩子。"春香说:"今天我过来,一来孩子给二位老家磕头,二来有件事情,要跟二爷二奶奶商量。"贾氏把眼睛一楞,说:"有甚么话,你说罢。"春香说:"二奶奶从先说过,等到二喜长大成人,把家财物件一概交还。这句话是有的了。"贾氏"啊"了一声,说:"这话说了没说,我也忘了。你打算怎么样吗?"春香说:"我们在这里住着,也是拖累二爷二奶奶,我心也不忍。我打算搬出去另过。求二奶奶把钱财物件,还给我们一半,那一半孝敬二爷二奶奶啦。不知道二奶奶意下如何?"贾氏楞一会儿,冷笑了两声,把桌子一拍,喝了一声"大胆!(要唱《战北原》)"这嗓子连松海都一哆

---

① 跟粤海:给粤海将军做随从。

嗦，二喜吓的直哭。贾氏接着说道："那里有你的财产物件？要走的话，趁早给我滚。一根草刺儿、一个黄毛儿，你也拿不了去。说走就走，今天就给我请着。"春香一听，暗暗的欢喜。原来春香怕他不放，故意跟他要钱财物件，先拿题目难他一下子，逼的是他这句话。在作文章上，这叫作借宾定主之法。贾氏虽然阴险万恶，要讲脑筋，还离春香差的多。春香一提财产，所以把这话挤出来啦。春香心里说："只要你放我走。就好办啦。我还得延宕一下子。"当时说道："二奶奶就是不给我们一半，那不①十分之三呢，我也认可。"

春香说："二奶奶把钱财东西，赏给我们十分之三，我们马上就走。"春香一呕逗②他，贾氏气所上来啦，说："告诉你说罢，一个破黄沙碗也没有，一个破黄铜片儿也不行。还告诉你新鲜的，你那点破的烂的，都不用打算拿走。空行人儿③，给我走着！越走越远哪。"春香说："破东西我也不要啦。我们走就是了。"贾氏说："就这们走不行，你得具给我一张甘结：不该你的，不欠你的，从此断绝葛藤④，永不准登门。是这们着，你再走。"春香说："也可以罢。"贾氏叫松海写结，松海说："这张结怎么写呢？"贾氏说："你这宗人，真正的乏货，饭桶就完了。"

正这儿说着，贾三来到，贾氏跟他说了一切。贾三提笔一挥，写了一张结，念与贾氏听了一遍。贾氏点了点头，向春香说道："按上斗记⑤，去你们的罢。"春香一听，心里倒是很欢喜，当时不敢迟延（怕他变卦），按了个斗记，给松海夫妇请了安，又让二喜给叔叔婶娘请了安，带着小红，娘儿三个头也不回，竟自的去了。

春香走后，贾氏向松海说道："他这一走倒好，彼此心净。他打算要出点甚么去，不用打算。不拔⑥他身上的衣裳，就便宜他。"贾三说："姐姐，您这件事又办拧啦。别放他走呀。要甚么，先答应着他，对了事就出手。就凭春香这个小模样儿，苦死损到家，也卖三百两银子。那天我没跟您提吗？您怎么拿着财

---

① 那不：哪怕。
② 呕逗：逗人生气。
③ 空行人儿：手里不拿东西的行人。此处指什么都不能拿。
④ 葛藤：纠缠不清。
⑤ 斗记：手印。
⑥ 拔：扒。

神奶奶往外推呀?"贾氏说:"你瞧你可早不言语。将才他一要钱要东西,把我气糊涂了。料他走之不远,你把他追回来得了。"贾三说:"散了罢。人已竟放走了,还追他作甚么?"松海说:"是了就是了。那们一来,未免显着太作甚么了。"贾氏一听,当时把眼一瞪,说:"太作甚么呀?你倒是说呀。"

贾氏跟松海冲突,暂且不提。单说春香带着二喜、小红出了街门,心里又难过又痛快。难过的事情不必说了,痛快的是脱离羁绊,从此不受虐待。

书要干脆。娘儿三个雇了一辆车,来到蒋养房,打听着跟粤海的刘家。王妈早在那里接待,屋里安排挺好。所有桌椅家具全是借用刘家的。从此春香母子在此安心度日。上回书也说过,春香手里有点儿体己①红货②,老王给出主意,变卖了些个钱,把隔壁的一处房子留下③,又置了点木器东西,当时搬入新居。剩下的钱老王经手,全给放④出去啦,可都是情理钱⑤。每月利息进个十五六两银子,度日之外很有富余。

春香因为二喜有一年多没念书,打算给他找个学房,很没有相当的。那天老王去取利钱,回来笑嘻嘻向春香说道:"姨奶奶,您不用发愁啦,二少爷念书有了老师啦。我遇见黄先生啦。"春香说:"那个黄先生哪?"老王说:"黄大胡子呀。"二喜一听黄老师来到,当时兴高彩烈,要让老王带他找去。老王说:"二少爷先别忙,你听我说。黄先生来了三四天啦,住在德胜门大街碓房。上陈房子去了两荡,偺们的住处也没打听出来。方才我们在德胜桥儿相遇,我把住处告诉他了,他说一半天来。"春香说:"黄老夫子为人耿直,热心教育,跟大爷又是知己的朋友。把外院南屋收拾出来,请他这里下榻得了。"

主仆正在谈话,外头有人叫门,原来正是黄大胡子来到。春香一想,既是孩子的老师,人又公正,颇可相见。二喜听见老师来到,早就迎了出去。师生相见,自有一番悲喜交集的状况,也不必细说。二喜把黄大胡子让到上房,春香早迎至阶下,说了几句周旋的话。黄大胡子生来怕见妇人女子(许让贾氏给骂怕了),春香跟他说话,老先生低着脑袋,竟说:"是是。"

---

① 体己:私房钱。
② 红货:珠宝玉器一类的贵重物品。
③ 留下:买下。
④ 放:放债。
⑤ 情理钱:利息符合情理,不是高利贷。

黄大胡子进得上房,始终没抬脑袋。春香说:"您这个徒弟,日夜思念老师。如今老夫子惠然肯来,实在是万幸。老夫子还得格外栽培。"黄大胡子连答应"是是"。春香说:"书房已竟收拾妥当,明天遣车恭迓①文旌②。"黄大胡子说:"不敢不敢。过天我要自己来的。"黄大胡子坐了片时,当时告辞。

　　书要干脆。书房收拾妥当,派车迎接黄大胡子上馆。春香封了八两银子束修,用拜匣盛着,特派老王为代表送至书房。黄大胡子执意的不收。老王拿进去,又拿出来,捣了三回乱。后来黄大胡子所急了,向老王说道:"有东翁在世,我们是道义之交。东翁临终的时候儿,曾有遗言托孤。教育你家的少爷,那是我的责任。况且我这二年,家中的事情颇好,不必用我往家寄钱。府上这宗景况,我是知道的。别的我不能帮助,束修这一节,我是万不能收的。烦劳尊驾代达贵上③,这分意思,我心领就是了。一定要送我束修,我就要辞馆了。"老王见黄大胡子说话恳切,出于至诚,也就不便再让了。当时一回覆春香,春香十分的感激。后来到节下,封了十两点心钱,送给黄大胡子。黄先生谦让了两回,倒也收下。二喜从黄大胡子念书,大有进步。

　　那天老王正在门口儿买东西,忽然来了一辆大鞍车儿,跟着两三匹马。当差的跳下马来,打听作过河南首县的韩家。正打听在老王手里,老王说:"我们这里就姓韩。老爷作过河南淇县,调任首县。老爷已然去世。现在姨奶奶带着少爷,在这里居住。"当差的到车前一回,车里的大人带话,拜见姨太太。来者不是别人,原来正是河南抚标中军参府胡公。胡公由参将荐升副将,现放怀庆镇总兵,进京陛见。上回书也说过,胡军门跟韩大爷是换帖,又是二喜的义父。

　　老王听说是胡军门,当时往里飞跑。春香盼咐老王,带着二喜迎至大门,胡军门已然下车。二喜向前鞠躬,说:"义父大人这几年可好?"胡军门揪住二喜的手,说:"你就是二喜吗?都长这们大了。你父亲去世几年了?"胡军门说着,眼泪就掉下来了。要说前几十年的把兄弟,实在有这宗情形。从先是因为对劲换帖,后来是因为狗事换帖。同一换帖也,事情可差远了。闲话取消。胡

---

① 迓:迎接。
② 文旌:旅途中的文人。敬语。
③ 贵上:对对方主人或上司的尊称。

军门一掉眼泪，把二喜的伤心也引起来啦。老王说："请军门安。"胡军门看了看老王，说："你还在这里哪？你们太太也过去啦？"老王说："我们老爷头年过去的，我们太太是第二年过去的。"胡军门叹了一声。老王说："我们姨奶奶恭请军门。"胡军门说："你头前引路。"老王头里走，胡军门手挽着二喜来到里面。

春香早在阶下相迎。上回书也说过，胡军门跟韩大爷是知己至好。在河南同寅的时候儿，公余之暇，是朝夕盘桓，妻子不避。春香在没收房的时候儿，他就见熟了。如今见春香一身的素服，又想起把兄把嫂来啦，一阵酸心，又掉了几点眼泪。春香是外任官的姨奶奶，懂得官场的规矩，在院子里不能行礼，当时打了一个横儿。胡军门也打了一个横，这才进得屋中。春香要行大礼，胡军门说："王妈，快搀姨太太，实在不敢当。"

简断捷说。胡军门落坐，王妈献了茶。胡军门说："我皆因公事忙，二年多没能通信。府上屡遭变故，我是一概不知，实在抱愧的很。现在跟二先生是否同居？还是另过？二先生的相待还好罢？"春香有心不说，后来一想，这几年受他们的气，也真够瞧的了，还给他隐瞒甚么？当时把贾氏松海一切的德行，合盘托出，对胡军门说了一遍。胡军门是个血性男儿，气的擦拳摩掌，连声的怪叫。

胡军门是个血性汉子，一听松海夫妇这宗德行，直气的暴躁如雷，恨不能揪住松海，饱打一顿才好。当时擦拳摩掌说道："有老把兄在世，待他那分意思，我是知道的，如今他们恩将仇报，世界上竟有这宗狼子野心的人！真真岂有此理。难道说他这宗行为，贵亲友本族也不管吗？"春香说："本家就不甚多，亲友虽有不少，自打大爷大奶奶一过去，二爷二奶奶的势力澎涨①，也有断了来往的，也有爬在那边，给他们夫妇拍马屁的，就没有一个主持公理的。还告诉军门说，我们这位二奶奶，阴险刁悍兼而有之，口谈亲善，怀抱野心。种种的手段，非常的狠辣，把我们欺负透了。"胡军门说："这还了得。现在是讲公理世界，强权是不行的，阴险也使不上了。我跟老把兄一个头磕在地下，我们是患难生死的兄弟。他这样欺负姨奶奶跟干少爷，如同欺负我一个样。我这就找他去。"说着话，站起来就要走。姨奶奶说："军门不要生气。他万分不好，我们是至亲骨肉。他许不仁，我不能不义。看在死去我们老爷的分上，不必理他了。"胡军门说："姨奶奶宽洪大量，古道照人。如此存心，吉人自有天相。可是

---

① 澎涨：膨胀。

他们霸占家产,日子过的必然好了。"春香说:"夫妻两个连孩子都抽大烟,并且又馋又懒。二奶奶又有底漏的毛病(妇人偷盗财物暗助娘家,北京俗话叫作底漏),虽有家财万贯,也不够他们浪费的。不出一二年间,悬揣着①也必要糟的。"胡军门点了点头,随后拉着二喜的手说道:"干少爷的书,念的怎么样了?从着那位老夫子哪?"春香把黄大胡子的历史又说了一遍。胡军门哈哈大笑,说:"这位黄先生,听起来也是位义气豪爽的人,我要见他一见。"春香吩咐二喜,快到书房通禀一声。胡军门当时起立,说:"跟姨奶奶告假,改日再来请安。我要到书房,会会黄老夫子。"

胡军门到书房拜会先生,黄大胡子早迎至书房之外。一切见礼客套,不便细提。胡军门是个血性汉子,黄大胡子是个直桶子脾气,两个人一见如故,恨相见之晚。

胡军门跟前有个少爷,跟二喜同岁,也是位庶出。现在虽然念书,老夫子不甚高明。今天跟黄大胡子一谈,十分的佩服,意思要把黄先生约走,又一想不大合式。后来想了一个两全其美的主意,打算把姨奶奶跟少爷,送到北京,跟春香母子同居,顺便就馆。简断捷说。跟春香二喜一商量,春香非常欢喜,黄大胡子是更认可啦。胡军门临走的时候儿,送了三百两银子,说是给干儿子买书的。又送了黄大胡子五十两,作为是学生的贽敬。黄大胡子谦让了会子,也就收下。

胡军门回任之后,对着姨奶奶赵氏一提。赵氏原是北京人,听着也很喜欢。当时收拾行装,这就带着少爷德海起身进京。胡军门派了六名护兵,跟随进京,就便在京常穿②听差伺候。

书要干脆。赵氏到京见了春香,互相爱悦,亲密的了不得,居然就拜了干姊妹。德海跟二喜也很对劲。那天一拜见黄老夫子,黄大胡子乐的要飞。胡军门又带来五千两银子,送给春香姨奶奶添补日用之费。登时老妈儿、厨子,又有六名护兵在这里助威,就说抖起来啦。德海念书,虽然赶不上二喜,也算聪明,并且安稳老实。黄大胡子又得了这个徒弟,十分的高兴。

那天正是四月初七,黄大胡子出城有事,放了半天儿学。春香跟赵氏带着

---

① 悬揣着:揣摩着。
② 穿:大概应为"充"。

两个学生,到护国寺闲逛。正走在二层殿,春香在前,赵氏在后,老婆子们在后头跟着,护兵们拉着少爷,这点儿声势很够瞧的。春香正在头里走,忽听后头有一个穷妇要钱,无非是"奶奶太太,心好发财"等等的套子,但是这宗声浪,震动春香的耳鼓,不觉出血管乱跳。

春香回头一瞧,这个要钱的妇人,正是贾氏。贾氏怎么会寻上钱了呢？这里头有个原故。那天春香母子往外一走,贾氏还骂骂咧咧。松海有点良心发现,劝了贾氏两句。贾氏大炸之下,说:"你又充这道假善人来了。现在动产不动产,满归僭们了。人也轰出去啦。这够多们舒服。你倒抱怨起我来了。"松海说:"论起来这件事,也算难为你。不过稍微差一点儿①。"贾氏说:"有甚么差的？"松海说:"春香是个屋里人不提,二喜无论如何是哥哥的一条根。把他也轰出去,于理上似乎总差一点儿。"贾氏嘿嘿儿一阵冷笑,说:"这就便宜他。留他们两条活命,就算不错。"松海说:"可是他们这一走,奔那儿去呀？"贾氏说:"你就不用替古人担忧啦。春香反正是改嫁,孩子也许带过去。即或不带过去,也就流入花子啦。干净俐罗,一了百了。管他们呢。"松海点了点头说:"你说的也倒有理。"公母俩从此心满意足,兴高彩烈,连抽带赌,比从先更花的邪行。

双喜儿已然十八九啦,上回书也说过,且十岁上就抽大烟,现在烟瘾比他爹妈还王道。不但抽烟,吃喝嫖赌,甚么道儿都有。交了一把子新出萌儿的土匪,整天在外头无所不为。松海夫妇不但不敢管,简直的百般服从,说一不二。

那天双喜儿回到家中,松海夫妇正在对吹。贾氏一见双喜儿回来,说:"小子,你先闹口尖儿②好不好？"双喜儿说:"我等着闹口底儿③罢。瘾我是过足了。今天跟你们老二位(好俊称呼)商量点儿事。"贾氏说:"有甚么事你说罢。"双喜儿说:"我要两千银子。"贾氏说:"你作甚么使呀？"双喜儿说:"您就不用打听了。明天我就要。"松海说:"一说两千银子,那里那们方便哪？"双喜儿说:"少搭岔儿。没人跟您说。我跟我妈说呢。明天有也得有,没有也得有。"

上回书说的是,双喜瞪眼要两千银子,限第三天晌午就要,没银子他就寻

---

① 差一点儿:指做人差一点儿。
② 尖儿:上边儿的。
③ 底儿:最底下的。

死。贾氏说:"就便①给你银子,也得容个功夫儿呀。家有万贯,还有个一时不便哪。"双喜儿说:"甚么一时不便!家里银子还少呀?反正都是我大爷挣的钱。你们瞒心昧己,使的法子都够了。把人家气死的气死,轰走的轰走,屈心屈大了。放心罢,没有甚么好报应。刻薄成家,理无久享(《朱子家训》倒很熟)。货悖而入,亦悖而出(又来两句《四书》)。来之不善,去之易易②。这们着罢,三天之内,没有两千银子,我自有相当的对待(还会说新名辞哪)。"

双喜儿正在家庭革命,贾三来到。双喜儿还直不答应。贾三说:"外甥,你这就不对。跟你父母说话,一点儿规矩没有。"双喜儿说:"我父母跟我大爷大娘又怎么样呀?少管我们家的闲事。没事就这儿出坏主意来。"贾三说:"好孩子,这是跟亲娘舅说话呢?我送你忤逆。"双喜儿说:"你不用送我忤逆,我先敬你一羊头③得了。"说着,就撞了贾三一羊头。贾三往旁边儿一闪,把双喜儿的小辫得到手内,登时敬了孩子俩个嘴吧。双喜破口大骂。贾氏说:"他三舅,你打他。这孩子可太下不去啦。"娘儿三个这里捣乱,松海抱烟枪,吸溜吸溜抽他的大烟,居然行所无事。这当儿有一个老婆子,算是把双喜儿拉走。贾三扯了会子臊,也就算完了。

双喜当日晚晌就没回来,第二天也没回家,松海夫妇也没甚注意。第三天夜内,也就在两点多钟,松海在那冲盹儿,贾氏正在烧烟,就听院里一声枪响,把松海吓醒。贾氏说:"不好。大概是有人啦。"这句话没说完,屋门就开了,进来七八口子,短打扮儿,全涂着脸。有拿着刀的,有拿着手枪的。松海一瞧这宗神气,知道是明火,当时吓的哆嗦作一团儿。贾氏要嚷,登时过来几个人,冲着贾氏一恍刀,来了一个漫头④。

贾氏将要嚷,过来两个人,拿刀冲他直挠,说是:"你要敢嚷,立刻要你的命。"贾氏也不敢言语啦。登时又过来几个人,连贾氏带松海,四马攒蹄全捆上啦。可巧炕上有两块包脚布,每人一块,把嘴给堵上啦。当时这就翻箱倒柜,一路大抢。松海公母俩,干瞪眼瞧着,叫作任法子没有。简断捷说。银钱衣裳,一切重要的物件,搜罗一空,连几个存钱的折子也罄了走啦。甚至于两缸

---

① 就便:即便。
② 去之易易:应为"去之亦易"。
③ 一羊头:用头撞他一下。
④ 漫头:戏剧演出,在舞台中央转着圈儿,一个人逃,一个人追。

子鸦片膏子,也都拿着。桌椅木器,屋里的摆设,不能拿走,一路大摔大砸。正屋里搜净了,又奔到各屋里,搜查了一遍。有一个老婆子要嚷,被他们钉了两刀背,连疼带吓,背过气去啦。厨房有半口袋白面,都给倒在茅厕啦。

临走的时候儿,有两个人复反来到上房,用刀指着松海夫妇说道:"你们夫妇霸占家产,天良丧尽。我们这是替天行道(老宋江师付的)。可是不准你们报官。你们要是敢报官,三天之内要你们的性命。认可这话,你们点头(这叫强迫认可)。你们要是不认可,登时打发你们回去。"松海原是乏人,首先点头,贾氏只得也就点头。这把子人又搜寻了一回,这才开路。

明火去后,松海夫妇二人,嘴里堵着包脚布,又恶心又憋气,要吐又吐不出来。屋里一盏残灯,半明半暗,屋里摔了个破瓦窑相似。公母俩四目相识,说不出来的苦处。一直到了天亮,任主意没有。公母俩烟瘾又犯了,鼻涕眼泪,浑身直出凉汗。真到来这们一天,连憋带瘾,两个人是非死不可。要真这们死了,还算便宜他们。罪没受够,眼没现透,不能让他们就死,这也是上帝的安排。到了过晌午,可巧贾大来看姑奶奶,才把他们解开。

上回书说的是,松海夫妇正在受罪,可巧贾大来到,算是给解开绳子,嘴里的包脚布,也给掏出来了。公母俩张着大嘴,彼此喘了半天。松海说:"他大舅,你把烟灯点上,快给我先烧口烟。我要瘾死。"贾氏连话都说不上来啦。贾大当时给他们点灯烧烟。公母俩每人抽了口烟,这才缓过气来。贾大说:"瞧这神气,莫不成是遭了明火啦?"松海是咳声叹气。贾氏哭着说道:"结了。完了。全完了。"贾大说:"这还不报官吗?"贾氏说:"报不的官哼。一报官,我们的命就没喽。"贾大说:"这又怪了。到底怎么回事呀?"贾氏把昨日晚间的情形,对贾大说了一遍。贾大虽然一肚子坏,胆子比鸡胆还小,当时说道:"可千万别报官。别拿命打哈哈。我劝你们公母俩,就忍了肚子疼罢。外头还是跟人少说。"贾大敷衍了会子,抓着空儿就溜啦。

厨房的老婆子算是缓过来啦,浑身动不了啦,直哭,要回家。松海家中已然一律肃清,老婆子要借几两银子,贾氏无法,烟盘子底下有一张二两银票,给了老婆子,算是打发走了。双喜儿好几天又没回来。

谁知道福无单至,祸必重来。那天正是十五,贾氏晚晌烧香(这宗德行,还烧香呢。实在可笑),没留神把窗户引着了。偏巧赶上大风,火就着起来了。

彼时也没有消防队，虽有步营的激桶①，不过是具文②的事情。一直到了天光大亮，火算灭了。就剩了两间南房，巍然独存，其余是一片瓦砾。算是有一样儿好，公母俩都没烧死。松海跟贾氏抱头哭了一回，哭完了，任章程没有。松海抱怨贾氏说："都是你没事弄这宗迷信。不烧香，有这个事？"贾氏说："那天遭明火，也是我弄迷信来着？你不说你运气不好。"松海说："你运气好，也没有这宗事呀。事到如今，也不用说费话了。偺们打正经主意要紧。"

上回书说的是，松海家中着了一把天火，好几十间房子，付之阿房一炬，就剩下两间南房，在瓦砾场中巍然独立，如鲁灵光殿③之仅存。夫妻二人，只得暂且存身。别的不要紧，瘾的实在难受。松海向贾氏说道："事到如今，别的费话也不用提啦。你得想个正经主意才好。"贾氏说："我有甚么主意呀？"松海说："望长久远的主意，一时也不能打算，偺们先想个眼前的主意。我简直瘾的要死，你给我找个泡儿，我先喝了他得了。"贾氏掏出一个小铜盒子儿来，里头有十几个烟泡儿。松海说："你敢情有存粮呀？给我几个罢。"贾氏说："先给你一个罢，剩下我还留着度命呢。"松海说："孩子怎么也不回来了？"贾氏说："你还念记着他呢。真是好孩子就结了。"松海说："孩子怎么了？"贾氏说："你还不明白哪？那天明火，不就是他勾来的人吗？"松海如梦方醒，说："这孩子，我得把他活埋了。"贾氏说："宁养贼子，不养痴儿。你瞧孩子不好不是？你还不及他呢。"松海说："他要回来，我不给他饭吃。我活活儿的把他饿死。"贾氏一阵冷笑，说："你还饿死他呢。我瞧你就快喂狗啦。"松海说："到底怎么好呢？"贾氏说："先寻找寻找亲友罢。反正得活着。"

夫妻二人计议已定。每人喝了一个烟泡儿，分道前往各亲友本族家中，无非是求帮告贷。去了好几十处。简断捷说罢，是毫无效果。

原来这些家本族亲友，共分五派。一派是早经断绝关系的。一派是看着他一糟心，登时拒绝的。一派是因为他霸占家产，心里不平的。一派是从先跟他张嘴借贷不遂的。一派是幸灾乐祸的。干脆说罢，夫妻二人跑了两天，连一个钱也没奔出来。贾氏回了一荡娘家，算是借出两吊钱来。第二荡又去啦。

---

① 激桶：可以吸水、喷水，用来防火。
② 具文：光有形式而没实际作用的空文。
③ 鲁灵光殿：汉景帝之子鲁王刘馀所建，为汉代著名的宫殿。汉王延寿所著《鲁灵光殿赋》是有名的汉赋之一。赋前小序中说明，经历西汉末战乱，很多宫殿都被毁，只有鲁灵光殿"岿然独存"。

贾大贾三一口同音说道："姑奶奶以后少来。你们也得想个正经主意。求亲赖友，不是长久之计。再一说，您一常来，我们家也搁不住。"

要说贾氏这些年，真没短填还①娘家，贾大贾三从先是真拍贾氏的马屁。如今贾氏一败涂地，贾氏弟兄是转脸若不相识。贾氏到此时，厉害也施展不了啦。夫妻二人在两间南房一忍。跟街坊借张桌子，街坊因为他们素日行为有限，居然不借，只得找了点子乱草铺在地下，当席而卧。寻了两块烧糊了的板子，用砖搪上当桌子。这分穷凑就不用提了。较比春香母子从先在后罩房住着的情形，真是苦之万倍。松海由身上拔下一个马挂②儿来，当了几个钱，买了点子吃食。又闹了几包烟灰，公母俩对付着过瘾。凑合了几天，可不得了啦。两个人研究了半夜，也没有高明主意。后来水尽山穷，这才想起要小钱儿这股道来。

松海出前门要去，贾氏是在新街口儿一带。七八两天，是专赶护国寺。可巧那天就遇见春香啦。春香在头里走，贾氏没理会。一叫奶奶太太，春香听着声音很熟，回头一瞧，俩③个一对眼光，彼此一惊。贾氏当时面红过耳（小人也知道害臊，足见羞恶之心，人皆有之），磨头④就跑啦。当时钱也不要啦，忙忙的回到家中。

松海那天因为脚疼，并没出发，又犯烟瘾，正在那里哼哼嗳呀，贾氏进来啦。松海说："你今天怎么样了？"贾氏说："不用提啦。我遇见仇人啦。"松海说："遇见谁啦？"贾氏把遇见春香的事情说了一遍，松海当时也一愣。贾氏说："这个小老婆穿的挺阔，还带着老婆子，还同着一个堂客。二喜，我也瞧见了，他可没瞧见我。后头还有护兵跟着，大概他是改嫁军界啦。人家倒抖起来了，咱们倒歇了工啦。你瞧有的事情没有？"松海说："你先别胡说。不能改嫁。我昨天也听见说了。"

松海说："我昨天就要跟你提，我怕你生气（这块德行）。我听见人说了，春香搬在蒋养房居住，也买了房子啦，事情很好。现在使奴唤婢，非常之阔。"贾氏说："你不用说了。那个小老婆，瞒心昧己，手里是窝着钱呢。跟偺们他可屈

---

① 填还：把钱物给不应该给的人。例如女子出嫁后"填还"娘家。
② 挂：应为"褂"。
③ 俩：应为"两"。
④ 磨头：转身。

了心啦。"松海说:"得了得了,你不用说了。难道说贼打、火烧,也怨人家吗?谁屈心谁不屈心,也就不用说了。"贾氏说:"他怎么会这们有钱呢?一定是有特别的原故。"松海说:"你趁早儿不要胡说。我也听人说了,有一位胡军门,跟哥哥是换帖,上偺们这里拜过一回。你不是让底下人把他拒绝了吗?胡军门的家眷,现在跟春香同院居住。胡军门从先是河南参将。那年我上河南,他请我吃过两回饭,我是认得的。他是二喜的义父,现在得了军门,他还有不周济的吗?"贾氏说:"既然如此,咱们就找他一荡去,强似我送香火儿①,你要小钱儿呢。"松海说:"你真能拿起嘴来就说。我真拉不下鼻子来②。"贾氏说:"这有甚么。偺们从先待他也不错。"松海说:"好好。真不错。再不错就把人家害了。"贾氏说:"费话也不用说了。既有这股道,强似饿死。老着脸③,偺们就去他一回。他要把偺们收留下更好,即或不收留,给偺们几个钱,先挑他两分儿,先过两回瘾,是真的。"松海说:"有一回事你还记得?衷人家的时候儿,逼着人家立画字押,断绝葛藤,不准登门。如今偺们找人家去,人家能够理偺们吗?"贾氏说:"理不理,撞他一下子。况且春香姨奶奶(立刻称呼春香姨奶奶啦)是个心慈面软、不念旧恶的人。只要见面一哀求,没有个不怜恤的。"松海说:"要去你去罢。我可不去。"贾氏说:"你没细打听。要去还是得你先去,我先去不成。你去弄响了④,随后我跟着再去。"松海直点的⑤摇头。

贾氏说:"要去是你先去。只要把你认下,没有个不认我。"松海哼了两声,又咂了咂嘴儿,摇了摇脑袋(穷毛病倒不少),说道:"我真拉不下鼻子来。"贾氏说:"你简直的拿不出套裤去⑥。去一荡有甚么?周济算着,不周济散着,他还能把你发了是怎么着?"松海又咂了咂嘴儿说道:"我去便去。我这身衣裳怎么去呀?"贾氏说:"这倒不要紧。我给借两件衣裳得了。"

书要干脆。贾氏跟邻近的街坊借了几处,那一处也没借出来,没法子又跑到娘家。依着贾三的意思,简直的不让进去,贾大倒怪不好意思的。到了里

---

① 送香火儿:在娱乐场、赌场等地方,看见有人想抽烟,赶紧用点着火的线香给人点烟,讨赏钱。
② 拉不下鼻子来:拉不下脸来。不好意思。
③ 老着脸:厚脸皮。也说"老着脸子""老着脸皮"。
④ 弄响了:事成了。
⑤ 直点的:一个劲儿的。
⑥ 拿不出套裤去:怵窝子,没出息。

头,贾大贾三的女人,居然不理。不但不理,闲话说了有六车。在从先,贾氏要是回家,阖家欢迎,特别的招待,如今是大遭白眼。贾氏虽然是个恶人,处在这宗境遇,心里也很难过。

坐了会子,贾大的女人给他倒了碗残茶。贾氏喝了一口,向贾大说道:"他大舅,我要跟你说句话。"贾大还没开言,贾三搭了话啦,说:"前账未清,免开尊口。"贾氏说:"我也不跟你们借钱,也不跟你们借当①,借两件衣裳穿一穿,一半天就送来。"当时把一切的内客②,说了一遍。贾三说:"这话当真吗?"贾氏说:"我还冤你!"贾大说:"据我说,去也是白去。"贾三说:"那倒不一定。对了劲,也许周济。只要见着就好办。堂客心软,一哀求就行。"贾氏说:"我可也是那们想。不过我从先待他稍差,恐怕他记仇。"贾三说:"人家是有造化的人,宽洪大量。谁像姐姐你,狠苦③蛇蝎,心都黑了,所以才遭这宗天报。害人的钱,是不能长久的。"贾氏说:"害人的钱你沾过光没有?"贾氏这句话,把贾三给问住了。闷了半天,说:"那是你给我的,我没跟你要。"贾大说:"别说闲话了。姑奶奶要借衣裳,我那里有夹马挂儿。"贾三说:"穿我的罢。穿完了赶紧给我送来,千万别给我入号(入号就是当)。"

贾三说:"借我的衣裳,可别给我当了。若果事情得意,可别忘了衣裳主儿(这点儿德行)。"贾氏说:"事情好了,还能忘的了你吗?"贾三说:"姐姐吃完了饭,再走罢(将才不让进门,听见有点儿楞缝儿④,又叫姐姐又留吃饭。这宗翻云覆雨的小人,实在可诛)。"贾氏说:"饭我倒不吃。我再回家,三舅爷别不让我进来,就得了。"贾三说:"姐姐,我可罚你。你们快给姑奶奶倒茶。"贾大贾三的女人,登时也过来张罗。贾氏也没坐住,拿着衣裳当时回家。

书要干脆。松海穿上衣裳,更觉不好看。原来松海身量高,贾三身量矮,这分憨蠢就不用提了。松海穿好了衣裳,犹犹豫豫,还是不愿意去。贾氏跟他闹了一阵,松海没法,这才起身。将走了几步,贾氏又把他叫了回来,说:"你见了春香姨奶奶,他一定没有好气儿。无论说你骂你,你得忍着。偺们千里为官

---

① 借当:借东西去当铺当钱。
② 客:应为"容"。
③ 苦:应为"若"。
④ 楞缝儿:可乘之机。

只是为官,千里为财只是为财,你可千万别激烈①。"松海说:"你这话又错了。我一辈子也没犯过激烈呀。就是你说我骂我,我也没反抗过呀(对于父母能够如此,总算孝子)。"贾氏说:"你快滚蛋罢,别挨骂了。"松海向来有一个毛病,贾氏要一骂他,分外的高兴(这叫贱)。当时乐乐嘻嘻的去了。松海虽是个乏人,心里也有个算盘,一路之上,自己跟自己研究,见了春香,怎么样的说法。

书不烦叙。松海到了蒋养房,打听韩宅,倒是无人不知。来到门前一瞧,门外头搁着好几辆车,大门上挂着彩绸,院子里头,搭着大玻璃席棚。里头是笙簧聒耳,门外站着几个护兵。松海不知是甚么事,跟旁人一打听,可巧遇见爱说话的了,这才知道,是韩宅姨太太三十正寿。胡军门的姨太太,给干姐姐办整生日。今天是鸭翅席,唱大戏,四喜箱底,外串春台、三庆的名角。

上回书说的是,松海跟人打听,知道是春香姨奶奶的生日,心里暗暗的感叹。到了大门一瞧,两边有好几个护兵在那里把门。松海站在大门头里,直犯犹豫。护兵一瞧他这宗状况,当时问他作甚么的?松海说:"我是找人的。"问他找谁的,松海张口结舌,结巴半天,说:"找姨奶奶的。"护兵说:"你这个小舅子,满嘴里胡说。这里有姨太太,没有姨奶奶。"松海说:"我找姨太太。"护兵说:"你这个家伙,说话不清不明。你倒是找那位姨太太呀?"

正这儿说着,偏巧老王由里头出来啦。松海叫了声:"王妈。"王妈一瞧松海,当时一愣,说:"这不是二老爷吗?我请二老爷安啦。"嘴里说请安,可没真请。松海说:"王大嫂,我这儿还礼啦。"他倒给王妈作了一个揖。王妈说:"二老爷,不在家里纳福,到此何事?"松海脸一红,说:"王大嫂,你这里来,我跟你有句话说。"王妈说:"今天是姨太太生日,宅里挺忙。有甚么话,您就快说罢。"松海又给王妈作了个半截儿揖②,说:"我的糟心,大概您也知道啦。我求您回一声儿,我要见见姨太太。一来拜寿,二来有事相求。"老王冷笑了两声,说:"二老爷,从先的事情,我也不用说了。你想姨太太能见你不能?"松海说:"那就在王大嫂你美言了。"说着又请了一个半截儿安。

原来松海家中糟心,老王早听见说了,并没跟春香提。素知春香是个仁慈恺悌、不念旧恶的脾气(高尚的人,大半不念旧恶。上帝要是念旧恶,人类就灭

---

① 激烈:态度不好。
② 作半截儿揖:马马虎虎作出一个作揖的姿势,动作不到位。

绝了),一对他提,恐怕他动慈悲之念。没想到春香在西庙,又遇见贾氏要钱,回家一提,王妈料瞒不住,这才把松海遭的近事对春香说了。春香叹惜的了不得,很有周济的意思(好春香)。王妈再三的一破坏,赶巧赵氏要给干姐姐办生日,把这个岔儿也就揭过去了。

上回书说的是,松海直给王妈作揖,一定要见姨太太。老王说:"我给回一声就是了。您先在那边等一等。"说着转身进去。松海只得在门外等候,直等了有三小时,也没见王妈出来。肚子又饿又犯烟瘾,鼻涕眼泪全来了,站也站不住了。后来在大门旁边儿一蹲,心里这分难过,真是说不出来的苦。

又等了会子,渺无音信。要走不好,不走又不好。正在进退维谷,王妈算是出来啦,说:"二老爷,您怎么在这儿蹲着呢?"松海说:"怎么样了?"老王说:"我给您回了。我们姨太太说了,临出来的时候儿,二奶奶逼着立字据,断绝葛藤,永不准上门。没想到我们姨太太没上门,您倒上门了。"松海说:"王嫂,你就别提那些个事了。那不怨我,那全怨我们双喜他妈。姨太太倒是见我不见呢?"老王说:"姨太太说了,二老爷大驾光临,十分赏脸,本应欢迎招待。因为今天女来宾甚多,不便往里相请,实在对不住。过几天,再请二老爷来罢。"松海说:"姨太太没提别的呀?实对王嫂你说罢,我们昨天就没吃饱。您再给回一声儿,让姨太太可怜可怜我们罢。好王嫂,我忘不了您的好处。"老王说:"得了,二老爷,您少轰我两回就有了。"松海说:"王嫂您别提那个了。您再提陈事,那是骂我哪。您再给回一声罢。"老王冷笑了两声,说:"二老爷,您少候一候,我替您央求央求。"松海说:"您救命罢。"老王说:"说,我便说,碰您的采气①罢。"

简断捷说。老王又进去了半天,复反出来,松海说:"怎么样了?"老王说:"我给您说了。姨太太说了一大套话,我也不便学说了。我替您说了六车好话。姨太太说,您来会子,看在去世大老爷的面上,给您一吊大钱。"说着掏出一吊当十大钱,递给了松海。

王妈掏出一吊当十大钱,递给了松海说:"二老爷您拿着罢。这是我们姨太太给您的。"松海接过来说道:"这是多少?(要唱《翠屏山》)"老王说:"当十大个儿钱一吊。"松海绉着眉头子,咂着嘴儿说道:"一吊够干甚么的?"王妈说:

---

① 采气:彩气。赌博时的运气。

"三百二一分儿(旧日寻常烟膏,卖三百二钱一分儿,四成烟倒有六成臭皮膏子),闹他三分儿,也够你们老公母俩吹一遍的。"松海说:"得了。王大嫂子,你别骂人了。我们眼时①就算遭了报啦。"王妈说:"二老爷,这话是您自己说,我们可不敢说。"松海说:"您再给说一声儿罢。我来了会子,多少不拘,再回个手儿②。"王妈说:"那可不行了。"

书要简捷。王妈跟他唱了半天《荷珠配》,斗的他哭了笑了,笑了哭了,急不的恼不的。随后又掏出一包银子来,递给了松海,闹的松海倒一楞。王妈说:"姨太太说了,方才那一吊钱,是给您坐车的钱。这包银子,姨太太说,大约有十几两,您先拿去得了。"松海接过银子来,惊喜非常,当时给王妈作了个大揖,又请了个大安,说:"我真不行了。我要回去了。过两天我来。您替我给姨太太叩安叩谢罢。"王妈说:"姨太太说了,和尚串门子——以后您少来。这就是看在故去大老爷的面上,再来可也就不新鲜了。"松海连声称是,两手紧抱着那包银子,恍恍悠悠的去了。

其实老王进去一回,春香是富余感情的人,听见他这宗状况,很有怜悯的意思。一切刻薄话,都是老王编造的,春香并没说一句。可是话说回来了,本来也难怪老王。

松海回到家中,贾氏正躺在那里哼哼。松海把大致的情形,对着贾氏说了一遍。贾氏说:"别的也先不说,快弄点烟去罢,我瘾的要死。"松海当时扎怔上街,换了二两银子,挑了点子烟,又买了点子酒菜等等。公母俩先足抽一气。过足了瘾,松海这里喝酒,贾氏作饭。吃完了晚饭,两个人复反躺下过瘾,研究一切。

上回书说的是,松海夫妇一边儿抽着大烟,研究主意。贾氏说:"这十几两银子,够咱们过几天的?爽兴③一半天,咱们一同去一荡。"松海说:"要去,冷澄冷澄④再说。连着去,就不大好了。"贾氏说:"要去,他还能够把偺们轰出来?"松海说:"你又来了。平心而论,偺们有甚么脸面找人家去?今天这荡,我就是没法子。"贾氏说:"没法子怎么样?偺们就是这一条道儿啦。再去,你不

---

① 眼时:眼下。
② 回个手儿:再多给点儿。
③ 爽兴:索性。
④ 冷澄冷澄:缓缓。

用言语,你听我的。反正偺们央求就是了。你瞧我的得了。"

话不烦叙。过了两天,十几两银子早已花得精光。贾氏要同松海去找春香,松海支吾了几回,贾氏非去不可。松海说:"你没件整衣裳,怎去呀?"贾氏跟街坊死说活说,借了一件半旧的布衫儿,托天扫地①挺长。松海还是贾三那身衣裳。男的是身量高,穿短衣裳。女的是身量矮,穿长衣裳。这分难瞧,就不用提啦。

简断捷说。公母俩来到韩宅门首,婉求护兵往里传达。功夫不大,护兵带话出来,说:"姨太太有请。"贾氏来的挺猛,到此时心里一阵难过,反倒怵了劲②啦。一来自己这身衣裳,有点自惭形秽。二来自己所作所为,问心也觉着有愧。再一说,看见这点势派,也有点害怕,当时很有忸怩的意思。松海说:"既然请偺们,就进去罢。"贾氏说:"要不你进去,我在这里等着罢。"

捣乱的功夫儿,王妈出来了,说:"二老爷跟二太太来了?二太太这向好哇?我请二太太安。"贾氏一见王妈,脸上一红一白,心里是万分的难受。只得老着脸皮,说:"王大娘(倒没唱《锯大缸》),你好呀?"王妈说:"二太太,您这样称呼,我可不敢当。您快请罢。"贾氏到了此时,直比犯人过堂还难受,怕见官又不能不见,只得同着松海来到里面。走一步怵一步。到了里院,春香早迎至院中,迎头给松海夫妇请安。贾氏一见春香,心里说不出来的难受。

春香一给贾氏请安,贾氏虽是恶人,到了这个时候儿,良心有点发现,不由得一阵心酸,当时跪在就地③说:"姨太太在上,我身该万死,望乞姨太太恕罪!"松海一瞧媳妇大哥④跪下啦,跟在后头也跪下啦。春香说:"二老爷、二太太这是甚么状态?千万快起来!已过之事,云过天空,千万不要再提!"

正这儿说着,二喜来到,春香说:"快把你二叔搀起来!"二喜过去搀起松海,春香让老王又搀贾氏。好容易才把公母俩搀起。贾氏揪住双⑤喜,叫了一声"儿子",泪如雨下。春香说:"二太太请屋里坐着罢。"

简断捷说。松海夫妇来到屋中一瞧,一切的摆设状况,非常的华丽。松海

---

① 托天扫地:长得下摆能碰着地面。
② 怵了劲:发怵了。
③ 就地:当地。
④ 媳妇大哥:媳妇。暗示怕媳妇。
⑤ 双:应为"二"。

倒不觉怎么样,贾氏心中十分的难过。王妈带着几个老婆子上来给松海夫妇请安。因为他们这两身衣裳很透特别,大家都掩口而笑。松海夫妇当时似披虱袄、如坐针毡,有地缝儿真要钻下去。好在春香落落大方,对待松海夫妇还是旧日的神气。

婆子献茶已毕,春香说:"前者二老爷大驾光临,因为事忙,有失接待,实在的有罪!"松海还没答言,贾氏悲悲切切的说道:"姨太太,你不要说这个话,我们从先所作所为,真是猪狗不如!现在我们已遭天报,也是我们自作自受,无的可怨。姨太太你是宽洪大量有福之人,常言说的好,大人不见小人过,你别拿我们当人,你拿我们只当两条狗,大发慈悲,救我们的残喘。"说着又跪在地下,放声大哭。

贾氏一哭,招得春香也直掉眼泪,说:"二太太您快起来,我有话说。"连拉带扯,贾氏这才起来。春香说:"自辞别二老爷、二太太,我也实在短礼①,后来屡遭变故,我也不知。"贾氏叹了一声,当时把一切的情形哭着述说了一遍。春香听着也很凄惨,当时极力的安慰,这就吩咐家人预备酒饭,要款待松海夫妇。

春香吩咐预备酒饭。家里有的是厨子,真是咄嗟②立办。少时酒菜已齐,春香让松海夫妇上坐,亲自斟酒送到跟前。松海夫妇到了此时,是愧悔交集,羞臊万分。坐的那里,抽搭抽搭的,竟掉眼泪。春香让他喝酒,松海倒喝了两口,贾氏没喝。春香再三的相让,夫妻二人如何吃得下去?后来让的没法子,胡乱吃了点子。吃完了,又掉眼泪。春香说:"二老爷跟二太太明天搬在这里来罢。"贾氏说:"我的姨太太,我们今天上这里来,就是万分出于无法。有甚么脸面往这里搬?就求姨太太可怜可怜我们得了。"

春香见他说的可怜,心里也很难受,当时拿了两封银子,又打点了两包袱男女的衣裳,交给了贾氏。贾氏当时又犯烟瘾,又觉难受,也说不出所以然来啦。松海把银子包起,夫妻二人请安磕头,千恩万谢。辞别了春香,提溜着包袱,当时要走,春香说:"二老爷二太太要走,我也不留啦,过两天我过去请安去就是了。"贾氏说:"那可使不得。过两天我们还来呢。"

书要干脆。松海夫妇临走的时候儿,春香照着旧日的规矩,还给他们请

---

① 短礼:礼节上不周到。
② 咄嗟:呼吸之间,指迅速。

安，一直的送至大门。松海夫妇洒泪而别。

回到自己家中，公母俩瘾的也都够瞧的了。别的话不提，先点上烟灯抽烟。彼此都抽了两口烟。松海向贾氏说道："你说了个挺猛，到了门口儿，你怎么又不敢进去啦？"贾氏说："我想着见了决没有好面子，万没想到这样待偺们，又给银子，又给衣裳。银子大约有一百两罢？"松海说："那正是一百两呀。"贾氏打开了包袱，把衣裳又瞧了一瞧，随后又包上啦。夫妻二人叹息了一回。松海说："他三舅这身衣裳，明天得给他送了去呀。"贾氏说："无论谁送去，姨奶奶给偺们衣裳银子的事情，不必对他言讲。"

松海夫妇晚晌一边抽烟，左把这包银子打开过过风，又①把包袱打开瞧瞧衣裳，直捣了半夜乱。第二天睡到十点多钟，松海醒了一瞧，两包袱衣裳踪影不见。再摸那包银子，不翼而飞。当时这一惊非小，连嚷："不好不好。"贾氏也醒啦。松海说："要命要命。"公母俩赶紧起来，各处一找，那有影儿？贾氏一急，当时痰往上一涌，栽倒于地。简断捷说，得了一个紧痰厥的症候。松海抓了。这就熬姜汤，灌也灌不下去啦，过去一摸，浑身冰冷，小名儿就叫作死啦。松海哭了一场（这样儿女人死之有余，他还哭呢）。自己一想，没别的主意，还得找姨奶奶去。

书要简捷。松海见了春香，哭诉原委。春香也很叹息，亲自还探了回丧（春香难得）。一看旧日的住宅，烧成一片瓦砾，就剩两间房。抚今追昔，十分的感慨。当时向松海说道："从大老爷、太太去世，都是二老爷办的事。一切的规模，大概二老爷还记得。如今二太太的丧事，仍照从先办理。"春香这几句话，真比骂一通儿还亡道。松海虽然脑筋简单，从先的事情，也还记得。从先哥哥嫂子死了，他赚钱砸二魔，没想到女人死了，还是人家拿钱，并且还照从先办理。春香一说，闹的他羞愧难当，十分难过。

这次他可不能赚钱啦。人家派了两个护兵，帮同办理。穿好了装古，入殓已毕，这就搭棚办事。这次还是普请亲友。双喜儿已然不知下落，自然是二喜陪灵，春香也穿着孝。旧日的亲友，虽没都到，也来了十分之六七。大家对于春香这分贴靴拍马，就不用提啦。照例亲友本家，全是属狗的，永远打胜不打

---

① 又：应为"右"。

败①,永远是锦上添花,谁也不雪里送炭。世态炎凉,可为一叹。贾大贾三也都露了,每人穿了一身孝。从先他们帮着贾氏欺负春香,如今见了春香,居然请大安,称呼姐姐(这点缺德)。

贾氏死后,松海孑然一身,等于孤鬼。春香瞧着可怜,给他收拾了两间房子,让他搬到家中。日食三餐,有人伺候,就是不预备大烟。松海虽得温饱,犯了烟瘾,实在难过。自己一想,我找个地方儿扎吗啡去(那时候儿还没兴呢)。后来又一转想,自己暗叫自己的名子,说:"松海。你太也没志气,没骨头了(实话)。人家这分待过②,已经是天高地厚,无以复加。一口鸦片烟瘾,自己要不横心去断,那还叫甚么人了?那个坟地里,有断烟断死的?断哪。从此我要再提一个烟字儿,我万非人类(你也够了是人类的了)。"松海宗旨已定,从这天起就干断之下。始而也很难受,鼻涕眼泪,浑身这分儿疼,跟刀子剜一个样。嗳呀荒天,哼哼不止。本宅里几个底下人,大家都直劝他。这个说:"二老爷,您干断烟不行。"那个说:"您吃点林公补正③罢。"这个又说:"您闹瓶儿亚支奶④罢。"松海连连的摇头,说:"我豁出死去啦。甚么我也不吃。"您说也真怪,一两个月的功夫,居然就把烟断了。

春香瞧着他很有改过自新的意思,有甚么银钱细琐的事情,也就委托他办理。松海如同官场老候补一个样,忽然见着札委⑤,简直乐的要飞,倒是尽心竭力,谨谨慎慎的这们一办。春香见他万金可托,一文不苟,倒很信服他,从此有甚么事,也就肯交给他办。这些个事暂且不提。

松海自打来到这里,老不敢跟黄大胡子见面。黄大胡子那天预备了点酒菜,再三的相约,倒请松海喝了一个酒儿。松海在这里居住,从此上下相安,处的极为浃洽⑥。

二喜读书大有进步,本年小考,中了一个案首。胡军门的少爷,借入顺天

---

① 属狗的,打胜不打败:像狗一样,如果能胜,跟着一块儿打,如果要败,就不打了。
② 过:应为"遇"。
③ 林公补正:林公补正丸。戒大烟的一种药丸。
④ 亚支奶:大概也是戒大烟的辅助品。
⑤ 札委:官员的任命书。
⑥ 浃洽:融洽。

籍①,也进了一个第十一名。两位姨太太十分欢喜。黄大胡子那分高兴,不必细说。二喜拜完三堂神主②,春香让二喜给松海磕头。松海心里又高兴又难受,似乎哭,类乎乐,这分姿态真是难画难描。

上回书说的是,二喜中了个案首。这要按寻常小说一稿,跟着就得联捷中状元,不然就是连生贵子。世俗之见,就以中状元、生贵子为是,此外不懂得别的。如今偺们也照那们一叙,陈腐旧套,未免讨厌。再一说,记者编的小说,永远是纪实。按实事上说,二喜真没中状元。

闲话取消。单说二喜自打进学之后,黄大胡子催着他用举业的功夫。转年乡试,虽然出房,并未得中。二喜跟姨太太商量,打算弃儒学贾,经营实业的事情,姨太太也很赞成。可巧胡军门升任广东提督,进京陛见,又赠了五千多两银子。知道二喜现在不用功,特约黄大胡子担任教读书启③,黄大胡子也认可。胡军门自然得把家眷接走。本来在这里住了二年多,如同骨肉一般,一旦分离,自有一番难割难舍。黄大胡子也舍不得二喜,聚会了几天,彼此洒泪而别。胡军门怎么走,春香母子如何送行,反正是陈陈相因的事情,无须多赘。

二喜年纪虽小,颇有心计,开了两处买卖,倒都很发达。又置了几处房,吃租子。松海烟也不抽啦,尽心竭力,帮着侄儿经理一切。二喜对于松海,也真当老家儿待承。彼时给二喜提亲的,一天总有八百多家子,总没有合式的。后来择定李家的姑娘,也是念书根本人家。过门之后,新妇非常的孝顺,春香倒也心慰。过了两年,事业愈见发达。

春香跟二喜商量,说:"你二叔自到这里,诸事尽心,甚可钦佩。你大哥是不知下落。现在他只身一人,终非了乎。要是立个妾,生个一儿半女,也是好事。但是我不好跟他说,你可以跟你二叔说说。"二喜那天对松海一提,松海掉了几点眼泪,说:"孩子,我就盼着你发达,我心里就乐。韩家门儿有你接续香烟,总算祖上有德。我五六十岁的人了,不弄那宗余孽了。"后来松海去世,二

---

① 借入顺天籍:因为顺天府(北京城内)按规定只能旗人居住,所以民人要回原籍参加考试,回不去的要办理寄籍手续。
② 神主:已去世亲人的牌位。
③ 书启:旧时官署里为官员起草书信等事的人员。

喜承重①顶丧驾灵,一切的丧礼,较比韩大爷的丧事,有过之无不及。亲族邻里全都赞叹不置②。《苦家庭》小说,今天交卷,新小说明天贡献。

---

① 承重:代行嫡长子的责任。如果嫡长子去世,他的嫡子代替他继承家业,并承担他应该承担的责任,叫承重孙。
② 置:应为"止"。

势力鬼

寻寻觅觅,冷冷清清,凄凄惨惨戚戚。乍暖还寒时候,最难将息。三杯两盏淡酒,怎敌他、晚来风急。雁过也,正伤心,却是旧时相识。满地黄花堆积,憔悴损,而今有谁忺①摘?守着窗儿,独自怎生得黑?梧桐更兼细雨,到黄昏、点点滴滴。这次第,怎一个愁字了得?②

(右调《声声慢》)

西哲有云,势力起于家庭,而社会次之。这两句话怎么讲呢?言其势方③之见,家庭最厉害,社会还在其次呢。势力之见是甚么呢?就是嫌贫爱富,附势趋炎,敬光棍怕财主,两眼竟往上瞧,待人三六九等,这宗人就叫作势力小人,俗称势力鬼(昨天偶阅子书④,势力鬼三个字,敢情出于佛经,足见寻常俗话,都有出处,不过人不考察就是了)。势力或作势利,讲解稍有不同,可是趋炎附势的人,可以叫他一个势利鬼,言其他⑤趋势慕利,谁有钱谁有声势,他就捧谁,这宗人到处短不了,各界皆有,而尤以少读诗书、不学无术的人为尤⑥甚。

民国元、二年间,北京东城住着一个王老者,都说他是满洲人,⑦洲人可都

---

① 忺:现在李清照的这首词中一般写作"堪"。
② 按现在通常的版本标点。
③ 方:应为"力"。
④ 子书:子部的书。我国古代把图书分为四类:经、史、子、集。子部包括诸子百家及医学、道教、佛教、天文、艺术、散文等方面的书。
⑤ 他:衍字。
⑥ 尤:大概是衍字。
⑦ 此处少一"满"字。

是呀名满指为姓①,姓恩哪,春哪,德,保呀,是、呢、讷、那、塔,这都是满洲姓,那里会有姓王的哪?后来又听人说,自改建民国,人家贯的是老姓②。可是满洲姓氏谱里,也没有王佳氏呀。究竟这个王老者,是否旗人③,咱们不必考查,也没有甚么关系。

如今单说王老者的家庭状况。王老者名德泰,号小峰,六十来岁,矮身量,赤红脸,爱闻鼻烟,好养活鸟儿,身体坚壮④,住的是自己的房,从先当过某项差使,多少挣过几个钱。夫人儿赵氏,岁数儿跟他相仿。王老者自入民国,差使随着黄龙旗一块儿取消,好在三位少爷都起来了,三个姑娘也都出了阁了。大少爷叫天恩⑤(负义他哥哥),号叫阔山(他爸爸叫小峰,他叫阔山,压他爸爸一头。送他号的这个人,就不通之极⑥,娶妻钱氏,是开钱铺钱大使的女儿。

钱氏娘家的父亲,外号儿叫钱大使,因为他姓钱又开钱铺,所以叫钱大使。其实这个人,竟说大话使小钱儿(好德行)。王溥的妻子,娘家姓孙,是厨行头儿孙胖子的女儿。王明定下李家的姑娘,尚未过门。这门亲是谁说的呢?原来是王小峰的内弟赵虎⑦(跟张龙是把兄弟)作的媒人。要说王家这小弟兄三个,就是三爷王明,长的也漂亮,人也聪明,书念的也不错,中学毕过业,还入过二年师范学校。赵虎就喜欢王明,常对王小峰夫妇说,这个三外甥,将来必有起色。彼时王恩已得某部办事员,王溥已得了排长,也都娶妻啦,就是三爷王明,师范还没毕业。

那天赵虎前来提亲,说是他们本巷李家的姑娘,长的绝美。王小峰说:"他大舅呀(这是指着孩子叫),长的美不美,咱们先不提,家里怎么样?"赵虎说:"姑娘他父亲作过知府。"赵虎话没说完,王小峰哈哈大笑,说:"好哇,我们正是门当户对,家里必可以的罢?"赵虎说:"家里不可以,老官早死啦,留下一儿一

---

① 洲人可都是呀名满指为姓:排版错误,应为"满洲人可都是指名为姓呀"。满族旗人"指名为姓",把名字的第一个字当作姓,所以,父子不同姓。

② 贯老姓:有些汉族旗人向满族学习,舍弃自己的姓,后来恢复,叫"贯老姓"。而满人向汉人学习,找一个姓作为自己的姓,子孙同姓,也叫"贯老姓"。

③ 是否旗人:实际上,汉军旗人有很多还是姓自己的姓的,所以,姓"王"也可以是汉军旗人。

④ 坚壮:健壮。

⑤ 天恩:应为"王恩"。"王恩"是"忘恩"的谐音。

⑥ 此处少一")"。

⑦ 赵虎:张龙、赵虎是《三侠五义》中的人物。

女,跟着他母亲度日。李太尊①不会贪赃,拢共上任不到一年,宦囊有限,早花完了。"王小峰一听,把眉头子又绉②上了,说:"你趁早不用说了。告诉你说,娶媳妇,再别要穷娘家。媳妇娘家要一穷,那你后患可就大了。"赵虎说:"你先别忙,我的话没说完呢。李太尊有个亲侄子,现在是四川实缺知县,时常的给他婶母带钱。应下妹妹出阁的时候儿,全是他的,他破三千两银子。"王小峰一听,笑逐颜开,说:"老弟这话当真吗?"赵虎说:"你瞧你乐的这个德行样儿,真正的缺德。你倒是愿意不愿意罢?"小峰说:"你不用问我愿意不愿意,我先得问你,将来的嫁妆陪送怎么样?"赵虎说:"他哥哥破三千银哪。"王小峰说:"这事准靠的住呀?"赵虎说:"大概许③错不了罢。"王小峰说:"你得具给我一张结,按个手模脚模④。"赵虎说:"我跟你在审判厅立案好不好?这个媒人我不作了。"

王小峰说:"他大舅你别起急,我这是打哈哈哪。你既有这分美意,就求你积极进行,说妥了过年就办哪。"赵氏说:"你先别忙,也得过八字帖合一合婚⑤哪。"赵虎说:"这个年月还有那些个事情?人家西洋人讲究自由结婚,不合也行了。"赵氏说:"咱们不是西洋人,合合我放心。"赵虎说:"也好罢。"

话不烦叙。双方过了八字帖儿,赵氏亲自拿着八字帖儿,找了个卦棚子一合,据先生说,是个五鬼婚,作也可,不作也可,姑娘的命很硬。赵氏有点不愿意,回家跟王小峰商量,意欲作为罢论。王小峰说:"你又弄穷迷信不是?合婚择日全是假的。你没听他舅舅说吗?姑娘他叔伯哥哥,是四川现任的知县,人家破三千两银子聘妹妹,嫁妆决含糊不了。内囊儿也得有点好东西。亲家儿要是保了道台,进京引见,所得送我点子川货(这块德行)。"

可巧王小峰有个把弟,叫作单四,虽没念过多少书,心地很好,专爱给人帮忙。替人作事是尽心竭力,真能傻犯热心,时常的在王小峰家中帮忙。按说这个人又没钱又没有势力,王小峰为甚么欢迎他呢?就因为他傻热心能卖力气,

---

① 太尊:对知府的尊称。
② 绉:皱。
③ 许:可能。
④ 手模脚模:也说"手模脚印"。
⑤ 合婚:算算男女双方的命是否适合结婚。

给他两顿饭吃,支使傻小子。这个人心真①口快,心里有甚么说甚么,王小峰因为他真出力,也倒不恼他。这个人有一样儿毛病,见人说不够资格的说②,他且心里生气,听不上,他是当面就驳(跟我一个毛病)。一来他跟王小峰是父一辈子一辈的交情,二来王小峰用他的地方儿多,三来拿他当没心没肺的人,听惯了也就不理会了。单四听王小峰越说越不像话,当时冷笑了两声,说:"大哥,你说合婚是穷迷信,这话我倒信服你。你说甚么三千银子咧,送你川货咧,那话简直的没根基,转文说,那叫缺德。李家姑娘我倒见过,人是真不错,家里称得起是世家。大嫂子也别犹豫了,这们③亲是正作。"王小峰说:"这话有理。"赵氏只好也就认可罢。第二天赵虎来到,说是李家也很赞成。

  王小峰一听,满心里欢喜,这就择日放定。原打算冬天就娶,赵虎代④信,李家因妆奁不齐,请求展缓⑤开春再娶。赵氏愿意冬天娶,王小峰说:"你这个人糊涂,人家既说妆奁不齐,大概四川亲家儿那里,三千银还没有带到,你忙的是甚么?告诉你说,我作这门亲,就朝着三千银作的。"赵虎冷笑了两声,也没说甚么。好在单四没在这里,他要在这里,又该足骂王小峰一气。于是定为转年三月抬亲。

  光阴似箭,转眼就到。吉期择定,先撒帖子⑥,搭棚,预备厨房,一切不必细说。那天赵虎来到,王小峰说:"大舅爷,我要问你一回事,你上我们李亲家去了没有?"赵虎说:"我倒是去了。"王小峰说:"四川的三千两银子怎么样了?"赵虎说:"这事我怎么打听?"王小峰说:"你是干甚么的?这个事你不打听打听。你没有看嫁妆怎么样?到底有多少抬⑦嫁妆?"赵虎伸手比了个八字儿,王小峰说:"四十八抬是半分儿嫁妆,三千银子,按说一百二十抬都办下来啦,或者内囊儿有好东西?"赵虎微微的淡笑,也不理他。

  简断捷说,到了抬亲那天,王小峰的亲友倒也不少,这小子满棚里这们一

---

① 真:应为"直"。
② 说:应为"话"。
③ 们:应为"门"。
④ 代:应为"带"。
⑤ 展缓:延缓。
⑥ 撒帖子:送请柬。
⑦ 抬:两个人抬一件嫁妆,叫"一抬"。

吹,说我们亲家,作过知府,现在他亲侄子,是四川的知县,他妹妹出阁,他破三千两银子。嫁妆虽然不多,四十八抬都是贵重的物儿。告诉这个又告诉那个,这分兴高彩烈,不必提了。

正言儿①说着,外头嚷嚷嫁妆来了。王小峰赶紧把眼镜儿戴上,要瞧瞧嫁妆。先进来四位送妆的,这里自然有人接待,少时嫁妆□进来了,拢共八抬儿,也没有大柜桌子,除去两箱两匣,就是零碎手使的东西。王小峰眼睛就直了,当时向赵虎说道:"多少抬嫁妆呀?"赵虎说:"那天我就告诉你了,八抬呀。"王小峰说:"你冤苦了我啦。你不说四十八抬吗?"赵虎说:"我就比了一个八字儿,谁说四十八抬啦?"王小峰说:"三千银子就陪送四十八抬呀。"赵虎说:"那里有三千银子呀?"王小峰说:"闹了归齐,没有那们回事呀。"

赵虎说:"本来没有三千银子吗。告诉你说罢,你们那位亲家侄子,让你妨的,被参撤任啦,自己的亏空还了不清哪,那里还有银子往京里带?这几抬嫁妆还是我给赊的哪。"王小峰一跺脚,说:"好哇,冤苦了我啦。既有这等事,你为何不早告诉我?"赵虎说:"如今告诉你也不晚呀,头六年我就告诉你,还没作这门亲哪。"王小峰说:"你那叫耍话,这不是说了不算吗?"赵虎说:"人家还不愿意哪,难道说人家为你把官搁下吗?"王小峰说:"大舅爷,我可是不发轿啦。"赵虎说:"凭甚么不发轿呀?"王小峰说:"这门亲事算吹啦。"赵虎说:"好呀,吹了咱们俩先是官司。"单四听见捣乱,赶紧过来啦,说:"赵大哥,怎么回事情啊?"赵虎大致说了一遍,单四说:"小峰大哥,当着这们些亲友,你也不怕憨蠢,别往下说了。"这当儿轿夫头儿清②示本家儿老爷,说:"吉时已到,可以响房发轿吧?"王小峰大声嚷道:"轿子不发了。"

他们这里捣乱,四位送装③的那里正听,内中有一个人听不过去了,当时起立发言,说话是个外乡口音,说:"这位说不发轿的,是亲家老爷吗?请过来咱们谈谈。"王小峰一瞧,这位有四十多岁,戴着新式的眼镜儿,镶着两个金牙,胸前还挂着一个徽章,两撇儿小胡子儿往上捻,满脸的傲气,瞧神像儿④来历不俗,当时软了三成(这块德行),说:"阁下贵姓?"这人说:"兄弟姓周,姑娘是

---

① 言儿:应为"这儿"。
② 清:应为"请"。
③ 装:应为"妆"。
④ 神像儿:样子。

我干女儿。"王小峰说:"老兄贵恭喜在那个机关?"周爷说:"小地方儿,总统府。"王小峰一听总统府三个字,又软了三成(前后软了六成啦),说:"原来是干亲家(既承认干亲家,大概有信发轿了)。久仰久仰,茶房快换好茶。"周爷说:"兄弟打听打听,到底是为甚么不发轿呀?"王小峰一听话口儿来的很横,又软了三成半(剩了半成了),说:"亲家,你别听我的,我跟我们这位舅爷打哈哈呢,那里有不发轿的道理。单四兄弟,快让他们响房呀。"周爷瞧了他一眼,也就不言语啦。赵虎说:"到底发轿不发轿呀?"王小峰说:"大舅爷你就别起哄了。"

当时响房发轿,不必细说。送妆的告辞,王小峰亲自送至门外,单①向周爷说道:"周亲家,将才我问过你的台甫,我又忘了,记性实在该打。"周爷说:"草字叫祖武。"王小峰说:"改日拜访祖老(简直叫老祖好不好)。"少时宝轿到门,一切的手续,千人一面,无须一提。依着赵虎,当日下地最省事,王小峰说:"我们是世宦人家,总得遵着老规矩,非两日酒不可。"

话不烦叙,第二天新人下地,亲友来宾十分称赞。本来三爷文明,是个俊人物儿,这位三奶奶,尤其的漂亮,真是玉树琼花,天然佳偶。按说是挺好的事情,王小峰并不十分喜欢,他总惦记着三千银子那个岔儿。八抬儿嫁妆,他嫌憨蠢,不过有周祖武这个岔儿,满心里不愿意,倒不好说甚么了。自己一想,这位干亲家,看着倒是有两下子,没点奥援②,不能在总统府当差,跟他套套近,求他介绍,我那怕不③在总统府,当一名走狗呢,我也挂上一个徽章(你等着戴圈④罢),不必说夸耀乡里,吓唬捡粪的也是好的。亲友家有事,我胸前挂上总统府的徽章,茶房都得多给我上两儿碟⑤菜(这块骨头)。心里有这个希望,把三千银子搁在一边,于是对待这位三奶奶,也还很好。

那天李太守⑥的的⑦太太来瞧女儿,亲家太太头一荡来,照例得留吃饭。王小峰十分的周旋,他并不是周旋亲家太太,他惦记着干亲家老爷哪。那天叫

---

① 单(dān):只。
② 奥援:后台。
③ 不:衍字。
④ 戴圈:当时北京政府规定,狗必须戴圈。
⑤ 两儿碟:应为"两碟儿"。
⑥ 太守:明清两代对知府的尊称。当时经常借用古代的官名作为尊称。
⑦ 的:衍字。

了一桌鸭子席,格外还预备好些个菜,王小峰亲自给亲家太太斟酒。李太太说:"亲家老爷歇着罢。"王小峰说:"我跟亲家太太打探一个人,这位周亲家老爷,他在那里住哇?"李太太当时一楞,说:"那里有这们一位周亲家老爷呀?"王小峰说:"亲家太太,我这们一说,你就知道了,姑娘的干爹。"李太太说:"这又怪了,您儿媳在家,活了这们大,他也没认过一个干爹。"

王小峰说:"亲家太太,你是忘了,就是上次送妆来的那位周先生吗。不是在总统府当差吗?"李太太说:"是那位外路人吗?"王小峰说:"正是正是。"李太太笑了一笑,说:"他跟我们并不是干亲。不瞒着亲家老爷说,自打你亲家死后,陈亲友全都断绝住①来啦。这次送妆,敝亲家给糊②请了两位,就有这位周先生,他还赶了一个分子。他也不在总统府当差,听说是陆军部的一个差遣员。"王小峰一听,凉了半截儿,心说:冤苦了我啦,早知道这样,我还不叫鸭子席哪,碰巧连锅了我也不叫。这是那里来的事情?王小峰这个人,向来是有诸内必形诸外,心里不愿意,立刻透神像鬼,跟吉祥园卖座儿的大于,倒是一个毛病。

那个家伙,就能够登时变像儿。这位给他两吊钱的茶钱,当时满面笑容,说:"谢谢先生。"笑容未敛,又跟那位要,那位给四枚,立刻巴搭一下子,帘子脸儿③就撂下来了,脑袋一歪,闲话就上来了。这宗人没有别的法子,教训他他也改不过来,就是打他,金圣叹有云,只可蒲④不可教,就是这宗人。

闲话不提。王小峰登时把脸一刮搭⑤,另换了一副面孔,好在还没大发作。李太太走的时候,他假装睡觉,也没送人家。北京的规矩,新妇在一月之内,早晚得给公婆请安。头两天李氏给他请安,他虽不还安⑥,也要哈哈腰伸伸手,笑容满面,说:"三奶奶你歇着去罢。"这天晚晌李氏又给他请安,王小峰把驴脸一绷,哼了一声,从此就甩闲话。不过王明师范快毕业了,希望着儿子得个教习,看佛敬僧,对待李氏虽不欢迎,多少还留着一点面子。

---

① 住:应为"往"。
② 糊:应为"胡"。
③ 帘子脸儿:形容说拉下脸就拉下脸。
④ 蒲:大概应为"谕"。
⑤ 刮搭:拟声词,拉下脸。
⑥ 还(huán)安:别人给请安,要还礼。

单说他对待三个儿子,就分三等。管大儿子王恩老叫大爷,因为他当办事员,每月进四五十块钱。管二儿子王溥老叫老二,因为他当排长,每月进三十多块钱。管王明老叫三儿,因为他现在还没挣钱。对待三个儿媳妇,也分三等。大奶奶娘家开钱铺,娘家要是来人,总沏二百一包的茶叶。二奶奶娘家当厨子头儿,包办酒席,娘家要是来人,就要沏一百二一包的茶叶。三奶奶娘家来人,就是俩大①一包的碎茶叶末儿。

至于款留三家亲戚吃饭,也分三六九等。钱家来人,不是叫席②,就是叫菜。孙家来人,按现在时代说,也要装个锅子③,至不能为④是吃顿煮饽饽⑤。李家来人,就是随便的菜随便的饭,高了兴啦,门口儿买几个钱的羊头肉,这算是优待。钱家要是来了⑥,人家自己有车,他总要给车夫饭钱。孙家来了,临走的时候儿,他总要给人家雇车。李家来了,要是有车的话,他也不给车夫饭钱,要是没车,他居然不给人家雇车。简单言之,他是三等待遇,你说有多们缺德。

对待外人还不提(可也就不对了),对待他亲生自养的儿子,也分三等。王恩要是这天休息,王小峰要足应酬儿子,清早起来,嘱咐大家不准嚷嚷,所为让王恩睡早觉。必要单闷(平声)点好茶,预备王恩起来喝。跟王恩说话,老是笑面虎儿似的,不叫大爷不说话,吃甚么总得问大爷,这天必要吃点好的。王恩今天要是有饭局,回来的晚,也总要把茶沏上,等门不睡。王溥要是今天休息,待遇比王恩稍次,也还将就的,好歹总也要吃一顿。王明要是回家,比王溥差了。一个桌儿上吃饭,王小峰是碎嘴子唠叨,先问:"多早晚儿毕业?"王明说:"过年毕业。"王小峰说:"毕业可以派⑦个教习呀?"王明说:"一班毕业好几十人,那里有那些个缺呀?也得招呼招呼,求求人。"王小峰说:"你瞧这些个事

---

① 大:大钱,中间有方孔、面值比较大的铜钱,咸丰年间开始制造,有不同的种类,最流行的是一个等于十个平常铜钱,但事实上换不了那么多。蔡友梅小说《鬼吹灯》说,那时,一个大钱可以换六个平常铜钱。
② 叫席:到饭馆叫整桌的宴席。
③ 锅子:火锅。
④ 至不能为:最差。
⑤ 煮饽饽:饺子。
⑥ 了:应为"人"。
⑦ 派:分派。

情。起打你入学校,我攻①给你多少钱啦。每月学费不算,还有杂费,三天一换书,两天一换书,竟跟商务印书馆、跟着中华书局捣乱啦。用甚么书,都用甚么书就完了,转了一回学,又改书,耗费多少钱!好容易上了中学啦,一买书,就是好几块,做操衣②都要呢子的,这是谁出的主意?"王明说:"我们校长出的主意。"王小峰说:"所为的是甚么呢?"王明说:"所为的是外表好看。"

王小峰说:"我就可恨现在这些个办学的,竟讲外面儿不讲真的,装扮的挺好,给他们作成绩,这不是误人子弟吗?"王明说:"现在无论办甚么事,不能不讲表面。西哲有言,形式为精神之母。"王小峰说:"你不用跟我弄新名辞③,我见天瞧报,我也懂的点。我问问你,起打你上学,我垫办了多少钱啦?照你这们一说,还不定派教习不派哪,我这一套本钱,得多咱回来呀?"王明说:"既是国民,就应当受教育,不能讲那个本钱不本钱。"王小峰说:"这满嘴里胡说,我攻给你上学校,就是买卖生意,这跟铺子学徒一个样,学满了就得给我们开工钱。你瞧你大哥,我攻给他念书,托人情应酬,可是他化了不少钱。现在赚着了,老本儿回来不提,利钱就使多了。他每月挣五十块钱,交家三十块钱,自己拿着二十,连他应酬,带他屋里的嚼用,也就够了,再一得就得科员啦。上次司长家里聘姑娘,他要送二十块的礼物,跟我商量,这笔钱能够不花吗?这并不是咱们爷儿们狗事,现在是这个年月,不狗不行呀。他要一得科员,每月小一百,甚么精神哪。就说你二哥罢,每月三十几块钱,交家二十,也不少呀。再一得连长,一月就八十多块。不过他那个脾气,是个烂好人,拿钱不当钱,好交穷朋友,没事瞎耗费钱。我没事常告诉他,这个年月交朋友,选有用的交,算计着这个人有起色,或是用的着他,或是他正管我,你只管跟他套近,花掉了脑袋,一边儿安去。花多少钱不说,将来有益呀。万辈子没有起色的人,不走运的穷鬼,趁早儿少跟他打连连。不必说请他吃饭听戏,让他吃出一个落花生去,都算空子④。你二哥从先不听我的话,近来受我的家庭教育(好教育),算是好一点儿了。你呢,也二十多了,一个钱没往家里挣过。从先吃我,那不提了,现在吃你哥哥,可就差点儿事了。"

---

① 攻:供。
② 操衣:制服。
③ 名辞:名词。
④ 空子:骗子认为可以上当的人。江湖黑话。

势力鬼端着酒盅儿,粘牙倒齿的,向王明说道:"你今年也二十啦,一个大钱不能挣,整天吃哥哥,可有点儿差事,自己也得长点心胸,立□志气,那才对呢。"反正见了王明,就是这一套,闹的王明简直的怕家来。

　　单说大奶奶钱氏,倚仗着娘家开钱铺,来到这里,自己丈夫又能多挣几个钱,这位不开眼、缺德没根基的老公公,又这们一贴靴架弄事,属破风筝的——所有点起来啦。你想本来是个没受过教育的女子,在娘家又染了点子钱、当行的恶习,来倒①王家,丈夫又是个办事员,也并不知道办事员是甚么角色,以为位分②就大了,由办事员就可以得内阁总理。其实如今的办事员,车载斗量,可以拿鞭子轰。下等无知识的妇女,眼光浅近,心地糊涂,知道些个甚么,老头子又一捧,这分美就不用提了。往往没教育的妇人,自己当头人③多挣几个钱,他就扬气④,在妯娌场中,他总要出尊夺萃⑤,看着谁都像奴隶,再遇见没骨头的公婆一捧,更邪行了。其实别人多少也还挣几个钱呢,要是都指着他丈夫养活,那还了得。

　　从先齐国晏子,官居相国,亲戚故旧,指着他养活的,有三百多家子,晏子的夫人又该当怎么美了。可是话说回来了,人家受过教育,明白天理大道。世俗人家的女子,所闻所见,都是些个不够资格的事情,所以千人一面,都是这宗德行。

　　要说钱氏在家,比他婆婆赵氏脾气大的多了。清早且不起哪,兄弟媳妇们把火都笼上了,茶都沏好了,他才起来。梳完了头,早饭也就得了。应名是三个人轮班作饭,到他的饭事,老是两个弟妇代庖,偶然他要起一天早,你就听罢,墊⑥锅碎盆,闲话一大套。不必说两个弟妇不敢惹他,小峰跟赵氏都得装听不见。固然是钱氏没教育,可以⑦溯本穷源,还是王小峰酿成的。家庭之内,作家长的要是不够资格,那是顶糟的一回事情。

---

① 倒:应为"到"。
② 位分:身份、地位。
③ 当头人:丈夫。
④ 扬气:谱儿大。态度傲慢、架子大。
⑤ 出尊夺萃:拔尖儿。
⑥ 墊:应为"擎"。重重地放。
⑦ 以:应为"是"。

大奶奶钱氏虽然不够资格,不过是骄傲狂美,还没有多大坏劲。这个二奶奶孙氏,比钱氏亡道,为人能谄能骄(倒够官僚的资格),又阴又坏,自知势力不敌钱氏,他专能捧场贴靴,架着①钱氏欺负李氏。要说王小峰对待孙氏,偶然还有比钱氏强的地方,这是怎么回事呢?钱氏娘家虽开钱铺,钱倒是有,就是舍不的花,钱大使这个家伙,是竟说大话使小钱儿。钱氏的哥哥叫大头钱,挺大的脑袋,更不花冤钱(真对不起他这个脑袋)。空有钱,更不攻给女儿。三节②,姑奶奶买一个小蒲包儿③,带着老婆子,还坐一辆车,再领一顿饭,连车钱带赏老婆子钱,够买三个蒲包儿的,来一回王小峰得大赔账。王小峰恨得不着便宜,所以他欢迎钱家者,就为钱家是个小财主儿,无论到那里提起来,亲家开钱铺,家里有几处房子,自己很觉着荣耀。社会上单有这们一宗人,专敬阔亲戚,阔亲戚坑他,他都是乐的,穷亲友不沾他,他都不喜欢,天生这们一宗奴性。

孙氏娘家的父亲,叫作孙胖子,是个久站红白口④的厨子头儿,家中有百十多桌家伙,手下有不少伙计,赶上好日子,十棚三十棚的应酒席,丸子鱼肉,那还短的了吗?一桌半桌,三碗五碗,时常的送给王小峰。王小峰本来好吃,又舍不的钱买肉,好在接⑤不了三二天,孙胖子必送他两碗肉吃,因此感激的了不得,所以对待孙氏,偶然比钱氏还强。可是当着钱氏,他不敢捧孙氏,究竟钱家的财主大一点。

再说李三奶奶,原是世家姑娘,外官的小姐,幼读诗书,长娴闺训,嫁到王家,总算是屈才。婆婆赵氏,赵氏还算不错,这个老公公,顶不是东西。两个嫂子,一个够资格的没有。听他们说话,心里就堵的慌,看他们作事,就要得结胸,还得受他们的气,你说有多们难过?好在李氏肚子里有些个书,心宽量大,拿这群人,就当猪狗牛羊蛆虫蚂蚁一样,不跟他们一般见识。

过了些时,王明学校毕业,领回毕业证书,呈与王小峰阅看。按说孩子毕业,是一件可喜的事啦,王小峰皱着个眉头子,看了看证书,扔在一旁,叹了一

---

① 架着:指想办法哄着、骗着。
② 三节:端午节、中秋节和春节。
③ 蒲包儿:店铺包水果、点心、熟食等是用蒲草编成的草片儿,所以蒲包儿指一包儿水果、点心或熟食。
④ 红白口:喜事、丧事的时候。
⑤ 接:隔。北京发音为 jiē。

口气,说:"就凭这张废纸,糟踏我多少钱!哼,你这得多时派教习呀?"王明说:"现在也得有缺呀?今年暑假后,或者可以派差。"王小峰说:"现在离着暑假,还有小半年哪,难道说,你就这们坐吃山空,任甚么不干吗?"王明说:"过年文官考试,我打算报考,也得用用功呀。"王小峰说:"文官考试有多少人哪?"王明说:"至少也有几千人报考。"王小峰说:"你那不是搂鸽①、白垫吗?"王明说:"反正没有场外的举子。这一用功,总得买个十几块钱的书。"王小峰说:"买书我不怕花钱,只要准中,不用说十几块钱的书,二十块钱的书咱们都买,中了就可以得科员哪?"王明说:"科长将来都许得。"王小峰一听,当时点了点头,说:"干!拔结功名的事情,爸爸不怕花钱,买甚么书只管买罢。"王明买书用功,暂且不提。

单说大爷王恩,由办事员提升科员,亲友都来道喜,王小峰乐的闭不上嘴,从先称呼王恩为大爷,如今居然称呼大老爷,称呼钱氏大太太。王明听不过去,那天向王小峰说道:"我哥哥虽然得了科员,他是衙门的科员,又不是家庭的科员,父亲如此的称呼,让亲友街坊听着像怎么回事情?"王小峰说:"你这孩子糊涂。我称他大老爷,这里头很有用意。我这是鼓励他呢,好让他高兴往前进步,你明白了?"王明说:"那们他要得了科长,得了司长,再得了总长,父亲该称呼他甚么啦?"王小峰说:"这个(称呼他这个),那就不用管了。你瞧着眼儿热,你也得科员哪,我也称呼你三老爷。"王明说:"没有这宗规矩。你这宗举动,都让人笑话,我都拉不下脸来了。"王小峰说:"好孩子,你要反哪。学堂将毕业,你就要来家庭革命呀,你打算父子平权不行?你还没挣钱哪,反正我不能称你老爷。"

王明说:"父亲这话未免冲突,你管我哥哥叫大老爷,比父子平权还厉害,你怎么倒责备我呢?"这几句话问的王小峰无话可答,老羞成怒,拍着桌子大骂之下,一定要揪着王明上巡警阁子②。赵氏老伴儿是个老实人,三个儿子里最疼王明。所以疼王明的原因,有三个理由,第一,父母疼小③子,那是地球通行的道理。第二,王明长的聪明俊秀,谁瞧见谁爱,何况自己的母亲。第三,王明

---

① 搂鸽:应为"楼鸽",人家屋上的鸽子,比喻跟你没关系。
② 巡警阁子:派出所,规模比现在的小,但数量多,隔几条胡同,路口就有一个。
③ 小:应为"少"。父母疼少子,俗语,父母疼最小的孩子。

在赵氏跟前,也比两个哥哥尽孝。王溥还略好一点,惟独王恩,起打娶妻之后,回家就奔妻子屋中,见了父母轻易没话,惟独见了钱氏,喜笑颜开(跟我两径①,我是见了钱喜笑颜开)。其实小时候儿,跟父母也很亲,自打一娶媳妇,人心大变。如此看来,"人少,则慕父母;知好色,则慕少艾②;有妻子,则慕妻子③",这几句话,老孟一点儿也没说错。王明则不然,由学校回家,总要在母亲跟前坐一坐儿。再一说,遇有新鲜吃食下来,必要给父母买回一点儿来。王恩王溥就知道给女人偷着买吃食物,父母跟前,一个铁蚕豆都没买过。再说王明回到家中,扫地浇花儿倒泔水,甚么都干,一声儿也不言语,也不挑吃也不挑穿。

按说这孩子够多们好啦,我要有这样的孩子,我能把他疼死。你猜怎么样?我就遇不见这样的孩子。我那个孩子,整天跟我扭头别棒④,竟招我生气。天地间的事情,就是这样,有被褥不会睡,会睡的没被褥。

闲话不提。单说王明,素日也不敢跟王小峰顶嘴,因为王小峰叫王恩大老爷,真听不过去啦,所以劝了几句,王小峰不听,爷儿俩抬上啦⑤。王小峰老羞成怒,揪着王明要上巡警阁子,赵氏心疼三儿子,当时一劝,王小峰说:"太太你不用管,这孩子要反,非让人家管教管教不可。"

李氏给小峰下了一跪,说:"父亲看在儿媳妇面上,饶恕你儿子这次。他气着老爷子,我给老爷子磕头就是了。"王明在一旁也跪下啦。王小峰说:"三媳妇,没娶你之前,我这个儿子,他不敢跟我这样。我听说你在娘家,上过二年女学,学了点子男女平权的家庭革命来,跑到我这里传染来了。大概你们都是念了《非孝论》啦,气完了我啦,跟我硬打软熟和⑥。我可脑筋简单。你们入过学堂,受过新教育,脑筋都敏捷,你们使的这宗手段,我都明了(这小子新名词倒不少),我懂的这个。"王明说:"父亲说那里话来?大地球上,还有跟他亲爹使手段的?"王小峰冷笑了两声,说:"现在这个年头儿,甚么事没有哇?起打一共

---

① 两径:应为"两样",两样儿。
② 少艾:年轻美丽的少女。
③ 人少,则慕父母;知好色,则慕少艾;有妻子,则慕妻子:语出《孟子·万章上》。
④ 扭头别棒:犯别扭。
⑤ 抬上啦:抬上杠啦。
⑥ 硬打软熟和:欺负了人又来软的。

和，五伦算是没有啦。君臣那一伦呢，国体已然改变，不成问题了。父子这一伦也要取消，再过两天，就管亲爹叫大哥了（现在真有这个来派，不可以人废言）。"

　　王小峰正在绷着脸生气，王恩散衙门①回家。王小峰一见王恩，满脸推下欢来，说："大老爷请坐。"上回书也说过，王恩每常回家，一直就奔自己的屋子。他住南屋里，王小峰老夫妇住北房，轻易没事他不上北屋，王小峰要跟他说话，得打发老婆子往这屋请他。今天他一进门儿，听见老头子在上房发作，又听见有妇女啼哭的声音。其实是三奶奶李氏哭呢，他以为是大奶奶钱氏呢，当时护女人心盛，这才来到上房。一瞧三爷三奶奶都在那里跪着呢，王恩虽然不甚孝，也不愿他，都是王小峰酿的，要说他素日对待三爷王明还算不错。因为甚么他待王明不错呢？从先有人给王明相过面，说他将来必要大阔，王恩记在心里，所以他待王明不错。细想起来，并不是手足友爱，也是势力之见。反正这家子，除去王明夫妇，剩下全没德行。

　　单说王恩，一瞧王明夫妇都在地下跪着，当时向王小峰说道："这是怎么回事情？"王小峰说："大老爷您是不知道，你三兄弟他跟我来家庭革命，我要送他。"王恩说："他要家庭革命，他就不跪着了。世界上有家庭革命给老子跪着的吗（对呀）？老三你快起来，冰凉的地怎么回事情。三弟妹你也起来。"王明夫妇还不敢起来，直瞧王小峰。王恩说："哥哥让你们起来，你们就起来。"王小峰说："你们就起来罢。"王明当时起来，李氏也就起来了。王恩冷笑了两声，向王小峰说道："到底为甚么事呀？"王小峰说："我称呼你大老爷，他说我不对啦，让人家听着笑话。"王恩说："本来你没那们称呼的，我就要说，我老没得说。"王小峰说："那们我叫甚么呢？"王恩说："我是你儿子，你就叫我名字，也没有甚么的。"王小峰说："你是当科员的人了（这伙家要得科员迷），怎么好叫你的官印②？我叫你阔山得了，叫号反正没大小儿。"王恩听到这里，也就不语啦。

　　从此王小峰叫王恩阔山，叫王溥还是二爷，叫王明还是三儿。称呼钱氏是三儿他大嫂子，称呼孙氏是二奶奶，称呼李氏是三儿的媳妇儿。都是他的儿女，称呼上就是三个阶级，待遇上就不用提了。

---

① 散衙门：从衙门下班。
② 官印：学名。

过了些时,王明有个同学的派了高等小学校长,特约王明担任教习,每月二十来块钱。王明红着心①要考文官,要一担任教习,功夫就耽误了,不担任罢,又辜负人家这分美意。自己不得主意,回家跟王小峰一商量,王小峰哈哈大笑,说:"三爷(听见派教习立刻不叫三儿子,改叫三爷,这点缺德,真不在小处),你就担任罢。爸爸说句不开眼的话(你也够开眼的啦),每月倒闹他二十多块钱呀。文官考试,是镜子里的事情。准考的上吗?再一说,一早一晚用功也行啊,你就担任罢。我问问你,教习再一得就是校长不是?"王明说:"正可以得校长。"王小峰哈哈大笑,连连的拍把掌②(这分骨头),说:"好哉。好哉。好孩子,人家既约你,你可千万别辞呀。"

上回书说的是,王小峰听说王明要派教习,乐的心花开放,简直的要飞,说:"三爷你可别辞,这个年月,谋事很难哪,十块八块的事情,那里找去呀?一说就二十来块钱,你还不愿意干,你愿意干甚么呢?骑马儿找马儿好找,三爷你就担任罢。"正这儿说着,李氏给王小峰倒过一碗茶来。要搁在平常,王小峰一别头,连瞧都不瞧,今天居然欠了欠垫儿③,满脸带笑,说:"三奶奶你歇着罢。"王明说:"父亲怎么这样称呼呀?这不是给我们添罪吗?"王小峰说:"你别迷信啦,你现在是当教习的人了,我得称呼你三爷。"

正这④说着,单四来到,王小峰说:"四爷,你不给我道喜?三爷得了教习啦。"单四说:"那个三爷呀?"王小峰说:"就是我们峻山哪。"单四说:"好哇,给我们爷儿们拉平了,他是三爷,我是四爷,有五爷没有呀?这们一来,我得叫你大叔了。"王小峰说:"兄弟你别挑眼,咱们是老弟兄。他现在当了教习了,所以我叫他三爷。"单四冷笑了两声,说:"当教习就叫三爷,当了校长,就得叫三老爷啦。他要得了教育部总长,你该称呼三老祖儿啦。"王小峰说:"兄弟你骂苦了我啦,咱们先别玩笑,我问问你,人家约你三侄子当教习,每月二十多块,他还不愿意,你想他这不是糊涂吗?"单四说:"当教习有教育的责任,比甚么都清高,就先担任罢。"王小峰说:"你四叔都说可以,你还不干吗?"王明说:"既然如此,我担任就是了。"

---

① 红着心:一门心思。
② 把掌:应为"巴掌"。
③ 欠了欠垫儿:在坐垫上欠了欠身。
④ 此处少一"儿"字。

正言儿①说着，王恩回来了，给单四行了礼，口称"四叔"。王小峰说："三爷得了教习啦，大老爷不知道吗？"单四说："我先打听打听。这些日子，也搭着我老没来，你们家是怎么回事情，这是那一国的称呼呀？大哥，不是我说你，你简直的不够资格，愿得②人人都管你叫势力鬼这个外号儿，人家真没送错。"王小峰说："得了兄弟，你损的哥哥够瞧的了。你今天不用走了，大喜的事情，闹几斤羊肉，哥哥请你吃涮锅子，高不高？"

　　单说王小峰，平常家里吃饭，也是三六九等，他们老夫妇总是吃点好的，偶然带着大奶奶钱氏一块吃，就不带着孙氏一块儿吃。比方说，他们老夫妇吃点煮饽饽，钱氏吃炸酱面，孙氏就许吃芝麻酱扮③面，李氏跟老婆子吃饭。常言说，一个锅里不煮两样儿饭，他家一个锅里能煮四样儿饭。自打王明一得教习，李氏算是升了一等，可是跟孙氏吃一样的饭食。李氏娘家人来，也可以沏整茶叶了。

　　有一天王小峰同赵氏吃薄饼，赵氏再再的说着，让三位少奶奶带着老婆子都吃厚饼，王小峰算是认可。老夫妇摆上将要吃，少奶奶们还没吃呢，王恩回来啦。每次王恩回来，是高视阔步，大有目中无爹的神气，今天回家，跟往常神气不同，垂头丧气，咳声不止。王小峰一见王恩回来，喜笑颜开，说："你怎么这们早回来呀？没吃饭哪吗？"王恩说："倒是没吃哪。"王小峰说："一快④儿吃薄饼罢。"王恩说："你先吃罢，我先不饿呢。"说着，坐在那里发楞。王小峰说："怎么了大老爷，跟谁呕气了？"王恩叹了一声，说："我跟谁呕气？衙门裁人，把我裁下来了。"王小峰说："怎么讲，你被裁啦？你的差使倒是好了去啦，但分好好儿的当差，能被裁吗？科员裁了，还剩了一个办事员哪。"王恩说："连个录事⑤也没剩呀。"王小峰说："恩格，你这孩子（不叫大老爷啦，改了叫小名儿啦），我就说你没出息，又贪懒，又爱得罪人，天生的下流货。"王恩抽着烟卷儿，低着头不言语。王小峰说："你一个钱不挣了，你还抽烟卷儿哪？"正这儿说着，三奶奶李氏往上端薄饼，王小峰说："别烙薄饼啦，我们够吃的了，让你哥哥吃厚饼罢

---

①　言儿：应为"这儿"。
②　愿得：应为"怨得"，怨不得。
③　扮：应为"拌"。
④　快：应为"块"。
⑤　录事：民国时在官府中担任文书工作的人员。

(还算有面子,没给现蒸窝窝头)。"

自打王恩把科员搁下,王小峰对待钱氏,都差两个节气,王恩这个气可就受大了。王小峰这个雁儿孤闲话①,可就多极了,比从先说王明那套还厉害,一切不必细说了。最可恨的是,钱氏要坐月子,王小峰咳声叹气,出来进去的抱怨,所说的言辞,简直的值俩嘴吧。在钱氏一怀孕的时候儿,赵氏对他一提,他是欢天喜地,说:"这可好了,咱们快抱孙子啦。"为这个还叫了一回瞎子(算命的),算算是姑娘是小子。常言说的好,瞎子口赛路透,专能贴靴捧场,他说:"大奶奶这次一定要生贵子。"王小峰说:"你算算他长大成人,能得科员不能(这小子跟科员干上啦)?"瞎子说:"岂但能得科员呢,将来能中状元。"王小峰说:"先生,你别瞎聊啦。现在科举已停,那里来的状元哪?"瞎子说:"就说不能中状元,将来也许被选为大总统。"王小峰说:"你别捧场了。"给瞎子一吊钱卦礼,瞎子不答应,说:"你这是大喜之事,您得给四吊。"王小峰一时高兴,真给了他四吊。从此告诉赵氏,不让钱氏下厨房,爱吃甚么给他买甚么吃。这是王恩当科员的时代,如今把科员搁下了,他又改了话啦,他说:"爷们在家里赋闲,一个钱不挣,还有心肠养孩子(爷们不挣钱就不准养孩子,你听有多门②专制)。"赵氏听不过去了,说:"老爷你这话也太可笑啦,大爷把差使搁下,那是另一问题,大奶奶要生养,这又是一个问题,不能相提并论的。你不是还说,要是得了孙子,还要大办小子弥月,唱富连成③小科班吗?"王小峰叹了一口气,说:"彼一时此一时,那个时代不是大小子还当科员哪吗?如今他科员也搁下了,这孩子没出娘胎,把他爹爹的官就给妨掉了(这叫势力带迷信),命运也就够瞧的了。还唱富连成呢,连徐狗子④我也不唱。"说罢咳声叹气,揉着两个核桃上街喝茶去了。

上回书说的是,钱氏有信生产,王小峰跟赵氏抬了两句杠,赌气子揉着两个核桃喝茶去了。早晨在茶馆儿吃的饭,要了一壶白干儿,就的是烹大肉,吃了三个烂肉面。天有十二点多钟,溜达着回家。

一进门儿,大家给他道喜,原来钱氏生了一个女孩子。大家给他请安,王

---

① 雁儿孤闲话:一般为"雁儿孤话",闲话。
② 门:应为"们"。
③ 富连成:京剧科班。1904年建立,1948年停办。
④ 徐狗子:本名徐维亭,艺名"徐狗子",北京人,演唱莲花落的著名艺人。

小峰连眼皮也没抬。后来赵氏向他说道:"老爷大喜了,咱们有了接辈①的人啦。"王小峰把小三角儿狗眼睛一楞,咳了一声,任甚么也没说。赵氏一瞧他这宗样子,也就不敢往下说甚么了。

钱氏的母亲,原在二女儿家住着,听见这个信,忙忙的也来了,赶上王小峰没在家,如今听说亲家老爷回来啦,过来相见。王小峰待遇钱亲家太太,面子还算不错,因为人家还有几个钱。这小子这点势力,三六九等,那点意思,要学真学不了。钱亲家太太给他道喜,王小峰皱着眉头子说道:"告诉亲家太太说,我懊头②的邪行。"钱亲家太太说:"您有甚么可懊的事情?"王小峰说:"你不知道吗?你的女婿我的大儿子,把科员搁下啦。"钱亲家太太说:"姑爷这个岁数儿,谋差使还不容易吗?您懊头作甚么?您不看看那个孙女儿去。"王小峰把脑袋摇的车轮相似,说:"我不看我不看,这孩子命苦的厉害。"这位钱亲家太太也跟我一个样,没长了心肺来,王小峰这宗样子,也就不用理他了,偏要跟他套话,说:"亲家老爷给这孩子起个名儿罢。"王小峰说:"名儿我早给他起下了,管他叫妨爹得了(没听见说过)。"钱亲家太太说:"嗳哟,我的亲家老爷,那有叫这个名字的?"王小峰说:"您想呀,没出娘胎,就把他爹的科员妨了去了,还不是妨爹吗?"赵氏听他说的不像人话,恐怕亲家太太挑眼,当时拿话直岔,也就过去啦。

晚晌赵氏跟王小峰商量,说是:"大媳妇是个头生儿,总要来些个亲友,洗三那天,叫两个厨子,预备一顿炒菜面罢。"

上回书说的是,赵氏跟王小峰商量,说是:"大媳妇头生儿作月子,亲友来的必不少,可以预备一顿炒菜面,叫两个厨子,你看怎么样?"王小峰说:"还③些个事不用跟我商量,我心里不高兴。"赵氏说:"你倒是给孩子起个名儿呀。"王小峰说:"叫他舍哥儿得了。"

话不烦叙。洗三那天,王小峰一早就走了。这里来了不少亲友,都直打听王小峰,赵氏说:"他有要紧的事情,一早就走啦。"晚晌掌灯之后,亲友都散去,就剩下了钱太太,在这里扶侍月子。王小峰回到家中,赵氏看他的神气,比早

---

① 接辈:隔辈。
② 懊头:懊丧。
③ 还:应为"这"。

晨透喜欢,多少年的夫妇,知道他的狗脾气,必然是有甚么喜欢事情,当时报告他,来了多少人,买的都是甚么礼物。王小峰点了点头,赵氏说:"大约满月人还要多,咱们也得预备预备。"王小峰说:"既然都知道了,也拦不住了,自然得预备呀。"说话的神气,跟那天商量洗三的时候儿,真差俩节气。赵氏知道他的毛病,也不理他。

待了一会儿,王小峰说:"大爷没在家吗(你听,不叫恩格啦)?"赵氏说:"他大概是睡了。"王小峰说:"他这个科员,又有点动静。今天我遇见一个人,是他们衙门的办事员,听他说,次长①跟总长②商量,打算把裁员都叫回去。这话说了个真而且真,过几天就许发表。这们一来,他们同党的伙计必都要来呀,不预备预备行吗?无论如何总得搭个棚,只③不能为得预备八碗一个锅子。孩了好不好哇?我也没得瞧瞧他,明天我瞧瞧。"赵氏说:"有这们一个老妈妈论儿,过了洗三,又不能进产房了,怕把奶带了走。"王小峰说:"那里这些个穷迷信呀?"

第二天见了王恩,很透和气,虽然没恢复大老爷的称呼,神气差的多。原来自打王恩把科员搁下,王小峰就不理他,见了王恩就一皱眉,不是咳声就是叹气,要不然就是说闲话。一个多月,王恩没得着他爸爸的好气儿,今天跟他一和气,王恩都很觉纳闷儿。

王小峰自从王恩把科员搁下,一个多月没跟他过话,见了面,就把眉头子皱上啦,偶然说话也是闲话,要多们厌有多们厌。要说王恩,也真欠这个,拢共得了一个乏科员,车载斗量的东西,他美的很透邪行。虽然说他爸爸捧的厉害,也算他不够资格。本来他家上辈,由始祖说起,就没登过仕版,到了他爸爸这辈,功名崛起,得了一个四品前程。前清一倒,功名也取消啦。他如今居然徼倖,把科员弄在头上啦,每月也往家拿一百多块洋钱,是觉着得意。遇见他这块八辈子没开过眼的势力鬼爸爸,又这们一捧,自己又没学识,自然是目中无人,狂傲无知。谁知差使一搁下,他爸爸先不作情④他,自己的狂烑⑤减去了

---

① 次长:副部长。
② 总长:部长。
③ 只:应为"至"。
④ 作情:看得起。
⑤ 烑:应为"傲"。

九分,见了人也透和气了,走道儿也不扭啦,一切举动跟当科员的时代,居然是两个人了。这宗缺德的人,记者也见过,得意的时候儿,是一个样子,不得意的时候儿,又是一个样子。这宗人有三个字考语可以送给他,叫作"无出息"。

那天王小峰跟王恩一透和气,王恩很觉纳闷儿,不知道是那葫芦里的药。王小峰笑善喜①的说道:"大爷你没听见说吗?你们衙门的裁员,都有信要回去呀。"王恩一听,又惊又喜,说:"父亲听谁说的?"王小峰说:"我听你们衙门说的,说了个真而又真确而又确。你没听见说吗?"王恩说:"我这两天没有出门哪。"王小峰说:"你也打听打听去,别竟在家懊着②。就是搁下差使③,也犯不上这们不高兴啊。咱们爷儿们当科员也吃饭,不当科员也吃饭(听说科员有信回来,他又这们说了)。打起精神来,往前求进步,眼前财喜,一定准成,过了冬至,一定成功(这小子要变《明善功》)。"王恩一听这话,半信半疑,当时要出去打听,王小峰说:"你要出去,带着几块钱哪。遇见人坐一坐儿(世俗管同着人下馆子,叫作坐一坐儿),能够竟吃人吗?"

王小峰给了王恩三块钱,让他出去打听打听。王恩出了街门,自己犹豫,心说我可找谁去呢?忽然想起,东华门南池子住着一个苏右铭,也是被裁的人员,两个人素日还对劲。这个苏右铭向来最能钻营(能钻营的还被裁,不能钻营的可想而知了),消息也得的灵,或者知道点准信,找他去。就是这个主意。

当时顾④了一辆胶皮⑤,言明南池子下车,铜板七枚。拉车的有三十来岁,拉上车前走两步,后退三步,见了汽车也不知道躲,两只手捧着车把,在马路上横走。王恩说:"伙计,你没拉过车罢?"拉车的叹了一口气,说:"先生,我连今天,拉车算是头一回。不怕你笑话,我从先当巡警,巡官干了点错事,搁在我们身上啦,一共革了我们七个人。不怕你笑话,我还是一等警代理长哪。谁干过这个呀?其实家里不至于等米下锅,我们老爷子厉害呀,起打搁下差使起,直骂了我两个礼拜。细话也就不必说了,这我也是万分出于无奈。"拉车的说到这里,勾起王恩的伤心来了,对景伤情,在车上大放悲声。

---

① 笑善喜:应为"笑嘻嘻"。
② 懊着:心情不好地待着。
③ 搁下差使:丢掉工作。
④ 顾:应为"雇"。
⑤ 胶皮:人力车。

拉车的说:"这可是搂子①,我这个运气,真够瞧的了。头天拉车,头一个买卖就拉上一个疯子,不用说,下车不给钱,还许给我俩嘴吧。真是人要走背运,甚么逆事都遇的见。"

说话中间,走到丁子②街,王恩正在车上擦眼泪,忽然有人直叫"阔山",王恩一瞧,迎头来的正是苏右铭。当时让车站住,下了车给了一张一吊票儿。拉车的说:"我找给你三枚呀。"王恩说:"都给你罢。"拉车的说:"谢谢先生。"原想着准出搂子,没想到倒多闹了三枚,当时乐乐嘻嘻的去了。苏右铭向王恩说道:"大哥,你上那里去?"王恩说:"我找你去。"苏右铭说:"大哥怎么眼睛都红了?"王恩说:"你休提起。"苏右铭说:"咱们上市场喝茶去罢。"话不烦叙。二位到了市场,找了一个茶楼坐下。

王恩同苏右铭来到茶楼,两个人先谈了几句闲话儿。王恩说:"咱们有个喜信,你听说了没有?"苏右铭连连的摇头,说"那都是官迷儿造出来的谣言,头两天我也听见说了。我亲自上了荡衙门,还遇见咱们司长,闹的我倒怪不合式。司长还说,这次实在对不住。我又跟旁人打听了打听,连点影儿也没有,千万别听那些个。造那宗谣言的人,都不是东西。你听那个缺德的人说的?"王恩心说,这是我爸爸说的,他先来个缺德,这让我怎么说(其实你那块爸爸,也够不缺德的了)? 王恩这里发楞,苏右铭又说道:"到底谁对你说的?"王恩说:"你先别胡说,这是我们老长亲③对我说的。"苏右铭说:"失言失言。"王恩说:"你是听谁说的?"苏右铭说:"家里老爷子由茶馆儿听来的谣言。"王恩说:"你这可不对,方才你说缺德的人说的,敢情是他老人家说的。"苏右铭:"这是咱们俩人说,我们老爷子,就有一点儿不够……"说的这里,他把下头的话咽回去了。王恩一听,知道他害的也是一样儿病,当时问道说:"你把差使搁下,老爷子对于你怎么样?"苏右铭说:"怎么样呀,整天竟嘴碎,反正得不着好气儿罢。"王恩说:"老爷子如今待遇你,比较从前差点劲不差?"苏右铭眼圈儿一红,说:"岂止差一点劲呢,真能差十六个节气。我就说一件事罢,从先星期日子我休息,总要单吃点好的,如今随菜随饭④,他老人家还报怨呢。"王恩一听,心说

---

① 搂子:应为"楼子",娄子。
② 子:应为"字"。
③ 长(zhǎng)亲:亲戚中辈分高的人。
④ 随菜随饭:家里吃什么,就跟着吃什么,不单做好的。

我们俩害的是爸爸伤寒(这个伤寒可难治,张仲景①都没有主意),当时把王小峰这点不是东西也对苏右铭说了。当时俩②个人开了一回爸爸研究会,比较起来,苏右铭那块爸爸比王小峰还略好一点。王恩说:"现在我家里又出了一个问题。"苏右铭说:"还有甚么问题呀?"

王恩说:"我家还有个问题。"苏右铭说:"差使丢掉了,就很丧了,还有甚么问题呀?"王恩说:"实对你说罢,内人添了一个女孩子。"苏右铭说:"老哥,你大喜了。"王恩说:"我还大喜呢,我为这件事发愁哪。从先我没搁下差使,家严很高兴,早已说下,等到内人生产,无论男孩女孩,要大办满月,唱富连成科班儿。如今我差使一耍下来,不但不唱戏,连酒席都打算不预备。亲友是全知道了,是日都来道喜,任甚么不预备,那算怎么回事情?可是这两天,家严跟我说话又透和气,满月的酒席,还没打算呢。"苏右铭说:"这事不要紧,我给你一贴靴就完了。明天我到你家里去,不必提咱们见着,我就说咱们都有信回衙门,老爷子必然喜欢就成了。把满月混过去,再说新鲜的。"王恩说:"此计甚好。"苏右铭说:"咱们得互尽义务,互享权力,你也得到舍下去一荡,偺们是照方儿抓。"王恩说:"就那们办了。"二位研究已定,彼此分手不提。

单说王恩回到家中,王小峰问他怎么样,王恩也会耍他爸爸,说了个模模糊糊,似是而非。第二天苏右铭来到,正赶上王小峰在家,右铭也真能聊,据他说,所有被裁人员,不但可以回去,还有长薪水的希望。王小峰一听,乐的闭不上嘴,说:"苏大爷,此话当真?"苏右铭说:"我这是听我们司长说的。"王小峰说:"要是司长说的,这话就许靠的住了。"那天一定要留苏右铭吃饭,很透是劲。

第二天,王恩又到苏家去了一荡,反正也是这套,一切不必细说。单说王小峰,那天正跟王恩商量满月的事情,大姑奶奶忽然来到。上回书也说过,王小峰有三位姑娘,均已出阁。这些日子,竟叙他三位少爷的事情,三位姑奶奶的事情,没得细叙,如今借着这挡子满月,可以把三位姑奶奶的事情,略说一说。

---

① 张仲景:名机,字仲景,东汉末年医学家,著有《伤寒杂病论》。
② 俩:应为"两"。

王小峰这位三①姑娘,叫作大贵、二贵、三贵。大贵比王恩大一岁,二贵、三贵都比王恩小,比王溥大。大贵给了一个开当铺的,姓汪,任②子之先家里有三座当铺,事情很说的过去。自打正月十二,一放大起花③,三座当铺都跑了红旗了。那位说了,甚么叫跑红旗呀?一律肃清,还不跑红旗吗?不但铺子被抢,还打了一回官司。大贵的公公一着急,得了一个半身不遂的症候,好歹拄着棍子能走。大姑爷汪辛,现在帮人作买卖,房子也卖了,租了三间小房儿,对付忍着。在汪家鼎盛时代,王小峰非常之捧,亲家要是来了,不必说倒屣欢迎,真能望尘而拜。大姑奶奶回家,那分欢迎更不必说了。自打汪家一糟心,待遇大不如前。

　　那天汪家亲家拄着根棍子前来瞧看,明是瞧看,暗是借钱,王小峰要躲没躲开。见面之后,王小峰不等他报穷,先这们一摔簧④,闹的汪亲家倒难开口啦。心说:"钱借不到手,我候(上声)顿饭⑤罢。"要说这位汪亲家,真不是候饭的人。在当铺没抢之先,家里拴着车,出来老是绸缎裹到底儿,说话拉着长声儿,扁着个噪⑥子(当铺人说话,噪音都透扁),恶习也很不少。谁知事情一糟心,恶习立刻取消。小人所以狂傲,就因为有钱有势,以钱骄人,以势傲人。道德学问,他是一点没有。金钱一完,势力一取消,马上就能晚三辈。有钱的时候儿,他是爷爷,没钱的时候儿,他连孙子都不如。俗话有云,"人贫志短",这个话可不能普通。世俗之人,是"人贫志短",有道德的人,贫到甚么地位,也不能志短。颜渊倒那们穷呢,也没听说他干过缺德的事呀。闲话不提,汪亲家没有别的想头,心说闹他一顿饭,是真的。谁知道不但没吃着饭,还听了一大套闲话,连碗新沏的热茶,也没喝出来。

　　大贵从先住娘家,王小峰是十分优待,自从家里一穷,真是另眼看待。北

---

① 这位三:应为"这三位"。
② 任:应为"壬"。
③ 正月十二,一放大起花:1912年2月29日晚,曹锟统领的北洋军在朝阳门外东岳庙发起兵变,并向北京城内行进,沿路劫掠店铺。进城后,和城内变兵汇合,更猖狂地抢劫、焚烧店铺,也有平民趁火打劫,大抢了两天。3月1日,袁世凯下令制止。起花:爆竹的一种。尾部有二三尺苇杆,点燃后升空放花。此处指炮火。
④ 摔簧:演戏。故意做出的假样子。
⑤ 候饭:到吃饭的时候不走,让人不得不留下吃饭。
⑥ 噪:应为"嗓"。

京的风俗,三节讲究接姑奶奶。二贵嫁了一个在旗的,姑爷姓春,是个世袭佐领①,虽家道不甚好,每月有十几分空头钱粮②,也还吃喝不缺,家里还使唤着一个老婆子。三贵嫁了一个某部员外的少爷,亲家老爷姓何,本就有钱,又兼着仓监督,三姑爷也捐了一个功名,简单言之,现在三位姑奶奶的境遇,就属三姑奶奶占优胜地位。从先王小峰待遇三个女儿,是三贵第一,大贵第二,二贵第三。如今二贵升到第二,大贵倒落了价儿了。

那年八月十六(接姑奶奶的日子)王小峰跟赵氏商量,要接三姑娘、二姑娘,赵氏说:"不接大姑娘吗?"王小峰叹了一口气说道:"你散了罢,我瞧见他倒淹心③。"赵氏说:"那孩子如今怪苦的,你不接他怎么着?我那天瞧他去了,正赶上他家吃饭,吃窝窝头连咸菜都没有,多可怜哪。那孩子肚子也苦透啦,接他多住几天,我还要给他作两件棉衣裳哪。都是咱们的儿女,单不接他,我心里怪不愿意的。"说着哭起活儿来,王小峰说:"你不用哭,接就接。我并不是因为他穷不接他,我怕他们姊妹比的慌。"赵氏说:"都是亲的热的,怕甚么的?"王小峰说:"随你呀,我不管。"

话不烦叙。是日预备的羊肉涮锅子。三贵家里有车,说明日自己来。二贵也说不用接。赵氏打发王明,雇了一辆车,去接大贵。天有九点多钟,王小峰托着个水烟袋,正在屋里坐着,就听老婆子嚷道:"二姑奶奶来了。"王小峰慢慢的把水烟袋放下,迎至院中。二贵给他请了一个安,王小峰说:"你好哇,姑娘,你倒先来了。"原来二贵跟前一个小子,年方四岁,二贵让他给外公外婆(北京在旗的,叫作老爷老老④)请安。王小峰说:"这孩子到⑤有点造化,无愧乎是世袭佐领的少爷,方面大耳,够个四品官的资格。"

王小峰说:"这孩子方面大耳,倒是有点造化,吃亏来晚了一点。现在俸米

---

① 世袭佐领:佐领一职,有的是世袭,叫"世袭佐领"。不是世袭的,叫"公中佐领"。佐领:一旗下面有几个参领,满语叫"甲喇",甲喇的长官叫甲喇章京,汉语还叫"参领"。参领下又有佐领,满语叫"牛录",牛录的长官叫牛录章京,汉语也还叫"佐领"。一个佐领的兵丁在三百人左右,超出太多,就要另建一个佐领。例如满洲镶黄旗在乾隆年间有五参领,每参领下有十七佐领。
② 空头钱粮:人死了,不注销,继续冒领钱粮。钱粮:清代旗人的粮饷,包括钱和米。每月发一次银子,三个月发一次米。
③ 淹心:心里难受。
④ 老老:姥姥。
⑤ 到:倒。

也没了①,一年关②上几块钱俸,四品官又怎么样?唉,有前清在着,是甚么精神?"正这儿说着,老婆子又喊道:"姑奶奶来了。"王小峰说道:"说话不清不明的,倒是那个姑奶奶来了?"又听老婆子说道:"三姑奶奶来了。"王小峰就往外跑。三贵已到院中,王小峰满脸堆欢,说:"我的女儿,你冷不冷呀?亲家老爷、亲家太太都好?三姑老爷他好?快屋里坐着罢。二奶奶、三奶奶,搀着你三姐,大奶奶也搀着你妹妹。"三贵来到屋中,跟二贵姊妹相见,各叙寒温,不必细说。王小峰说:"快沏好茶,我昨天买的张一元两子儿一包的茶叶,沏他五包一壶,三姑奶奶好喝好茶。"三贵说:"你别捣乱啦,五包茶叶沏在一个壶里,那成了汤药了。"

喝了会子茶,二贵向三贵说道:"我算着大姐早来了。"三贵说:"姐姐住家比我近哪,我也算着他早来啦。"王小峰说:"不必管他了,爱来不来罢。"赵氏说:"我让王明接他去了。"王小峰把狗眼睛一睁,说:"你这就是多礼,别人都不接,单接他作甚么?离着这们近,还拿着姑奶奶的脾气!真要是那个势派儿也可以,跟我似的,混的都快吃不上饭啦,还要派头儿呢!"王小峰闹撒斜③,二贵有点儿听不上,说:"父亲,你趁早儿不必说这个话。你忘了我姐姐乍一过门的时候儿,你还自己接他去。你说过三个女儿里,就是大女儿有造化,派头儿就来的大吗。这是您说的话不是呀?如今怎么又改了话啦?"王小峰才要开言,就听王明嚷道:"我大姐姐来了。"赵氏带着三位少奶奶往外迎接,二贵三贵也往外相迎,王小峰居然没出屋子。大姑奶奶进得屋中,给王小峰请了一个安,王小峰把狗头点了一点,哼了一声,脸上真要刮搭下水来。王明给他请了一个安。王小峰说:"怎么这早晚才来呀?"王明说:"我给我大姐赎了……","赎了一票当",要说没说出来。

王明将要说"赎当"没说出来,王小峰把驴脸一沉(狗脸就够瞧的,驴脸更憨蠢),把王明臭骂了一顿,闹的大贵当时好不得劲。三贵说:"老爷子,你这是怎么了?"王小峰说:"姑奶奶,我没跟你呀。"赵氏赶紧拿话直岔,王小峰说:"天也不早啦,三姑奶奶也饿啦,二姑奶奶大概也饿啦。"就没揎大姑奶奶。好在大

---

① 俸米也没了:民国后,旗人钱粮中的"粮"没有了,"钱"还有,但经常拖欠。
② 关:领。
③ 撒斜:甩闲话。

贵老实，心里干难受，也说不出甚么来。至于吃饭的时候儿，他让三贵往里坐，二贵也往里。看了大贵一眼，说："你也坐下罢。"

老公母俩那天陪着三位姑奶奶吃饭，□大贵向王明说道："三弟，你也来罢。"王小峰把狗眼一立，说："他忙甚么？"三贵说："三爷你来罢。"王小峰说："你三姐让你来，你就坐下罢。"那天他竟给三贵布菜，二贵偶然也来一箸子，大贵他就不管。赵氏给大贵布菜，王小峰两只狗眼竟瞪赵氏，三贵看不过眼儿，倒直张罗他姐姐。王小峰端着酒盅儿，笑嘻嘻的向三贵说道："你公公见天还上衙门哪？局子里也得去呀？"三贵说："今天就上局子啦。"王小峰笑嘻嘻的说道："你公公那是有造化的人。头两天我在四牌楼遇见他了，他坐着车，我在地下溜达。我瞧见他了，我直躲他，你瞧，他倒跳下马车来了，跟我拉不断扯不断的说话儿。跟班儿的也下了马车啦，连赶车的都给我请安。后来他连说'磕头磕头'，我说'叩乘叩乘①'。五十多岁，上车还挺俐罗，真是修来的。他上车一走，招的好些个人直瞧我。后来有个熟人直跟我打听，这位坐马车的是谁？我说是我们亲家。那个熟人点头咂嘴儿的赞美，我心里那分高兴，就不用提了。"说罢哈哈大笑。乐完了，皱着眉头子，又一瞧大贵（这块骨头），叹了一口气，向大贵说道："你的公公那天上我这里来了，我不是势力眼（你是势力心），他怎么连件整衣裳都没了？"

王小峰向大贵说道："你父亲上我家里来，怎么连件整衣裳也没有呀？至亲之道，他就是披着麻包来，我都不恼。惟独我这个人，跟库缎眼②是两路（你是铁机缎③眼），人家混穷了就另眼看待，那叫甚么骨头？那宗人不算东西（对，使劲骂）。可是有一样儿，遇见个上等亲友（也不是有下等亲友没有，自己将骂完了，他就应喏），看着是甚么样子！你回家告诉他，往后少上我这里来，听见了没有？"说着又向三贵说道："你公公总算能，变政裁人，会把他留下啦。现在他是科长呀？"三贵说："头等科员署科长。"王小峰说："眼前就是科长啦，一裁仓场，我还说呢，亲家的差使完了。谁知道他现在部员还兼局差，比从先挣的不在以下。"说罢哈哈大笑。乐完了，瞪眼又一瞧大贵（这小子跟广德楼那

---

① 叩乘叩乘：耽误您坐车了。客气话。
② 库缎眼：势利眼。看见穿库缎的人就巴结。
③ 铁机缎：一种高级绸缎。

个打手巾把儿的,许是一个庙里排出来的,脸上喜怒,真能够瞬息万变)。

说着,又向二贵说道:"你们的日子,倒不至十分着急罢?"二贵说:"倒是够过的。新近你姑爷得了一支写会①,手里还有二百多块钱,打算把身底下这处房留下。你姑爷说,租房住,也是竟给人打印子②。"王小峰说:"着呀,这话对,我就爱听人家升官发财置产业(你那叫缺德)。留下好,先住着,过二年再翻盖。"简断捷说罢,那天大贵这顿锅子,真由脊梁骨下去,回家大病了一场,差一点没死了。

以上这些个情形,不过是略举大概,其余那些个不够资格,六天也叙不完。这次大奶奶钱氏,添了头生儿姑娘,他给起名儿要叫"妨爹",后来听说科员有信回来,又改了名儿啦,叫作"速喜"了(也不是有大安、小吉没有)。先说要唱戏,后来连酒席都不预备了,如今听说科员有信回来,又打算预备了。那天正跟王恩商量满月的事情,王明忽然回家。

王小峰跟王恩正商量满月的事情,王明忽然回家。王小峰说:"今天并不是礼拜,你怎么回来了?"王明说:"我回家取点东西,就便回禀父亲一件事,我的教习缺开了。"王小峰把狗眼一瞪,说:"怎么讲?教习缺会开了!我就说你没出息,不正径③作事,早晚是准让人辞下来。"王明说:"你先别生气,我教习缺开了,升了校长啦。"王小峰说:"我没有听明白,你再说一遍我听听。"王明说:"我接着学务处的公事,派了校长啦。"王小峰一听,当时狗脸堆下欢来,乐的要飞(先拿鸡罩把他扣上),说:"这话当真?爷儿俩可不过玩笑。"王明说:"岂有此理,我还能冤你吗?"王小峰哈哈大笑,拍着王明肩膀儿说道:"三老爷,你是好小子(不伦不类,骇人听闻)。我是少学未读,没受过教育,老顽固腐败党(儿子得了校长,他自己先骂自己一通儿)。你们学界的事情,我不甚明了,我先打听打听(不用打听了,顺着路线走罢),校长每月享多少权利(别瞧腐败党,还会说新名辞哪)?"王明说:"那也不一样。我们这小学校长,按班说话,多一班多四块钱。"王小峰说:"那们你这个校长,可以有多少钱呢?"王明说:"大

---

① 写会:一种民间自助的储蓄组织。例如,十个人,一人一个月存一百,则每月有一千,由抓阄儿决定,这个月谁用这一千块钱。

② 打印子:印子,高利贷的一种。分期还本、息,一般是每天还。跑账的收到钱后,在账折子上盖图章或按手印,所以叫"印子"。

③ 径:应为"经"。

约可以有三十五六块钱。"王小峰挑高声音说道:"也就不错啦。"

正这儿说着,李氏给他送过一碗茶来。王小峰说:"三太太,你给三老爷倒罢。"王明说:"从先我跟父亲说过,您不要这们称呼,您这不是给我们添罪吗?"王小峰说:"不然,这是法定的称呼(这个法也不是谁定的)。"王明说:"我们学校的同事,都知道我得了侄女,满月他们全要来,我拦也拦不住。"王小峰说:"我正跟大爷商量呢,这个满月,是得要办一办哪。你想怎么办好?谁让你得了校长了呢,现在就得听你的。"王明说:"应该怎么办,还是父亲跟哥哥商量。"

王小峰跟王恩、王明正商量满月的事情,王溥可巧也回来啦。原来他现在署理连长,特意回家报告王小峰知道。喝,这下子,王小峰乐的要上房(也犯不上呀),说:"你既署连长,得的必然也快呀。你三兄弟得了校长啦,你大哥的科员也有信快回来了,速喜这个丫头,命运还算不错,我给他改名儿不叫速喜啦,叫他四喜得了(也不是有春台没有)。"王溥说:"我们营里,大概满月都要来,所以我回家商量商量。"王小峰说:"我们爷儿三个正讨论此事。你们的同事大约就得几桌,还有亲友街坊等等,我想着爽得撒他一网①,出帖子大请人,你们以为如何?"王明说:"一个小姑娘满月,普通请人,未免不合式。"王小峰说:"三老爷,这话不然。咱们整天竟追往②分子,那一月红事白事不出几个分子?借着这个机会,请分子办事,也不为之过。印帖子,不必说姑娘,就说'某月日小儿弥月,敬治喜筵,恭请台光',也就完了。来的亲友,还能瞧瞧是姑娘是小子?不是小子,也不能把分子拿回去呀(好骨头)。"王溥说:"既然要大办,席面就得好一点。"王小峰说:"我自有办法,你们就不用管了。"当时研究已定,这就印帖子请人。

王小峰一想,上次王明成家,就是亲家孙胖子的厨房,办的倒是不错,这次还找他罢。那天亲自到孙胖子家中,商量席面的事情。上回书也说过,孙胖子是个久惯包办酒席的大厨子头儿,整天竟办大事,王小峰找他一研究,孙胖子说:"亲家打算怎么预备呢?"王小峰说:"打算三样待遇:三位少爷同事的,以及几家上等亲友,预备一样酒席;寻常亲友预备一样;下等穷亲破友预备一样。

---

① 撒网:找借口让大家出钱。
② 追往:互相送礼、还礼。人情往来。

上等是八碗、两海①、四个炒菜、四个冷荤,中等是八碗、一海,没有炒菜,有四个热碟儿②,下等就是八大碗、两个加碟儿。"

上回书说的是,王小峰跟孙胖子研究满月的酒席,打算分头二三等预备。孙胖子皱着眉头子说道:"我的亲家老爷,我说句话,你可别恼。我当了半辈子厨子头儿,王府、大公馆、宅门子的事情,我不短应,小家户儿的买卖,我也常作,没作过三六九等的酒席。大家户儿,真讲究的主儿,倒是有预备中桌的(给管家们预备的席面,叫作中桌)。上用的席,大概都是一样。人有贵贱,口无尊卑,就是穿着破蓝布衫儿,给咱们道喜来,那是瞧的起咱们。越是穷苦亲友,出两吊钱分子,他越不容易。你别瞧出四块钱分子的,他拿着容易。最别冷淡穷亲友,常言说的好,治酒容易请客难。亲家这宗办法,余窃以为不可(别瞧厨子头儿,还闹句酸文哪)。"

要说孙胖子说的这一套,真是尽理尽情,别瞧他穿油裙子挟刀杓,很通外场。王小峰让他说的无话可答,楞了一会儿说道:"亲家,你说的这话也很对,不过我这个办法另有用意,亲家你就替我分心就完了。"孙胖子说:"要是这们一办,亲友可短不了挑眼哪。"王小峰说:"反正要挑眼,是挑我的眼,亲家不负责任就是了。"孙胖子直咂嘴儿,孙太太搭了话啦,说:"你也是死心眼儿,亲家老爷说怎么办,你就给办罢。"孙胖子无法,只得点头认可。

酒席已定,棚也定妥了,要搭挂花活③、托仰扇的大棚。那天可巧单四来到,一定要给请子弟④八角鼓儿。王小峰说:"兄弟,那得耗费多少钱哪?"单四说:"请子弟票,不过请两个安,花不着甚么钱哪。"王小峰说:"不花钱,还不吃吗?"单四说:"你说的这话新鲜,票友儿还有不吃的? 难道说人家还带着锅来么? 大喜庆的事情,热热闹闹儿的,哄一天好不好? 我已竟给你请下了,你再多预备几桌就完了。"王小峰一想,人家已然给请了,也就说不上不算来了。话不烦叙。满月那天,亲友来了很不少。单四那天老早的就来了。王小峰喊叫

---

① 海:海碗。
② 热碟儿:热菜。
③ 花活:建筑上的装饰物。
④ 子弟:票友。因为最初票友儿几乎都是八旗子弟,所以叫"子弟"。他们演出不要钱,后来要一点儿车马费。

套车,快接三姑奶奶跟二姑奶奶去。

上回书说的是,王小峰直喊套车,快接三姑奶奶跟二姑奶奶,单四在旁边儿炸了,说:"大哥,你们家几个姑奶奶呀?"上回书也说过,单四跟王家是三辈子世交,王小峰他父亲在世,很疼单四,王家有事,单四倒是真卖力气,跟自己家里一个样,赶上吃就吃,少爷少奶奶们,都叫他四爷(不叫四叔而叫四爷,是表示亲密的意思。北京旗人家,有这宗称呼),真比亲叔叔还亲。这个人虽然没喝过墨水儿,心直口快,心肠很热,按学理说,是个多血质的人(比粘液质强)。王小峰是又爱惜他,且心里又怕他。不怕有点甚么事,马上说上南新门,他是站起来就走,回来的还是很快,买东西又好又不赚钱,办事干脆,王小峰所以爱惜他。无论有甚么大小事,他属穆桂英的,阵阵短不了。就怕他这张嘴,无论当着人不当着人,他是真招呼,王小峰一犯势力鬼,他能骂出他血来,王小峰倒是没恼过他(这是王小峰的好处)。

那天王小峰要接姑奶奶,单没提大姑奶奶,单四爷心里不痛快,说:"大哥,你们家几个姑奶奶呀?"王小峰说:"兄弟,你这不是明知故问吗?你三个侄女儿呀。"单四爷说:"那们为甚么不接大姑奶奶?"王小峰说:"他是……",单四爷说:"他是势力鬼,铁机缎眼,花丝葛的眉毛①。"王小峰说:"这个……",单四爷说:"那个呀?"王小峰说:"兄弟,你是不知道。"单四爷说:"知道,我还偷着吃呢。"王小峰说:"你瞧。"单四说:"我花钱你瞧。"王小峰说:"得了。"单四说:"得了,家里吃去。报喜的还没来呢,就得了。"王小峰说:"兄弟,你这个雁儿孤也太多了。"单四说:"爱听,还有呢。"王小峰说:"够瞧的了。告诉你说,你大侄女住家离着近,所以我不接他。"单四哈哈大笑,说:"原来如此,我当你因为他家穷了,不接他呢。"正这儿说着,大姑奶奶已到,王小峰当着单四,不好不假作欢迎。

按说父女天性,骨肉至情,自己的亲女儿,如今家道式微,他饶不心疼,还加以白眼,本来就很下不去啦,如今他让单四骂了一通儿,觉着自己不对(知道不对,还算不错),这次大贵来,他假意欢迎,为的是让单四瞧(欢迎自己亲生的女儿,给外人瞧,这都是骇人听闻的事情)。

大贵那天原说不来,赵氏偷着去了一荡,说:"孩子,你去罢,还有八角鼓儿

---

① 花丝葛的眉毛:势利眼。

哪。"大贵说:"我父亲那个样子,令人心里难过。上次接我吃了一回锅子,我回家得了一场伤寒,差一点没死喽。如今我可不去啦。"赵氏说:"孩子,你爸爸那个老不是东西,你就不用理他了。他这是遗传性,他爸爸在世,比他还亡道。我乍一过门的时候儿,你外婆家里穷,我受的那个气可就多了,后来家计稍缓,待我就好一点。我掉的那个眼泪,可就多了。你爸爸的爸爸,比你爸爸还厉害亡道,他们这是世袭势力鬼(势力鬼还有世袭呢,也不是那里领敕书去),缺德大了。你瞧你三个兄弟里头,将来你大哥,一定袭这个缺。好孩子,你不用理他,你瞧着妈妈,你也去一荡。"大贵说:"您竟说我去,我穿甚么呀?衣裳都当了。"赵氏说:"不要紧的事情。我这儿有五两银子给你,够赎的不够?"大贵说:"凑合着也行了。"赵氏说:"好孩子,你去罢,你不去,妈妈我可不愿意。"大贵说:"我去就是了。"大贵又添了几吊钱,才把新衣裳赎出来了,所以今天来的很早。

跟着二贵也来了,王小峰欢迎不必细说。功夫儿不大,就听有人嚷道,说:"三姑奶奶来了。"王小峰往外一跑,脚底下没留神,玩儿了一个壳子①。五六十岁的人,要搁在不结实的人,也就摔上痰来啦,这家伙会没摔着!爬起来还往外跑。原来三姑爷也来了。王小峰眯缝着狗眼睛,微微的淡笑,说:"姑爷姑奶奶台驾光临,今天赏脸之至。老王哇,快搀姑奶奶。姑老爷,我搀着你。"三姑爷说:"我又能走,岳父,您搀着我作甚么?"正这儿说,跑进一个护兵来,拿着片子说:"李营长大人来了。"

王小峰正在欢迎三贵,忽然跑进来一个护兵,举着片子,说:"李营长大人来了。"原来王溥在营,差使当的很好。那天营长没在家,发生了一件麻烦事,连排长都束手无策,王溥出头给了完啦,因此李营长十分赏识,新近署连长,也是李营长的力量。这次他家中大办满月,李营长亲身特来道喜,这是格外要好,说句旧官场的话,面子算是很足了。王小峰一听大人来了,当时两只狗眼东张西望,说:"那位大人?"王溥说:"我们营长李大人。"说话的功夫儿,李营长就进来了。

此公是个黑胖子,四十多岁,老粗儿出身,穿着便衣,跟着两个护兵。王溥赶紧作揖,说:"一个小事,没敢惊动,营长实在赏脸。"李营长说:"他娘的(头一句就是官话),今天差一点不能来。团长来电话,叫我去有事,待了一会儿又来

---

① 壳子:向后摔倒。摔壳子:戏曲表演术语。向后摔倒,脊背着地,头和脚上翘。

电话,又没有事了,所以我才能来。老太太哪?我见一见。"李营长说话的功夫儿,王小峰直着两只狗眼,似乐不乐的,裂着个嘴,竟瞧李营长,王溥说:"这就是家严。"李营长一作揖,王小峰跪下啦,说:"参见大人。"倒把李营长吓了一跳,说:"老太爷,你这是怎么了?莫不成疯了?"王恩在旁边儿,闹的脸也红啦,王明急的直跺脚,单四好容易才把他揪起来。李营长要到上房给老太爷叩喜,王溥再再的相拦(他怕他爸爸跪下不起来),当时又与王恩、王明都见了,有支客招待让坐,不必细提。

正这儿说着,进来一个人,给王小峰请了一个安,说:"大舅,您大喜了。"王小峰一瞧,原来是他叔伯外甥小铁。这个小铁,从先混的还不错,每到王小峰家,倒是当外甥娇客待承。后来父母双亡,把房子也卖了,公母俩搬在城外头去了。上这里来了两荡,赶上王小峰没在家,赵氏招待的还不错。

小铁自混穷之后,到王小峰家中,也来过两荡,偏巧都赶上王小峰没在家。赵氏是个忠厚人,对待小铁还不错,留他吃过一回薄饼。王小峰回家听说,直闹了半夜(连他亲儿子搁下科员,立刻还给厚饼吃哪,外甥混穷了,能够给薄饼吗)。这次大办满月,是按照成家的分金账①撒的帖子,所以小铁也在被请之例。小铁混的所不得了,接着这个帖,原打算不来,因为至近的亲戚,不应下帖。后来一想,三位表弟差使都忙,老头还能自己请人吗?也许是普通都下的帖,也许有的事情。要来又没有衣裳,借了街坊一件半旧的竹布衫儿,套了一个旧马褂儿。没有分子钱,把一个破棉被当了,整当了四吊。这个分子出的,不用提够多们着急了。

到门口儿,正赶上李营长下马,小铁在门口儿站了站,这才进来,给王小峰请了一个安,说:"大舅,您大喜啦!"王小峰把狗眼一楞,点了点脑袋,说:"你作甚么来了(这就不像人话)?"小铁说:"我给你道喜来了。"说着掏出一个封儿来,双手递给了王小峰,说:"我也没买甚么。"王小峰说:"你这个时候儿,你不出分子我也不恼你,就是你不来,我也不恼你(这话还没甚么)。"小铁说:"大舅既叫我,不能不来呀。"王小峰冷笑了两声,说:"相公,你瞧这一棚里,有你这个穿章儿吗?"当着人面子,小铁可真挂不着②了,登时脑筋也迸起来了,说:"大

---

① 分金账:记录送份子、收份子的账本。
② 挂不着:挂不住。羞愧。

舅嫌我穿的不好哇！穿的再不好，我给你们家道喜来了，没跟你告帮①来！嫌我穷，别请我呀。你使过我们家的钱没有？给我分子，我不出了，今儿个就是脱裤子还钱（要唱《盘关》）。"王明赶紧过来请安，说："大哥，你别恼。"单四也直劝，说："外甥爷瞧我啦，你大舅上了几岁年纪，说话颠三倒四，你不要计较他。"小铁说："四舅，你不用管，他非还钱不可。"

上回书说的是，小铁大炸，非让王小峰还钱不可。原来王小峰当年使过铁家三百银子，彼时铁家正有钱，拿着三百银子不当事。那时候儿小铁岁数儿还小，他父亲带着他，每到王小峰家中，真是待若上宾，似敬宗祖②如理神明。见了小铁，必要抱一抱，外甥长外甥短，夸奖的事不有余③。后来小铁的父母死了，这三百银子他也没还，小铁可知道，也就不打算跟他要了。今天是把小铁的气斗上来了，非让王小峰还钱不行。单四过来一劝，小铁由王家论着管单四叫四舅，说："四舅你不用管，他就是还我钱。不还钱，我们是官司。巡捕喊，我们打官司。"单四说："外甥，你都瞧四舅啦。你大舅素来那分脾气，你还不知道吗？你既来道喜，你就该穿件好衣裳，没有衣裳，那怕你借一件赁一件呢？你不知道他叫铁机缎眼吗？"王小峰说："兄弟，你这是了事哪，是损人哪？"

这里一吵，赵氏过来啦，说："外甥爷都瞧我啦，千不好万不好，是舅妈的不好了。外甥爷别生气了，我给你请安啦。"赵氏真给他请了一个安。小铁一想，舅舅虽然狗食盆子④，舅母对待不错，上次来还吃了顿薄饼哪。是了也就是了，分子已然交了，真要甩手一走，这顿早席又票了⑤。有台阶儿就下来，先吃他一天是真的。主意拿定，当时说道："得了老太太，朝着你，我不说甚么就是了。"

小铁这档子事完，二姑爷来到。王小峰听说二姑爷置了一处房，这次是非常欢迎，虽不及欢迎三姑爷的程度，也很够瞧的。二姑爷那天也很架弄。王小峰微微淡笑，说："二姑老爷，我听说你把房置过来了，好哇。"才要贴靴，大姑爷来到。要说大姑爷的行头，虽赶不上三姑爷、二姑爷，总比小铁强。王小峰本

---

① 告帮：请求帮助。通常是要钱。
② 宗祖：祖先。
③ 事不有余：达到顶点。
④ 狗食盆子：人品不好。
⑤ 票了：不成了。

来是乐着呢,一见大姑爷,登时狗脸生霜,那分神气难画难描,快镜①都照不好。大姑爷给他请安道喜,王小峰哼了一声,说:"你来了?"往下别的话也没说(他这位大姑爷也是没肺,我要有这宗丈人,我是跟他断绝关系)。

上回书说的是大姑爷来到,王小峰待理不理的,说:"你来啦?"往下别的也没说。这挡儿②,来了一把子科员、办事员、录事,可巧赶上那天是星期③,所以都有功夫。大家要参见老太爷,王小峰欢迎招待,不必细说。这挡儿李营长要走,王小峰向王溥说道:"你拦拦大人,既然赏脸,就得喝盅酒。"王溥一拦,李营长也就不走啦。

原来他早请下两位支客,都是附近的街坊,一个姓费,叫费世五,一个姓梅,叫梅达兴,这两块料都跟王小峰是茶友儿,见天早晨下茶馆儿喝茶。王小峰是足吹一气,反正拿他三个儿子吹牛皮。你想,见天早晨下茶馆儿的,有几个高人?王小峰搁在里头算是圣人(势力圣人)。费世五跟梅达兴,专一给王小峰贴靴捧场,捧的王小峰过意不去了,许请他们吃顿烂肉面,明天更贴的邪乎。一言抄百总④,凑的一块堆儿,山东兖州府有话"稀肮儿脏",一群不够资格。按说他应请单四爷当支客,单四爷也真成,无奈他不敢请。他预备这宗三六九等的酒席,来宾分等待遇,单四爷也不干,所以他特请这两块料当支客。

他家中有个东跨院儿,地方儿不小,单搭了一个棚,预备上等亲友在那里摆席。当中的院子,摆普通的亲友。外头院儿也设了三个座位,是招待下等穷亲友的。王小峰预先跟这两块料说妥了,瞧他的眼色儿,他往东一努嘴儿,这就是上等亲友,他不努嘴儿,就是普通亲友,穿的太不好的,就让到外头院儿坐着。

那天人来了不少,费、梅二人跟他商量,先在东院摆两桌,里院摆两桌,王小峰认可。李营长、三姑爷、二姑爷,自然都是东院了。二姑爷拉着大姑爷,说:"姐丈,偺们一块儿呀。"王小峰说:"大姑爷在前院罢,你替我张罗张罗。"登时谁也没理会。后来有两个当录事的,都穿着竹布衫,上套旧缎马褂。

上回书说过,王小峰早跟两位支客说好啦,穿章儿不好的,不往东院里让。

---

① 快镜:照相机。
② 这挡儿:这当儿。
③ 星期:星期天。
④ 一言抄百总:总之。

如今有两个当录事的，都穿着竹布衫儿，套着旧缎子马褂儿，也要往东院里去，原来人家一进门儿的时候儿都结了团体啦，说好了在一个桌儿上吃。无论到那里，同事的伙计，行人情坐席，总愿意在一个桌儿上（得搂）。支客一拦，这两位录事也摸不清怎么回事，前院这当儿也摆上啦，费世五说："请两位这边坐。"当时有本家儿大姑爷，还有三位亲友让了一桌。

这两位录事，一个外号儿叫赛陆逊，一个外号儿叫神手大将。这两个外号儿怎么得的呢？原来一位偷过果酒上的橘子，一位是坐席善于挟菜，一筷子能挟两丸子，因此得这个徽号。两位都贼里不要的手①，出分子就注重吃，四吊钱分子，能吃回八吊钱去。今天一瞧让坐这宗情形，两个人都有点疑惑，后来一上菜，两个人就注上意了。东院里上菜，厨子端盘子，正由他们眼前经过，赛陆逊一瞧，直往东院上小碗儿炒菜，这个桌上就没有。神手大将也瞧见了，心说："这可不对，怨得不让我们上东院哪，这里头敢情有事。"神手大将还不肯说，赛陆逊真拉的下脸来，当时就喊茶房，茶房说："老爷要甚么？"赛陆逊说："我打听回事，我们这个桌上，怎么不上炒菜呀？"这句话把茶房问的目瞪口呆，干翻白眼儿。赛陆逊说："到底怎么回事呀？"茶房说："这个你别忙，我这就来。"

茶房赶紧找王恩，说："大爷，出了楼子啦。前院这桌要炒菜哪。"王恩说："要炒菜，赶紧上罢，何必告诉我呀？"原来王小峰弄这宗不够资格事情，并没跟二位少爷商量，以为是一恰②，谁知道弄巧成拙。茶房说："老爷有话呀，前院没有炒菜呀。"王恩当时一跺脚，说："这都是没有的事情。"正这儿说着，小铁在外头院又炸了，就听他嚷道："我怎么应当在外头院儿坐呀？"

小铁因为把他让在外院，所以又炸了。正在乱际儿，忽听嘴吧之声，音声很脆。原来是有一个叫小曹的，是王小峰的表弟，这家伙是个保库兵出身（旧日户部的库兵，照例由旗人充当，专能盗库，库兵出来，总得有人保着，怕人劫他。保库兵之人，俗名为刀垫子，因为库兵坐在车里头，他们坐在车外头，挨刀他先挨，所以又叫刀架子），一身土黄，外头是青洋绉，如今虽不干那个事了，打扮还是那个样子。闻着点鼻烟儿，摇头掀脑儿，土匪都透出来啦，说话外场，能

---

① 贼里不要的手：偷拿东西，手快、灵活。
② 一恰：大概应为"巧"。

道叫①两句。

那天他来,打算要当支客,他又摸不清内容的事情,跟在里头胡让。梅达兴说:"曹大哥,你不用管了,本家儿都托付我们俩人了。"小曹楞着眼睛,瞧了梅达兴两眼。费世五说:"曹大哥,今天这个支客你不行,你就不用管啦。"小曹把眼睛一瞪(方才是眼睛一楞,如今是眼一瞪,这就快炸了),说:"小费,你这话没有哇。哥哥连当支客都不够格儿了?哥哥是攒馅儿包子——晚出屉呀。当支客,是你们买下的么?"跟着说了一大套。当时有劝的,就算完了。

后来东院里又摆了一桌,有四位学界的,还有一位街坊,现当本区的巡官,费世五说:"你们五位请东院里坐,就短一位了。"小曹说:"这桌有我呀。"说着就往东院里走。梅达兴说:"那院里不行,你在前院罢。"本来将才就有一个岔儿,小曹就生着气呢,梅达兴拦他,小曹恼了,当时把保库兵的架式又施展出来了,说:"小梅,你可别不要脸。"梅达兴说:"小曹,你别张嘴儿骂人哪。"小曹说:"骂你是好的。"梅达兴说:"不好的怎么样呢?"小曹说:"不好的打你。"话到手到,当时敬了梅达兴两个嘴吧。这两个嘴吧这个脆,就不用提了。

上回书说的是,小曹打了梅达兴两个嘴吧,这两个嘴吧打的是非常之脆。当时棚里起了三挡子冲突,王小峰当时抓了,王明急的直跺脚,王溥是直抽嘴吧,王恩简直的傻啦。后来又有一个出分子的,也挑了眼啦。王小峰一瞧,所不像话了,当时直叫单四,说:"四兄弟,糟心啦,你给了一了吧。"单四爷倒是有两下子,当时劝了这里又劝那里,苦这们一跳动②,倒都给劝好了。

后来孙胖子把单四约到厨房谈话,孙胖子说:"我算计就有这手儿活。"当时把那天研究酒席的话,对单四说了一遍。单四也直跺脚,说:"这宗人天生的不够资格,竟弄这宗头朝里③的事情。要不是世交的弟兄,我是胡说他,现在亲友、来宾都炸了,席面可别三六九等啦。"孙胖子说:"好在我预备的东西、调和④多,各桌上都一样了。反正紧着早□摆罢,晚晌不够,添材料现作得了。求您把这个意思,告诉我们亲家,就完了。"单四说:"您就多分心罢。"这当儿亲

---

① 道叫:说江湖上的那套话。
② 跳动:说江湖上的那套话。吓唬人,拉关系,说和。
③ 头朝里:不顾情理,只顾自己利益。
④ 调和:调味料。

友来宾踵接而来,那两个支客也挠了。王恩给单四请了一个大安,说:"四叔,您给让让坐罢。"王小峰弄的不是面子,自己躲的小屋儿去了。后来票友儿未①到,单四爷是介绍人,自然得欢迎招待,一切不必细提。

摆完了早饭,八角鼓儿上场。早晨这挡子缺德的事情,人家票友儿早知道了,借话儿说话儿②,这通儿大损特损,就不用提了。王小峰气的干鼓肚子,任法子没有,晚饭也没吃。这个满月办的,钱没少花,闹的丢人对不起鬼③,八下里对不住人。

过了满月,王恩的差使还没有信息,王小峰又有点儿来劲,见了王恩就嘈嘈④,总说他在家里吃闲饭,闹的王恩不敢见他的面儿。王明瞧不过眼,劝了两回。王小峰是天性势力,劝也不行。没想到王溥在营里弄了一挡子楼子,把差使也搁下了,不敢回家,找到王明的学校,让王明带他回家。

王溥那天找到王明学校,撅着个嘴,直掉眼泪。王明问他怎么回事情,王溥说:"我差使歇了。"王明说:"这也没有法子。"王溥说:"你得带我回家。现在老爷子跟前就是你红,你给我说两句好话,或者好一点。你没见大哥这些时受的这宗气吗?吃饭都得起脊梁骨下去。我又该受罪啦。"王明说:"二哥不用着急,我同你回家,再再的劝劝老爷子就是了。"

话不烦叙。王明留王溥在学校吃的饭,哥儿俩一同回家。可巧王小峰没在家,王溥把搁下差使的事情告知赵氏,二奶奶孙氏一听,心说:"得了,我快跟大嫂子一块儿受罪了。"赵氏说:"先别告诉你父亲知道,瞒哄一时是一时的,慢慢的再说。"王溥说:"瞒哄倒容易呀,每月交钱是真的。"王明说:"不要紧,老爷子回来,我劝劝他老人家就是了。"王溥说:"你就说我待不了多少时,一定还要派差。"

正这儿说着,王小峰回来了。一见王溥,笑容可掬的说道:"二老爷,你今天休息呀?"王溥直瞧王明。王明说:"我二哥的差使撤了。"王小峰说:"差使撤了?"王明说:"暂时虽然撤了,不久的还要派差,反正闲不住。"王小峰一阵冷

---

① 未:应为"来"。
② 借话儿说话儿:指桑骂槐。
③ 丢人对不起鬼:丢人。
④ 嘈嘈:叨唠。

笑,说:"二格(听见撤差,二老爷立刻就变二格),我拨结①你们不容易。有正经道儿,自己不正经干。你哥哥把科员搁下,没事竟冤我,说是还可以回去,到如今也没回去呀。整天在家里吃闲饭,吃兄弟这碗饭,也真吃的下去。你又把差使稿掉了,又添一个吃闲饭的。这日子怎么过呀?"王明说:"父亲不必着急,咱们家暂时也还不至于挨饿哪。"王小峰说:"好三老爷的话②,等米下锅,那不晚了吗?"正这儿说着,王恩回来了。王小峰说:"你回来好极了,今天咱们得开回谈判。二格差使也稿掉了,我是不能挣钱了,家里存的几个钱,那是我们老公母俩的棺材本儿,不能动的。三老爷一个人苦掖③养活你们这一群,力量也来不及,你们也得打个正经主④,依赖谁也不行。"

  王小峰向王恩王溥说道:"现在咱们食指繁多,竟仗着三老爷一个人苦奔⑤,他也养活不过来。家里虽有点积蓄,那是我们老两口子棺材本儿,你们俩人拆大改小⑥,也得打个正经主意,坐吃山空是不行的。你们倒有个正经主意没有哇?"王恩是个蔫土匪⑦,一声儿不言语,竟瞧王溥。王溥是个急脾气,又在营里当惯了差啦,学的一嘴的营口⑧,当时说道:"我这个差使将搁下,您就让我打正经主意!我没有甚么正经主意,反正我再谋差使也还容易,他娘的还能老闲着吗?"王小峰说:"你这是怎么说话呢?爹的娘的,这是对你爸爸说话哪!"王溥说:"我们营里人说话,都有这宗口头语儿,就是我们长官说话,也带这个零碎儿。"王小峰说:"你说你闲不住,你哥哥倒说回衙门呢,如今又怎么样?我倒有个主意,你们闲着也是白闲着,现在烧白菽⑨、半空儿落花生⑩应时当令,你们先作着买卖,一天闹个三吊两吊的。差使下来,你们再当差去呀。"王恩一听,要让他卖烧白菽,心说:"好哇,当了会子科员,将一被裁,就卖烧白

---

① 拨结:努力。此处的意思是费力拉扯。
② 好三老爷的话:好三老爷,看你说的话。
③ 苦掖:拼命干。
④ 此处少一"意"字。
⑤ 奔:挣钱。
⑥ 拆大改小:用作他用。引申为另想办法。
⑦ 蔫土匪:不爱说话的人。
⑧ 营口:军队中说的话。
⑨ 烧白菽:烤白薯。
⑩ 半空儿落花生:壳中只有一半儿的花生,价钱便宜。一般沿街叫卖。

葰,可实在的窝窝①。"他不愿意,他可不言语,还是拿眼睛飘②王溥。王溥脑筋简单,当时说道:"这件事可办不到。您别瞧搁下差使,见天倒得架弄着,更得联络朋友,有事还有的快。真要一卖烧白薯,那可就泄了气啦,正经朋友也就不能联络啦,有事人家也就不敢找你啦,就算完了,你就卖烧白薯去罢。再一说,我陆军部要递一个呈子,求人招呼招呼,闹个候差③员,批下来至少是二十块,比卖白葰怎么样?"王小峰一听,点了点头,又摇了摇头(甚么毛病),说:"这话当真吗?"王溥说:"如今候差的多了,我董四大妈跟前的那位大哥,他也是候差员哪,一月二十五元哪。"王小峰一听,又点了点头,脸上微带一二分笑容,说道:"二爷,你就赶紧递呈子罢(听见候差有钱,立刻就是二爷)。"

王溥一说候差有钱,当时颜色稍霁,说:"既然如此,二爷你就递呈子罢。"回头又向王恩说道:"你二兄弟有个候差,你怎么样?依我说,你就卖烧白葰倒不错。"王明听不过去了,说:"我大哥将搁下差使,咱们家尚不至于挨饿,立刻卖烧白葰,似乎太难。让人看着,不但笑话他,也笑话你老人家。"在王明没得教习之先,要说这类话,王小峰得大骂他一顿,如今当着大校长,在④比这话说的厉害点,王小峰也是欢迎的,当时点了点头,说:"过两天再说罢。"

正这儿说着,外头叫门,原来是三姑奶奶家打发人来送信,亲家老爷过去了,讣闻还没印得,先送个口信。王小峰当时一跺脚,说:"头两天我瞧去,有一点病,不重呀,怎么说死就死呀?这下子干⑤了,老米树⑥倒了,每月短进好几百块。可是有一节,三姑爷也有差使,究竟差多了。他们爷儿俩都好花,也没有存下多少。这真是想不到的事情。"赵氏说:"我得探荡丧去罢?"王小峰说:"那是呀,我先去荡,我回来你们再去。"王小峰当时换衣裳,这就起身。

赵氏打算带着三奶奶李氏去。堂客起身照例麻烦,打头⑦梳洗打扮,就耽误功夫。这婆媳将扮好,王小峰回来了。进了门儿咳声叹气,连说:"糟心。"赵

---

① 窝窝:窝囊。
② 飘:应为"瞟"。
③ 候差:等候差使。
④ 在:应为"再"。
⑤ 干(gàn):糟。
⑥ 老米树:指家里挣钱的人。
⑦ 打头:首先。

氏问他怎么回事,王小峰说:"亲家老爷死了不说,三姑爷的差使也吹了,这下子是麻烦哪。你们不用探丧了,接三再说罢。"赵氏说:"这样至亲,不好不去。"王明说:"接三咱们得挂一块帐子①呀。"王小峰连连的摇头,说:"散了罢。要是亲家办生日,可以给他挂一块红库缎的帐子。如今他也死了,你三妹夫的差使也完了,没有那们些帐子给他挂,送四色官吊②完了。伴宿出四吊钱的分子,完事大吉。"王明说:"我成家的时候儿,人家是二十斤酒二百包茶叶,四块分子、两块拜礼。这又是个老丧③,太淡薄了,似乎太难。"王小峰说:"一点儿也不太难。"

王明说:"无论如何,咱们得挂帐子供果子,分子也不能抽条④。"王小峰说:"既是这样,随三老爷你办罢。反正接三、伴宿我也不去了。"说罢连连的叹气,王明也就不理他了。

过了三姑爷家这挡子白事,王溥递呈子批准,每月二十块的候差钱。王小峰对待王溥稍好点,还是竟跟王恩絮叨。可巧王明的学校里,有一个司事⑤的告辞,王明因为王恩现在没事,打算约他来学校帮忙,每月有个十几块钱。先跟王恩一商量,王恩还犹豫,大奶奶钱氏说:"三兄弟既有这分意思,你就去罢。挣钱多少先不提,倒落个心净呀,省得老爷子见天苦碎⑥。"王恩一想也对,当时认可。王明说:"这件事也得跟老爷子商量商量。"王恩说:"跟他老人家一提,又招好些个麻烦。"王明说:"不提不行呀。"

那天吃晚饭的时候儿,王明向王小峰一提,王小峰点了点头,说:"这也很好,反正人以有事为荣,闲着谁白给十几块钱呀?你既有提拔你哥哥的意思,总算你热心。大爷,你就谢谢三老爷罢,请个安罢(没听见说过)。"王恩脸一红,心说:"这都没有的事情,这个安如何能请?"王明说:"父亲,你这话太奇了。自己弟兄,没听说过道谢的。"王小峰说:"谢不谢的,看在我的面上,也不说了。

---

① 挂一块帐子:红白事或生日时,亲友们送整匹绸缎、布料,挂起来,上面写祝词或怀念文章。
② 官吊:丧礼时送的一般礼物,如纸钱、蜡烛等。
③ 老丧:老人去世。
④ 抽条:原义为"瘦",此处指减少。
⑤ 司事:办事员。
⑥ 碎:唠叨。

大爷,你要到了学校,得说学校的规矩。他是一校之长,你是书记①,就算是他的属下,你得听他的调遣。家有家法,国有国法,你拿哥哥的派头儿可不成。"越说越不像话,王明听的不爱听了,说:"父亲,你吃罢,回头菜都凉了。"王小峰一边儿吃着饭,还说了好些个讨厌的话。他说他的,一家子谁也不答岔儿。王恩到学校任事,暂时不提。

那天正是星期,王小峰清早上街喝茶,家里留下话,吃煮饽饽。天有己②分时,王小峰由茶馆儿回来,进了门儿哈哈大笑,大家摸不清是甚么事情。

王小峰由茶馆儿回来,进了门儿哈哈大笑,那天正是星期,三位少爷都在家,谁也摸不清怎么回事。赵氏说:"你今天回来怎么这个喜欢哪?"王小峰又乐了一阵,才说道:"这个事情让我喜欢,我不能不喜欢。"赵氏说:"到底是甚么事呀?"王小峰说:"我碰见咱们大姑老爷啦。"小弟兄哥儿三个一听,都是一个楞儿。本来自打大姑爷一穷,王小峰背地里提起来,老管大姑爷叫穷鬼,不然就叫倒运鬼,今天忽然称呼大姑老爷,所以大家纳闷儿。赵氏说:"碰见大姑爷,何至于喜欢的这个样子?"王小峰说:"你猜大姑爷他现在作甚么呢?得了银行的副经理啦。坐着一辆汽车,我这两只眼睛(欠挖了去)如何能瞧的见他?他倒瞧见我啦。司机的③扳住闸,他居然下了车啦,叫了我一声岳父,给我请了一个大安。我老头子活了六十岁(白活),居然有坐汽车的下来给我请安,这世总算来着了。真是福随貌转④,他也白了,也胖了,所够个伟人巨子的神气了。我一问他,才知道他得了银行的副经理啦。我请他后天在家里吃饭,他是准来。你们说这是件可喜的事情不是?"说罢哈哈大笑。赵氏说:"他准来吗?"王小峰说:"老丈人请他吃饭,他能够不来吗?请他吃甚么好呢?"赵氏说:"请他吃馄饨罢。"王小峰把嘴一撇,说:"他一个当银行的经理,甚么没有吃过!馄饨算的了甚么?"王恩说:"要不请他吃薄饼罢(吃厚饼倒不错)?"王小峰把狗眼一瞪,说:"你少说话罢,薄饼他没吃过?"王明说:"叫一桌鸭子席,怎么样?"王小峰把狗头点了点,说:"也倒使得,就那们办了。"当时决定,就派王溥前去定

---

① 书记:办理文书的人员。
② 己:应为"巳"。
③ 司机的:司机。
④ 福随貌转:相貌变好了,福气也随着来了。但此处的意思是貌随福转,因为有了好差使,相貌也变好了。

席。王明说:"约我二姐夫作陪,好不好?"王小峰说:"倒是也行,你就请他去。"

话不烦叙。是日一清早,王小峰起来,催着老婆子、少奶奶们收拾屋子,又让王溥打了几斤好黄酒,沏下好茶。天有九点多钟,二姑爷来到。王小峰说:"你大姐丈得了银行的副经理了,约你今天陪他吃饭,替我张罗着点。"正这儿说着,就听门外汽车呜呜,王小峰就往外跑,欢迎姑爷。

天有九点多钟,简直快十点钟啦,忽听汽车呜呜的声音,自远而来。王小峰就往外跑,二姑爷说:"你慢着。"及至跑到门外,汽车正走到门前,王小峰往车里一瞧,原来是黄头发、绿眼睛、高鼻子,简断捷说罢,是欧洲的朋友。王小峰真是乘兴跑出来,败兴又跑回去啦。

正在这个时候儿,单四爷来到。王小峰一见单四,是又爱又怕,爱的是他真能帮忙,无论甚么事,他都能伸手,比本家儿都尽心。怕的是他这张嘴,真损真挖苦,损人抄着底且根子上来①,真能损的你回不过脖儿来②。王小峰说:"四爷,少见哪。"二姑爷口称"四叔",给单四请了一个安。王恩兄弟等也见了单四,单四又给赵氏请了一个安,少奶奶们都见了单四。原来这三位少奶奶,都跟单四爷感情很好,一听单四叔来了,非常亲热,原来都受过单四爷的好处。

那年王明没得教员的时候儿,赶上冬天,大奶奶跟二奶奶屋里都有火,三奶奶屋里居然没火。后来冻不起了,偷着笼了一个火,让王小峰知道了,大闹了一阵,说:"爷们③不能挣钱,就得挨着点冷。打听打听,今年煤有多贵呀?"说了好些个闲话,三奶奶也不敢笼火了。笼了两天又一撤,把两只脚都冻了,没有法子,穿着王明两只旧棉鞋。那天单四爷来了,在院子见着三奶奶,说:"三姑娘,你的脚怎么了(单四爷也真爱管闲事)?"三奶奶说:"屋里没火,我把脚冻了。"单四爷说:"你们屋还没添火哪?"三奶奶当着老婆子,也没言语。单四爷见着王小峰,大损了一通儿,第二天给叫了一百斤煤球儿来。闹的王小峰没法子,三奶奶屋中,算是添上火啦。最近大奶奶坐月子,本来就有点受风,王小峰一定让他下地作事,单四爷又赶上啦,把小峰大骂了一通儿,王小峰还是真不了他。因此少奶奶们,都跟单四叔不错,三位少爷也都跟他不错,所以单

---

① 抄着底且根子上来:揭老底。且,从。
② 回不过脖儿来:僵住,找不到借口。
③ 爷们:丈夫。

四爷一来,真是阖家欢乐,就是王小峰发愁。

单四爷一到,王小峰是又怕又爱,今天这个局面,是不能不告诉他,当时把请大姑爷的事情对他说了一遍。单四点了点头,王小峰说:"四爷倒来巧啦,不来我还要约你哪,请你陪陪姑爷。"单四说:"那们你不请我。我来了你说这个话,这叫雨后送伞。反正一个牛也是放,十个牛也是放,添双筷子就得。你诚心敬意请我陪姑爷,早不给我送信?告诉你说,大哥,今天我可扰你,我可不答情①。"王小峰说:"四弟,你老爱说笑话儿。你是没看见大姑老爷哪,真是福随貌转,又白又胖,现在汽车也坐上了,很够个汽车穰子②的样儿。"单四说:"我也够个穰子。"王小峰说:"也是汽车穰子吗?"单四说:"不,棺材子穰③。"单四一耍话,招得少爷少奶奶们,屋里院子全乐了。王小峰说:"告诉你说,四弟,大姑爷将来必有起色。"单四说:"嗣后府上再办事,坐席的时候儿,大姑爷可以在东院摆了罢?"王小峰说:"老四呀,你怎么竟提这些个事呀?"

正这儿说着,忽听门外脚踏铃声响,原来正是大姑爷来到。王小峰倒屣出迎,恨不能望尘而拜,一切丑态一时说也说不尽。大姑爷见了单四,口称"四叔",请安行礼,非常的谦和。王小峰说:"大姑老爷,你怎么今天没坐汽车呀?"大姑爷说:"那天坐的是我们正经理的车。今天这辆马车,是我包月的车。"王小峰说:"我跟你打听打听,这宗汽车坐上晕不晕?"大姑爷说:"坐惯了,也不觉着怎么样。"王小峰说:"老汉今年六十多,从来没坐过汽车,有朝一日把汽车坐,死了也可以见阎罗。"单四说:"倒是梭波辙④,合辙押韵。你要坐汽车容易,我认识军队上的人,这两天正往库伦⑤运兵呢,把你带了去得啦。回来豁你个便宜,你坐着飞行艇就回来了。"王小峰说:"你别起哄了。"二姑爷向大姑爷说道:"大姐丈到行有多少日子啦?"大姑爷说:"不过有二十来天。"

王小峰说:"那天在街上,你坐着快汽车(费话,汽车没有慢的),你见了我下车,倒吓了我一跳,我以为是那一位总次长呢。你一叫我岳父,我才瞧出来

---
① 答情:领情。
② 汽车穰(ráng)子:坐汽车的人。
③ 子穰:应为"穰子"。
④ 梭波辙:清代北京戏曲、曲艺押韵分十三个韵部,称为十三辙:发花、梭波、乜斜、一七、姑苏、怀来、灰堆、遥条、由求、言前、人辰、江阳、中东。
⑤ 库伦:今蒙古乌兰巴托。

是你来。仓皇之间,在马路上,我也没得细问,你上银行,是何人的介绍呀?"大姑爷说:"提起来话儿长了。简单捷说罢,我父亲有个徒弟,现在抖起来了。从先受过我父亲的好处,我这次到银行,是他的力量。"王小峰说:"你提的这位怎么称呼?"大姑爷说:"姓梁。"王小峰说:"不是梁燕孙①哪?"大姑爷说:"不是不是。"王小峰说:"梁卓如他们都是本家呀?"大姑爷说:"不是。"王小峰说:"那们他跟梁启超、梁任公都是本家吧?"单四说:"你散了吧,梁卓如、梁启超、梁任公全是一个人。"王小峰说:"那们梁敦彦②、梁济善③、梁城④他们都是本家呀?"大姑爷说:"全不是。"单四说:"你也太爱打听事啦。你还知道几个姓梁的?"王小峰说:"我瞎打听打听。"单四说:"睁着眼睛说话吗,瞎打听。"王小峰说:"姑老爷,我还要问你一句话,你每月到底能挣多少钱哪?"大姑爷说:"法定的进项不多,一年下来,连花红余利,一切满算上,总有几千块钱罢。"王小峰向二姑爷说道:"你听见了没有?"单四说:"大哥,你竟说这些个无味的话,当的了甚么呀?天不早啦,两位姑老爷也饿了,苦聊这些个也不解饿。"王小峰说:"是呀,菜热上了没有?摆上先喝酒呀。大姑爷往里,二姑爷也坐下,四兄弟陪着,三老爷你也来。"大姑爷说:"大兄弟二兄弟都来,一块儿凑个热闹儿,好不好?"王小峰说:"他们不忙。"

　　正这儿说着,就听老婆子说道:"三姑爷来了。"原来三姑爷前来道乏道谢。这要搁在从先,三姑爷一来,王小峰总得往外迎,那分特别欢迎,不必细说。如今亲家老爷也死了,三姑爷差使也搁下啦,并且听说要卖房哪,所以今天这个神气,跟往常大不相同。三姑爷进来跟大家见礼已毕。王小峰一楞狗眼,说:"你今天怎么这们闲在呀?"

　　王小峰楞着眼睛,向三姑爷说道:"你今天怎么这们闲在?"三姑爷说:"小婿今天特来给岳父岳母请安道谢。"王小峰点了点头,说:"今天请你大姐丈吃饭,约你二姐丈作陪,你将过事情,我知道你忙,我也没约你。你吃饭了没有?"三姑爷倒是真没吃哪。每次来到这里,王小峰是上赶着留吃饭,吃了也不是一

---

① 梁燕孙:梁士诒,字翼夫,号燕孙。曾任北洋政府交通银行总理、财政部次长、国务总理。
② 梁敦彦:字朝璋,别字崧生。曾任北洋政府交通总长。
③ 梁济善:曾任山西咨议局长。
④ 梁城:山西人,明洪武三十年进士,曾任淳化县知县。

回了,今天王小峰一问,三姑爷有点实心眼儿,以为王小峰是好意,再一说,跟亲丈人还能撒谎吗?当时说道:"我倒是没吃哪。"王小峰说:"别打哈哈,你说真的。"三姑爷说:"我真没吃哪。"王小峰说:"你改了不说真的了。倒是吃了没吃?"单四听不过去了,说:"三姑爷他说没吃哪,你还让他说甚么真的?三姑爷往里,请坐,我给你斟酒。赶紧快吃罢,菜回头都凉了。"三姑爷依实就坐下了,王小峰也没法子啦。那天王小峰还是竟给大姑爷送菜,简直的不理三姑爷,跟那回接姑奶奶是一个排子①。三姑爷今天这顿饭,跟大姑奶奶那天一个样,真且脊梁骨下去。既然拿起筷子来,又不好走,这分难过,就不用提了。好在有单四爷斡旋其间,还稍微好一点。

　　三姑爷那天吃了点子东西,生了股气,回家又赶上大风,居然大病,差一点儿没死了。赵氏前去探病,三姑奶奶跟赵氏哭了一场,说:"我父亲怎么这们势力眼?太没有一点面子啦。他是我生身之父,我不好说他。"赵氏说:"他就是这宗德行,你还不知道吗?这两天跟你大哥又好了。"三姑娘说:"那是怎么回事情?"赵氏说:"你大哥又回了衙门了,照旧当上科员啦。你没见那天哪,人家一给送信来,晚晌叫了几个菜,亲自打的酒,给你大哥斟酒。"三姑奶奶说:"这又该称呼大老爷了罢?"赵氏说:"那还用提。你三兄弟又快受罪了。"三姑奶奶说:"这又是怎么回事情?"赵氏说:"昨天你三兄弟偷着告诉我,他的校长有信要撤。"

　　上回书说的是,赵氏向三姑奶奶说道:"你三兄弟校长有信搁下,他偷偷儿的告诉我啦,你父亲还不知道哪。要是一知道,这麻烦可又大了。你父亲因为你大哥恢复科员,十分高兴,今年十月一的生日(倒是送寒衣的日子),还要大办哪。你千万可要去。"三姑奶奶说:"我可不定去不去呢。您女婿这场病,就是那天一口气。他说了,不当科长,不进王家门儿。现在他求了人啦,大概运动的有点意思。这些个事情,你回家可别对我父亲提。"赵氏说:"我提这些个事作甚么?"话不烦叙,赵氏回家,这些个事情,倒是没跟王小峰提。

　　王明的校长也撤了,王恩的科员也回来啦,这两天王小峰对待王恩王明,又翻了个儿了,一切的丑态,从先也都形容过,再说也就讨厌啦。

　　王小峰因为大儿子科员失而复得,今年要大办生日,不用说,厨房还是孙

---

① 排子:来派。

胖子的。那天又跟孙胖子研究酒席,孙胖子说:"我的亲家老爷,你这次酒席是怎么预备呀?"王小峰说:"得了亲家,陈事咱们不用提啦。这回是一视同仁,平等待遇。"孙胖子说:"那就好极了。"正这儿说着,单四来到,说:"大哥,我给你请了二簧票①了,软包②约掌子③,咱们闹一天上场④票。你看怎么样?"王小峰说:"费不了多少钱哪?"单四说:"有限的事情,你交给我办没错儿。"王小峰一高兴,说:"干。我们大老爷科员又回来啦,多花几个,我也是乐的。"这挡子生日,事前一切的布置,不必细说。

没想到发生了两件新闻,一件是大姑爷的事情,又摔下了;一件是三姑爷居然得了科长啦。生日那天,赵氏也诚心跟老头子耍话,说:"套车接姑奶奶去呀。先接谁呀?"王小峰说:"你这都是费话,自然是先接三姑奶奶呀。人家现在是科长太太了。二姑奶奶爱接就接。"赵氏说:"大姑娘哪?"王小峰把狗眉一皱,叹了一声,说:"接他作甚么呀?我大好日子的,别给我添糟心了,来不来随他便罢。"

势力鬼要套车接三姑奶奶,赵氏问他接大姑奶奶二姑奶奶不接?王小峰说:"二姑奶奶接也可,不接也可,大姑奶奶不必接。"单四在旁边听见了,说:"三位姑奶奶都是你女儿,要接都接,要不接都不接,三六九等待遇就不对。你这是过三六九等瘾哪?"王小峰说:"得了,随你们罢,爱接谁接谁罢。"

正要去接,三姑奶奶来了,王小峰赶紧欢迎,说:"科长太太来了?我搀着科长太太。"这当儿三位少奶奶也都迎接,王小峰眼望钱氏说道:"大太太,你是科员太太,应当迎接科长太太。哗哈哈哈。"王小峰一打欢翅⑤,单四把嘴撇的跟瓢一个样,说:"这块德行,真正的缺德。"后来二姑奶奶来到,王小峰也敷衍了一番。

大姑奶奶那天来的很晚,给王小峰请了一个安。王小峰皱着眉头子,点了点脑袋。赵氏说:"姑娘,你怎么倒晚了?"大姑奶奶说:"马车让您女婿坐了走啦,他上了部啦。"王小峰说:"甚么?他上了部啦。那个部呀?"大姑奶奶说:

---

① 二簧票:票友唱的京戏。
② 软包:也叫"走软包"。装行头的包袱。三、五个人彩唱时,不用戏箱子,只打包袱。
③ 约掌子:大概是约场子。场子指临时用绸布、花卉装点的表演场地。
④ 上场:穿行头、带身段的正式演出。不是清唱。
⑤ 打欢翅:鸟高兴时,上下扑腾翅膀。比喻故意装出高兴的样子,跑前跑后地献殷勤。

"现农商部聘他为顾问,今天到部有事。"王小峰一听,狗脸堆下欢来,说:"顾问不错呀,每月有多少薪水?"大姑奶奶说:"倒是不多,二百块钱。"王小峰哈哈大笑,说:"二百块钱还不多哪?我的孩子。你俩妹妹都来了,你还没来,我正念叨你哪,将要让车接你去,你就来了。你坐甚么车来的?"大姑奶奶说:"我坐汽车来的。"王小峰说:"雇的汽车呀?"大姑奶奶说:"汽车行的老板跟您女婿是把兄弟,倒是常坐他的车。"王小峰说:"车在门口儿哪吗?"大姑奶奶说:"现在门口儿。"王小峰说:"我坐上,让他拉我荡前门,行不行?"大姑奶奶说:"那有甚么不行的?"王小峰说着就往外跑,单四一把将他揪住,说:"你别犯疯病啦,现在正上人儿的时候儿,你过汽车瘾,这算怎么回事情?"正这儿说着,来了不少亲友,这个岔儿也就揭过去了。少时二姑爷来到,跟着大姑爷三姑爷前后脚儿都到了,王小峰乐的直迸。

王小峰看见三姑爷跟大姑爷来,乐的直迸,一边儿迸着,一边儿直唱说:"大女婿当顾问,农工商部直得劲,每月三①百大洋钱,汽车一坐实在趁。三姑爷,当科长,再要一升是司长,每月也是二百元,胜似在旗抠兵饷。我老汉,五十九,两位姑爷真正抖,今天一齐到寿堂,哈哈,乐的我要变黄狗。"王小峰高兴,这一们唱②,招的乐了一棚。单四说:"得了,得了,够说好大半天的啦,你跑这儿数来保③来了。你作甚么变黄狗呀?你简直的就是狗吗。"王小峰那天十分得意,说:"兄弟,你真能跟大哥擅脸④。你说大哥是狗,你等我学个狗叫唤你听。"当时真学了几声,虽不十分像,还有那们点意思。

正在学狗,小铁来了。原来小铁入了游缉队⑤,办了两案,长官十分的欢喜,现在拔升小队官,也跨上刀了,戴上金箍儿的帽子啦。今天特意穿着军衣来,奉天人有话,要露露意思。小铁一进,迎棚头正遇见王小峰,小铁请安,口称"大舅"。穿着军衣请安,这分憨蠢,就不用提了。他给王小峰请安,王小峰来了一个立正举手。小铁说:"大舅,您这是诚心哪。"王小峰说:"不是呀,你给

---

① 三:应为"二"。
② 这一们唱:应为"这们一唱"。
③ 数来保:数来宝。
④ 擅脸:训脸。
⑤ 游缉队:民国初年,北京治安由警察厅和步军统领衙门共同管理。游缉队是从步军中挑选出来的精干人员,主要负责侦察不法案件,如贩毒、赌博等。

我请安,我能不给你举手吗?得了队官老爷,你得多保护我。"小铁说:"得了,大舅,别让我在外头院坐,吃三等席,我就念佛了。"王小峰说:"外甥老爷,我可罚你,你怎么竟勾陈场呀?快请里头坐罢。"小铁说:"我得给大舅拜寿行礼。"王小峰说:"我可都拦住了。你要给我磕头,我是王七的兄弟,王九的哥哥。"小铁说:"无论怎么样,我给您磕定了头啦。"王小峰说:"你是诚心哪?一定让大舅应誓呀。别捣乱了,你替我陪陪你两位妹丈得了。"那天来拜寿的亲友,较比①上次办满月都多的多,费世五、梅达兴,这回没敢露,里里外外,就仗着单四爷一人周旋,倒是一点也不落场。

　　那天单四爷又是支客,又是戏提调②,这分张罗周旋,倒是面面俱到。那天单四跟后台一搭窝③,特意凑了几出戏,都朝着王小峰来的。头一出自然得唱《八仙庆》啦,跟着就是《连升三级》,真把势力鬼给形容透了。众来宾亲友到是鼓掌欢迎,王小峰也乐的闭不上嘴,直唱了一天一夜的戏。

　　王小峰那天连蹦带跳,精神累的有点过度,吃了点子油腻,夜内又着了点凉,第二天就有点不舒服。起而还不理会,后来渐渐加重。请了一个左近的大夫,是个新出手儿挂牌④的,胡乱八糟开了一个单子,吃下去也不见效。后来单四爷给荐了一位义务大夫,姓蔡(可不是我),人称痨病蔡。诸位要听明白了,他本人可不是痨病,他是治痨病出名,医道很高,可不出马⑤,是一个穷念书的。虽然穷,有点品行,就指着给人办点笔墨,月间挣几个钱。亲友约他看病,一叫儿就去,并没有甚么恶习(这点地方倒像我)。病好了并不受谢,人家给他送东西,他真不愿意(我也不愿意,我嫌少),并且所开的单子,药剂非常之大,因此都管他叫大剂子蔡。吃他一剂药,顶出马的大夫两剂药,因此人人都管他叫大剂子蔡。据这位蔡先生说,瞧病一道,只要认准了病症,非大剂子不行。这个一钱,那个八分,简直等于起哄。有人问他,说:"现在挂牌出马的大夫,怎么都没胆子开药单子呢?"蔡先生说:"他们不敢开药单子,其原因有二:

---

① 较比:和……相比。
② 戏提调:负责协调演出戏目、演员出场次序等。
③ 搭窝:合伙儿设计害人。此处是指演的戏都是针对王小峰的,讽刺他势利。
④ 挂牌:医生在自己的诊所挂上医生的招牌,表示开始正式行医。
⑤ 出马:出诊。

头一样儿是拉荡儿①，多一荡是是②一荡的钱（好心术、好德行）。一荡就好了，吃谁去呀？第二样儿，近来警厅一取缔医生，闹的胆子都小啦。大家都抱一个耽迟不耽错的主义，力量大的药不敢开。即或开上，也是三分五分，至多不过一钱。即或吃他的药死了，拿着药方子告他去，他都不怕。这们一来不要紧，虽然治不死人，能把人耽误死（实话）。"

这位大剂子蔡医道虽高，就是不好架弄，无论谁请他，永远老是一个破竹布衫儿，就是总统府请他，他也不换好衣裳。话说回来了，他也没有好衣裳。单四爷跟蔡先生是至好，那天来瞧王小峰，正赶上王小峰吃旁人的药不见效，当时推荐蔡君。王小峰是得病乱投医，当时认可，第二天单四把蔡先生就同来了。

王小峰常听单四夸奖蔡先生，以为这位蔡君是怎么一个阔大夫，及至一瞧，穿着一件破竹布衫儿，两只破皂鞋，虽然剪发，连个帽子也没有，先有三分不欢迎，心说："这个人衣帽不齐，还有甚么真能为本式③？"后来诊脉一说病源，倒是很对。开了一个单子，说是先吃一剂，见好再瞧。按说人家是义务大夫，不要甚么，应当跟人家说两句谦逊话才对。赵氏倒给蔡先生请了两个安，王小峰因为穿章儿不好，对于人家很冷淡。临走的时候儿，冲着人家点了点狗头，说："劳你驾。"蔡君是个狂士，这些个事情，满不往心里去。单四有点挂不住，要搁在平常，就凭这手儿活，单四又得足骂他一顿，如今王小峰在病中，单四倒不肯了。

王小峰没让单四爷走，留下他在这里帮忙。赵氏就求单四抓药，给了单四爷一块钱，格外还拿了五吊票儿。及至抓回药来，王小峰问他钱够不够？单四说："五吊票儿还找回三吊二百钱来，这剂药才一吊八。"王小峰说："怎么这们贱哪？这药管闲事吗？"单四说："大哥，你真来的邪行。吃药你还势力哪？管闲事不管闲事，不在乎贵贱上呀。你要犹豫，趁早儿可就别煎。"赵氏说："四弟，你不用理他。他的毛病您还不知道吗？"话不烦叙，吃下这付药去，倒是很见效。王小峰很照影子，心说："这个姓蔡的人不出众，貌不警④人，衣裳也不

---

① 拉荡儿：拉趟儿。故意不给人治好，让人一趟趟地来，或让人请自己去看病，好赚钱。
② 是：衍字。
③ 本式：应为"本事"。
④ 警：应为"惊"。

怎么样,再一说,这剂药拢共才一吊八百钱,吃下去他会见效?这事真来的邪行。"

王小峰吃了蔡先生药,倒是见好,他因为蔡先生衣帽不齐,有点疑惑。偏巧大姑爷跟三姑爷都来探病,大姑爷也要给请荐大夫,三姑爷也要给荐大夫。大姑爷荐的大夫姓赵,是某机关的谘议,虽然不出马,名望很大,公府里都常请他,脾气很大,架子来的邪,因此都管他叫架子赵。他虽然不挂牌行医,请他瞧病,他坐汽车来,得给司机的四块。好了,单给他道乏道谢。

三姑爷荐的这个大夫姓明,倒是个出马的大夫,外号儿叫牛皮明,又叫明三阔。坐着马车瞧病,老带衣包,每逢到了人家看病,开方子诊脉的功夫儿,他得换三遍衣裳(这小子许是外江派①花旦出身)。吹上牛皮没完,出马近处五元,远处十元,外城另议。

两位姑爷一齐荐大夫,王小峰一来不敢得罪姑老爷,二来听说这两位大夫,一位比一位阔,也倒是欢迎。再一说,蔡先生那个旧竹布衫儿,他看着且心里恶心,当时认可,就求两位姑爷转约。两位姑爷忙忙的去了,仓皇之间,也没提先约谁,也不准知道甚么时候儿来。

两位姑爷走后,单四爷来了,探听吃药怎么样?王小峰说:"倒是见点好,不过我总不放心。"单四说:"有甚么不放心的?"王小峰说:"他这件旧竹布衫儿,我瞧着有点不放心。"单四说:"大哥,你真有点邪行。害病请大夫,你还犯势力眼呢!无愧人家管你叫势力鬼就结了。人家给你瞧的是病呀,你管他穿甚么呢?就是披着麻包来,也没跟你要甚么呀。有能为没能为,也不在衣裳上。上你这里来看病,有法定的服色吗?总得穿蟒袍补褂,或者穿大礼服,再不然戴金帽子穿银靴子,反正吃药见效就完了。你要疑惑,可就不用请人家了。"王小峰还没搭话,王恩在旁边儿发了言啦,说:"四叔,你别听我父亲的,蔡先生看的很不错,还是求你请蔡先生继续瞧看。"

王恩说:"效不更医。既然吃蔡先生的药见好,还是请蔡先生为是。"王小峰说:"我的大老爷,你这话说的可也对。不过蔡先生穷穷叨叨的,我瞧着不大高眼。"单四说:"他穷他的,也没跟你借当呀。那就趁早儿散了,你请阔的罢。"王恩直给单四请安,说:"四叔,你别听我父亲的,你还是把蔡先生请来罢。"赵

---

① 外江派:外地演员。

氏也直给单四请安,单四爷无法,只得又去请医。偏巧蔡先生下天津给人家瞧病去了,家里留下话,王家要是来请,可以照方儿吃,明天早车回京,下午准可以到王家。单四爷二反①回到王家报告一切。那天单四爷也没走,王小峰吃下这剂药去,咳嗽也好一点,烧也退点,也不大喘了,夜里也睡了两觉。第二天自己良心发现了,说:"这个蔡先生,别瞧他穷,倒好像有点意思。"那天王小峰胃口也开了,早晨吃了八个煮饽饽,赵氏也很喜欢。

自打王小峰一病,王明不敢见面儿,见了就骂,王恩又红起来了,王溥偶然朝一面儿,还将就的。钱氏要是在跟前扶侍,王小峰必有几句谦词,说:"大太太,你歇着去罢。"对于孙氏也有点面子,三奶奶李氏,也是不敢露面儿。那天要喝茶,李氏给他到②过一碗茶来,王小峰瞧了李氏一眼,咳了一声,闭着眼睛装睡。这个神儿你瞧够多难。这些个事情,暂且不提。

那天下午一点多钟,蔡先生来到,王恩跟赵氏倒是千恩万谢,很说了些个感激的话。王小峰冲着人家点了点脑袋,也没说甚么。正看着左脉,三姑爷来了,说:"明先生已然来了。"王小峰说:"他们俩坐马车一块儿来的?"王恩说:"先请南屋坐罢。"王小峰说:"请这屋来罢。"单四说:"等着蔡先生开完了方子的。"王小峰说:"不用开方子啦,右手脉也不用看了,三姑爷请明先生来罢。"蔡先生是个有涵养的人,当时哈哈一笑,说:"不看也好,单四哥,我要走啦。"

上回书说的是,蔡先生正给王小峰看着脉,三姑爷把明先生请到。蔡先生将诊完左手脉,要看右手,王小峰不伸了,说:"不用看了,快请明先生来罢。"要说众目之下,人面子上可真难瞧。蔡先生哈哈一笑,向着单四说道:"四爷,我要走啦。"单四气的要成蛤蟆,有心要炸,一想不合式。王恩还算够面子,陪着单四把蔡先生送至门外。倒是有一辆洋车。王恩很说了几句抱歉的话。蔡先生上了车,单四一生气也要走,王恩直给单四请安,说:"四叔,您别恼。我爸爸那宗为行③,您还不知道吗?蔡先生那里,一半天我必登门请安去。您可千万别走,我还求您有事呢。"王恩一留,单四也就不走啦,心说:"我到④瞧瞧这个明先生,是怎么个人物?"

---

① 二反:再,又。
② 到:应为"倒"。
③ 为行:应为"行为"。
④ 到:应为"倒"。

明先生先在南屋里坐，单四、王恩往外一送蔡先生，三姑爷把明先生就同过来了。及至单四跟王恩来到病房，明先生正在看脉。单四爷一搂①这位明先生，有三十多岁，戴着托力克的镜子②，人物漂亮，衣裳鲜明，不必细说。左右脉看完，又看了看舌苔，叫了一声"来"（这小子到有点官派），进来一个小跟班儿的，约有十七八岁，给他送进一个小皮箱儿来。明先生打开箱子，取出好些个玩艺儿来，甚么耳机子③、皮带④等等，反正是听病的那份家伙。王恩说："老夫子西医还很高明。"明先生说："略知一二。"三姑爷说："虎世（明先生号叫虎世，这个号就爱死我）是先学的中医，后学的西医。虎世在医界，可称泰斗朗星，当代和、缓⑤。"王恩连连点头。明虎世听了会子病，弄了半天腥架子，随后说道："老先生这个病，有些日子了，气血两亏，肺经还有病。新近我看了一个症候，是陈次长的令兄，正跟老先生的病症相仿，吃了我十几付药好的。他是国务院的秘书，现在已然上衙门了。"

王小峰见他穿章阔绰，谈吐不俗，次长秘书都请他瞧，这个人是有两下子，当时说到⑥："老先生救我这条命罢。"明虎世说："倒是不要紧。"当时开了一个单子，照方儿吃两剂再说。王小峰向着王恩说道："大老爷，你把姓蔡的开的单子，给明老爷看看。"单四在旁边儿听着，这个气真不打一处来，心说："这小子，他算势力透啦。人家蔡先生白尽义务，吃着人家药很见效，背地里连个先生都不称呼。我要不瞧着死鬼老头儿待我不错，我要瞧着他，要理他才怪呢。"单四正在寻思，忽听明虎世说道："这位蔡先生跟府上是有交情呀？"王恩说："倒是由朋友介绍的。"明虎世点了点头，说："单子倒还没有甚么，药味也还平和。"王小峰说："他没开错了药呀？他可穿的是旧竹布衫儿呀。"明虎世哈哈大笑，说："老先生这是笑谈了，方子开的对不对，与竹布衫儿倒是没有关系。"说罢哈哈大笑。明虎世告辞起身，三姑爷跟着也走了。

正在这个时候，忽听门外一阵牛鸣狗叫，原来是大姑爷把赵先生请来了。

---

① 搂：应为"瞜"。
② 镜子：眼镜。
③ 耳机子：听诊器。
④ 皮带：大概指听诊器上的胶皮管。
⑤ 和、缓：春秋时秦国的两位名医。
⑥ 到：应为"道"。

这位赵先生有四十来岁,穿着西装,小开口跳①的胡子儿,说话口音极为复杂。王恩给他请安,这家伙就是一点脑袋。到了病房,他先不进去,掏出一个小药瓶儿来,交给了王恩,让他洒在病人床头里,然后他这才进去。王小峰一瞧这位的神气,跟明虎世又不同了,透着一点海派。王小峰说:"大人救救我罢。"大姑爷说:"原定的是今天一早来。渊仁(赵先生号叫渊仁)今天上公府啦,所以来的晚点。"赵渊仁说:"慰庭②有点咳嗽,他请我看看,遇见芸台③啦。这孩子(好大口气)一定揪我打牌,两圈牌我输了五百多块。虽然是小玩艺儿,我没那个功夫呀。赵智庵④倒赢了一百多块。芝泉⑤约我下棋,我也没得去。燕孙牙疼找我,我也没得去。"

赵渊仁这路邪吹,当时把王小峰拿住了,说:"赵大人,您就救命罢。"赵渊仁拿腔作调,听了半天病,又看了看脉,开了一个药单子,递给了大姑爷。大姑爷一瞧,不是中国字,问他这个药单子,那里买去?他说:"老德记、屈臣氏、中英、五洲、华美,这几个药房都行。"给他倒了一碗茶也没喝。当时告辞,说是前门外有饭局,叶玉虎⑥请朱桂莘⑦,约他作陪。他来这一荡,应名是义务,汽车五块钱,跟班的两块,司机的三块,王恩拿出钱来要开付,人家没要,说是大姑爷已竟开过了。

赵渊仁走后,大姑爷跟着也就走啦。王溥这当儿也回来啦。王小峰很透犹豫,又信服明虎世,又信服赵渊仁,在他的意思,是明虎世开的药单子也抓,赵渊仁那个外国字的药单子也配去,来一个中西并进,新旧兼施。赵氏主持,还吃蔡先生的药。王小峰说:"你这人糊涂,你看人家这两位,一位马车,一位汽车,蔡先生连辆自用人力车也没有,他有甚么能为?"赵氏说:"瞧病讲究吃药见效不见效,碍不着坐车。老爷吃了蔡先生的药,倒是见效不见效呢?"王小峰

---

① 开口跳:武丑。
② 慰庭:袁世凯,字慰庭,也写作"慰亭"。
③ 芸台:袁克定,字云台。袁世凯长子。
④ 赵智庵:赵秉钧(1859—1914),字智庵,河南人,在天津任巡警局总办时,筹建了中国最早的现代警务系统,创办了天津侦探队及天津警察学堂。在袁世凯担任中华民国大总统期间,曾任国务总理。
⑤ 芝泉:段祺瑞,字芝泉。
⑥ 叶玉虎:叶恭绰(1881—1968),字裕甫(玉甫、玉父、誉虎),号遐庵,曾任北洋政府交通总长、中华民国铁道部长。
⑦ 朱桂莘:朱启钤(1872—1964),字桂辛、桂莘,号蠖公、蠖园,曾任北洋政府交通总长、内务总长、代理国务总理。

说:"效倒是见了一点儿,不过他是个穷鬼,我究竟有点不放心。我总说这个理,但分有学问有能为,决不至于穿旧竹布衫儿。要是有真本式,马车汽车早坐上了。你看人家这两位,竟跟大人物联属,没点儿真的行吗?蔡先生的药我是不吃了。"赵氏知道他是这宗脾气,也就不劝他了。王明在永安堂给他抓的汤药,拿了四块钱去,没抓回来,回家又取了四块,找回三吊多钱来,这剂了①合着七块十吊有零。王小峰一听价钱,点了点头,说:"这药才能治病哪(才能要命哪)。"单四爷给他串了好几家药房,赵先生这笔外国字,人家都不认识。

单四给他跑了好几处药房,赵渊仁那笔外国字,人家不认识。后来到了一个新开的大药房,倒认识他这笔字,人家给现配的药,拢共十三块六角五,单四将药买回。明虎世的药早抓来了。依着王恩的意思,先吃明先生的汤药,赵先生的西药,先搁一搁。王小峰说:"先吃西药罢,随后我再吃汤药。人家赵先生有两下子,错过了②,就常上总统府啦?"单四说:"你别听他总统府,那是虎人哪。那家伙我瞧着也是硬生意③,也许在总统府里抬尿桶。"王小峰说:"现在人家坐汽车哪。"单四说:"大哥你绕住了,你吃的是药,又不吃汽车。他坐飞行艇,也碍不着你呀。你要愿意吃西药,就先吃西药,把明先生的汤药,先搁一搁。"王小峰说:"人家明先生也不错呀,人家还穿华丝葛哪。就凭他那个钻石戒指儿,就能买两处房。再一说,某次长某秘书都请他,也很够瞧的。我打算先把药水儿喝了,跟着我就吃汤药。"赵氏说:"那可不行。"王恩说:"那回头药味④相反,怎么好呀?"王小峰说:"反正这两个大夫,都是头号头⑤的大夫,我就便让他们治死,我都是甘心的。再一说,反正都是治我这路病的药,如何能相反呀?快给我煎药啵,我等着吃呢。"大家劝了会子,他一定不听,那也就没法子啦。

话不烦叙。王小峰先吃了汤药,随后又把西药吃了。吃完了睡了一会儿,赵氏跟王恩弟兄都狠⑥喜欢。到了晚晌,这觉睡醒啦,有点儿恶心。跟着大吐

---

① 了:大概是衍字。
② 错过了:如果不是这样。
③ 硬生意:指骗人。
④ 药味:一味药所包含的药和分量。
⑤ 头号头:第一流。
⑥ 狠:很。

之下，吐完了就泄。赵氏一瞧，心说："要干，杂痨没好，要转霍乱。"王小峰是直哼哼，赵氏问他心里怎么样？王小峰说："心里有点闹的慌，赶紧给两位姑爷送信，求他们转请明赵二位。"明先生先来的，说是着了凉了，又开了一个单子。下午赵先生也来了，又说是受了热啦。

　　王小峰吃了明赵二位先生药，不但没见好，反倒上吐下泄，又把这两块料请来，明大夫说是受寒，赵大夫说是受热，彼此又都开了单子。王恩不得主义①，王明那天是文官考试，没有在家。王小峰一病，本来王明打算不考了，赵氏说："你父亲已然见好，你为甚么不考呢？就是你在家，他也不让你上前。你要是考中了，他听见一喜欢，病许好啦。"王明一听，倒也有理。王溥那天倒是在家呢，赵氏跟他们一商量，打算还请蔡先生看看。跟王小峰一商量，王小峰叹了一口气说道："咱们本胡同的李先生，近来很有阔主儿请他，新近有人给他挂匾，是甚么陆军中将给他挂的（还犯势力呢）。把他请来啵。"王溥不以为然，王恩说："他老人家既愿意请，你就给请去罢。"

　　话不烦叙，把李先生请到，开了一个单子。吃下药，吐泄虽止，添了中满②，吃不下东西去。日见消瘦，睁着眼睛说谵语，不是要坐汽车，就是说王恩得了总长啦，反正都是势力话。王恩瞧着不得，跟赵氏研究后事。单四爷这两天在这里熬夜。赵氏说："一半预备后事，我还打算请蔡先生再给看看。"王恩说："上次有那个岔儿，怎么好又请人家？"单四说："那倒不要紧，蔡先生是海阔天空的人，他不挑眼，我一请就来。"王溥说："那们就求四叔请一请罢。"

　　简断捷说，单四爷去了功夫儿不大，就把蔡先生请来。王恩王溥迎头请安，很说了些抱歉的话。蔡先生说："不要紧的事情。"王小峰一瞧蔡先生来了，赶上那阵心里明白，强笑了一笑说道："老先生，您今天怎么穿库缎夹袄啊？您敢情也有衣裳啊。"闹的蔡先生要乐又③好乐。看了看脉，开了一个方子。然后又要那三个大夫的单子，详细的看了一看，随后来到外屋，向单四爷说道："人不成了。"

　　蔡先生看完了脉，来到外间屋，向单四说道："已然见了代脉，也就在十天

---

① 主义：应为"主意"。
② 中满：中医术语，胸腹部胀满。
③ 此处少一"不"字。

之内。"王恩说:"老先生还有甚么挽救的法子?"蔡先生说:"要是从先接着吃兄弟的药,现在早大好了。如今可没法啦,单子也不必开了。"王溥说:"这都是没有的事情。我说吃蔡老先生的药,十分见效,就不必换别人了。没事他娘的(王溥因为久待军队,所以上了这宗口吻)弄了这们两块料来!"王恩说:"这些个费话,二爷你就不用说了。"蔡先生告辞,不必细说。

当时这就商量后事,王小峰把儿子叫到跟前,掉了几点眼泪,又叹了一口气,随后说道:"我这病已入膏肓,不可救药,我活了六十多岁,死了也不冤了。装裹我已然是有了,棺材要个杉木十圆儿的,也就行了。我从先作过四品官,保过三品衔,死了加一品,讣闻上总得说是"清封武功将军①"。念经虽然是迷信,所为亲友送库,透着威武。门口儿总要立幡的,咱们是官宦人家,鼓手要绿架衣②,方显着官派。接三伴宿,都要官吹③,透着大气,千万不要拿天鹅④,那宗吹打是小家子气像⑤。三十二人杠也就行了,官衔牌得多要几对。现在时兴挽联,想法子求几副才好(赞美赞美你这点势力)。能约一挡子军乐更热闹。更有一件要紧的事情,你们得给我糊一辆汽车,糊一辆马车,我活着没坐过汽车,死了我要坐一坐。至于点主⑥一节,得请三位功名大的人。按旧规矩说,这位正主官,或是翰林院的人,或是礼部的人。我想咱们前胡同儿住的那位李翰林,虽然没有来往,托过人去求求他,不至于不行。按旧规矩,总送人家靴帽尺头。如今没那些事,也得送人家一桌果席⑦。厨房还找孙亲家老爷。"说到这里,咳嗽了一阵。赵氏说:"老爷,你养养神罢。"王小峰摇摇脑袋,闭着眼睛直喘,喝了一口参汤,当时睡了。况⑧是睡觉,不过就是发昏。

单四爷这两天忙了,王恩等办事也都不成,一切委托单四爷,怎么办怎

---

① 武功将军:从二品的封号。封建时代是皇帝赐的,自己不能随便写。但当时已经民国,自己封自己也没人管了。

② 绿架衣:一般写作"驾衣"。杠夫、执事夫穿的服装,长到膝盖,叫作"中褂"。杠夫穿的是大襟的,执事夫和鼓手穿的是对襟的。衣服底色一般为深绿色。如果用两班,则一班穿绿,一班穿深蓝;如果用三班,则一班穿绿,一班穿深蓝,一班穿青色。下身一般是土黄色套裤或灰色套裤。

③ 官吹:官家的鼓乐队。

④ 拿天鹅:在丧礼上吹的唢呐曲牌。

⑤ 气像:气象。

⑥ 点主:牌位上的字先少写几笔,然后请有地位的人补上。

⑦ 果席:带果子的宴席。

⑧ 况:应为"说"。

么好。王小峰一天比一天加重，后来说了一天一夜的谵语，无非都是势力话。一家子由赵氏说起，只得轮流看守。那天早晨，喝了两口参汤。大家正在围随，忽听外头一阵大乱，原来是王明文官考试，取在前十名，报喜的来道①。王溥听见这个信，往里飞跑，报这王小峰知道。在王溥的意思，心想王小峰听见这个喜信儿，心里一痛快，必然见好。这原是一分孝意。谁知王小峰听见这个喜信，反倒咧着嘴直哭（奇）。王明正在跟前，王小峰向王明说道："三老爷，嗳，我对不起你。这阵子我待你有限，到了跟前儿我就说你，实在是我的不是。我要知道你准考上，我要待你那样，让我得冤孽病。"王明说："父亲养病要紧，就别说这个了。"王小峰点了点头，说道："你考中这话当真吗？"王恩说："这还冤你老人家？"王小峰说："拿来。"王恩说："拿甚么来呀？"王小峰说："拿报单②来呀（临死还要唱《吊金龟》呢）。"王溥说："喜报子已然贴在影壁上了。这是真事，还能冤您？"王小峰一听，要往起进，又进不起来，说："中了中了。"哈哈哈乐着乐着，一咧嘴，居然驾返仙城③，一灵真性，早奔往势力城中去了。

　　王小峰一咽气，由赵氏以次，大家哭了一阵。衣衾棺椁均已齐备，单四爷是总理丧仪，不必细说。送三送库送殡，亲友是非常之多，大姑爷跟三姑爷都坐着汽车。送库的那天，足有好几百口子。街坊有嘴损的，说："势力鬼混了一辈子，落了这们一个热闹儿，总算不错。吃亏他死了，看不见了。他要是活着，又该乐的满街进了。"书说至此，《势力鬼》已吹尾声，新小说明天贡献。

---

① 道：大概应为"报"。
② 报单：科举考中的时候，有人拿着"中了第几名"的单子到家里来报，这个单子叫"报单"。
③ 驾返仙城：去世。

参考资料

中文文献：

常人春(1996)《红白喜事》,北京燕山出版社,北京。
陈刚(1985)《北京方言词典》,商务印书馆,北京。
陈鸿年(1970)《故都风物》,正中书局,台北。
陈旭麓、李华兴(1991)《中华民国史辞典》,上海人民出版社,上海。
(清)鄂尔泰(1968)《八旗通志初集》,台湾学生书局,台北。
(清)待余生(1995)《燕市积弊》,《燕市积弊 都市丛谈》,待余生·逆旅过客著,张荣起校注,北京古籍出版社,北京。
杜家骥(2008)《八旗与清朝政治论稿》,人民出版社,北京。
傅民、高艾军(1986)《北京话词语》,北京大学出版社,北京。
郭双林、肖梅花(1995)《中华赌博史》,中国社会科学出版社,北京。
贾采珠(1990)《北京话儿化词典》,语文出版社,北京。
金启平、章学楷(2007)《北京旗人艺术——岔曲》,北京师范大学出版社,北京。
李家瑞(2010)《北平风俗类征》,上海文艺出版社,上海。(据商务印书馆1937年版本影印。)
刘黎明(1993)《契约、神裁、打赌》,四川人民出版社,北京。
刘小萌(2008)《清代北京旗人社会》,中国社会科学出版社,北京。
(战国)韩非(1989)《韩非子》,上海古籍出版社,上海
(清)黄六鸿(1699)《福惠全书》。
曲彦斌(1993)《典当史》,上海文艺出版社,上海。
全国图书馆文献缩微复制中心(2003)《清末民初报刊图画集成》。
(清)沈之奇(2000)《大清律辑注》,法律出版社,北京。
石继昌(1996)《春明旧事》,北京出版社,北京。
(西汉)司马迁(1982)《史记》,中华书局,北京。
宋孝才(1987)《北京话语词汇释》,北京语言学院出版社,北京。
王秉愚(2009)《老北京风俗词典》,中国青年出版社,北京。

［日本］武田昌雄(1989)《满汉礼俗》,上海文艺出版社,上海。(据大连金凤堂书店1936年第2版影印。)
夏仁虎(1998)《枝巢四述/旧京琐记》,辽宁教育出版社,沈阳。
小横香室主人(2009)《清朝野史大观》,方克、孙玄龄译,中央编译出版社,北京。
徐世荣(1990)《北京土语辞典》,北京出版社,北京。
薛宝琨(2012)《相声大词典》,百花文艺出版社,天津。
叶大兵、钱金波(2001)《中国鞋履文化辞典》,上海三联书店,上海。
佚名(1986)《笔记小说大观》,新兴书局,台北。
佚名(1991)《清末北京城市管理法规》田涛等整理,北京燕山出版社,北京。
佚名(1994)《清末北京志资料》,张宗平、吕永和译,北京燕山出版社,北京。(原书为1904年驻北京的日本军官委托住在北京的日本学者、商人、军人等所写,1907年完成。)
佚名(1996)《旧京人物与风情》,北京燕山出版社,北京。
张宪文、方庆秋、黄美真(2001)《中华民国史大辞典》,江苏古籍出版社,南京。
赵尔巽等(1991)《清史稿》,中华书局,北京。
郑传寅、张健(1987)《中国民俗辞典》,湖北辞书出版社,武汉。
郑婕(2008)《图说中国传统服饰》,世界图书出版公司,北京。
［日本］中川忠英(2006)《清俗纪闻》,方克,孙玄龄译,中华书局,北京。
中国大百科全书总编辑委员会(1983)《中国大百科全书》戏曲、曲艺卷,中国大百科全书出版社,北京。
中国京剧百科全书编辑委员会(2011)《中国京剧百科全书》,中国大百科全书出版社,北京。
中国人民政治协商会议北京市委员会文史资料研究委员会(1988)《北京往事谈》,北京出版社,北京。
中华民国史事纪要编辑委员会(1982)《中华民国史事纪要》,中华民国史料研究中心。
中文大词典编编纂委员会(1968)《中文大辞典》,中国文化研究所,台北。
周锡保(1984)《中国古代服饰史》,中国戏剧出版社,北京。
周一民(1992)《北京俏皮话辞典》,北京燕山出版社,北京。
《京话日报》
《爱国白话报》
《北京益世报》
《顺天时报》

外文文献：
愛知大学中日大辞典編纂処(1986)《中日大辭典》增訂第2版,大修館書店,东京。

白话小说：
一、蔡友梅
1. 损公（蔡友梅）
《京话日报》登载，"新鲜滋味"系列
(1)《姑作婆》(《笔记小说大观》第9编第9册)
(2)《苦哥哥》(报纸剪报本，现藏中国国家图书馆)
(3)《理学周》(《笔记小说大观》第9编第9册)
(4)《麻花刘》(《笔记小说大观》第9编第9册)
(5)《库缎眼》(报纸剪报本，现藏首都图书馆)
(6)《刘军门》(《笔记小说大观》第9编第9册)
(7)《苦鸳鸯》(报纸剪报本，现藏首都图书馆)
(8)《张二奎》(《笔记小说大观》第9编第9册)
(9)《一壶醋》(《笔记小说大观》第9编第9册)
(10)《铁王三》(《笔记小说大观》第9编第9册)
(11)《花甲姻缘》(《笔记小说大观》第9编第9册)
(12)《鬼吹灯》(《笔记小说大观》第9编第9册)
(13)《赵三黑》(《笔记小说大观》第9编第9册)
(14)《张文斌》(《笔记小说大观》第9编第9册)
(15)《搜救孤》(《笔记小说大观》第9编第9册)
(16)《王遁世》(《笔记小说大观》第9编第10册)
(17)《小蝎子》(《笔记小说大观》第9编第10册)
(18)《曹二更》(《笔记小说大观》第9编第10册)
(19)《董新心》(《笔记小说大观》第9编第10册)
(20)《非慈论》(报纸剪报本，现藏首都图书馆)
(21)《贞魂义魄》(报纸剪报本，现藏首都图书馆)
(22)《回头岸》(报纸剪报本，现藏中国国家图书馆)
(23)（缺失）
(24)《方圆头》(报纸剪报本，现藏首都图书馆)
(25)《酒之害》(现藏天津图书馆)
(26)《五人义》(现藏天津图书馆)
(27)《鬼社会》(现藏天津图书馆)

《国强报》登载
《郑秃子》(报纸剪报本,现藏首都图书馆)
《胶皮车》(报纸剪报本,现藏首都图书馆)
《忠孝全》(报纸剪报本,现藏首都图书馆)
《大樱桃》(报纸剪报本,现藏首都图书馆)
《郭孝妇》(报纸剪报本,现藏首都图书馆)
《驴肉红》(报纸剪报本,现藏首都图书馆)
《赛刘海》(报纸剪报本,现藏首都图书馆)
《人人乐》(报纸剪报本,现藏首都图书馆)
《二家败》(报纸剪报本,现藏首都图书馆)
《连环套》(报纸剪报本,现藏首都图书馆)
《白公鸡》(报纸剪报本,现藏首都图书馆)
《瞎松子》(报纸剪报本,现藏中国国家图书馆)

《顺天时报》登载
《感应篇》(《顺天时报》1914年6月25日—1914年7月29日)
《家庭魔鬼》(《顺天时报》1914年9月22日—1914年12月11日)
《潘老丈》(《顺天时报》1914年12月12日—1915年5月30日)
《伶人热心》(《顺天时报》1915年6月1日—1915年7月22日)
《海公子》(《顺天时报》1915年7月23日—1915年11月21日)
《汪大头》(《顺天时报》1915年11月23日—1915年12月26日)
《大劈棺》(《顺天时报》1916年1月1日—1916年6月28日)
《大小骗》(《顺天时报》1916年6月29日—1916年7月6日)
《姚三楞》(《顺天时报》1916年7月7日—1916年9月5日)
《苦女儿》(《顺天时报》1916年9月6日—1916年10月31日)
《刘瘸子》(《顺天时报》1916年11月2日—1916年12月29日)
《贺新春》(《顺天时报》1917年1月1日—1917年3月15日)
《金永年》(《顺天时报》1917年3月16日—1917年5月29日)
《两捆钱》(《顺天时报》1917年5月31日—1917年6月28日)
《奉教张》(《顺天时报》1917年6月29日—1917年8月22日)
《王小六》(《顺天时报》1917年8月23日—1917年9月16日)
《苏造肉》(《顺天时报》1917年9月18日—1917年10月28日)
《王善人》(《顺天时报》1917年10月30日—1917年11月30日)
《钱串子》(《顺天时报》1917年12月1日—1917年12月29日)

《粉罗成》(《顺天时报》1918年1月1日—1918年4月2日)
《小世界》(《顺天时报》1918年4月3日—1918年6月25日)

2．损(蔡友梅)
《新侦探》(《顺天时报》1912年12月3日—1912年12月29日)
《梦中赴会》(《顺天时报》1913年1月1日)
《二十世纪新现象》(《顺天时报》1913年1月5日—1913年11月25日)

3．退化(蔡友梅)
《孝子寻亲记》(《顺天时报》1913年11月26日—1914年6月24日)
《脑筋病》(《顺天时报》1914年1月1日)
《张军门》(《顺天时报》1914年7月30日—1914年9月23日)

4．老梅(蔡友梅)
《高明远》(《北京益世报》1917年1月28日—1917年2月18日)
《骗中骗》(《北京益世报》1917年11月20日)

5．亦我(蔡友梅)
《张和尚》(《北京益世报》1917年2月19日—1917年3月17日)
《怪现状》(《北京益世报》1917年3月18日—1918年2月18日)
《过新年》(《北京益世报》1918年2月19日—1918年6月4日)
《回头岸》(《北京益世报》1918年6月5日—1918年8月27日)
《土匪学生》(《北京益世报》1918年8月28日—1918年9月23日)
《八戒常》(《北京益世报》1918年9月24日—1918年11月6日)
《王有道》(《北京益世报》1918年11月7日—1918年12月4日)
《大车杨》(《北京益世报》1918年12月5日—1919年1月28日)
《苦家庭》(《北京益世报》1919年2月1日—1919年4月1日)
《恶社会》(《北京益世报》1919年4月2日—1919年年8月8日)
《贾万能》(《北京益世报》1919年8月9日—1919年10月15日)
《刘阿英》(《北京益世报》1919年10月16日—1919年11月17日)
《中国魂》(《北京益世报》1919年11月18日—1920年2月9日)
《蝼屈太守》(《北京益世报》1920年2月10日—1920年3月18日)
《大兴王》(《益世白话报》1920年3月19日—1920年4月23日)

《谢大娘》(《益世白话报》1920年4月24日—1920年6月7日)
《和尚寻亲》(《益世白话报》1920年6月8日—1920年8月2日)
《双料义务》(《北京益世报》1920年8月3日—1920年10月10日)
《势利鬼》(《益世白话报》1920年10月12日—1920年12月14日)
《店中美人》(《北京益世报》1920年12月15日—1921年2月7日)
《以德报怨》(《北京益世报》1921年2月14日—1921年4月12日)
《刘三怕》(《北京益世报》1921年4月13日—1921年6月19日)
《王翻译》(《北京益世报》1921年6月22日—1921年8月6日)
《美人首》(《北京益世报》1921年8月7日—1921年10月1日)

二、哑铃／亚铃
《金三郎》(《白话捷报》1913年8月3日—1913年9月6日)
《何喜珠》(《白话捷报》1913年9月7日—1913年10月13日)
《劫后再生缘》(《白话捷报》1913年10月14日—1913年11月5日)
《康小八》(《白话捷报》1914年2月17日—1914年3月15日)
《煤筐奇案》(《白话捷报》1914年4月17日—1914年6月26日)
《大报仇》(《白话捷报》1914年6月27日—1914年7月13日)
《张黑虎》(《白话捷报》1914年7月14日—1914年8月13日)

三、涤尘
《恶仆害主记》(《爱国白话报》1918年10月8日—1918年11月2日)
《陈烈女》(《爱国白话报》1918年11月3日—1918年12月8日)

四、冷佛
《春阿氏》(内蒙古人民出版社,1998年)

五、剑胆
《魏大嘴》(《爱国白话报》1913年10月5日)
《赛金花》(《爱国白话报》1914年3月31日—1914年10月6日)
《孝义节》(《爱国白话报》1914年10月7日—1914年11月16日)
《吴月娇》(《爱国白话报》1914年12月17日—1915年1月25日)
《珍珠冠》(《爱国白话报》1915年1月26日—1915年2月12日)
《锡壶案》(《爱国白话报》1918年12月9日—1919年1月22日)

《杨结实》(《爱国白话报》1919年1月23日—1919年3月15日)
《张古董》(《爱国白话报》1919年3月30日—1919年4月27日)
《如是观》(《爱国白话报》1919年4月28日—1919年5月17日)

"早期北京话珍本典籍校释与研究"
丛书总目录

早期北京话珍稀文献集成
（一）日本北京话教科书汇编
《燕京妇语》等八种　　　　　　四声联珠
华语跬步　　　　　　　　　　　官话指南·改订官话指南
亚细亚言语集　　　　　　　　　京华事略·北京纪闻
北京风土编·北京事情·北京风俗问答
伊苏普喻言·今古奇观·搜奇新编
（二）朝鲜日据时期汉语会话书汇编
改正增补汉语独学　　　　　　　修正独习汉语指南
高等官话华语精选　　　　　　　官话华语教范
速修汉语自通　　　　　　　　　无先生速修中国语自通
速修汉语大成　　　　　　　　　官话标准：短期速修中国语自通
中语大全　　　　　　　　　　　"内鲜满"最速成中国语自通
（三）西人北京话教科书汇编
寻津录　　　　　　　　　　　　北京话语音读本
语言自迩集　　　　　　　　　　语言自迩集（第二版）
官话类编　　　　　　　　　　　言语声片
华语入门　　　　　　　　　　　华英文义津逮
汉英北京官话词汇　　　　　　　北京官话初阶
汉语口语初级读本·北京儿歌
（四）清代满汉合璧文献萃编

清文启蒙　　　　　　　　清话问答四十条
一百条·清语易言　　　　清文指要
续编兼汉清文指要　　　　庸言知旨
满汉成语对待　　　　　　清文接字·字法举一歌
重刻清文虚字指南编
（五）清代官话正音文献
正音撮要　　　　　　　　正音咀华
（六）十全福
（七）清末民初京味儿小说书系
新鲜滋味　　　　　　　　过新年
小额　　　　　　　　　　北京
春阿氏　　　　　　　　　花鞋成老
评讲聊斋　　　　　　　　讲演聊斋
（八）清末民初京味儿时评书系
益世余谭——民国初年北京生活百态
益世余墨——民国初年北京生活百态

早期北京话研究书系
早期北京话语法演变专题研究
早期北京话语气词研究
晚清民国时期南北官话语法差异研究
基于清后期至民国初期北京话文献语料的个案研究
高本汉《北京话语音读本》整理与研究
北京话语音演变研究
文化语言学视域下的北京地名研究
语言自迩集——19世纪中期的北京话（第二版）
清末民初北京话语词汇释